作者 不贰橙呀

Wish a Love
Forever

若深情嘉许

SBM 南方传媒 | 花城出版社

中国·广州

图书在版编目（ＣＩＰ）数据

若深情嘉许 / 不贰橙呀著. -- 广州 : 花城出版社,
2023.4
　ISBN 978-7-5360-9761-2

　Ⅰ. ①若… Ⅱ. ①不… Ⅲ. ①长篇小说－中国－当代
Ⅳ. ①I247.5

中国版本图书馆CIP数据核字(2022)第166089号

出 版 人：张　懿
责任编辑：刘玮婷　蔡　宇　徐嘉悦
责任校对：李道学
技术编辑：林佳莹
封面设计：周文旋

书　　名	若深情嘉许 RUO SHENQING JIAXU
出版发行	花城出版社 （广州市环市东路水荫路 11 号）
经　　销	全国新华书店
印　　刷	广东虎彩云印刷有限公司 （东莞市虎门镇黄村社区厚虎 20 号 C 幢一楼）
开　　本	880 毫米 ×1230 毫米　32 开
印　　张	10.5
字　　数	263，000 字
版　　次	2023 年 4 月第 1 版　2023 年 4 月第 1 次印刷
定　　价	49.00 元

如发现印装质量问题，请直接与印刷厂联系调换。
购书热线：020-37604658　37602954
花城出版社网站：http：//www.fcph.com.cn

目 录

第001章　相遇&契约

"美女，喝一杯？我请。"一个染着奶奶灰色头发的男孩子流里流气地看着正在调酒的许嘉倾。

许嘉倾没有生气，反而停下手中的工作，歪头微微一笑："喝酒不是不可以，我面前这箱啤酒，今天你买了，这杯我就喝了。"许嘉倾长得好看，说是一个尤物都不为过，最重要的是她自己也知道。

那个"奶奶灰"哪里受得了美女的激将法，立即说道："一箱啤酒而已，今天你面前这些酒我全包了。"

许嘉倾继续笑，不疾不徐地说道："微信还是支付宝？"

"奶奶灰"一愣，随即拿出手机，微信扫码付款，扫完挑了挑眉："美女，顺便加个微信呗，今晚有空吗？"

许嘉倾抿唇微笑："我酒还没喝呢。"

"对对对，来喝酒。"

许嘉倾将手机收进口袋里，端起面前送过来的啤酒，仰头全部喝下去，然后杯底朝上，继续笑了笑："付讫。"

许嘉倾放下手中的酒杯，继续去调酒了，留下那个"奶奶灰"一脸蒙。

一个坐在角落卡座的儒雅斯文的男人，微微眯眼看着吧台这边的情况，竟然微微抿唇笑了。他戴着金丝边眼镜，鼻梁高挺，嘴唇薄厚适中，微笑的时候更是温润儒雅，哪怕是坐在酒吧这样嘈杂的地方，他也让人感觉到两字：得体。

许嘉倾每晚都会遇到这样的几拨人来找她喝酒，她一般都是借机卖酒，然后拿提成，这样她挣的钱也不菲。只不过，饶是她的酒量再好，也经不住这样几拨空腹硬灌。有时候到下班实在是恶心头晕得厉害，直接扶着路边的垃圾桶吐了起来。

路旁停了一辆路虎揽胜，车窗玻璃后面的人看着路边吐完直接一屁股坐倒在地的人，微微抿唇，像是选中猎物的猎人一样，然后转过脸对着司机说："回去吧。"

这是顾若琛第一次见到许嘉倾。

**

顾若琛看着坐在沙发对面的愈发艳丽的许嘉倾，恍然想起自己第一次见到她的情景。

许嘉倾歪头笑了笑，看着坐在对面一身衬衫西裤的顾若琛，将面前的离婚协议往他那边推过去，说道："我不签。"

顾若琛一愣，随即笑道："原因？"

许嘉倾用手指敲了敲面前支票上的数字，说道："当然是支票后面的零不够有诚意。"

顾若琛微微眯了眯眼，精明得像一只狐狸："许嘉倾，我有一百种方法让你离婚，现在是最体面的一种方法，我觉得你还是三思而后行。"

许嘉倾伸手拢了拢耳边的鬓发，笑道："顾若琛，你这种人走一步算十步，动身之前，连落脚点都算得准确无误才肯抬脚。和你这种人过招，我每一步都是三思再三思后的结果。"顿了顿，许嘉倾将一叠照片扔在桌上，照片中是一个躺在病床上的女孩，虽然脸色苍白，却也看得出是一个百合花一样的女孩。其中有几张是顾若琛推着轮椅中的女孩在医院草坪上散步。许嘉倾笑了笑："你说，假如我把这些照片公布给媒体，她还有这么平静的生活吗？"

顾若琛眯眼看着对面的许嘉倾："许嘉倾，体面这种东西并非总是有的。"

"体面远不如金钱带给我的安全感更多。顾若琛，当初你找我的时候不就是看上我是一个卡喉的硬刺吗？我是你挡住你家里催婚的棋子，是你对付家族七大姑八大姨的工具，现在我的利用价值完全没有了，你要离婚，我又要回到过去那种穷困的生活了。但是一个人失去一样东西其实并不能回到当初没有它的那种状态的，所以我要为自己拿到足够的保障。"

顾若琛看着对面理智地讨价还价的许嘉倾，微微偏头，勾了勾嘴角："你说得对。明天我会让我的律师找你。"说完，他直接站起来，转身要出门。

许嘉倾仰头看着他顾长笔挺的背影，眼眶微酸。顾若琛突然顿住脚步，正要转身，许嘉倾立即低头，眨了眨眼睛，良久才抬起头看着转过身走到她面前的男人。

顾若琛用修长的手指抬起她的下巴，毒辣精明的眼光一寸一寸地扫过她脸上每一寸表情，忽然笑道："许嘉倾，你这种当面坚硬得像老虎，背地里却委屈得像个兔子的模样，还是没变呀。你平常不是最懂撒娇讨要的吗？怎么这次我要离婚，你却不肯撒娇，而是威胁呢？"

"撒娇是建立在我们还是夫妻关系的时候，我对你还有利用价值的时候。现在我是你的弃子，我不认为撒娇能起作用。"

顾若琛冷笑："未必不能。你为什么不试试呢？"

许嘉倾看着俯身靠近自己的顾若琛，仰起头勾住他的脖子，直接吻住他。只是她没闭上眼睛，顾若琛也没有，二人就在这种呼吸相闻之间，紧紧地注视着彼此。许嘉倾只是想看他的反应，顾若琛却像在看一个猎物做最后的挣扎。

　　他们之间掌握主动权的人从来都是顾若琛，许嘉倾必须打起十二分精神才不至于一败涂地。

　　女人向来都是最容易动情的那个人，只是许嘉倾最会演，而且在她心中还有更重要的东西。

　　许嘉倾看着他玩味的表情，心中一寒，打算松开他，不想再做过多的纠缠，却哪想到顾若琛进一步搂住她的腰身，将她按向自己，炽热的吻密密地箍住她。许嘉倾想推开他却被抱得更紧。

　　许嘉倾皱眉，就是这个男人，说要娶她的时候，也说做个交易，现在交易到期了，又再次羞辱她。他从来都把话说得明明白白，从不给她过多的幻想空间，可是现在这样又是几个意思？像顾若琛这样走一步算十步的性子，他每走一步都有他的目的，此刻的试探又是为什么？

　　许嘉倾不想再陪他玩下去了！她要捞够她想要的酬劳，然后远离这个危险的男人。

　　许嘉倾伸手想打他，却被顾若琛一把握住，还将她的双手禁锢在她身后。

　　"顾若琛，你再敢动我一下，我可是要讹你的，加两个零恐怕是不行了。"许嘉倾懒得动弹，直接冷声地警告道。

　　顾若琛果然停顿下来，他抬起头看着此刻一脸克制隐忍的许嘉倾，还带着微微猩红的眼神瞬间变得冷冽，连带着语气也变得冷冽："许嘉倾，我还记得你是怎么对付媒体上谣传的我那个地下情人林楚之。"顾若琛用拇指摩挲着她姣好的下巴线条，冷笑道："'顾太太的位置，我给你，才是你的，我不给，你不能抢！'这句话我可是看着你对林楚之说出来的。你做顾太太真的是太尽职到位了，省去了我很多麻烦，同时也挡掉了我的不少桃花。你说你怎么赔我，嗯？"

　　许嘉倾记得顾若琛说的这件事。媒体拍到顾若琛和嫩模林楚之一起从酒吧出来，林楚之还挽着顾若琛的手臂。因为顾家是S市有头有脸的大家族，顾家大少顾若烬从政，官做得不小。顾家二少顾若白在国外留学，无心政商两界，学了医。所以从商这个重任就落在了顾家三少顾若琛的头上，所幸他也确实是一个从商的好材料，商圈铺得挺大，顾家的背景如此雄厚，所以一有风吹草动必定要被媒体写上几笔。顾若烬的新闻没人敢写，顾若白又着实没什么可写，于是这个上头条的任务又落到了顾若琛的头上。

所以，当娱乐版和财经版两大版块的头条都登着顾若琛和林楚之手挽手从酒吧出来的超大照片时，饭桌上顾若琛的母亲梁茹茹就非常不满意了，白了一眼报纸，生气地说道："这个媒体明天就去封杀掉，乱写一气。"

在一旁看今天财经报纸的顾若琛连头都没抬，只是道："也不全是假的，他们想登就让他们登好了。顾氏集团的总裁还有闲心去泡嫩模，想来公司财务报表很漂亮了。你看今天股票不就涨了？"

梁茹茹被他这么一说，稍微平静一下，但随即觉得自己就这么被驳了面子不太好，就又拿一旁安静吃饭的许嘉倾开涮道："嘉倾，不是我多管闲事，你也多体贴一点儿若琛，连自己男人都管不住，传出去会被别人笑话的。"

莫名其妙被点名的许嘉倾一脸茫然地转过脸，看了一眼依然在看报纸的顾若琛，显然他没打算管。许嘉倾只好转回脸看着梁茹茹，道："妈，等他在外面玩累了，自然就知道回来了，毕竟嫩模什么的还是挺耗体力的。"

许嘉倾说完，整张桌子都安静了，就连一旁的保姆也愣住了。一旁的顾若琛脸都黑了。这个女人，报复心理这么重，不过没有帮她说话而已。

梁茹茹好半天才反应过来，气急败坏地说道："你，你……"梁茹茹气得话都说不清楚，捂着心脏缓半天，一旁的保姆赶紧给她顺气，"你这个没有教养的野丫头，当初我就不该答应若琛娶你回来。"

顾若琛看了一眼梁茹茹又看了一眼许嘉倾，站起身拉起还想继续吃饭的许嘉倾，对着梁茹茹说道："妈，您消消气，我把她带回房教育一下。"

顾若琛直接拖着许嘉倾回房，房门在他们身后砰的一声关上。

许嘉倾白了他一眼，然后说道："我还要吃饭呢，你这是干吗？"

"我累了自然回家？嫩模什么的最耗体力了？嗯？"顾若琛欺近许嘉倾，咄咄逼人一字一字地质问。

"这……啊……那……"许嘉倾有些尴尬地偏了偏头，"我也就随口一说，你不必当真的。"

顾若琛冷眼看着她，道："注意自己的身份，你一日是顾太太，就做好顾太太的本分。赶走这样的花边新闻人物，也在你的任务范围。"

许嘉倾听这话就乐了，屁颠屁颠地跑过去抱住顾若琛的腰，抬起头看着他，爱娇地问道："那是不是得加钱呀？毕竟你这花边新闻的数量也太多了，我处理起来也挺费劲呀。"

顾若琛眯眼看着她，等着她继续说下去，她想要钱的时候，总是会这样妩媚撒娇的。

许嘉倾眨了眨眼睛继续说道："你也知道，我是顾太太，我要帮你处理那些花边新闻，肯定要找那些嫩模出来喝个茶什么的，然后对她们说教一番的，这中间先不说我的劳力了，只说这顾太太的身份也不能请随便的地方吧。加上万一有人拿孩子来威胁我的，我还要费一番口舌，这个过程蛮费神的，我的精神损失也是蛮大的。"

顾若琛笑了笑，听懂她的意思了，任由她继续抱着自己，用脸颊在他胸口蹭了蹭，才从皮夹里拿出一张金卡递给她："随便刷，没有上限额度。"顿了顿，顾若琛有些不解，"你们女人不是一直都以花男人的钱为耻的吗？"

许嘉倾欢天喜地接过金卡，一脸不可置信地看着顾若琛道："有这回事？"扬了扬手中的金卡，对顾若琛妩媚一笑，"我可是以用顾先生的卡为傲的。"说完直接踮起脚，在他唇上啄了一下。

顾若琛眯眼看着眼前得了钱就如此满足开怀的女人，竟然破天荒地笑了笑。许嘉倾这人很复杂，或许也很简单。

许嘉倾正在家里梳妆打扮的时候，电话就响了起来。她拿起手机看见是一个陌生号码，心中就有了一些准备。

许嘉倾按下接听键："喂，你好，哪位？"

"是许嘉倾吗？"电话对面传来一个柔柔弱弱的声音。

"嗯，我是顾太太许嘉倾。"许嘉倾给自己加了个头衔再回复她。

对面一愣，随即继续说道："我是林楚之。"

许嘉倾挑了挑眉，一副"我早就知道"的表情，口中说出的话却是："早上和我老公一起上报纸的林楚之？"

"对，是！"对方强调了一遍。

"哦？那林女士找我的意思是……？"许嘉倾揣着明白装糊涂。

"我们可以见一面吗？"林楚之开门见山地问道。

"当然可以，毕竟你都能弄到我的电话号码，我不见你，你还会用别的方法骚扰我。"

林楚之一愣，随即说了约在某个商场的咖啡厅。

许嘉倾笑了笑说："你说的那个商场太便宜了，我给你找个更贵更高级的地方。"说完直接挂掉电话，再把定位发给她。

许嘉倾坐在咖啡厅靠窗户的地方，静静地看着窗户外面的江面发呆。S市不愧是魔都，果然充斥着各种魔幻的人，各色各样，装在一个又一个用砖头、水泥堆砌而成的盒子里。

　　林楚之进来时，一眼就看到了坐在窗户边的许嘉倾。她是见过许嘉倾的照片的，当时只觉得她太过于艳丽，美则美矣，但看起来就像个花瓶。可是见到真人的时候，林楚之还是愣住了，依旧艳丽的眉眼，只是比照片灵动得多，是个美人，哪怕是放在对美貌极其苛刻的娱乐圈，她这个长相也是能排进三甲的。

　　而且她的气场那么……淡定且强势！她还没靠近，就感觉手心有些潮湿，她心中竟然冒出这种想法：顾若琛有这么漂亮的老婆，为什么还会选我呀？但是转瞬一想，顾若琛都有这么漂亮的老婆了，不还是在外面勾三搭四吗？为什么不会选我呢！于是她萌生了一点勇气走过去。

　　许嘉倾听见脚步声，转回刚才望向江面的眼神，看了一眼林楚之——就一眼，连打量都没有，直接笑了笑说："林小姐，坐。"

　　林楚之皱了皱眉头，在她对面坐下。许嘉倾招来服务员，服务员客气地说道："顾太太，请问您要点什么？"

　　许嘉倾看着服务员，笑得温和有礼。她这样惊艳的样貌，此刻温柔微笑，饶是女人见到也会心神动摇的。只听见她说："问一下对面的林小姐，看她需要什么。"

　　"一杯白水就好，我不喜欢太艳丽复杂的东西。"林楚之看着许嘉倾，一字一句地说道。

　　许嘉倾笑着摇了摇头，然后对着服务员礼貌地笑道："那就给她一杯白开水吧。"

　　服务员走开后，许嘉倾望着林楚之继续笑道："不知林小姐找我是为了什么事情？"

　　"你在装傻？"

　　"没有装，我可是真傻，不然怎么会坐在这里呢？你说是不是？"顿了顿，许嘉倾又说道，"林小姐心中也这么想的吧？"

　　林楚之立即露出嚣张的表情，将几张报纸的简报放在桌子上，推到许嘉倾的面前："许嘉倾，你看清楚报纸上是你的老公和我！"

许嘉倾对那简报连看一眼都没有，只是看着林楚之问道："所以呢？"

"我和若琛才是真爱，你和他离婚吧，何必这样占着别人的位置，一个不爱你的男人留在身边究竟有什么意义？"林楚之仰着下巴说道。

许嘉倾终于歪过头看了看她，心中觉得顾若琛的眼光真的不怎么样。长相算是清秀吧，但是这种清汤寡水的面容从来入不了许嘉倾的眼，而且这个智商真的令人焦急。

许嘉倾努力克制自己想嘲笑她的冲动，只是说道："真爱？真要是真爱，现在坐在我对面和我谈条件的就是顾若琛本人了，而不是你这个和我八竿子打不着的小三。"

"我不是小三，我和若琛是真爱。"林楚之再次强调一遍，"你才是我们感情的第三者和绊脚石。"

许嘉倾终于忍不住笑出声，好半天才缓过来，然后说道："第一，我和顾若琛现在是受法律保护的合法夫妻。第二，谈感情，顾若琛可从来没和我提过你一个字，更没说要为你和我离婚的话。哦，对了，忘了告诉你了，你现在消费的这家咖啡厅，就是我用今天早上顾若琛给的卡刷的。第三，你想抢顾若琛，请去顾若琛的面前，在我这里没有丝毫作用。我只是他的妻子，他并不是我的私有物，他拥有足够的自由，能不能抢到且看你自己的本事。第四，如果你只是单纯想抢顾太太这个位置，那么我也告诉你，和利益相关的事情就不要妄图谈感情，怪恶心人的。还有，顾太太这个位置，除非我给你，才有可能是你的，我不给你，你就不能抢！不然我会让你身败名裂。"许嘉倾脸上依旧带着笑，仿佛就是在罗列一些和自己无关痛痒的小事而已。

旁边一个不起眼的角落，一个平头男人正拿着手机打开视频对准这桌的情况，视频的那头正是顾若琛。

顾若琛看着此刻笑着说这些话的许嘉倾，微微抿唇笑了笑，他选的人，挺合适。

林楚之脸色有些惨白地看着许嘉倾，做最后的挣扎："你一点也不介意他在外面有别的女人吗？"

许嘉倾看了看林楚之，说道："当然介意了，现在不是在清理了吗？"

林楚之脸色又白了几分："他真的不爱你，他在酒吧看上我，也是因为我的长相像他一个故人而已，而且那个故人不是你。"

许嘉倾完全不为所动："既然你都说是故人了，那还有什么可计较的？"

林楚之快哭出来了："求你让我和顾若琛在一起吧，我真的不能没有他。他可能真的没那么爱我，可是我已经深陷其中，他那样的男人，我不可能不爱呀。"

许嘉倾皱眉，有些厌烦她了，直接站起身："我已经说得很清楚了，你们是不是在一起，是顾若琛说了算，我说的不算。你要求就去求顾若琛，求我没用。"

见许嘉倾油盐不进，林楚之终于决定放大招："我怀孕了，这样你也不肯放过若琛吗？"

许嘉倾真的服了她的毅力，但是也只是说道："孩子也不是我的，跟我说有什么用？再说顾家不会要这个来历不明的野种的。"

"可是这是顾家的骨血。"林楚之凄厉地回击她。她真的没想到许嘉倾会这么油盐不进，且淡定从容。

"顾家的骨血，我又不是不会生，会要你的？"许嘉倾再次给她致命一击！

林楚之脱力地跌坐在座位上，看着许嘉倾往咖啡厅外面走去，突然说道："他真的不爱你。"

许嘉倾微微偏头一笑，回头都懒得回了，毕竟她想要的也不是顾若琛的爱，她想要的只是顾若琛的钱。

许嘉倾刚走出商场，就接到顾若琛的电话："处理得不错。"

"谢谢老板夸奖，我正准备去买个包奖励一下自己。"许嘉倾笑嘻嘻地回答道。

顾若琛若有所思地问道："她要是真的怀了我的孩子，你会怎么办？"

"哈哈哈，谁污染谁治理，关我啥事！"许嘉倾吹了一声口哨，无所谓地说道。

从回忆中回到现实，许嘉倾看着此刻的顾若琛，歪头笑了笑："挡掉那些桃花不也是我的任务之一吗？林楚之说的那个故人就是照片中那个女孩吧？林楚之长得有点像她，所以你才会招惹她的吧。"

看着他良久，才像是恍然大悟地说道："我终于明白你为什么找我了，因为我和她完全不像，甚至是南辕北辙，所以你很放心。就算你和我相处一年甚至更久，你也不可能爱上我，所以你很放心地找我，对不对？"

顾若琛眯眼看着她，抿唇不说话，他将嘴唇抿起来的时候甚至显得整个人有一些薄情。

许嘉倾看着他的表情，心中了然自己猜中了，所以笑得释怀又坦然："所以你在我这里耽误的这一年时间，我问你要的这些钱，一点也不多！你知道我很需要钱的。"

是的，许嘉倾很需要钱，非常需要，她父亲许成栋患有尿毒症，每周都要去做透析，现在还没有找到合适的肾源，所以要一直这么透析下去。这是一个要长期烧钱的病，因此当年顾若琛找到她，说要和她签订一年的婚姻协议，并会给她一大笔钱，她甚至连犹豫都没有。

与其说是顾若琛选中许嘉倾，不如说许嘉倾也选中了顾若琛雄厚的资产背景。

顾若琛看着许嘉倾，很平静地说道："你的一年也是我的一年。"

许嘉倾笑了笑："顾总裁，不是你这么算的吧。这一年，你在外面拈花惹草，我可是恪尽职守地扮演了一个好妻子。"

顾若琛失笑："你算得挺清。"

"那当然，是我的钱，一分都不能让。"

"好的，明天我会让我的律师跟你谈，到时候你有什么要求和他提。"顾若琛站起身准备走。

许嘉倾却叫住他，咬了咬牙还是问出口："你会娶崔雪儿吗？"崔雪儿就是照片中病床上那个人。

"和你无关。"顾若琛连头都没回，直接出门了。

许嘉倾觉得自己简直像一个白痴。一年期限到期了，他毫不留恋地将她踢开，而自己竟然还会问出这样的问题！

许嘉倾回到自己的家，是一个三居室，离医院很近，许成栋每周去透析也很方便。这一年期间，顾若琛在金钱上确实没有亏待过她，或许就是这种不亏待，让她慢慢形成某种依赖而不自知。

许成栋看着独自一人回来的许嘉倾，问道："若琛没和你一块回来呀？"

"爸，他工作比较忙，哪里有时间老陪着我回家。"

听见女儿声音的陈凤娇从厨房走出来，看见许嘉倾一个人，也纳闷："你爸也是关心你们，若琛已经很久没来家里吃饭了。"

许嘉倾看着母亲殷切的眼神，还有父亲日渐消瘦憔悴的身体，忍不住心中委屈，眼泪就流了出来，最后竟然是蹲在地上哭了出来。

看到许嘉倾哭了，两位老人都有点慌神，毕竟真的是很少看见女儿哭，她都是在人前咬紧牙站着，挺直了脊梁，任它天上下雨还是下刀子，都不吭一声的。可是她现在哭得这么凄惨，肯定是发生了什么不好的事情。

"乖女儿，怎么了？是不是受欺负了？"许成栋看着自己唯一的女儿哭成这样，心中百般不是滋味。

许嘉倾听见父亲的询问，这才回过神，慌忙用手背擦掉眼泪，扶着许成栋一起站起来，笑了笑道："没什么，您女儿这么厉害，哪能让别人欺负了呢？"

许成栋半信半疑地看着她，摇了摇头："都是爸爸拖累了你。"

"爸，说什么拖累的话，这病又不是你自己想生的，不怪你。再说我小时候不也是你们一把屎一把尿给我养大的吗？不也没嫌弃我拖累你们吗？"

许成栋没有说话。

陈凤娇说："老头子你不要多想，倾儿现在嫁了一个好人家，以后负担会轻一点的。"

许成栋点了点头，但是仍然没有展露开心起来的样子，只是转身去给养在阳台上的花浇水了。

许嘉倾看着阳台上浇水的父亲以及厨房忙碌的母亲，他们都日渐苍老，自己的婚姻却这样儿戏，心中更是悲凉万分，但是也没再表现出来。

吃过饭，许嘉倾说顾若琛家里有事情，几乎是逃也似的跑出了家。她再待下去，恐怕真的会说出自己和顾若琛的事情，可是父亲现在显然受不了这样的刺激。

许嘉倾坐在路边的咖啡厅里，像是透过窗户看着路边匆匆的行人，又像是在发呆。

突然一声快门惊醒了她。

第002章　离婚&重逢

许嘉倾被闪光灯闪到眼睛，这才回过神，看到玻璃窗外面站着一个年轻的男人，穿着时尚酷帅，整个人透着青春活力，脸也真的是俊秀，像是漫画中走出的美少年。

那人摇了摇手中的相机，掏出自己的名片贴在玻璃上给她看。

许嘉倾连看都没看一眼，这种搭讪她遇过太多了，叫来服务员买单，然后起身就走了。

那人却像是还不放弃，直接追过来说道："小姐，我是摄影师，你真的好适合做我的模特，你愿意来做我的模特吗？薪资你随便开，只要不高出市价最高水平，我都可以接受的。不过我现在没钱……"

许嘉倾懒得理他，像这样打着摄影师幌子的骗子不知道有多少，有的还说自己是星探，谁知道会不会被叫去拍一些什么乱七八糟的东西。

许嘉倾没有理，直接往旁边的地下车库去了。直到上了车，那人还在不依不饶地追问她是否愿意，末了还硬将自己的名片塞在了她的口袋里。许嘉倾从口袋里拿出名片，随便扔在副驾驶的抽屉里，一脚油门就绝尘而去，扒在车门上的摄影师差点摔在地上。

许嘉倾没有回父母的家，却鬼使神差地回到了她和顾若琛一起搬出来住的房子，但是家中灯没亮，显然他没有回来。

许嘉倾从门口的鞋架一路看过去，一直走到客厅和卧室。这里每个地方都很熟悉，虽然他们在这里住的时间也并不长，却有很多回忆。说许嘉倾没想过拿下顾若琛是假的，他长得好看又有钱，多少女孩子为他着迷，可是偏偏选了她这个穷困潦倒的人，她有美貌，不愁拿不下这个男人。

许嘉倾为他学着做饭，生日的时候亲自学着做了蛋糕，弄得到处都是面粉，他却显然没有领情，只是说道："不要做这些毫无意义且浪费时间的事情，该认清自己的身份。"

现在一年时间过去了，事实证明，她确实没有拿下这个男人，他喜欢的类型不是自己这样美艳的，而是像崔雪儿那样清纯的、像百合花一样的女孩，哪怕是林楚之那样像崔雪儿的替代，也不会喜欢她这样过分艳丽的长相，更何况自己还如此粗俗地喜欢着他的钱。这大概犯了每一个有钱人的大忌，但凡你喜欢上一个有钱人的钱，那么你必然是不能再讨这个有钱人的欢心了，因为他觉得你不纯粹了。

许嘉倾就是这么不纯粹的人，爱钱如命！因为她深深地明白没有钱的难处，也深深知道有钱的好处。而且她觉得自己除了喜欢顾若琛的钱，似乎还有点喜欢他这个人，但是他此刻不在这里。

第二天，许嘉倾是被电话吵醒的，昨晚她直接在沙发上睡着了。拿过手机一看，竟然是顾若琛的律师。

"喂，万律师您找我？"

"顾太太，方便见一面吗？顾先生委托我和您办一下离婚相关手续以及财产的公证。"

"好，你直接来汤成小区旁边的咖啡厅等我吧。我在这附近。"

"好的。"

万律师是顾若琛公司的首席律师，他竟然找了这么厉害的律师！但是没想到万律师这么说："顾先生说，顾太太想要多少钱尽管开口，顾先生能满足的都会满足，只要不要太过分就好。"

顿了顿，万律师继续说道："顾先生让我转告您，他今天不能来签字，是因为人在医院抽不开身很抱歉。顾先生说您能明白他话里的意思。"

许嘉倾脸色惨白。

顾若琛是在报复她！报复她调查崔雪儿，所以才用这种方式惩罚她！因为他要陪崔雪儿，不能来和她谈离婚相关的事情，没有比这种形式的羞辱更让人难堪的了。

许嘉倾从来都不是任人揉捏的软柿子，只是笑道："那还请万律师转告顾先生，此次合作愉快，大家各取所需。"她在告诉顾若琛，他们只是合作的关系，希望他不要多想，自己对他简直一点非分之想都没有。

许嘉倾拿到自己满意的钱财，顺便要了一套房子，然后一身轻松地走出咖啡厅。她抬起头看着天，闭上眼感受阳光照在脸上的感觉，真是美好呀！有钱真是美好呀！

当万律师将许嘉倾的话转达给正在办公室办公的顾若琛时，顾若琛拿着笔的手指一顿，随即笑了笑，道："她从不肯吃亏，无论金钱上还是口头上。"

**

两年后。

某慈善活动后台，许嘉倾正在化妆，前面的工作人员已经来催了无数遍："我说姑奶奶，这个妆要化到什么时候呀？我敢说就算您不化妆，这颜值也依然是能打的。"

许嘉倾抬眼瞥了他一眼，道："杨连粤为了最后一个出场，都迟到半小时了，我看她拖到什么时候？她来之前我是绝不会上场的。"

许嘉倾因为出演一个经典武侠翻拍剧里不食人间烟火的女侠而出名，主要是她的颜值真的很能打！艳丽无双，在化妆的加持下，却也能透出一些清纯，因为剧中的角色，得了一个神仙姐姐的称号，但许嘉倾是绝对担得起的。

靠着美貌在娱乐圈迅速蹿红，虽然她不是科班出身，演技却是非常能打的，演什么像什么，最重要的是很少用替身，武打动作和一些危险动作都是自己上，所以得到很多大导演的青睐。连着演了几部大导演的电影，各种奖项也都获得提名，简直是以火箭般速度在蹿红，在新晋流量当中没得挑，是颜值和演技并存的那种明星。

许嘉倾看着急得团团转的工作人员，最终还是站起身走过去拍了拍他的肩膀："下次我就没这么好说话了。还有啊，记得下次不要再请杨连粤这种爱迟到的艺人了，一点儿敬业精神都没有。"

最终还是许嘉倾先去了，然后杨连粤最后一个上场的，因为杨连粤的房车就停在活动场地的车库，听说许嘉倾已经上场，她就赶紧下了房车来到现场。

拍大合照的时候，杨连粤得意地扬着下巴从许嘉倾面前走过。许嘉倾只是笑了笑，淡定地和旁边的人有说有笑，完全不将杨连粤放在心上。

顾若琛坐在房车后面，正在认真地盯着面前电脑上的股票，突然前座的助理转过头来说道："今天有个慈善晚宴，您已经推了两年，今年还是推掉吗？"

顾若琛没有抬头，只是"嗯"了一声。

过了半晌，顾若琛的电话响了。顾若琛的手机一般很少响的，除了崔雪儿没人会在这个时候找他。他拿出手机，果然是崔雪儿。

他一边接电话一边抬头看向窗外。

忽然一个大屏幕吸引了他的目光。大屏幕上正放着一款精华的广告，而广告的代言人他竟然还认识，就是他那个消失了两年的前妻，许嘉倾。

顾若琛"嗯"了几声挂掉电话，指了指窗外的电视屏幕，问：

"她是谁？"

助理也朝窗外望了一眼，恍然明白道："那个是许嘉倾，现在当红的流量，长得好看演技能打，还获得不少很有含金量奖项的提名呢！"

"是吗？"

"是呀，今天慈善晚宴她也会去呢，真是人美心善。"助理一脸崇拜地说道，显然男人真的是很容易被美貌迷惑。

"哦？慈善晚宴？"顾若琛顿了顿，"今年我们也去。"

"总裁，您……"不会也看上这个许嘉倾了吧？助理没敢问出口。

"有疑问？"

"没有没有。"助理立即叫司机改道去晚宴会场，然后了然地说道，"这个许嘉倾真的是这几年娱乐圈难得一见的美人，单单靠那个皮相就能蹿红，何况她还有演技。"

顾若琛笑了笑："她演技向来不错。"

嗯？这么无聊的话题，总裁竟然回答了他！助理又是惊喜又是惊吓，看来这个许嘉倾还真是魅力不小啊。

本应该留下来一起拍照和参加宴会的许嘉倾接到家里的电话，说是许成栋突然高烧不退，现在紧急去了医院。许嘉倾只留下助理文森处理现场的情况，自己去了医院。

到医院的时候，许成栋正在输液，人已经睡着了，守在病床旁边的陈凤娇一边抹眼泪一边给他披被子。许嘉倾稳定了情绪后，走过去扶着陈凤娇的肩膀问道："妈，爸爸怎么样了？"

"天气突然降温了，他没注意穿衣服就感冒了，都怪妈妈，我没有留意他的情况。"陈凤娇说着就又哭了出来。

许嘉倾抱了抱陈凤娇，安抚道："他是一个大活人，哪里能让你随时看住的？这不是你的错，下次我们盯紧点他就好了。"

　　许嘉倾让陈凤娇回去休息了，自己在医院陪床。许成栋现在的身体状况不是太好，这两年也在积极找合适的肾源，但是这种东西可遇不可求，哪里能说找到就找到的。

　　许久没在慈善晚宴上露面的顾若琛自然是那些莺莺燕燕追逐的对象，但是对方显然连寒暄客套都没有，一旁的助理尽责地替他挡住那些企图围过来的女明星。顾若琛走了一圈，却没有看到自己想看的人，说不出心中是什么滋味，只是自嘲地笑了笑。看见她现在过得这么好，说实话，顾若琛心中甚是不舒服，甚至有种想找碴儿的冲动。

　　回去的时候，顾若琛的脸色不是很好："小张，明天把许嘉倾这两年的所有资料都拿过来，我要看。"

　　小张就是顾若琛的助理。"好的，总裁。"

　　顾若琛做事最讲究效率，当他再次在大屏幕见到许嘉倾，就像是某种暗示一般，或者也是他给自己的暗示一般：这个猎物再次进入了他的狩猎范围。

　　所以当许嘉倾接到助理兼经纪人文森的电话，说有个大制作的饭局要她去参加，许嘉倾还一脸茫然地问文森："最近没听见什么大制作的风声啊？"去大佬的饭局这种事情，许嘉倾并没有少做，毕竟她的酒量确实是拿得出手的，白酒三斤半，啤酒随便灌。以前顾若琛偶尔带她出席饭局，还得她替顾若琛挡挡酒，每次别人笑话顾若琛的时候，顾若琛总是一脸毫不在意的微笑："一家有一个人能喝就行了。"

　　文森也奇怪，道："是最近新立的一个项目，据说有S市神秘资本投资，导演请的是李灵导演，这可是个大饼，说不定还有机会冲击一下好莱坞的。"

　　许嘉倾笑了笑："奖不奖的，对我来说并不重要，只要钱足够多，导演是阿猫阿狗我都演。"

　　文森无奈："你怕是钻钱眼里了。不过得奖也算是镀金，以后有更多机会接戏，也利于你将来转型。"

"行吧，你把地址和时间发我，我到时候去看看。"

"好的，以你的长相和酒品，想在饭桌上谈好生意简直易如反掌。"文森特别看好许嘉倾。

"那是自然。"许嘉倾对自己也是很有自信的。

然而，当许嘉倾在饭桌上见到主位上坐着顾若琛的时候，简直想拔腿就跑。她不是没想过自己进娱乐圈会遇到顾若琛，只是自己实在不是顾若琛的菜，所以就算遇到也没什么打紧。他泡他的嫩模，她当她的艺人，大家井水不犯河水！

可是现在这个场面，怎么看都像是有预谋的！

就在许嘉倾僵硬得不知该如何动作的时候，桌上一个以前和她喝过酒的李总端着酒杯走过来，挽着许嘉倾的胳膊笑嘻嘻地道："许小姐也来啦，今天可不能再把我李某灌醉了。"顿了顿，又神秘地笑道，"你今天要灌那位。"说话间，手指就指向了主位上的顾若琛，此刻他正眼神冰寒地盯着李总挽住她胳膊的手。

许嘉倾没敢看顾若琛，拳头放在膝盖上握紧，没有说话。但是顾若琛不会放过她。

顾若琛笑笑着望向此刻低着头的许嘉倾，说道："听闻许小姐海量，不知道今天顾某是否有这个荣幸和许小姐共饮一杯？"

许嘉倾深呼一口气，伸头也是一刀，缩头也是一刀。她端起顾若琛的酒杯，将他酒杯中剩下的酒倒了一半在自己的杯子里，然后端起两杯酒，将顾若琛的酒杯递回去，歪头妩媚一笑："顾总裁，是否肯赏光？"

顾若琛接过酒杯，手指无意间碰上她的手指，也只是抿唇微笑："顾某的荣幸。"

许嘉倾仰头一口闷了手中的酒。如此美貌，何须如此酒量？美女能喝且愿意陪你喝，简直就像是古时候拿到皇帝的免死金牌一样，可以在任何地方横行无忌！

顾若琛只是轻轻地抿了一小口，然后偏头微笑看着许嘉倾："许小姐海量。"

许嘉倾有些疑惑，偏过头开始打量顾若琛，不明白两年来一直无声无息的顾若琛为何突然对她感兴趣了。

顾若琛任由她打量，突然低头笑了笑："不如我们换个地方，让许小姐一探究竟？"

这个是饭局上的暗语：意思就是我们可以开始二人世界，做些二人之间的事情了。

许嘉倾一下子领悟了顾若琛此次的目的：顾若琛现在看她，就像他当初看那些嫩模一样，一个解决生理需要的猎物而已。

参透这一层意思，许嘉倾歪头笑了笑，答道："好哇。"不管许嘉倾今晚和顾若琛有没有发生什么，只要现在她跟着顾若琛走了，那么这个饭局上的人都会以为许嘉倾是顾若琛要罩着的人了，以后在娱乐圈的路更好走一点。

每个人都是趋利避害的，许嘉倾也不例外，有这样狐假虎威的机会，她何不利用？

只见顾若琛礼貌地站起来，微笑示意："顾某有些不胜酒力，就先告辞了。"转而看向许嘉倾，"还要麻烦许小姐送我一程。"

在座的人都是了然，那个李总更是了然，只是心中多少有些不忿。这个许嘉倾，他明示暗示了不下十次，每次都被她装傻充愣糊弄过去，这个顾若琛一来，她就屁颠屁颠跟过去了，真是令人生气。可是除了生气也没别的办法了，在S市又有哪个人敢去动顾若琛呢？

**

刚上了房车，顾若琛吩咐司机开车，就拉下了与前座之间的隔屏，然后掐住许嘉倾的下巴。他用拇指一寸一寸地描摹她姣好的下巴线条，笑得温润却带着戏谑，亲了亲就立即松开了，然后看着许嘉倾的眼睛，道："味道还和以前一样。"

许嘉倾偏过头带着笑，伸手扯住他的领带，将他的耳朵拉近自己的嘴边，轻声问道："你再次搭上我的目的是什么？顾总裁，难不成想让我再讹你一次？"

顾若琛笑了笑，直接使劲将她按倒在后排的座椅上，双手撑在她耳朵两侧，居高临下地看着她，道："就当作露水情缘而已，我们各取所需。"说完就要低头去吻她，却被许嘉倾偏头躲过。

顾若琛的嘴唇擦过她的，最后停在她脸颊上方。他看着许嘉倾的样子，也不强迫，只是坐起身子，自己拉好领带，笑道："既然许小姐不想做这单生意，顾某也不会强人所难。"

许嘉倾抿唇坐起身，她看了一眼顾若琛，他此刻已经拿出一旁的iPad查看当前的股票走势图。许嘉倾微微皱眉，她不是矫情，只是不想再和顾若琛有任何联系。她心中隐隐觉得，顾若琛那里是龙潭虎穴，自己应该绕行。

许嘉倾突然开口问道："你和崔雪儿结婚了吗？"她不知道是不甘心还是怎么的，嘴巴不经过脑子就问出这个问题。

顾若琛连头都没抬，只是道："和你无关。"

许嘉倾闭上眼睛，赶走一些莫名其妙的情绪，只是笑了笑，太庆幸自己刚才拒绝了他。

顾若琛让司机送许嘉倾回家后就离开了，什么话也没说。

第二天许嘉倾接到经纪人文森的电话，说是李灵导演的新电影邀请她去面试，还说是导演特意提到要她去试镜的。

许嘉倾眉头皱了皱，自己昨天明明拒绝了顾若琛，怎么还会有这个机会？难道说这个项目他还要投？而顾若琛任由自己借他狐假虎威，即使后来拒绝了他，他依然什么都没说，这才让李灵导演有错觉，觉得她是顾若琛中意的人？

但是不管是什么情况，既然有这么好的资源落到自己的手里，她没理由不抓住。

许嘉倾给自己化了个淡妆，文森的车便到楼下了。

文森在前面开车，许嘉倾在后排给自己补妆。文森一边开一边交代："这回拍的是一个地震灾难片，今天要试一个在灾难中被爱人抛弃的镜头。"

"知道了。"许嘉倾听到这里，刚想给自己化得更白一点，衬托出那种脸色苍白的样子，却突然感觉车子被猛烈撞击，接着她的脑袋就整个向前磕去。

许嘉倾感觉一阵天旋地转，强烈的撞击让她甚至产生瞬间的空白。

等到许嘉倾睁开眼睛的时候，就闻见一阵消毒水的味道。这个味道她太熟悉了，她确定了，自己现在躺在医院，并且意识还算清醒。她眨了眨眼睛，适应突然的强光，首先看见的是医院雪白的天花板，转过脸是文森的后脑勺，文森也受伤了，脑袋还缠着纱布，守在许嘉倾的病床前听医生的嘱咐："轻微脑震荡，注意饮食清淡和注意休息，额头和脖子的皮外伤要定期换药，留院观察一天，确定各项指标都没有问题再办理出院吧。"

文森转过脸看见许嘉倾醒来时，便惊喜地跑过来："小姑奶奶你终于醒了，快给我吓死。以后不管坐在前排还是后排都要系上安全带，我要不是有安全带和安全气囊，恐怕你现在就见不到我了。"

许嘉倾观察文森说话激动的样子，确定了他没事，这才问道："试镜是几点？我们错过了吗？"

文森本能地抬起手腕看表："现在才两点半，试镜到下午五点才结束。"文森说完觉得不对，立即道，"就你这个样子，还试什么镜？好好养伤才是正经的事情。钱比命还重要吗？"

许嘉倾笑道："和命一样重要。"笑了笑道，"行吧，以后找机会，看能不能再找李灵导演说说情。"说完就闭眼开始养神。

文森去外面接了一个电话，然后忧心忡忡地走进来。

许嘉倾看了他的脸色，问："出什么事了？"

文森看了一眼许嘉倾，没解释，反而问道："你知道撞我们的人是谁吗？"

"我的对家那么多，哪能猜到？"许嘉倾不以为意地说道。

"是那个慈善晚会上非要最后一个出场而故意晚到的杨连粤。她今天也去试镜李灵导演的女一，她觉得你是竞争对手，所以让你出了这个车祸，让你没办法试镜。"

许嘉倾几乎是立即坐起来，随之而来的眩晕让她缓了好半天，但还是掀开被子要下床："这个贱人，老娘不弄她，她自己非要上赶着往轮回路上跑，那今天老娘就送她一程。"

文森赶紧拦住许嘉倾："我看现在往轮回路上赶的人是你。医生说你要多休息。"

许嘉倾望着文森，道："我混迹江湖这么多年，还没被人这么欺负过！今天就是抬也要给我抬到现场去，我要把那个贱人的脸撕烂！"将有些凌乱的头发一下子捋到后脑勺，"这个试镜她不是想要吗？我还偏不给了。"

文森见阻止无望，也只好妥协，问医院要来轮椅，给她推到车上，防止她在试镜前剧烈运动。

许嘉倾到的时候，杨连粤已经试镜完，看得出来有些哭得脱力了，再看到许嘉倾的时候，先是一愣，随即仰着下巴，冷笑道："还是先顾好自己的命比较重要。"

许嘉倾不怒，不以为意地笑了笑："今天这场仗才刚开始打呢，我怎么能让我的对手好过呢？敌人的舒坦就是自己的失败，这句话一向是我的座右铭。"

杨连粤冷笑："凭你现在这副鬼样子？"

"拭目以待。"许嘉倾从她身边走过，不再理她。

许嘉倾进了试镜房间旁边的洗手间，看着洗手池墙上的镜子，抿紧嘴唇，毫不犹豫地扯掉额头上以及脖子上的纱布。因为使劲儿，伤口慢慢裂开，渐渐有鲜血流出来。为了更惨烈也更妖艳，她将伤口弄得更大一点，然后才走进试镜的房间。

可是当她看见顾若琛时，先是一愣，随即镇定下来。这部戏是他投资的，他在试镜现场也情有可原。想通这些，许嘉倾开始自己的表演。

因为是灾难片，许嘉倾此刻额头和脖子上的伤恰到好处，而且她本就长得艳丽，如今脸色有些惨白的脸蛋被鲜红的血衬托得更有一种疯狂妖冶的绝望。

她试镜的是在灾难中被爱人抛弃的场景，不同于杨连粤的号啕大哭。许嘉倾只是静静地跪坐在角落，微微仰头看着天，似乎是想强忍泪水的样子，额头上的血流到睫毛上，让她本能地闭上眼睛，任由鲜血流下来。她没有伸手去擦，在鲜血滚落的瞬间，她的眼泪也滚落了下来，但是只是无声地哭，加上鲜红的血，更让人感觉凄厉的绝望。

让许嘉倾没想到的是竟然是顾若琛先喊的卡。他冷冽的眼神盯着许嘉倾，质问道："你的伤是怎么回事？"

许嘉倾也不避讳："来的路上，出了车祸。"

顾若琛皱眉，直接走到她面前，居高临下地看着她。

他的声音更冷："哪怕是出了车祸，还是想要这个机会，为了钱，你可以拼命是吗？"

许嘉倾觉得他问得有些多余，遂笑了笑："谁为了钱不会拼命？"

顾若琛的眼神更加冷冽，没有回头，只是盯着此刻跪坐在地上的许嘉倾，话却是对身后的李灵导演说的："要用哪个演员，导演你自己决定。看实力就好，不用考虑我的因素。"

说完直接绕过许嘉倾出去了。

许嘉倾可以确定：他生气了。可是令她疑惑的是，他为什么生气呢？难道触景生情，思及当年离婚时她讹他的钱？

李灵说："许小姐先出去等结果吧，我们需要商量一下。"

许嘉倾礼貌地颔首出去了。

许嘉倾直接去了外面的洗手间，想清理一下额头上和脖子上的伤口，要是留下疤就得不偿失了，今天这样做还是有点冒险了。

当她重新贴好额头伤口时，杨连粤竟然出现在洗手间门口。

她冷笑地看着许嘉倾，嘲讽道："你身上的伤是自己故意弄开的吧？为了赢，真的是什么下三烂的手段都用上！真令人恶心！"

"下三烂？"许嘉倾重复了一下她的话，然后冷笑着摔下手中的纱布，再次扯掉额头上的纱布，走到杨连粤身边，一下子抓住她的手，将她的手按向自己的伤口。

杨连粤吓得脸色惨白，大叫："放开我！"

许嘉倾笑得更加妖冶冷艳："假如我现在叫人，你杨连粤为了赢，故意弄花我的脸，你说李灵导演会怎么看你？门外的媒体会怎么写你？顾若琛那个投资人又怎么看你？"

杨连粤脸色惨白："你胡说八道，谁会信你，明明是你自己弄的。"说着就要抽开自己的手，却被许嘉倾抓得更紧。

"谁信？"许嘉倾冷笑地反问，"记者随便一张照片，就说明一切，毕竟现在受伤流血的是我，你怎么解释？"

"你！许嘉倾你卑鄙！"杨连粤快急哭了。

许嘉倾看她那滑稽的样子，猛地松开她的手。杨连粤失去重心往后跌坐在地上。

许嘉倾撑着膝盖，狡黠地看着她说道："看清楚了，刚才的才叫下三烂！但是我并不屑于用，至于你说的我弄开自己的伤口，这何来的下三烂？我利用我自己，伤害的也是我自己。在我看来，用自己的一切方法在不伤害别人的前提下去得到自己想要的东西，这再合理不过了。倒是你，因为想赢，策划了这场车祸，我们比起来究竟谁更下三烂？"

许嘉倾说完连看都懒得看她，直接绕过她，走到门口时顿住，冷笑道："不过我还要感谢你这场车祸呢，不然我也想不到这么好的方法，既卖了惨，又得到我想要的东西。"

许嘉倾再不停留，直接走出洗手间，在门口碰到来找她的文森。文森先是一脸高兴，随即一脸惊恐地大声道："我的小祖宗呀，不是让你去处理伤口的吗？怎么越处理越严重了？"

"没事，去车上再弄。"许嘉倾不想停留，只想快点去处理伤口。

文森快步跟上来，一边走一边问道："你怎么不问我结果？"

"还用问，肯定是我，不然杨连粤刚才也不会那样阴阳怪气地跟我讲话。"说完，仰头笑了笑，从敌人那里抢来她特别想要的东西，那感觉——"爽！"

车库里，顾若琛的房车就停在许嘉倾的车旁，当许嘉倾刚到自己的车旁边，顾若琛的车门也被打开。

许嘉倾一眼就看见车里坐着的顾若琛，虽然疑惑他在这里做什么，但是想到他现在是自己的老板之一，立即笑着打招呼道："顾总裁怎么还没走？"

"我在等你。"顾若琛带着笑意看着她。

他又恢复了平时儒雅的模样，仿佛在面试时那个冷峻的顾若琛只是一个幻觉。

许嘉倾指了指自己，不确定地再问一遍："我？"

"对，上车。"

"那个，顾总裁，我想你是不是搞错了？我们已经……"

"我给李灵一个电话，就能把主角换给杨连粤。"顾若琛打断她的话。

　　许嘉倾翻了一个白眼，但是为了角色，还是上了他的车，留下文森一个人站在车边一脸蒙。

　　"坐过来。"顾若琛笑着拍了拍他身边的位置。他是笑着，但是那个语气让人有种不容置喙的命令感。

　　许嘉倾不想惹怒他，就坐了过去。

　　"为了角色，又弄伤了伤口？"顾若琛玩笑地问出来，语气却表明他已经完全猜到。也是，许嘉倾那点小手段哪里逃得过他的眼？

　　"怎么？成功博得了顾总裁一腔怜香惜玉的心情？"

　　顾若琛只是笑了笑，望着许嘉倾说道："我看起来像慈善家吗？"

　　"也是，顾总裁的心从来不在不重要的人身上停留。"许嘉倾顺着他的话回应道。

　　顾若琛只是望了一眼许嘉倾，似乎在沉思什么，随即像是什么都没有发生一样，又恢复平日儒雅的样子。他从脚边拿起医药箱，准备给她上药。

　　许嘉倾看着快擦到自己额头的碘伏棉签，本能地往后退了一下，随即警戒地问道："你想做什么？"

　　"上药。"顾若琛好笑地回答，显然不想多解释。

　　"你这种人做什么事都是带着目的进行的，我不信你会这么好心等在这里给我上药。"许嘉倾继续自己的疑惑，"我虽然是你法律上的前妻，但是我们之间没什么感情可言的。再说离婚的时候，我也从你那里得到我想要的东西了，按道理讲我们两不相欠的，你现在突然这样对我，让我觉得你即将要做什么对不起我的事情。"

　　顾若琛深深地看着她，然后伸手掐住她的后颈脖，将她拉近自己，儒雅的俊脸依旧带着笑，只是声音有些冷："我如果想对你做什么，你有能力反抗吗？如果我是你，就会乖乖受着，对你来说并没有损失，或许还是好事。"

许嘉倾一想，确实是这样，遂笑了笑道："你说得也对，你随便指点我一下怎么买股票，或者随便投一个影视，就够我花一阵子了，我并没有理由拒绝。"

顾若琛一笑："许嘉倾，你知道我最欣赏你哪一点吗？拿得起也放得下，目标明确，仿佛所有和钱有关的事情，你都是势在必行般的架势。"

"是吗？倘若我有一个可依靠的人任我予取予求，也用不着这么拿得起放得下，我想怎么任性就怎么任性，用不着为了钱这样做。"

顾若琛看着她不说话，只是低头吻上她柔软的唇，慢慢地吻得温柔，甚至有些缱绻缠绵。

许嘉倾想推开他，却被顾若琛伸手握住。他略带沙哑的声音仿佛诱哄一样道："我难道不是你最好的人选吗？"

说完，继续刚才被许嘉倾打断的吻。

许嘉倾却继续问道："你会是这个人选多久？"

"谁知道？"顾若琛说罢就不再给她说话的机会。

顾若琛带她回了一栋别墅。

他将她抵在门板上，手指摩挲着她的下巴，眼中是对她的渴望，声音沙哑："你很好，值得放在身边。"低头咬住她的唇瓣，接着却说出另一句话，"但不适合爱。"

许嘉倾觉得心脏有些密密麻麻地疼，像是被一双手狠狠地掐住，那种被紧紧箍住的窒息感让她很想大叫出来。可是她什么也没做，只是承受着，努力地承受着。她的脑海中想起前不久许成栋的主治医生的话："你父亲现在情况很不好，两年前开始是一星期做一次透析，后来变成每周三次，现在每天都要做一次腹膜透析。费用越来越高这不用说，如果再找不到合适的肾源，病人的身体也会越来越糟糕，病人也会越来越痛苦，所以你们是否选择停止透析？"

许嘉倾握紧了拳头，硬生生地将眼泪憋回去，只是看着医生道：

"只要他活一天，我就还有爸爸。就当我自私好了，无论多少钱，无论多难，我都要继续透析，直到找到合适的肾源。"

这些声音在许嘉倾耳边回响时，眼泪一下子滚落了下来。

顾若琛看着她的泪水，随即一愣。

许嘉倾却含着泪歪头笑了笑，主动抱住他，笑道："顾若琛，不管多久，赖你一阵子也是好的。"说完直接亲了上去，说道，"做吧。"

顾若琛看着她的样子，第一次感受到她的脆弱。目标明确、为钱而活的许嘉倾也会出现脆弱的表情，真是稀奇。

第003章　机会&交易

等许嘉倾醒来的时候，就看见顾若琛正在给她额头的伤口擦药贴纱布。

"醒了？"顾若琛笑了笑，"倒是比以前醒得早了。"

"或许是你退步了吧。"许嘉倾随口一说。

谁知这一下刺激了顾若琛。

第二天许嘉倾很后悔，不该刺激他那一下的，下床走路都觉得困难。她嘴里骂骂咧咧："顾若琛，你个禽兽。"

顾若琛已经离开了，床头柜上留下了一张金卡和一把属于这栋别墅的钥匙。

许嘉倾看着金卡和钥匙发呆：她和顾若琛达成情人的关系了吗？

许嘉倾歪头笑了笑，拿起床头柜上的金卡和钥匙，抱着膝盖吃吃地笑出来，笑着笑着就有泪花在眼睛里浸润。她用力地眨了眨眼睛，大家求仁得仁，各取所需。

至于顾若琛为什么回头找许嘉倾，许嘉倾自认为是自己美艳绝伦，曾经得到过她的男人再次看到她，再次沦陷而已。呵，男人。

许嘉倾准备起身给自己做顿饭。她好饿，顾若琛这个禽兽，吃干抹净就滚蛋了，一句话也没留下。

　　许嘉倾打开冰箱，空空如也，去了一趟厨房，依然空空如也。她有些颓丧地回到沙发上盘腿坐下，拿出手机给顾若琛发微信。

　　她给顾若琛的备注是"1号冤大头"，所以他在许嘉倾的朋友列表中是第一个，也算是一种福利了。许嘉倾这样想着，觉得心里舒服了一点。

　　"家里一点吃的都没有吗？"

　　五分钟过去了……没回信息。

　　十分钟过去了……没回信息。

　　许嘉倾有些纳闷，怀疑自己手机是不是停机了，流量是不是不能用了，别墅的信号是不是不好？

　　于是许嘉倾用流量登录软件给自己充值500元，成功了！

　　流量话费信号都有了！

　　就是没有顾若琛的回复！

　　许嘉倾觉得有一些尴尬，明知道是这种结局，想去撤回那条消息，发现已经过去两分钟无法撤回了！只得气鼓鼓地转而给文森打电话，让他送点吃的来，她实在是饿得走不动道了。

　　文森进来的时候，眼睛都直了，以一种嫌弃的表情看着许嘉倾说道："在S市这种寸土寸金的地方，你竟然有这么个大别墅，却还每天在我面前哭穷，让我多安排点工作！！"末了瞪了她一眼，"许嘉倾，你天天哭穷，你死不死啊！缺不缺德！"

　　许嘉倾看了一眼手机：还是没有回复！

　　于是她立即回瞪了一眼文森："就是这么缺德，有本事你也缺一个给我瞧瞧！"说罢直接拿过文森打包来的米粉吃了起来。

　　刚吃了三筷子，文森又开始嗷嗷叫了："行了行了行了行了行了哈！三筷子了哈！"

　　"我没吃饱！"许嘉倾可怜巴巴地望着文森说道。

　　"还想不想在娱乐圈捞钱了？想捞你就放下筷子，现在就跟我出去开工，不想捞，你就接着吃。"文森一点面子都不给。

许嘉倾不舍地放下筷子，犹豫了一下："我喝口汤？"

"不行，你接下来要拍李灵导演的戏了，现在的体重都有点重了，我跟你讲。"

许嘉倾不服气了："168厘米，98斤，你说我重？你这怕不是想让我死，非要瘦成80斤的排骨才好看是吧！"

"我要是你，我就多看看剧本。这次和你合作的演员霍羽奚是电影界大咖，长得美而不阴柔，电影界的奖项都摸遍了，就是为人比较清高傲慢，一般人都是不看在眼里的。像你这样走流量路线的花旦，我估计到时候他会挑刺。"

"不用顾忌，肯定会挑刺，这种清高傲慢的男人一般都脑子短路地以为我空有美貌而毫无实力。"许嘉倾摆摆手，"放心好了，我会用我过硬的演技给他一记响亮的耳光。"

不过许嘉倾也不敢轻视，望着文森说道："不过电影和电视剧还是不同，你最近帮我在工作之余安排空闲时间上上电影课，总是要准备充分才能去打仗的。"

"你现在哪还有空余时间？"

"那减少点睡眠时间就好了。反正以后还会补回来的。"

文森想说什么，但是看着许嘉倾已经开始收拾东西准备和他出门，便也不再说什么，反正说了也没用。许嘉倾想拼的时候，没有人能拦住她。

许嘉倾再次看了一眼手机，依旧没有任何回复。她把手机收进包里对文森说道："走吧，开工了。"

他们一边往外走，文森一边交代今天的行程："先是有两个代言广告要拍，还要拍一个杂志封面，然后有三个视频网站的采访录制，晚上还要去B市参加一个大学生电影节。"

"嗯，知道了。"许嘉倾听完之后，给妈妈陈凤娇打了一个电话，询问爸爸的情况。听说许成栋今天的透析已经做完，现在正在医院休息，没什么大碍。

房车上，文森把今天的采访稿给许嘉倾对一遍，突然她冒出没头没脑的一句话："文森，你说我们能等到合适的肾源吗？"顿了顿，"只要找得到，他想要什么我都愿意给他。"

火速地拍完广告，许嘉倾就马不停蹄地赶往《嘉赏》杂志封面拍摄现场。

可是在入棚前听见外面有些吵嚷，问了一边的工作人员是怎么回事。工作人员说："还不是现在的文艺青年，发一些抽象的拍摄就觉得自己很有艺术造诣，拿着作品非要投递给公司，已经在门口堵一星期了，主编都不敢走正门了。"

许嘉倾瞥了一眼门口的摄影师，本来不想多管闲事的，但是在看到摄影师的时候，似乎觉得眼熟，便走了过去。

许嘉倾示意保安不要拦着，自己走到他面前，笑了笑："你要投作品？别人不让进还赖着不走？"顿了顿，"脸皮这么厚？"

那个男子看着许嘉倾，立即眼睛冒光，听到她说的话之后，也浑然不在意，只是笑道："如果我的作品能被更多人看见，那我才算真正拥有脸面。"

许嘉倾点了点头，觉得对方是个投缘的人，于是说道："把你的作品给我吧，我给你带进去，但是结果我不敢保证。你把你的名字和联系方式都写在上面吧，别到时候杂志社找不到你本人。"

"好好好。"那人立即写上"摄影师：梵儒战"。

梵儒战写完便将作品递给她，然后说道："我们以前见过，你还记得吗？在咖啡厅，想找你做模特。"

许嘉倾看了他一眼，只是觉得眼熟，但是依然没什么印象，只是笑了笑："感谢厚爱。"

"不，你那时候还没有成为明星。"

许嘉倾已经不想纠缠，只是拿着作品进去了。她纯粹觉得今天天气晴朗，适合日行一善，他日或许会有善报。

将梵儒战的作品交给《嘉赏》的主编张蓉蓉之后，许嘉倾就去拍封面了，这事情也被她抛之脑后了。

B市电影节闭幕，已经是凌晨两点了。

许嘉倾上飞机之前，看了一眼手机，顾若琛依旧没有回复消息。

许嘉倾笑了笑，一个没名没分的情人竟然想要关心和爱，是有点可笑了。

顾若琛昨天晚上的话犹在耳边：你很好，值得放在身边，但是不适合爱。

她当时很想问为什么不适合，但是忍住了。对他的那点心思，应该在还没深陷之前早早地掐掉为妙。大家各取所需，日后才能好聚好散。

许嘉倾在机场等着取行李的时候，因为忙得太晚，眼睛已经有些干涩迷糊了，拿行李的时候没有看仔细，完全没看见自己拿的行李箱后面还有一个一模一样的，那才是自己的行李箱。

许嘉倾还没走出机场，后面有人就追过来拍了拍她的肩膀。因为现在是凌晨四点，机场里大家都很疲惫了，许嘉倾并不担心有粉丝或者狗仔之类的，也就没戴口罩。

感觉背后有人拍她，本能地回头。

一回头，一张阳光干净的笑脸就投映在许嘉倾的眼睛里。她真的很少看到这种干净、阳光、俊秀、眼神澄澈、笑起来露出八颗牙的年轻男子。

那男子看见她也是一愣，随即笑道："不好意思，我们的行李箱太像了，好像拿错了。我行李箱的把手上刻着GRB三个字母。"

许嘉倾连忙看了一下行李箱的把手，立即不好意思道："实在不好意思，是我没看清。"于是将行李箱还给他，再接过他手中的行李箱。

"没事，现在已经凌晨了，大家都很疲惫，取错很正常的。"那男子说完颔首，准备直接走开。

许嘉倾抿唇看着他的背影，总觉得有些熟悉，但是也说不出哪里熟悉，便没将这个小插曲放在心上，可能长得帅的人都是相似的吧。

虽然许嘉倾认为现在没有狗仔，但是并不代表真的没有，因此两人交换同款行李箱的场面就被拍了下来，还有许嘉倾看着那男子背影出神的一幕。

许嘉倾先上了来接她的房车，随后文森拿着更多的行李上了车。

许嘉倾靠在车后座准备闭眼休息，却被文森勒令一定要系安全带。想起上次杨连粤的事情，她就乖乖听话了，但是瞬间睡意也没有了，于是靠着车窗，望着窗外出神。

突然，身在医院的陈凤娇打来电话，说许成栋的情绪很不稳定，着急让许嘉倾去医院一趟。

许嘉倾立即脸色都变了，赶紧让司机开去医院。路上顾若琛打来电话，许嘉倾直接挂掉了。她现在一门心思都在许成栋的身上，哪里有心思应付顾若琛，与其多说多错，不如直接就不要说了。

顾若琛看着挂掉的电话，眉头微皱。

许嘉倾早就换上一双平底鞋，只是电影节回来的妆还没卸，直接冲去许成栋的病房，就看到许成栋坐在窗口上，哭闹着不愿下来。这里是医院的VIP病房，在十六楼，陈凤娇站在远远的地方，哭得快要脱力却束手无策，身后的医生护士也不敢上前劝说。

许嘉倾看着坐在窗台上的许成栋，眼泪唰地就掉下来了。她哭着上前说："爸爸，你这样做是要痛死女儿，痛死妈妈吗？"

"乖女儿，我的乖女儿，爸爸好累了，还一直在拖累你，在拖累这个家呀。爸爸也觉得好累呀。"

许嘉倾一边哭一边慢慢靠近："我一点也不觉得爸爸拖累我，我觉得有爸爸就很幸福。我知道你很累了，也很痛，女儿都知道。我很心疼，妈妈也很心疼，但是我们不能没有你，请你为了我们再努力一下好吗？我们一定会找到合适的肾源的，爸爸，你信女儿吗？”

“不会的，三年了，三年都没有找到肾源，概率太低了。倾儿，我们不要挣扎了。爸爸在等你，就是想看你最后一眼，爸爸真的太痛了，太累了。”

许嘉倾眼泪掉得更狠：“我知道，我都知道，我知道很痛。那些针扎在你的身上，也像扎在我心上一样，和爸爸一样地痛，我都懂，可是我还是不愿意放手。爸爸，我太自私了，我还想要爸爸，无论用什么办法，我都要留住我的爸爸。爸爸对不起，我这么不懂事，可是我是你最疼爱的女儿呀，你为什么不纵容我的自私了呢？”她哭得更凶了，几乎是号啕大哭，“我是你最疼爱的女儿，你说最不想看到我哭，我现在都哭成这样了，你为什么不来哄我呀？以后我要是没有爸爸，我哭了，谁来哄我呀！”

许成栋的眼泪也掉下来了，他哭着伸出手：“我可怜的女儿。”说着就要下来，可是他一只脚踩着的空调外挂机连接处突然断掉，整个人就往外栽过去，这时候离他最近的人就是许嘉倾。

所有人都被吓得尖叫了一声，只有许嘉倾几乎是箭步冲上去，抓住了许成栋的手腕。

她看着许成栋：“爸爸，别怕，我这就拉你上来。”

许嘉倾的胳膊因为下面扯着许成栋，整个胳膊在窗台边缘摩擦。虽然许成栋已经很瘦很瘦，但是男人的骨头本就很重，许嘉倾根本拉不起来，却还是咬牙不松手。

这时候旁边的人都反应过来，许嘉倾感觉有双修长的手也抓住了许成栋的胳膊。她来不及看抓住父亲的人是谁，便两人合力把人拉了上来。

许嘉倾整条小臂从手肘到手腕，被窗台边缘摩擦得伤痕累累，鲜血顺着小臂流下来。她顾不上自己的伤，直接抱住被拉上来的许成栋，哭着说：“爸爸，我们再努力一下，不要放弃我和妈妈好不好？”

“好，爸爸错了，爸爸不该让你哭的。”

医生给许成栋打了一剂安定针，就让所有人都出去了。

陈凤娇被安排在旁边的家属休息室休息了。

许嘉倾安顿好父母，关上门出来。刚一转身，就感觉一阵眩晕，直接顺着门边滑下来。她今天工作强度太大，现在已经凌晨五点了，加上刚才精神起伏太大，身体实在受不了。

一双有力的胳膊接住她，迷糊间感觉自己被人打横抱起来了。

等许嘉倾睁开眼睛的时候，几乎是立即坐起来，随之而来的眩晕感让她缓了好半天，揉了揉太阳穴，就听见有人推门进来。

“是你？”许嘉倾有些吃惊地看着他，在机场拿错行李箱的那个男人。

“你醒了？现在已经七点了，我在楼下买了早点。你先吃一点，劳累过度又没及时补充营养，加上情绪波动太大很容易低血糖。”那男人买了豆浆油条包子生煎咖啡面包土司，都放在她面前的茶几上，“吃一点补充一下体力。”

许嘉倾伸手指了指桌上的早餐，伸出胳膊时发现伤口已经被包扎好，看了他一眼，歪头笑了笑：“谢谢你，只是你买这么多，我们俩也不一定吃得完。”

他笑得有些不好意思：“不知道你吃什么样的，就都买一点。”顿了顿，“哦，我叫顾若白，是这个医院新入职的医生。”

许嘉倾笑了笑：“谢谢你昨天帮忙救了我们父女。”顿了顿，喃喃自语道，“顾，若，白？这名字好熟悉。”想了想又问，“你和顾若琛什么关系？”

顾若白思索了一下：“大概是名字相似的陌生人吧，我刚回国，认识的朋友不多。"

许嘉倾听他这么说，也就没再问下去。她记得顾若琛有个二哥在国外留学的，她和顾若琛结婚期间，他一直没回来，但是具体叫什么她就不清楚了。可是眼前的人真的很阳光，正派温柔，体贴细腻，让许嘉倾觉得他说出的每个字都很值得信赖。既然他说不认识顾若琛，那就当不认识好了。

许嘉倾拿起牛奶，插上吸管开始喝牛奶。

"空腹喝牛奶不好，这样不利于钙的吸收。"顾若白温柔地提醒。

许嘉倾不以为意："专家还说不能空腹吃饭呢！"

顾若白微微一愣，随即低头温柔一笑。早晨的阳光正好从百叶窗中投射进来，洒在他伏下的眼睫毛上，竟然有种岁月静好的感觉。

"有没有人跟你说过，你站在那里，哪怕不说话，都很温柔美好。"许嘉倾不自觉地脱口而出。

顾若白一愣，随即说道："我的周围都是英国人，大概说不出你这么有语境的中文句子。"

许嘉倾歪头笑了笑，觉得他说得好有道理，无法反驳。

等到许嘉倾吃完半片面包和一杯牛奶，顾若白才开口道："叔叔的病历我看过了。"

许嘉倾一下子严肃起来，正襟危坐地看着他："你有办法吗？你从英国留学回来，一定有更先进的医学办法。"

顾若白抿唇看着她，似乎在揣摩如何开口："无论是国内还是国外，治疗尿毒症最好的办法还是透析和换肾。叔叔已经透析超过三年，身体免疫力等各方面其实是在逐年下降的，目前最好的办法就是尽快找到肾源，做换肾手术。不然再继续透析下去，即使找到合适的肾源，他的身体也承受不了各种排异反应的。"

许嘉倾垂下头，仿佛脱力一般："可是合适的肾源哪里是那么容易就能找到的？"

"是，办法都知道，但是没有肾源，也没有办法。所以你还是要放宽心，努力开解叔叔和阿姨，让他们保持足够的耐心和信心，时刻为手术做准备。"

"我知道了。"许嘉倾起身道谢，问他要了电话和微信，然后去了许成栋的病房。

陈凤娇正在给许成栋喂饭，见许嘉倾进来，许成栋立即笑道："倾儿来了，饭吃了吗？"

"吃过了，爸，今天感觉怎么样？"

"好了很多。"许成栋笑着说。

许嘉倾心里明白哪里好了很多，不过是安慰她的话，但是也不拆穿，只是高兴地道："爸爸真厉害，好点就行。"顿了顿，许嘉倾笑道，"爸，你知道昨天拉你上来的那个人是谁吗？"

陈凤娇和许成栋一起疑惑地问："谁呀？"

"新来的医生，刚从英国留学回来的，专攻尿毒症的专家。他说会给出更好的治疗方案，爸爸以后就不会这么痛了。"许嘉倾笑着说。

"真的吗？"陈凤娇激动地拉住许嘉倾的手，"那你可要好好谢谢人家，多打点打点。"

"知道了，妈。"

许嘉倾从病房出来的时候，随手带上门，然后靠着门框重重地吐了一口气。她用手捂住眼睛，良久，用手指抹掉眼泪，挺直了脊梁，坚定地往外走。

医院悠长的走廊，显得她的身影甚至有些单薄，但是异常坚定。

许嘉倾还是一直在连轴转，仿佛不会累一样，顾若琛也一直没有找她，她一收工就去医院看许成栋，每天都能遇见顾若白。许嘉倾真的觉得顾若白温柔得就像个天使一样，他会认真聆听许嘉倾的烦恼和吐槽，然后笑着给出一些建议或者自己的想法。有时候明明他说的和许嘉倾想的完全相反，却仿佛有种魔力一样，让许嘉倾很是信服。

日子忙碌而平静。

打破平静的是一则娱乐新闻。

标题是《许嘉倾凌晨和神秘男友机场交换情侣箱，被男友医院公主抱，疑似有喜》。

许嘉倾看见新闻的第一反应是，这是哪个王八蛋在造顾若白的谣？

文森不解地问道："你这时候不是应该关心你自己吗？"顿了顿，"你认识照片上这个人？"

照片只拍到许嘉倾的脸，顾若白的都是背影，估计也找不出来是谁。她渐渐冷静下来，看了一眼报纸："去警告一下这家媒体，以后拒绝合作。"

文森疑惑地看着许嘉倾："这种模棱两可的绯闻，不要管就好了，正好炒作一波，你干吗发这么大脾气？"

"我有吗？"

"有。"

许嘉倾刚白了他一眼，就听见电话响了。许嘉倾一看，白眼再次翻起来。冤大头1号现身——顾若琛打电话来了。

电话刚接通，许嘉倾还没说话，对方只一句冷冰冰的话："回来。"

然后电话里就传来挂断的嘟嘟声。

许嘉倾看着手中来不及说出一个字的电话，翻了一个白眼，但还是转身对文森说："我出去一趟，今天下午的通告帮我往后排一个小时。"

许嘉倾猜测顾若琛说的"回来"是回上次他们去的那栋位于九亭的别墅。

许嘉倾给他发过去一个"我来了"的可爱表情包。和上次微信一样，没有回音。

许嘉倾到别墅的时候，一楼没人。她叫了一声顾若琛的名字，也没人回应，试探地上了二楼，又叫了一声顾若琛，还是没人理。

往卧室方向走了两步，就听见卧室传来冰碴子般的声音："进来。"

许嘉倾撇了撇嘴，堆上虚假的笑容走进去，看着坐在沙发上的顾若琛。

许嘉倾笑着走过去："日理万机的顾总裁今天怎么有空叫我过来？"

顾若琛将茶几上的报纸扔到她脚边。

许嘉倾看了一眼脚边的报纸，然后笑了笑道："我是当红明星，随便跟谁接触都会被媒体狗仔拍到乱写的。如果这都要当真，你每天都要跟我置气了。"

"这就是你的解释？"顾若琛的表情并没有因为她的解释而松动分毫，反而有更加生气的征兆。

许嘉倾歪头想了想："我……好像没有和你解释的必要呀？"看他脸色越来越寒，赶忙道，"我们并没有签订协议，你也没有给我资源，我们是互不拖欠的状态。你有你的自由，我有我的自由，我们只是……"

她话还没说完，顾若琛猛地站起身，大长腿一下子跨到她面前，掐住她的下巴："你在威胁我？你故意向我示威的？"

许嘉倾被他掐得下巴生疼，想推开他，却被他抵在背后的组合柜门上。他的眼睛冰冷嗜血："你想要资源？"

"我没有这么想。"许嘉倾吃痛地想甩开他，却被他低头咬住嘴唇。

"唔……"

"好，许嘉倾。我现在正式通知你，从今天起我要包养你，除了我，你不能和任何男人接触，拍戏也不能接亲密戏，否则我会封杀雪藏你！"他冷静地看着她，是通知不是商量。

许嘉倾也生气了："你凭什么？"

"凭我掌握着娱乐圈的资本！我告诉你，娱乐圈不过就是资本家的后宫，你以为你逃得了？"

许嘉倾咬牙看着他："为什么这么做？"

"我不能看你过得比我好，我不开心。"他的拇指继续摩挲着她的下巴，"这个答案满意吗？"

许嘉倾仰头瞪着他，那眼神恨不得杀了他！

顾若琛看她生气又没办法的模样，表情终于松动了一些，似乎来了兴致，在她耳边说道："那现在履行你的义务吧，是你自己脱还是我帮你脱？"

许嘉倾气急了，直接甩开他往门口走。

顾若琛只是转过身靠着门板歪头笑，他这个动作简直和许嘉倾常做的动作一模一样。那是许嘉倾得意或者开心时会做的动作——歪头笑一笑。

他看着她走到门口，抱着手臂像是在玩猫捉老鼠游戏的主人："没钱没资源你真的还活得下去？"

许嘉倾放在门把手上的手指握紧，随即直接大力地扔下手中的包，转过身去，朝顾若琛走过去。

顾若琛就抱着胳膊，看着气急的许嘉倾一步一步朝自己走来，像是走进他精心挖好的陷阱。

许嘉倾靠近他，直接伸手扯开他的体面西装，扣子崩在地板上，发出刺耳的声音。许嘉倾直接低头咬下去，使出全身的力气。

顾若琛却笑了笑，摸了摸她的头："力气太小了。我早说过，你太复杂也太简单了！"软肋那么明显，轻易就被操控。

许嘉倾质问他："你的白月光呢？为什么不找她？"

顾若琛微微眯了眯眼睛，随即笑了笑："当你抬脚想踩死一只蚂蚁的时候，会有原因吗？或许只是因为你在等人的时候觉得无聊而已。"

许嘉倾觉得他这个比喻一针见血，但她从来都不是肯吃亏的人，也歪头笑了笑："你抬脚未必能踩到那么小的蚂蚁呢！"

说完头也不回地走开。

顾若琛眯了眯眼，直接上前一步抱住她，将她摔在大床上，双手撑在她的耳朵两边，笑着说道："许嘉倾，你今天逃不了的，我有一万种方法逼得你来求我。与其等到那时候不如现在就乖一点。"

许嘉倾看着他戏谑的眼睛，渐渐平息愤怒，冷静道："李灵导演的那个戏我要定了，我要两个高奢品牌的代言，还有明年早春时尚大封的拍摄。"

"你要的太多了。"

许嘉倾歪头笑了笑，主动搂住他的脖子，笑道："不是说包养吗？这才哪儿到哪儿呀？"

顾若琛揪起她一缕长发在修长的手指中把玩，仔细地品味着她口中说的"包养"二字。良久顿了顿道："真是包养的话，像娱乐头条那样的新闻可不能再出现。还有，若我知道你不接我的电话，只是因为和别的男人在一起，"他的眼神变得凌厉，"我不会放过你！"

许嘉倾看着他的眼睛。

他的眼神就像在看一个宠物。一个还算喜欢的宠物，是不能被别人碰的。

许嘉倾伸手扯住他的领带，将他拉近一点，笑着看着他道："顾若琛，我只是你无聊的消遣吗？是你在等着崔雪儿的无聊消遣吗？"

顾若琛伸出修长的手指，仔细地描摹着她艳丽姣好的脸蛋，笑道："何必说得这么难听？你难道就吃亏了？你想要的我一样不落地都给你了，我想要的也不过是你的身体而已。我们的账算得挺清的。"

许嘉倾觉得心脏像是被密密麻麻的蚂蚁一口一口地噬咬着，只是她太擅长演戏了，歪头无所谓地笑了笑："也对，你这个长相，我确实不吃亏。"

顾若琛早就说过，他最欣赏许嘉倾的就是她的洒脱，拿得起放得下！

现在翻译过来就是她不会像牛皮糖一样黏着他不放，大家说散的时候，她也不会要死要活，她只会乖乖拿着自己的钱，消失得无影无踪。

这就是顾若琛找她的原因，或许还有一点，拥有过许嘉倾这样貌美魅力的女人，哪里能轻易放手，让她去和别的男人在一起？

她亲了亲顾若琛，笑着说："顾若琛，但愿你和崔雪儿百年好合。"祝你们百年好合，然后放过我！！这是许嘉倾现在最想说的话。顾若琛注定是她得不到的人，那就请他快点离开她的世界。

顾若琛抿唇没有说话，只是伸手摘掉眼镜放到床头柜上，然后低头咬住她的唇瓣，冷冽地回答："与你无关。"

与你无关！又是这四个字，每次提到崔雪儿，他给出的回答都是这四个字。

许嘉倾已经不想去计较，就当作一场客观的交易。大家都是逢场作戏而已，谁会把谁真的当真？

许嘉倾从别墅出来的时候，抬头看了看头顶的天空，深秋的太阳已经不那么毒辣了，甚至有些温暖，道路两旁红得像火的枫树竟然有种热闹的感觉。她笑了笑，然后摇了摇头：许嘉倾你怎么把自己搞成这个样子？

顾若琛站在二楼的窗户边，看着许嘉倾，眼神微微眯了起来，两个同样冷情薄情的人是没办法温暖彼此的。

第004章　出差&心动

许嘉倾下午继续去赶了通告，像是什么都没发生一样，她的演技向来是过关的。

晚上她去医院看许成栋的时候，正好看到顾若白从许成栋的病房出来，连忙跑过去，笑着问道："顾医生，我爸爸今天怎么样？"

"精神挺好的，一切都正常。"顾若白温和地说道。

"那就好。"这就是许嘉倾做一切努力的意义。

"你的脸色看起来不太好。"顾若白有些担忧地看着她。

许嘉倾笑了笑："女明星嘛，脸色好说明就不红了。"

顾若白也笑了笑。

"若白！"突然一声女声传过来，嗓门还挺大，甚至带着怒意。

顾若白抬头，许嘉倾转头，就看见一个可爱精致的女孩子朝这边走过来，长得可爱，身材好，就是……有点凶。

只见那个女孩子直接走过来，站到顾若白身边，然后仰着下巴看着许嘉倾说道："果然狐狸精样，我告诉你，离顾若白远点，他是有未婚妻的人。"

顾若白笑了笑："小熙，不可以这么没礼貌。"这个小熙全名叫王若熙，是王氏集团总裁王常熟的千金，因为是独女，娇惯得很。

王若熙立即仰头望着顾若白，噘着嘴道："老公都快被抢走了，要什么礼貌？是礼貌重要，还是老公重要？"

顾若白无奈地笑笑。

许嘉倾扑哧一笑，随即道："顾医生是医生，我只是他病人的家属。如果你再敢叫我一声狐狸精，我就真的去勾引他！"

"若白才不会上你这个狐狸精的当，他是我的。"

"又一次！"许嘉倾伸出一根手指，狡黠一笑，"他不会上当，我可以下药呀，总有办法的。"

"你无耻！"王若熙气急地跳脚。

"你也说了，是无耻重要，还是老公重要？"许嘉倾继续逗她。

"你变态，你不要脸！"王若熙更是气急了。

许嘉倾只是笑了笑，然后看着顾若白道："惹不起惹不起。"顾若白无奈地笑了笑。

顾若白对着许嘉倾笑道："实在不好意思，小熙被惯坏了。"

许嘉倾笑着摇了摇头："没事，我不会和小女孩计较的。"这句话是对着气鼓鼓的王若熙说的，末了看着顾若白说道："我先去看我爸爸，再见。"

顾若白微微颔首，拉着王若熙转身离去。

王若熙一边走，一边气鼓鼓地道："你以后不准看这个病人了。"

顾若白揉了揉她的头发："她是病人家属。"

王若熙像是一只炸毛的小猫："家属就更不能接触了。"

"小熙——"顾若白拉长语调。

"行吧，那你不准看她。"顿了顿，"她身上那件外套是今年迪奥限量新款，我还没买到呢，她就买到了，生气。"

顾若白无奈地笑了笑："你到底是气我跟她说话，还是气你没买到新款？"

"都气！她整个人都让我生气！"

顾若白继续揉了揉她的头发，无奈地笑了笑。

许嘉倾看着走廊上渐渐远去的一对情侣，心中五味杂陈，这才是情侣该有的样子吧？男生温柔爱笑，女生可爱娇气，爱吃醋。

她微微低头，笑了笑，看了看自己左手的手指。那里曾经也戴了一枚戒指，可是给她戴上这枚戒指的男人只是将她当作一个猎物，一个玩具而已。

许嘉倾推门进去的时候，许成栋和陈凤娇正在看电视，听见开门声，都看向门口。

"倾儿，今天来得有点晚了呀？"许成栋有些怨念地说道。

陈凤娇笑道："你爸爸呀，说你肯定会来看他的，所以不愿意睡，说看会儿电视等等你。"

许嘉倾笑了笑："这样呀，怪我。"她走到许成栋的床边，笑道，"今天活动往后挪了一个小时，所以回来得晚了一点，以后我会准时报备行程的，你不要等我，早点休息。"

"别听你妈妈的，我就是想看会儿电视，睡早了也睡不着。"

"好好，我知道了，爸爸。"许嘉倾宠溺地笑了笑，"那现在可以睡觉了吗？已经十点多了。"

"好的，正好有点困了。"许成栋放下手中的遥控器，往被窝里钻。

安顿好许成栋和陈凤娇，许嘉倾关好门，电话却响了。

许嘉倾看了看来电显示，是顾若琛。她拿着手机走到医院走廊尽头，看着外面静谧的医院，偶尔会有往来的救护车。许嘉倾接通电话："喂？"

"在哪里？"

"医院。"

"回来。"

"干什么？"

"你说呢？"顾若琛说完直接挂掉了电话。听他的语气像是生气了。

许嘉倾挂掉电话，看了一眼许成栋的病房，直接去了九亭别墅。这次没有过多纠缠，二人已经像是有了默契一样，既然都能拿到彼此要的东西，就没什么可矫情的了。

许嘉倾捞过一旁的睡衣裹上就准备下床。

顾若琛冷着脸："去哪里？"

"我饿了，去煮碗面，你要吗？"许嘉倾晚饭本来就没吃，加上被他刚才那样折腾，又累又饿。

顾若琛表情稍微松动了，道："嗯。"

许嘉倾不再看他，只是去了厨房，打开冰箱的时候，发现冰箱里面竟然装满了各种各样的食材。她心中冷笑，顾若琛看见她的微信了，只是不愿意回复她而已呀。

许嘉倾煮了两碗面，分别加了荷包蛋，顾若琛的碗里多放了几片培根肉，最后撒上香菜，就出锅了。

她刚端出面，顾若琛就下楼了，直接坐到餐桌旁。许嘉倾将碗放到他面前，自己就开始吃起来。

顾若琛眉头皱得深深的："我是不是跟你说过我不吃香菜的？"

"嗯？我们以前只在一起吃过早饭，其余时候你都不搭理我，我怎么知道你不吃香菜？"说完直接拉他面前的碗，将香菜都挑到自己碗里，然后再将碗推到他面前，"好了，可以吃了。"

顾若琛这才满意地拿起筷子开始吃面。

许嘉倾没吃几口就不想吃了，顾若琛却吃掉了半碗，看来他也真饿了。许嘉倾起身去收拾碗，顾若琛站起来在身后抱住她，下巴搁在她肩膀上。

他说："下周和我去趟澳门谈个生意。"

"为什么要我去？"

"因为我要去一周。"

"你可以带别的情人，我还有工作。一周对我来说太长了，而且我不能离开我爸爸太久。"

顾若琛握着她腰身的手收紧，语气也冷了下来："我是在通知你，不是在和你商量。"

许嘉倾刷碗的手一顿，好半天才道："如果不是你有钱，我真的很恨你。"

顾若琛笑着咬了咬她耳朵："对你来说，我有钱就够了，我怎样对你来说都是不重要的，对吗？"

许嘉倾听见他这么问，刷碗的手又是一顿，随即笑了笑没有回答，只是继续洗碗。

顾若琛见她不说话的样子，当是默认了，也笑了笑："钱果然是个好东西。能不能使鬼推磨我不知道，但是能让一点亏都不肯吃的许嘉倾甘心受制于我，这挺好。"

许嘉倾转过头，正好对上他戏谑的眼神。那眼神似乎是因为许嘉倾只喜欢他的钱而显得高兴和轻松，这意味着许嘉倾是一个随时能控制的玩物，是那种可以招之即来，挥之即去的绝色猎物。

顾若琛任她看着，修长的手指捏住她的下巴，低头吻上去。这是一个奇怪的姿势，顾若琛站在许嘉倾的身后，一只手随意地搭在她的腰上。许嘉倾回头看，正好被他捏住自己的下巴吻住。因为身高的原因，顾若琛要低头才能吻住她。远远地看去，就像是许嘉倾完全被顾若琛锁在怀里一样，那模样像极了一对交颈缠绵的鸳鸯，可是谁都知道他们只是彼此的露水姻缘。

许嘉倾和许成栋说她要去澳门拍戏一周，可能没办法中途回来看他。许成栋只是点了点头，然后就去看电视了，看起来像不开心的小孩子。许嘉倾看了看一旁的陈凤娇，母亲心领神会地用眼神示意：你放心去吧。

第一天去澳门的时候，顾若琛直接开车带着许嘉倾去了赌场。

在车上的时候，许嘉倾问："去哪儿？"

"赌场。"

"赌场里有生意可谈？"

"没有。"

"那干吗去？"

"我开心。"顾若琛想终结聊天了，但是许嘉倾并不想如他愿。

"顾若琛，你是资本家，你想怎么玩就怎么玩。可我只是个小市民，我想要简单安稳富足的生活而已，没时间陪你做这些富人的无聊消遣。"

顾若琛置若罔闻，只是继续开车："你不陪我做这些富人的消遣，要怎么变成一个富足的小市民？那时候你才真的只是个小市民而已。"

"你混蛋！"许嘉倾骂出许久就想骂出的话。

"就是我这个混蛋在包养你。"顾若琛微微一笑，不以为意。

许嘉倾已经没有想沟通的心情，只是坐在副驾驶闭目养神，直到顾若琛说："到了。"

但是直到顾若琛将许嘉倾推到牌桌旁坐下的时候，她终于忍不住问出口："你想让我来？"

"看看你的手气，试试你是不是旺夫，旺夫的话，我就不能把你随便让给别人。"如果不是深知顾若琛对她没感情，这句话真像个缠绵悱恻的情话呀。

许嘉倾笑了笑："我这可是抓钱的手。"

"那最好了。"他专注在牌桌上，"注意发牌了。"

第一局，比大小，许嘉倾竟然真的赢了。

她仰起头看着顾若琛，顾若琛笑了笑："看来确实是抓钱的手。"说罢将面前今天兑换的钱币都推了出去,这下轮到许嘉倾震惊了:"顾若琛,你疯了?"

"只是觉得你刚才对我得意一笑挺好看,千金能买美人一笑,很值得。"顾若琛笑道。

许嘉倾有些脸红地低下头,心脏却快速跳动起来。顾若琛这样优秀俊美的男人,如此认真地一掷千金只为博得你一笑,还坦然地说出来,对女人来说,简直堪比核武器的杀伤力。

许嘉倾说道:"顾若琛,你不要乱撩,撩出感情你负责吗?"

顾若琛低沉一笑,只是说道:"看牌。"

这一局还是比大小,但是许嘉倾眼看手中的牌确实不尽如人意,想弃牌又不忍,想赌一赌,上牌桌本来就是来赌的。她将面前所有筹码币推出去,笑得妖娆妩媚:"我跟。"

牌桌上其他人看着她的作风,微微一愣。毕竟她刚才确实赢了,而且现在这样云淡风轻地妩媚一笑,像是胜券在握的模样。其中几个人看她那架势,便选择弃牌不再跟下去。

顾若琛看着她笑的模样,歪头勾了勾嘴角,欣赏的目光仔细地打量她,又突然伸手勾住她的下巴,低头吻下去。许嘉倾觉得顾若琛疯了吧,现在是在牌桌上,拿着牌的手就要推开他,却在推开的时候,被他握住了手,还感觉手中被递过来一个什么东西。

许嘉倾一愣,随即顾若琛松开手,只是笑着看她:"做得不错。"

等许嘉倾再次低头看自己手中的牌时,已经被调包了,是稳赢的牌面。

最后毫无疑问,许嘉倾再次赢了这局。

从赌场出来的时候,他们收获颇丰。

停车场,顾若琛亲自给她开了门:"我的福星,请。"

许嘉倾一脸鄙夷地看着他,但还是上了车。

许嘉倾刚上车就听见车后面传来打砸的声音，从后视镜看过去，竟然是一群人在斗殴。

许嘉倾不解地问顾若琛："嗯？怎么回事？"

"我们赢了别人那么多钱，总会想来报复我们的，只是被我的人拦住了而已。"顾若琛云淡风轻地说道。

"你早就安排好了保镖？"许嘉倾不可置信地问道。

"不是早就，是一直。"

"顾若琛，你真的是不算好落脚点绝对不会动身！心机太深！"

"多谢夸奖。"

许嘉倾"切"了一声，这明明不是夸奖，不明白他怎么理解的，但是陪着这样的人玩游戏，自己迟早会一败涂地，这更加坚定了许嘉倾想远离他的决心。虽然动心了，但是爱情并不是她的全部，只要给她时间，她什么都可以舍弃！

就在许嘉倾发呆的时候，顾若琛突然说道："你的演技确实不错，手上握着那样一把烂牌，还能笑得如此云淡风轻又妩媚动人。"

"嗯？"许嘉倾回过神，半晌才道，"和我人生轨迹很相似，本就一副烂牌的人生，哪里需要演？正常发挥就行了。"

顾若琛笑了笑："你的长相是多少人梦寐以求的好牌，还不知足？"

"也是，多谢顾总裁夸奖，看来你也认同我的美貌喽？"顿了顿，"可惜美则美矣，并不是你喜欢的类型，口味这东西你说奇不奇怪？"

顾若琛勾起嘴角："谁说我不喜欢？"

许嘉倾抬起头看着他，不可置信。

顾若琛只是道："我会睡一个我不喜欢的人？至少身体是我喜欢的。"

许嘉倾笑了笑，随即摇了摇头。

顾若琛没有带她回酒店，而是带她到澳门著名打卡点：镜海长虹。

夜晚的江面映着江边的灯光，显得波光粼粼，似乎还有些梦幻，江面上架起的两座大桥，笼罩在晕黄色的灯光中，美轮美奂。许嘉倾伏在栏杆上，凭栏远眺，江上有风吹来，吹乱了头发。她用手拢住吹到嘴角的长发，拢到耳后，然后闭上眼睛，伸出胳膊感受江面上的风自四面八方吹过来，别有一番舒服惬意。

腰上突然多了一双手，是顾若琛从背后抱住她。顾若琛似乎特别喜欢从背后抱人，像是将她拢在怀里一样，是占有的姿态。许嘉倾印象里还没有自己扑进他怀里的情景，顾若琛也从没有正面抱过她。毕竟玩物就是玩物。

但是此刻许嘉倾不想说一些煞风景的话，只是伸手握住顾若琛交叠在她腰上的手指，偏了偏头，远离他呼在自己脖子里的气息，笑着道："顾若琛，我……"

"嗯？"顾若琛闻言，伸手掐住她的下巴，迫使她和自己对视。

许嘉倾被迫转过脸，看见了顾若琛的脸，还有他滚动的喉结，微微咬了下唇，眼光被珠江边的灯光映照得妩媚多情。

顾若琛看着她的眼神，立即明白了，仰头笑了起来，看起来像是真的很高兴。

顾若琛低头吻住她，眼看她呼吸不畅的时候，打横抱起她，朝车里走去。

他说："许嘉倾，你简直就是狐狸精。"

她笑了笑："那你是纣王？"

顾若琛笑了笑："你说是就是吧，女人从来都靠幻想活着。"

许嘉倾歪头看着他："我靠钱活着，从来不靠那些虚假的幻想。"

顾若琛眯了眯眼，没再给她说话的机会，低头吻住她。

**

第二天，顾若琛依旧体面地去谈判，许嘉倾却因为他昨晚的折腾，完全起不来，直到酒店的服务员送来中饭时，她才迷迷糊糊地起身。

简单地洗漱后就开始吃饭，顾若琛没有给她留话，她也懒得去找，于是下午的时间就突然空出来了。

许嘉倾化了个淡妆，带着顾若琛上次给她的金卡出门了。

许嘉倾逛了一个又一个商场，因为她没什么朋友，想买礼物也不知道买给谁，买完给许成栋和陈凤娇的补品和礼物后，给文森也带了一些他想要很久的化妆品。没错，是化妆品，文森整天就喜欢捣鼓这些化妆品，许嘉倾经常吐槽他比自己还娘们儿！

突然许嘉倾看到橱窗一个模特展示的男装很好看，白色衬衫剪裁的每一个边角都那么合理，最重要的是它的暗纹都是那种古朴的书香气息纹理。许嘉倾一下子喜欢上了，没有思索地冲进店里冲导购道："给我橱窗展示的那件衬衫，尺码要185的。"

顾若琛的手机不断收到消费的短信息，忙完工作后拿起手机，看到消费品都是什么补品店或化妆品店的，微微皱眉，接着又看到一笔男装店的消费，不由得微微勾唇一笑。

第005章　受困&救援

晚上顾若琛回到酒店的时候，就看见许嘉倾在试她下午买的化妆品和首饰。

顾若琛抱着胳膊靠在门框上，不眨眼地看着她，笑道："怪不得女人愿意前赴后继地在时装和化妆品上花钱花工夫。在打扮自己或者打扮别人的过程中，大概是女人最开心的时候。"

许嘉倾深以为然，点了点头说道："女人总是会不厌其烦地用自己喜欢的一切东西来装饰自己，或者去装饰自己喜欢的人，都是很有成就感的。"

"哦？"顾若琛笑了笑，走到她身后，双手放在她肩膀上，目光投射到梳妆镜中和她对视，"那你给我买了什么？"

许嘉倾一愣，随即不解道："你没助理吗？干吗要我买？我花的可都是你的钱。"

顾若琛的脸色一下子寒了下来，随即冷道："也是。"看了一眼她拿回来的那些购物袋，目光更寒了，然后抿唇不语。恰好这时候他的电话响起来。

他看了一眼屏幕，又看了一眼在试口红的许嘉倾，拿着手机出去了。

等顾若琛走出房关上门，许嘉倾停下涂口红的手，看着镜子中的自己，苦笑一下，心中骂道："许嘉倾，你是傻子吗！"

吃晚饭的时候，顾若琛突然说道："明天我要到投资商场在建的工地去看一下，只带小张，你在酒店休息，等我回来。晚上我们就回S市。"

许嘉倾一顿："不是说要出差一周吗？"

"有急事。"顾若琛显然不想多谈。

他口中的急事只有一件：与崔雪儿有关的事。

许嘉倾很想问下午他回来时那个电话是不是崔雪儿打来的，但还是忍住了，她不应该也不能管这么多。

当天晚上刮了很大的风，下了很大的雨，预报说有台风要在澳门这里登陆，但是到了第二天早上，风雨都停了，所以顾若琛原定去工地查看的行程并没有取消。因为这次的项目他投了挺多钱，不能马虎。

许嘉倾并不想插手顾若琛的工作和生活，早上他走的时候，她依然没起床，反正在澳门这边也没有工作，这几天给文森通了一个电话，说自己在澳门这边回不去，通告就让他看着安排。许嘉倾还是每天都跟许成栋视频，询问他的身体状况，然后给顾若白打一个电话，确认许成栋的情况。

可是下午的时候，突然狂风大作，雨下得又大又急，本来预报今天不会登陆的台风却在珠海登陆，现在整个中国澳门地区都是狂风暴雨。许嘉倾看着外面的大雨，眉头紧紧地皱着，犹豫了半天还是给顾若琛打了一个电话。电话响了很久都没有人接，直到自动挂断。

许嘉倾有一种不好的预感，现在也顾不了那么多，继续用手机给顾若琛打电话，这次响了几声终于接通了，但是不是顾若琛接的，是他身边的助理小张接的。

他说："总裁让那些开发商先走了，自己留下来又观察了一圈。

但是台风突然登陆，总裁在工地时又被掉下来的横梁砸了头，现在处于半昏迷状态。我们的车被工地的大树砸坏了，已经叫了救护车和报警，但是这边路况很不好，不知道他们什么时候能到。"

"那怎么办？"许嘉倾急切地问道。

"只能等台风停了再想办法。"小张说。

这时候，电话传来顾若琛微弱的声音："许嘉倾，你或许要自由了，开不开心呢？"

"顾若琛，你在瞎说什么？你清醒点。"许嘉倾听他说的那句话，心脏都揪紧了。她和顾若琛无仇无怨，虽然他有些手段很不耻，但是在某种意义上来说，顾若琛提供给的金钱确实救了她父亲的命。

那边似乎轻笑了一声，然后就再没有声音。

"顾若琛，你等我，你清醒点。"许嘉倾连忙换上运动服运动鞋，披上雨衣，从柜子里拿出一床被子用大收纳袋装好，又塞了一套顾若琛的衣服，然后打电话给前台，让他们准备急救箱、一些压缩饼干和水。

许嘉倾下楼从前台拿了东西就去了地下车库，开了顾若琛停在那里的SUV车门，将东西塞进车里，又在停车场找了几包沙子放进后座以及后备厢，然后发动车子往郊外出发了。

许嘉倾觉得自己还是大意了，在大自然的暴力侵袭下，人类简直渺小得不值一提！雨刮器根本跟不上大雨的密度，在大风的加持下，各种树枝沙石飞过来打在车身上，甚至有一段时间，许嘉倾完全看不见路面。正好又遇到一个弯道，车子就这样撞上路边，幸亏路边有围栏，且围栏还算结实，但她的头磕到方向盘。她忽略脑袋上的不适，重新发动车子继续往工地赶。

经过刚才那一撞，许嘉倾再不敢开太快，但是随之而来的困难更多，雨水越来越密，招呼过来的各种树枝沙石也更多。有好几次她都觉得车子快飘起来，下一秒就要被吹走，她和车子都会不复存在。

也许是老天爷恩赐，许嘉倾终于到了工地，但是问题又来了。工地上的电线杆和倒下的树更多，车子开不进去，从车道去工地施工内部还有二百米左右的距离。

许嘉倾咬了咬牙，将装着急救箱、食物和水的防水大包背在背上，拎上被子就下了车。

一下车，许嘉倾直接就被大风刮倒了。毕竟许嘉倾是一个手无缚鸡之力的女艺人，体重巅峰也没到一百斤，在台风面前连前菜都算不上。

许嘉倾想站起来，但是发现根本没有用，雨水和大风持续往自己身上招呼。既然站不起来，她觉得爬过去或许是最好的办法。

许嘉倾拖着比自己还重的被子和急救箱，艰难地往工地爬过去，一路上划过各种突出的尖锐石头，身上肯定是受伤了。但是具体伤得怎么样，她自己也感觉不到，毕竟眼前最大的难题是这要命的暴风雨。

等到许嘉倾艰难地爬进工地里面之后，感觉自己已经完全脱力，但是她一点也不敢放松，咬紧牙关控制自己已经在打战的双腿站起来，开始喊顾若琛的名字。

因为建筑实在太空旷，回声又大，许嘉倾刚喊一声，小张就听见了，连忙兴奋地回应："我们在二楼！"

小张立即蹲下来，看着顾若琛欣喜激动地道："总裁，许小姐来了，真的来了。我们有救了。"

顾若琛微微睁开一点眼缝："她来了？真的来了？"

小张哪里还能管顾若琛说了什么，立即飞奔下楼去接许嘉倾。

在看到许嘉倾的瞬间，小张的心脏似乎骤停一下。他第一次见到那么狼狈的许嘉倾，或许一辈子也不会忘掉。

小张接过许嘉倾手中的袋子和背上的大包，刚拿走东西，许嘉倾像是瞬间卸下一身的力气一样，一下子腿软要栽倒，是小张眼疾手快地扶住她。

"顾若琛怎么样了？"许嘉倾顾不上自己的情况，焦急地问道。来之前小张说顾若琛已经处于半昏迷的状态了，到现在已经过去四五个小时了。

小张扶着许嘉倾去了二楼。

在看到顾若琛的瞬间，许嘉倾的眼泪几乎瞬间掉下。从来都是从容不迫的顾若琛，此刻耷拉着脑袋，狼狈地奄奄一息，脆弱得仿佛随时都会和这个世界断了联系，让许嘉倾觉得心疼得难受。

她很心疼这个人。

许嘉倾推开小张的搀扶，几乎是用尽全身的力气才走到顾若琛的身边，捧起那张苍白的脸。顾若琛的眼镜已经摘掉放在一边，感受到有人触碰，他睁开眼睛。那是一双好看的桃花眼，平日里透着精明算计，此刻却迷茫脆弱。

顾若琛似乎适应了许久才清醒一点，在看清眼前人是许嘉倾的时候，薄唇动了动，半天才吐出一句话："你竟然真的来了？"

许嘉倾看着他虚弱的模样，赶紧拿起小张拿过来放在地上的急救包，拿出酒精往他头上的伤口擦拭。

顾若琛"嘶"了一声，酒精直接碰到伤口，一定很疼。

"你忍一忍，这里没有条件，你头上的伤口一定要消毒，不然感染了，你变成一个笨蛋，还怎么赚钱？"许嘉倾一边擦酒精一边哭着说。

顾若琛终于被她转移了注意力，微微笑道："这个时候你关心的还是钱啊？许嘉倾你真是太冷血了。"

"我冷血？"许嘉倾一听气急了，擦酒精的力度都变大了，"我冷血会穿越暴风雨，顶着生命危险跑来这鸟不拉屎的郊区？"

顾若琛被酒精刺激得更疼，不想说话，只是任由许嘉倾给他消毒包扎。除了刚擦第一下的时候他吱了一声，接下来都一声也没吭。

包扎好之后，顾若琛有些虚弱，直接靠在许嘉倾的肩膀上。她身上的温度，和她的气息，此时此刻让人无比安心，经历漫长的黑暗等待。感觉疼痛和生命一点一点在时间的缝隙中流失时，她来了。她真的穿过暴风雨来了。

他的许嘉倾真来了。

然而许嘉倾没让他如愿，而是捧起他的头说道："不行，你现在还不能睡。我需要检查一下你身上还有哪些伤，而且你要吃点东西和喝点水，然后才可以睡。"

天色已晚，她让小张拿出手电照明，说道："小张，顾若琛的伤已经处理好了，你自己拿点压缩饼干和一瓶水去休息吧。现在你是这里唯一的劳动力了，要保持体力。如果明天救护车还是没法过来，等雨变小了，要靠你带我们出去了。"

小张闻言点头，此时此刻还能如此冷静的许嘉倾，让他刮目相看。或许只有这样的女人才适合站在顾若琛的身边吧。

许嘉倾拿起手电筒，本来想检查顾若琛的伤口的，却突然被他握住手腕："你的胳膊受伤了？"他艰难地拿过手电照了照许嘉倾的全身，胳膊、脖子还有后背都有被划伤的伤口。

那一刻顾若琛说不出自己心里是什么感觉，但是行动代替了一切，他直接倾身吻住她，说："许嘉倾，这次是你自己冒着风雨来到我身边的。"

这个吻并没有持续很久，毕竟两人都有伤在身，只是顾若琛的那句话让许嘉倾一顿，但是此时也不是和他讨论这些问题的时候。她不明白顾若琛这句话的含意，只是笑了笑："这次救了你，记得多给我一些资源。老娘要红透整个亚洲，勇闯好莱坞。"

顾若琛这次却没有笑，只是深深地看了一眼许嘉倾。

许嘉倾被他看得心里发毛，只得从包里拿出饼干，捏碎了喂给他，然后拧开水，喂他喝下。她带来的水就两瓶，其余的都在车上。

刚才给了小张一瓶，现在只剩下这一瓶。顾若琛喝完一口，许嘉倾直接就着瓶子也喝了一口水，然后才将瓶盖拧好放在一边。

顾若琛看着她的动作，眉头紧紧地拧着，像是终于忍不住，拿来酒精棉开始给许嘉倾消毒，瞬间的刺痛让她轻呼一声。

顾若琛笑了："怎么现在知道痛了？刚才给我擦的时候可没见你手软。"嘴上这么说，他还是放缓了手中的动作。

两人都包扎好后，许嘉倾拿出带来的一套干净衣服给顾若琛换上，他整个人便都清爽了。他看了看许嘉倾："你穿什么？"

"你伤得比较重，就一套干衣服，来的时候没想到我也会淋湿。"许嘉倾咂舌，她才不会说是因为担心焦急没有想到给自己带一套。

顾若琛看着她的样子，脱掉衬衫扔给她："穿上。把湿衣服换掉。"

也不知道是脑子昏昏沉沉还是顾若琛真的太严厉，许嘉倾听话地换上他的衬衫。以他的身高，他的衬衫穿在许嘉倾身上，简直可以当连衣裙穿了。

许嘉倾拿出被子铺开，两个人抱在一起躺在一半被子上，用另一半盖住彼此。外面的狂风大雨还在不知疲倦地敲打着大地，可是此刻在这栋未竣工的大楼里，这两人抱在一起，凑在一起相互取暖，相依为命。

从没有哪一刻，顾若琛觉得彼此的心靠得这么近过。

顾若琛在她额头印下一个吻。

许嘉倾呢喃了一下，抱紧顾若琛，轻声道："你别动我了，我好累。"

顾若琛笑了笑道："好，你睡吧。"说着将她抱得更紧了。

第二天大雨真的变小了一点。

顾若琛先醒过来，他看了看外面的雨，觉得其实可以回去了，总是待在这里，情况只会变得越来越糟糕。

他叫了一声小张，小张立即从一楼跑上来。他没有受伤，确实像许嘉倾昨晚说的，现在唯有他是一个劳动力。

顾若琛说："现在雨小了，你去看一下许嘉倾昨天开来的车还在不在？在的话就开近点，我们现在就离开。"

"好的。"小张直接就出去了。

顾若琛掀开被子推了推许嘉倾，想叫她起来。但是她没反应，整个人还难耐地呻吟了一声。顾若琛伸手摸了摸她的额头，温度高得吓人，又发现许嘉倾的额头竟然肿出一个大包，通红一片。

她的头部受伤了？而且高烧不退，她为什么一点也不说？就这样忍着。

顾若琛用被子裹住许嘉倾，哪怕他现在受了重伤，依然能够轻而易举地抱起这个女人，她抱起来真的轻飘飘的。

第006章　关心&般配

等到顾若琛再次睁开眼睛的时候，首先看到的就是白色的天花板，闻到熟悉的消毒水味道。他能确定自己在医院，也确定自己完全脱险了，于是转过脸想看看身边的人。

可是一转头发现身边空空如也，连忙一下子坐起身，起势太猛，脑袋嗡嗡地疼。恰好这个时候小张进来了，后面跟着护士。

小张先是激动地跑过来："总裁，你醒了？医生说幸亏你脑袋上的伤处理得及时，现在已经没什么大碍，只要多休息就行了。"后面跟进来的护士看着顾若琛，有些害羞，小声说道："是的。今天还要打一剂消炎针，打完你好好休息就行了。"

顾若琛面不改色地任由护士给他打针，眼睛却是看着小张的，问道："许嘉倾呢？"

小张面色有些难看。

顾若琛察觉不对，声音立即寒了："她怎么样？"

小张有些胆怯地说道："许小姐撞到了脑袋，加上她之前出过车祸，本就伤到了脑袋，有轻微的脑震荡。但是她没好好休息，这次伤上加伤，加上高烧不退，人还在昏迷。她现在在加护病房，医生在密切关注她的体征。"

顾若琛闻言直接要去拔掉另一只胳膊上输液的针头，却被小张拦住："总裁，你就算现在过去也帮不了什么忙。许小姐现在需要在安静的环境卧床休息，医生已经给了她最好最合适的治疗。"

顾若琛顿住，闭了一下眼睛，重新躺回病床上："都出去。"

小张向护士使了一个眼色，二人便一起走出了病房。

顾若琛用手盖住眼睛，突然歪头笑了笑："许嘉倾，你最好好好地活着。至少在我玩腻之前，你不可以有事。"

第二天，顾若琛已经能下床自由走动了，他做的第一件事就是去看许嘉倾。

她的头上也缠着纱布，向来过分艳丽妩媚的长相此刻竟然脆弱苍白得让人怜惜，丧失了往日的活力和狡黠。旁边医用柜台上放着心电仪，时刻监控着她的生命体征，只是她一直没有苏醒的迹象。

顾若琛就靠在加护病房外的玻璃窗上，面色沉静，看不出心里的情绪，只是眼睛一直盯着里面的许嘉倾。

到了第三天，许嘉倾醒了，重新拍了CT，没有颅内出血的症状。现在她要做的就是减少用脑，卧床休息。

许嘉倾被挪到了普通病房，医生和护士走后，病房中只剩下顾若琛。

许嘉倾觉得头很痛，想伸手去揉一揉，却被顾若琛握住："不要乱动，你要安静地休息。"

许嘉倾白了他一眼："我是脑子撞了，又不是骨头撞碎了，动也不能动？你怕不是傻了吧？"

顾若琛也觉得自己似乎紧张过度了，但是又不想承认，只是冷着脸说道："我说不能揉就是不能揉。"

"白痴。"

许嘉倾骂了一句白痴，顾若琛想去掐她的下巴，威胁她再乱说就不客气了，但是想到她现在受伤了，也就忍了下来。

他笑了笑说道："看在你冒死救了我的分上，不和你计较。"

许嘉倾也笑了："那你觉得我这次救你可以换多少资源？或者你可以以身相许？"

顾若琛眯眼看着她，抿唇不再说话，只是伸手推了推鼻梁上的眼镜，露出狡黠的笑意，俯身靠向床头，用鼻尖蹭了蹭许嘉倾额头上的纱布。许嘉倾有些吃痛地想挪开头，却被他修长的手指掐住下巴不能动弹。直到见她的额头因为自己的挑逗摧残，又渗出一丝血迹，顾若琛才满意地放开她，伸出舌尖舔了舔唇瓣，似乎上面还残留着她的血一般，那模样像是地狱嗜血的修罗一样，而他本人明明还是那样儒雅斯文的样子。

许嘉倾有些胆寒地看着这样的顾若琛。

顾若琛拉起她的手，放在唇边亲了亲，笑道："还记得我们之间的关系吗？"

许嘉倾不说话，等他继续说下去。

"包养关系懂吗？我是雇主，你是情人，你从我这里拿你想要的，我从你那里拿我想要的。你救我，不过就是像在救自己的钱袋一样。所以我会给你钱，但是你不能一直要，而且最重要的是，你别想着可以从我这里拿走别的什么，记得吗？不要越界。"

许嘉倾的心脏一阵抽痛，但是她掩饰得很好，或者是她本就苍白的脸色帮了大忙，好半天才说道："你不会以为我救你是因为喜欢你吧？以为将来我们两清的时候，我会缠着你不放吧？然后借机讹你？"

许嘉倾觉得这才是顾若琛，走一步算十步的样子。他永远都会把话说得明明白白，不让对方有一点误会，这样大家才能好聚好散。

许嘉倾向来擅长演戏，尤其在顾若琛面前，她觉得需要给这个人吃一颗定心丸。她努力忽视头上和心脏的不适，歪头笑了笑道："你放心好了。就像你说的，我救你就像救我自己的钱袋，将来大家散的时候，只要你在金钱上不亏待我，我自然乖乖离开，绝对不拖泥带水。"

顾若琛一顿，她领悟得很透彻，可是看她如此云淡风轻地说出来，心中却一阵烦躁，但是他并不想探究这烦躁从何而来，就像他本来就排斥这种感觉一样。他用大拇指和无名指托起眼镜两边，固定眼镜的位置，良久笑了笑说道："这样最好。"

顾若琛脱了鞋子也钻进被窝，将许嘉倾抱在怀里，开始闭目养神。

许嘉倾推了推他："这里是医院。"

"我知道。"

"被别人看到不太好。"

"你再动我就要做别的事情了，到时候就真的不太好了。"

"禽兽，我现在受了重伤。"

顾若琛闭着眼睛，终于开心地笑了笑，鼻尖蹭在她的耳根："最喜欢听你喊我禽兽，总觉得不做点禽兽的事情，都对不起你给我取的称呼。"

"顾若琛你……"

许嘉倾还没说完，就被顾若琛封住嘴唇。四目相对时，顾若琛问道："闭嘴吗？"

许嘉倾眨了眨眼睛，示意自己会闭嘴的。

顾若琛笑了笑，在她唇瓣上舔了舔以示安抚，然后放开她的唇，在她身边躺下，继续抱着她。

两人就这样相拥而眠，护士进来给许嘉倾打针的时候，有一丝尴尬，但是看病床上两个人相拥而眠，就像两个溺水的人相互抱住彼此取暖一般，有种相依为命的感觉。

护士不想打扰他们，准备悄悄退出去，却在开门的时候吵醒了顾若琛。他轻轻起身说道："现在是要打针吗？"

护士也配合地小声道："对。"

顾若琛看了看此刻熟睡的许嘉倾，抿了抿唇，实在是不忍心叫醒她，于是说道："等会儿再来吧，让她多睡会儿。"

护士笑着点头，说道："好羡慕你们金童玉女这么般配，女朋友为了救你连命都不要，你也这么心疼她。"

顾若琛顿住，没有说话，只是低头看着额头还缠着纱布的许嘉倾，那里有一点渗出的红色血渍，是他恶意弄出来的。他对许嘉倾似乎从来都没有很好，但是许嘉倾从来不说，也不在意，因为她想要的并不是他的好，她只想要他的钱！

想到这一点，顾若琛的脸色慢慢变得阴寒。

护士看他表情变化，心中也是一阵发虚，感觉自己说错话了，于是立即出去了。

顾若琛重新躺下来，眼珠定定地看着此刻熟睡的许嘉倾。她睡着的时候安静乖巧，不像醒着的时候那样狡黠，那样薄情。对，顾若琛终于想到形容词，这个词用来形容许嘉倾再合适不过，她和他一样都是薄情的人。他们都是那种目标明确的人，从不肯多给不在意的旁人或者事情多一些温情。

他们靠得最近的时候，或许就是她穿越暴风雨来到工地那晚，他们相依为命地拥抱彼此的那一刻。

许嘉倾觉得有些冷，且怀里没抱住东西，很没有安全感，于是皱了皱眉，朝着温暖的顾若琛怀里钻过去，找了一个舒适的位置，抱住他继续睡。

顾若琛看着像小猫一样的许嘉倾，眼神变得晦暗不明，不管她是什么态度，至少现在他还没有腻，现在暂时就把她放在身边好了。顾若琛这样想着，等有一天厌倦了，再踢开她也不迟，反正这女人是很愿意待在他身边，毕竟可以给她最想要的金钱。

顾若琛想到自己还有可以控制许嘉倾的筹码，瞬间觉得心情好了一点，也回抱住许嘉倾，亲了亲她的额头，继续闭目养神。

等到许嘉倾醒来时，发现自己竟在顾若琛怀中，抿了抿唇想挪出来，谁知道这一动就惊醒了顾若琛。

"怎么了？"顾若琛刚醒来的时候，说话带着浓浓的鼻音，特别的性感，很好听。许嘉倾觉得耳根子一红，支支吾吾地说道："你怀里太热了，我想挪出来。"

顾若琛看着许嘉倾红扑扑的脸蛋，摸了摸她的额头，怀疑她又发烧了，坐起身想按医院的呼叫铃，却被许嘉倾拦住："你干什么？"

"叫护士来给你量量体温，看你是不是又发烧了。额头温度有点高，而且你今天还要打针。"顾若琛解释道。

"行吧。"许嘉倾不再阻止，只是接着说道，"那你先从床上下去，等会儿护士来了看到不太好。"

顾若琛按完铃又坐回来，撑着两只胳膊看着她，歪头笑了笑："护士刚才已经来过一次了，她已经看过我们俩不太好的样子了，不如我们再做点更不太好的事情，吓吓她？"

"吓白衣天使要遭雷劈的。"许嘉倾白了他一眼。

"劈就劈吧，你不知道你现在脸蛋红扑扑的样子有多可口。作为一个男人，因为害怕被雷劈而不办你，我觉得很对不起男人的尊严。"

许嘉倾推了推他，理智地说道："除去运动员、老人和小孩，正常人平均每步距离大约75厘米。护士台离我的病房大概100米，按照每分钟频率100次计算，那么从你刚才按铃开始，护士大概1.33分钟后就能到病房，所以顾总裁用这1.33分钟就想办了我？"

顾若琛一愣，随即扑过去将许嘉倾的手扣住，压在头顶，眯着眼睛说道："你在挑战我？"

"我只是帮你客观分析一下现状。如果你自己非要办，那就这样了。"

"许嘉倾！！"顾若琛气急了。

许嘉倾继续笑道："记得以前有次坐火车，出火车站的时候，就有那种住宿的阿姨到处拉人住旅馆。我曾看见一个阿姨拉着一个小伙子问道：'小伙子，住旅馆吗？有姑娘陪。'那小伙子说：'不了，不了，我的车还有十分钟就开了。'那阿姨继续热情地说：'十分钟够了够了。'"许嘉倾说完眨了眨眼睛看着顾若琛，眼中戏谑更多。

顾若琛简直快被许嘉倾气疯了！哪个男人能忍这方面被说不行！！

顾若琛看着许嘉倾，恨不能此刻将她生拆入腹，让她不能再胡说八道。但又顾念她身上有伤，不敢妄动，真的应了那句：打鼠忌玉瓶。

正在这个时候，护士推门进来，入眼就是这番情景。

顾若琛双眼猩红地压制许嘉倾，那模样恨不能吃了她。

护士心里一阵尴尬，但是也不好说什么，连忙上前表示要给许嘉倾量体温。顾若琛不得不从床上下来，平日里总是儒雅斯文的模样，此刻因为气急而有些狼狈了。

护士给许嘉倾打完针，推着医用车准备出去的，但是走到门口，犹豫了一下还是停下来，好心规劝道："许小姐撞到了头，并且有脑震荡病史，所以最近一周最好还是不要同房。她需要静养。"护士说完慌忙推着车出去了。

门关上的瞬间，许嘉倾笑得快要断气，脸颊贴着被子，手掌不停地拍着被子，笑得快直不起腰。

"很好笑吗？"顾若琛的语气阴森森的。

"嗯，第一次看见顾若琛吃瘪，真的好好笑啊！"

顾若琛眯了眯眼，直接上前一步，掐住许嘉倾的后脖颈，强迫她仰起头。顾若琛不给她任何反应时间，直接吻下去，这个吻霸道而狂躁，和他平日儒雅斯文的模样大相径庭。

许嘉倾伸手打他，想推开他，却反被他握住双手直接禁锢在身后，然后更热烈地亲吻她。

"嗯，护士说……嗯。"许嘉倾想摆脱他，却换来他更执着的控制。

眼看着许嘉倾的身体因为缺氧而不断往下滑，顾若琛拦腰勾住她，然后才松开她，眯眼看着她："还笑吗？"

许嘉倾趴在他怀里，瘪了瘪嘴："不敢了。"

顾若琛满意地笑了笑："等你病好了，你就知道了。"

"啊？"许嘉倾本能地啊了一声。

顾若琛看着她现在知道怕的样子，心情意外地变好了，笑了笑道："是呀，你的脑子总会好的，总有可以同房的时候。"

许嘉倾往后挪了挪，抿唇远离顾若琛。

顾若琛总有办法治得了许嘉倾！

因为许嘉倾脑部受了重创，所以回S市的行程就被耽搁了。在医院这几天，顾若琛每天都非要和许嘉倾挤在小小的病床上，也不明白是为什么。

许嘉倾总是不停地重复一句话："我脑子不好，不行，嗯，不能……嗯……"

最后许嘉倾忍无可忍了，厉声道："顾若琛，两个人挤着医院这个一米床真的不舒服。"

"嗯，是有点。"顾若琛赞同道。

"那……"许嘉倾觉得看到了希望，准备继续追问是不是可以不要再和她一起挤小床了。

"我马上让医院换个大床来。"顾若琛还没等她说完就这么回答，并且打电话给小张，让他去办了。

许嘉倾翻了个白眼，觉得沟通失败，无力地躺回被窝。顾若琛也钻进被窝，抱着她准备睡觉。

许嘉倾握住他不安分的手，气急地说道："顾若琛，你能不能好好睡觉？"

"和你睡一张床，我要怎么好好睡觉？嗯？"顾若琛的声音有些沙哑了，透着性感。

"那就不要睡一张床啊。"许嘉倾终于说出自己想说的话。

"不行，带你一起出差的目的就是为了一起睡。"

许嘉倾翻了一个白眼，打算不再理他。这个时候顾若琛的手机响了。

顾若琛看了一下手机，不知为什么又看了一眼许嘉倾。许嘉倾看着他看过来的眼神，心中明白了：这个电话是崔雪儿打的。

顾若琛拿着电话下床出去了。关上门的瞬间，许嘉倾竟然笑了出来，心上人出现了，她的存在简直就像个十足的笑话。

几分钟后，顾若琛进来了，还像往常一样钻进被窝，继续抱着许嘉倾睡觉。许嘉倾很想问他，为什么他心里有别人，还能坦然地抱着别的女人？可是她没问出口，因为无论哪种答案，最后都只会是对她的羞辱。

第二天醒来的时候，顾若琛没在病房。过了一会儿，小张推着早餐进来了。

他笑着说道："S市有急事，总裁先回去了。他让你在这里好好休息。"

小张支起她病床上吃饭用的小桌子，将早饭放上去。

许嘉倾突然问道："小张，你跟着总裁多久了？"

"两年了吧。"

两年？那就是顾若琛和她离婚后招来的助理了，难怪不认识她。

"那你知道崔雪儿吗？"

小张脸上的笑容一下子卡住，说话也变得支支吾吾，好半天才道："总裁的私生活我不太清楚。"

许嘉倾笑着摇了摇头。她刚才可没说崔雪儿是顾若琛的白月光，他却着急否定，说自己不知道顾若琛的私生活，根本就是此地无银三百两。

"给我订今天的机票吧。"许嘉倾一边喝粥一边淡定地说道。

小张有些为难地说道："可是你的身体还需要休息，总裁临行前特意交代过，要你在医院休养好再出院的。"

许嘉倾看着他，冷静道："如果你不订，我自己订。"说着就拿出手机要自己订机票。

"许小姐，您别为难我。"小张真有些为难，但是看着许嘉倾如此坚持，最后还是让步了，说帮她订机票。

许嘉倾在收拾东西准备出院的时候，顾若琛的电话竟然打来了，意料之外也是意料之中。

他用平淡冷静的语气问道："为什么这么急着回来？"

"我还有许多工作要做，本来就不是来澳门度假的。"许嘉倾也冷静地回答。似乎他们回到S市，就会变成这样冷静理智的抗衡。他们离得最近、过得最开心的日子，大概就是在澳门这段日子。

"等你伤好了，你想要多少资源，我都给你投。"顾若琛竟然破天荒地让步，开始和她商量。

见顾若琛让步，许嘉倾自然也要让步："那最好不过了，但是我回去也一样休息，只是你又不在澳门，我在这里休息也没什么意思，对不对？"她歪头笑了笑，仔细听，这语气仿佛就像撒娇。

顾若琛有些愣住，语气甚至有一些怀念："从前你只有跟我要钱的时候才会撒娇，现在多了一样，要资源的时候也这样。"

"顾总裁最了解我，我就是这样俗不可耐的一个人呢！你当初不就是看上我这一点，不对，你现在也是看上我这一点，不然你怎么敢招惹我？"

顾若琛沉默了一下，说道："那你回来吧。"

许嘉倾挂掉电话，笑了笑，继续开始收拾东西。

文森去机场接她，一见面就开始唠叨，就差哭出来："我的小祖宗呀，你怎么给自己弄成这样？脸色憔悴得像是做了个大手术一样，还有这一身伤是怎么回事？你怕不是要心疼死我了。"

许嘉倾看着文森真的快流出来的眼泪，拍了拍他的肩膀，安抚道："好了，不哭了哈，小媳妇，我给你带了你最想要的几款护肤品哟。"

"真的？"文森立即笑着抬起头，连眼角的泪花都没来得及擦掉。

许嘉倾给了他一个白眼，然后将行李推给他："推着，我累了。"

文森开心地接过行李。

"我爸爸怎么样？"许嘉倾问道。

"还是老样子，你自己不是也每天都视频了吗？"文森解释道。

"总觉得他们老了，不亲眼看着他们，就觉得很不放心。"许嘉倾淡淡地说道。

文森抿唇叹了一口气，算是赞同许嘉倾的话了。

到了医院，许嘉倾摘掉头上缠着的纱布，只是用普通的纱布贴着，然后给自己化了个淡妆，遮一遮自己脸上的憔悴。

第007章　送礼&自由

　　许嘉倾进病房的时候，顾若白正在查房，两人相互颔首示意一下。顾若白盯着她额头看了一下，便低下头继续在本子上写东西。

　　许成栋看到女儿的额头，立即焦急担心问道："倾儿，你的头怎么了？"

　　"没事儿，拍戏化的妆，之所以没揭掉，是为了接戏，怕揭掉后再贴错地方，容易穿帮。"

　　许成栋点了点头，顾若白写字的手顿了一下，但是没说什么。

　　顾若白嘱咐了许成栋一些注意事项就出去了。

　　许嘉倾说去送送他。

　　顾若白有些担心地说道："你头上的伤可骗不过我这个医生。"

　　许嘉倾歪头笑了笑："我就知道。"顿了顿，"在澳门遇到台风，当时在外面，撞了车。"许嘉倾只拣了重点说，并不想向他提及顾若琛和自己的事情。

　　顾若白的面色有些凝重："等一下我再帮你安排做一下检查吧，看一下什么情况。"

　　"不用不用，我在澳门已经都检查过了，都挺正常。医生说没有颅内出血，就没什么大碍。"

顾若白点了点头。

等到顾若白查完房回到办公室的时候，发现许嘉倾提着什么东西在他办公室门口等着。

顾若白快步走过去问她："还有什么事情吗？"

许嘉倾将购物袋递给顾若白："在澳门时看见的，觉得特别适合你就买给你了。"许嘉倾有些不好意思地抓了抓头发，"刚才查房的人太多，没好意思给你，怕大家觉得我在行贿。但是这真的不是，是我作为一个好朋友感谢你照顾我父亲，出差途中顺便给你带回来的礼物。"

顾若白低头笑了笑，温暖又阳光，看着她道："好的，我知道了。"说完接过她手中的购物袋，点了点头，"谢谢你。"

**

许嘉倾哪里肯休息，她去澳门这段时间，耽误了太多工作，几个本来在洽谈的商务代言也中途被杨连粤截和了，她都快被气死了。

刚回S市，许嘉倾就一刻不敢耽误，直接让文森帮忙安排了满满的工作行程。

"祖宗，你这样真没问题吗？钱没了还可以再赚，身体垮了可就真完了。"文森担心地说道。

"我的身体我最清楚了，再不开工，杨连粤那个贱人都快骑到我的头上了。"

文森看她这架势，小心地说道："杨连粤争取到你那部电影《大地震》的女二角色了。"

许嘉倾立即白了一眼，随即笑道："正愁没机会弄她，这下倒送上门了。"顿了顿，她歪头笑了笑道，"就她那演技，我不虐她，李灵导演都不会放过她！也不知道她靠哪个金主送进去的？有时候啊，人不努力一下，真不知道天赋有多重要！"

许嘉倾连着赶了几天商演和活动，采访也在频繁录制，连轴转的工作让她身体确实有些吃不消。

**

顾若白回国的消息本来没告诉家里人，后来不知怎的传到了梁茹茹耳朵里，一边哭着一边给他打电话："我儿子大了，回国了也不知道回家看我这个老人家，儿子大了真是留不住呀。"

顾若白温柔地笑了笑，露出看得见八颗牙齿的温暖笑容："妈，我一回国就到医院这边办手续交接，还没来得及回家看您和爸爸呢。"

"那择日不如撞日，就现在回来吧，正好赶上晚饭，若琛今天也回家吃晚饭。我们娘儿仨一起吃顿饭，你大哥也好久没回家了。"梁茹茹说着有些叹气，儿子这么多，都不着家。

"好。"顾若白挂断电话，看了一眼自己这身处理完病人的脏衣服，现在回家换也来不及，正好看见许嘉倾送给他的那个购物袋，便去浴室冲了个澡，换上那件衬衫，居然很合身，也正是他喜欢的款式。

顾若白回到家，梁茹茹直接迎上来，喜上眉梢："让我看看我的宝贝儿子。瘦了，在国外是不是没好好吃饭？"

"妈，我的体重一直保持不变的，哪里瘦了？"

正说笑着，顾若琛也从门外进来，叫了一声二哥，便往里屋走去。

吃饭的时候，梁茹茹一边给顾若白夹菜，一边笑道："你都有两三年没回家了，你弟弟若琛结婚又离婚了，你都不知道。"

"妈，说这个做什么？都过去多久的事情了。"顾若琛平静地阻止梁茹茹，不想让她说下去。

梁茹茹见顾若琛脸色不豫，也就不再说下去，只是打量着顾若白说道："若白，你怎么没叫上小熙一起来吃晚饭？"顿了顿，又笑道，"你这身衣服是不是她给你买的？只有女孩子的眼光才能挑到这么矜贵又好看的衣服。"

"哦，不是，是一个朋友送的。"顾若白笑了笑，为了不冷场，温柔地抛出一个梁茹茹感兴趣的问题，"这衣服很贵吗？"

"当然了，限量款嘛，现在中国只有澳门那边有的卖呢。我前几天还想托你三弟在澳门给你买呢，但是一想到他那不冷不热的性格，就算了，等有机会我自己去给你们挑，谁知道你自己已经有人给你挑了。"梁茹茹笑嘻嘻地说道。

顾若琛在听到澳门这个字眼时，微微一顿，随口问了一句："这个是什么牌子？回头我让助理去帮你买。省得你再跑去澳门。"

顾若白礼貌地转过身给他看了看牌子。

吃过饭，顾若琛回到房间，鬼使神差地拿出手机，看了看许嘉倾在澳门的消费记录，竟然和顾若白穿的那件衣服是同一个牌子！顾若琛皱了皱眉头，心中似乎有一种不那么愉快的预感。他拿出手机翻出许嘉倾在机场被拍到的新闻，放大来看了看。那个男人的背影……分明就是顾若白。

顾若琛简直一刻都不能等下去，抓起桌上的车钥匙，直接出门了，连梁茹茹在后面喊他喝甜汤都没有听见。

在路上，他打电话给许嘉倾，让她去九亭的别墅。

顾若琛到的时候，许嘉倾还没到。

他站在百叶窗前看着楼下，像是在等着她。

许嘉倾的车出现时，顾若琛眯了眯眼，坐回沙发，隐藏在眼镜后面的桃花眼此刻泛着冷冽的光：许嘉倾，你胆子太大了，觉得没希望勾搭我，就去勾搭我二哥？还用我的钱去给我二哥买衣服！你这该死的女人！

许嘉倾进门发现没开灯，一路上了二楼，打开所有的灯，看到卧室沙发上的顾若琛时，吓了一跳。

"这么晚叫我来做什么？也不开灯，吓我一跳。"许嘉倾识趣地走过去，想坐到他旁边。

顾若琛直接扯过她的手腕，将她控制在沙发上，双手压制在她头顶，眼神冷冽："什么时候勾搭上顾若白的？嗯？"

"你认识顾若白？"许嘉倾本能地问出来。

"还装？你和我结婚一年，会不知道我的二哥叫顾若白？"说罢，直接狠厉地扯裂她的衣服，向来儒雅斯文的模样此刻露出凶狠的一面，"我倒要看看你这样还怎么去勾引他？"

许嘉倾一巴掌就要打过去，却被顾若琛狠厉地钳制，他此刻凶狠的模样，仿佛许嘉倾犯了滔天大错。

许嘉倾见暴力反抗无效，瞪着他问道："顾若琛，你发什么神经？"

"我发神经？在你眼里，我只是个钱袋，你想要的也只是钱，然后拿着我的钱去勾搭别的男人，是吗？"顾若琛的眼睛变得猩红，他的眼镜早就在许嘉倾的挣扎中被扫到地毯上，此刻露出他那双原本好看却狡黠风流的桃花眼，满眼猩红。

"我什么时候勾搭顾若白了？"许嘉倾受制于人，但是看他那模样，却也不敢造次，毕竟她现在还不想得罪他，但是看他现在的模样，怕是自己已经悄无声息地惹怒他了。

"不承认？我会让你承认的。"说着就低头咬住她的嘴唇。

他像惩罚一样，恨不能让她处处都痛。

可是原本许嘉倾的脑袋就没恢复好，加上回家这几天连轴转工作，加上顾若琛此刻这么粗暴的对待，觉得脑子一阵嗡嗡地疼，反应到胃里的感觉就是恶心。这种感觉也是没办法忍住，她慌不迭地掀开顾若琛，趴在沙发边上呕了出来。

顾若琛有一瞬间的呆愣。随即慢慢起身，伸手掐住许嘉倾的后脖颈，迫使她仰起脸看着自己。

他冷冽地问道："心里有了别人，所以连我的碰触都觉得恶心了，是吗？"

许嘉倾脑子一片迷惘，迷迷糊糊道："我身体有些不舒服，可以把我放平躺着吗？"

顾若琛这才注意到她惨白的脸色，眉头皱了皱。想起在澳门时护士嘱咐的话，忍着怒意将她放躺在沙发上。

"不要以为这样就可以逃避。我告诉你，这个事情没完。"

许嘉倾扯出一个苍白的笑意："我现在恨不得讨好你，让你多给一些资源，怎么会冒着惹怒你的风险去招惹别人？"

"这就是你的解释？"顾若琛并没有因为这个解释而开心很多，毕竟她想要的依旧只是自己的钱，她不勾搭别人的原因也只是因为她想要更多的钱而已。这个原因让顾若琛没那么开心，但是他并不想追究为什么自己会不开心，只是单纯地因为不开心想找许嘉倾的碴儿而已。

"顾若白身上的衣服是怎么回事？花着我的钱给别的男人买衣服？嗯？许嘉倾，你脑子是不是真的撞坏了？"顾若琛冷冽地问道，他不明白自己究竟在纠结什么，换作以前，他绝对不会问这样的问题。他要做的就是直接封杀许嘉倾，让这女人走投无路。

许嘉倾明白了。

她缓过来劲儿，勉强撑着自己坐起来，但是还是因为浑身无力，直接倒进顾若琛的怀里，笑了笑道："我不知道他是你二哥，要是知道就不买了。"

顾若琛眯了眯眼睛，伸手掐住她的下巴："你再说一遍？"

许嘉倾任由他掐住下巴，反正她自己抬头也挺费劲的，笑着说道："他是我爸爸的主治医生。因为他有国外尿毒症研究的经验，我想讨好他，想让他尽心尽力给我爸爸治病，这就是我最真实的想法。更何况他还有女朋友，他的女朋友很可爱漂亮，我不认为他会抛弃他的女朋友，转而喜欢我这个俗不可耐的女人。"

许嘉倾冷静理智地看着顾若琛，嘴角带着笑，脸色却惨白得可怕。她继续说道："就像我也不认为你会抛弃崔雪儿转而喜欢我一样，所以在我的眼里，无论是你还是顾若白，都是一样的，都只是我讨好的对象，都不会是我会去爱的人。"

顾若琛感觉心口瞬间一窒，但是他看着许嘉倾现在的样子，说不出别的话，只是握住她的后脖颈，让她更加欺近自己，然后低头温柔缠绵地吻着她，像是安抚又像是讨好——可是，顾若琛哪里需要讨好她？

许嘉倾抱住他的肩膀，眼泪也滑了下来。她说："顾若琛，你会不会可怜我？"

顾若琛放开她，用拇指揩掉她眼角的泪水，抿唇等她说下去：

"如果你可怜我，现在就放了我，然后给我一大笔分手费，让我没有后顾之忧，然后我们井水不犯河水。你去过你灿烂的人生，我去过我平凡普通的人生。"许嘉倾歪头笑了笑，看着他，那目光中是冷静的理智。

顾若琛眯眼看着眼前人。许嘉倾没有说谎，却让他不知所措，只能冷冽地宣布："不可能的！我不是慈善家也不是冤大头，在我还没有腻了你之前，想都不要想。"

"哦。"许嘉倾继续笑，笑容就是她最后的掩饰，然后抱住他的肩膀，凑上去，亲了亲他的唇，"我今天很累，可以只休息吗？"

顾若琛抿唇看着她惨白的脸色，什么也没说，只是抱着她去了床上，然后自己也钻进被窝，抱住她，感受自己的每一下心跳都能触碰她，让他觉得自己现在对这个女人无论如何都不能放手。

许嘉倾很快就睡着了。

顾若琛却一直未睡，他撑起胳膊，借着窗外柔和的月光端看此刻睡着的许嘉倾，伸手将覆在她姣好艳丽的脸颊上的一缕发丝绕到耳后，好让他更加清晰地欣赏她如此妩媚又如此恬静的样子。

许嘉倾这样的女人，狡黠却妩媚，坚强却脆弱，浅薄却深沉，所有矛盾的综合点却都那么巧妙地糅合在她身上，让她看上去那样魅力无边。拥有过这样魅力的女人，如何能现在就放手？顾若琛是这样告诉自己的，至少现在他绝不愿放手！

第二天许嘉倾醒来的时候，顾若琛竟然还在，他就侧身睡在身旁，一抬头就能看到他的下巴。许嘉倾轻手轻脚地挪出来，方便看着他的脸。

许嘉倾伸手摸了摸他的眼睛和鼻梁，最后落在他的嘴唇上。顾若琛睡着的时候，嘴唇是放松的状态，不像醒着的时候，总是紧紧抿着，显得凉薄。

许嘉倾凑过去亲了一下他的嘴角，笑了笑道："顾若琛，希望崔雪儿像你爱她那样爱你，希望她早日康复，希望你们白头偕老，然后放我自由。"

许嘉倾说完就坐起身，准备下床。

突然腰上多了一只修长有力的手掌，微微使力，她又重新跌进顾若琛的怀里。

许嘉倾重新被顾若琛抱在怀里，带笑的语气里透着冷冽，但是因为刚睡醒，又带一丝沙哑，甚是性感。许嘉倾最喜欢听顾若琛刚睡醒时的说话声音，特别地撩拨人心。

但是他说出来的话却不是那回事："许嘉倾，你最近在我面前提得最多的两个字，你知道是什么吗？"

许嘉倾歪头想了想："资源？"

顾若琛翻身撑在她耳朵两侧，眯眼看着她："自由。"修长的手指掐住她的下巴，眼光渐渐冷冽，"你越来越想离开我了呢。"掐住她下巴的手慢慢下移，挪到她的脖颈。顾若琛甚至能感受到她脖颈的脉搏撞击在自己的手掌中，只要稍稍一用力，这个最近开始左右他思想的女人就不会存在了，多好啊。

许嘉倾心中一顿：自由？现在的她这么迫不及待想离开他身边吗？为什么？因为待在他身边越久，自己就会越陷越深，将来也越难放手吧，那才是她许嘉倾最悲惨的时候。

"顾若琛，你别避重就轻，你有真爱崔雪儿，我在这中间看起来真的很可怜又可悲的。"

"哦？可怜可悲又怎样？你不想要钱要资源了吗？"顾若琛显然没将她的话放在心上，"大家各取所需，就保持现在这样有什么不好？即使有一天我真的娶了崔雪儿，我们继续保持这样的关系有什么不好？"

许嘉倾瞪大了眼睛，在顾若琛眼中她究竟是什么？是他一直包养的情人？即便结婚也不愿放过她？

许嘉倾懒得跟他废话，直接想推开他下床去，却被他拦住。顾若琛继续追问："这样究竟有什么不好？"他像是一定要知道许嘉倾是什么想法一样，紧紧盯着，"你想要的，我都可以给你，我们继续保持现在这样的关系有什么不好？"

"顾若琛，难道你结婚了，还不准备放我？"许嘉倾见逃不掉，索性放弃，坦然地看着他，大家来掰扯掰扯。

顾若琛抿唇没说话。他不知道自己是什么想法，他现在只知道想和许嘉倾保持现状，他不希望许嘉倾远离自己的身边，她是那样的凉薄绝情，如果让她离开，她真的会消失得干干净净。

"顾若琛，你会娶妻生子，将来我也要嫁人生子的，我们本来就不是同一个世界的人。"

"你说什么？"她一句嫁人生子让顾若琛的怒气一下子被点燃，他冷冽地警告，"嫁人？许嘉倾，你想都别想！我顾若琛的女人，谁敢要？"说着直接低下头咬住她的唇瓣，怒不可遏地说道，"我要你现在说，你会继续留在我的身边。"

许嘉倾皱眉，想抗拒，却被他禁锢了双手。

顾若琛继续追问，像是非要得到她的肯定一样："我要你说，你会继续留在我的身边！说！"

许嘉倾不明白他这么执着是为什么。这个男人能轻易封杀她所有资源，只要她还想要在圈里混下去，就不得不受制于顾若琛，她说不说究竟有什么意义？

但是许嘉倾并没有大早上就惹怒他的想法，歪头笑了笑："只要我还在娱乐圈一天，我自然不想离开你的身边。"

顾若琛被她的乖巧听话弄得心中一软，就没在意她话中的陷阱，继续吻住她："许嘉倾，你最好说到做到，如果你骗我，你会知道后果。"

"嗯。"许嘉倾不想再和他继续纠缠下去，眨了眨眼睛，说道，"那我现在可以起床了吗？"

顾若琛显然心情变好很多，好看的桃花眼透着狡黠和风流："我以前有没有告诉你，不能在早上吵醒男人。"

"啊？"许嘉倾一愣。

之后顾若琛用行动告诉她这句话是什么意思。

末了他还非常得意地看着累到连眼睛都懒得睁开的许嘉倾笑道："在澳门的时候我就告诉过你，你总有脑子好的一天，现在知道了吗？"

许嘉倾连一声都懒得回答。

顾若琛好笑地抱住她，在额头上亲了亲，然后说道："许嘉倾，至少现在我不愿意放了你。或许有一天，我腻了，你会得偿所愿。"

可是最后，究竟谁会得偿所愿？

顾若琛今天一整天的心情似乎都不错，连助理小张打印错文件这么大的事情，他都没有发火，只是笑了笑道："下次注意点。"

等许嘉倾休息好，文森就来接她了，今天要进剧组。

许嘉倾到达的时候，本来是她的化妆间却被杨连粤占用了，对方直接说了："我不喜欢和别人共用一个化妆间，谁来了都要等等。"

许嘉倾不以为意，对文森说："我们去找霍羽奚。"

"他不太好相处，话少不爱社交。你确定要去碰壁？"文森有些担心地说道。

"放心好了，没有对比就没有伤害。让杨连粤继续作妖，这样才能衬托出我的美丽豁达，我不收拾她，霍羽奚都不会放过她。走吧。"许嘉倾笑嘻嘻地说道。

许嘉倾买了一杯加奶不加糖的美式带着去了霍羽奚的化妆间，他正在做造型，并没有因为许嘉倾进来而抬一下眼皮。

许嘉倾将咖啡放到他的化妆桌旁边，笑道："我看过你的喜好，美式加奶不加糖。喏，给你。"许嘉倾将咖啡往他面前推了推。

霍羽奚微微皱眉：她查过我？还光明正大地说出来。

许嘉倾看着他的表情，笑着解释道："放心好了，只是在百度搜搜你广为人知的爱好而已，我可没专门雇私家侦探调查你。"

"你来这儿有事吗？"霍羽奚不想交谈，开始下逐客令，在他眼中，许嘉倾这样的女艺人都是背靠金主的花瓶而已，他是不屑和这种人交流的。

许嘉倾不以为意，像是完全没看出他神色的不愉快，继续道："有啊。"顿了顿，"我想和你套近乎的目的这么明显，你看不出来吗？我表现得这么晦涩隐蔽吗？"

霍羽奚终于睁开眼睛看了看她：嗯，果然是过于艳丽的容貌，娱乐圈的花瓶而已。

霍羽奚看着许嘉倾，冷冷道："可以不要打扰我化妆吗？"

"可以啊，只是我的化妆间被别人占用了，我没地方化妆，想等你上完妆，借你的化妆间用用。"比脸皮厚，许嘉倾从来没输过，但霍羽�霍羽奚从来没见过这么厚脸皮的女人。

霍羽奚见沟通无效，只能闭目养神，任由化妆师给他做造型。

对于许嘉倾在他化妆间化妆这个事情，霍羽奚想阻止却实在无法开口驱赶。许嘉倾就是拿捏了他这个脸皮薄的个性。

开机仪式时，杨连粤看着许嘉倾已经做好的造型，微微一愣，随即倨傲地抬起下巴从她面前走过。许嘉倾笑了笑，一副"我不在意，我一点也不在意"的云淡风轻大度模样，旁边的工作人员和导演都看在眼里，心里也都有了一些谱。

为了让演员能更快地培养默契和相互亲近，开拍的第一场戏就是男女主的亲密戏。

因为彼此不熟悉，霍羽奚本来以为会NG很多次的，但是许嘉倾的表演让他有些意外，导演要求的那些情绪都给到位，他自己想要的对手戏也给到位了，让他能很快进入角色。

霍羽奚第一次正眼看许嘉倾，觉得她或许不单单是一个花瓶了。

俗话说，没有对比就没有伤害。

第二场戏就轮到男主和女二的戏份了。

霍羽奚都快被气死了，她不仅情绪没到位，笑起来尴尬，哭起来更尴尬，更重要的是每次他都已经进入角色了，杨连粤却突然喊卡，原因仅仅是因为这个机位拍得她不好看！

霍羽奚从来没见过这么不专业的演员，当场踢了凳子，回了自己的休息室。

杨连粤还委屈地开始哭起来，觉得霍羽奚仗着自己咖位大，欺负她。

许嘉倾拿起手机，将刚才的拍摄经过全部录了下来，留作不时之需。

杨连粤在一边哭得挺委屈，但是李灵导演也发飙了。他是那种特别较真精益求精的导演，本来制片人把杨连粤塞进来已经让他大发雷霆了一次，现在杨连粤又这么不敬业，让李灵更是火大，直接大声说道："不能拍，就滚蛋！"虽然没有当面说杨连粤，但是这么大声，谁都知道是对杨连粤说的。

杨连粤听了这话，心中更是窝火，当即给自己的金主打了电话，一边哭一边说自己在剧组怎么被演员和导演一起欺负的。

这个电话很快奏效了，很快制片人就来找到导演，脸上赔着笑脸，嘴上却说道："李大导，你看她这带资进组，给我们省了一大笔钱不是，不看僧面看佛面，将就着过了吧？"

李灵很不耐烦地说道："你想让一只老鼠坏锅汤？拍电影是要对自己负责的，你也看见她的演技了，没演技又事多，还不愿意学习，这跟废铁有什么区别？我反正带不动，你觉得她行，我就不干了，反正我俩必须走一个。"

制片人见李灵这么坚持，哪里敢硬来，毕竟李灵可是成名多年的大导，各种导演奖都拿了个遍，娱乐圈的人脉也是广的，得罪他在娱乐圈基本就混不下去了。

制片人继续赔笑脸道："还有一个办法，删戏吧，改剧本，让她的戏份尽可能少。这样就不砸您的招牌了不是？"

李灵不想妥协，看到一旁正在认真研究剧本的许嘉倾，若有所思地问道："她试镜那天是不是和顾若琛有交集？"

制片人顺着他的目光看过去，连连点头道："好像确实如此，还有拉投资那天的饭局上，顾若琛带走了她。说来她应该是顾若琛面前说得上话的人。"

"那让她跟顾若琛说说，多投点钱，这样赶走一个杨连粤绰绰有余。她的演技尚可，是可用之人。"

制片人有些为难地说道："这怕是不行吧，顾若琛更不好惹。"

"顾若琛再不好惹，在片场还是我说了算的。如果她不答应，我自有办法让她混不下去。"

于是二人找到许嘉倾，说明来意之后，许嘉倾歪头笑了笑："你们怕是对我和顾若琛的关系有误会。我要是有这么大的靠山，早就像杨连粤那样尾巴翘到天上去，还用在这里苦心研究剧本吗？"

女演员有靠山一般都会让所有投资人都知情，这样就能保自己一方平安，但是眼下许嘉倾这样说，想来是真的没关系了。

最后李灵答应留下杨连粤，但是要删减大部分戏份，如果她不满意就让她的金主亲自过来跟他说。

接下来的一场戏正好是许嘉倾的，是一场要下水的戏。

因为李灵正在气头上，加上大家都确认了她和顾若琛没有关系，基于此，李灵一点也没心慈手软。

他一直不满意许嘉倾下水的动作和在水中的表情，所以许嘉倾不得不一次又一次地重新下水，现在已经是深秋了，水下是非常冷的。

许嘉倾脸色都发白了，但是依然一声不吭，每次重拍前都是喝一口文森递过来的姜茶就继续下水。

虽然她是流量明星，但是根基其实并不稳，流量来得快去得也快，如果她不趁早拿几个有含金量的奖项在手里，迟早会被前仆后继的流量取代，所以对于李灵的要求，她虽有怨言，却不表现出来，只是一遍又一遍按照要求去做。

许嘉倾是那种目标很明确的人，她想要的东西，一定会努力去做，不论过程多难都会忍耐，她就是那种忍耐力特别好的人。顾若琛也是那种目标明确的人，但是他会用强权直接或者曲线掠夺，是一个不折不扣的笑面虎强盗。

在许嘉倾第N次下水的时候，霍羽奚出现了。他站在岸边，冷眼看着她。

许嘉倾努力扯出一个笑容："到你了吗？我记得下水的戏后面还有两场戏再到你。"

"你看了我的剧本？"霍羽奚顺着她的话问出来。

"嗯，会看一看，揣摩一下你会怎么演，我要给出怎样的情绪。"许嘉倾一边往岸上爬，一边说道。

许嘉倾发现了霍羽奚在旁边专注看她的神色，觉得是一个好时机，于是故意踩在一个松动的台阶上，一用力，直接踩空了，人也顺势往下掉。因为霍羽奚正在看着她，几乎是立即出手抓住她，这才防止她再次摔入水中。

霍羽奚将她拉上来，因为起来的拉力太大，而他此刻是蹲着的，一个冲力直接就被撞倒了，于是两人双双摔倒。

但是导演那边还一直拍着。

许嘉倾歪着头笑看他："这要是传绯闻了，可不能怪我，是你主动拉的我，也是你主动抱的我。"

霍羽奚神色一顿，随即推开她站起来，然后冷冷说道："只是个意外。"

"哦。"许嘉倾笑得不怀好意。霍羽奚盯着她的样子，神色凝重。

文森赶忙跑过来，先是将毛毯递给她，再把姜茶递给她，口中念念叨叨："我的姑奶奶呀，你快擦擦吧。你这脑子的脑震荡没好，要是再进水了，就完蛋了。"

许嘉倾立即白了文森一眼，怼他："我脑子里进水，弯腰倒掉就好了，你这娘胎里带出来的脑子进水就没得治了。"

文森一时语塞，连忙摆手："行吧，你美你都对，我不该说你。"

许嘉倾傲娇地抬了抬下巴说道："不要说我美，在霍羽奚这种美人面前，我顶多算个打酱油的。"

本来许嘉倾是想来一波彩虹屁的，但是霍羽奚当场冷了脸，双手插兜直接走开，转身时还不忘怼许嘉倾："我是靠实力。"

许嘉倾悻悻地看着文森，问道："马屁是不是拍到马蹄子上了？"

"好像是这样的。"

"行了行了，以后还有机会。"许嘉倾说完又喝了一大口姜茶。

接下来大部分戏都是霍羽奚和许嘉倾在拍，李灵依旧在不停为难许嘉倾，许嘉倾一直在忍。杨连粤每天来剧组很晚，然后再磨磨叽叽地化妆，等她化完妆，再磨磨叽叽地补拍几个镜头就收工了。她手中的剧本没改，但是每天的进度连一页都没有，所有人也不催她。杨连粤还以为是自己背后金主要求的，以至于大家都不敢对她有过多要求，在剧组里依然很神气。其实导演早就找编剧改了新剧本，每个人都拿到了新剧本，除了她。

许嘉倾要忙着拍戏，有时候杨连粤故意找碴儿，她都懒得理，直接忽略。

因为许嘉倾的敬业精神和过关的演技，霍羽奚对她的态度也慢慢改观，会开始和她对戏。

这天刚吃完早饭，两人正在对戏，霍羽奚纠正她一个表演错误。他说："你在背后偷看我的这场戏，在我转过身的时候不应该立即转过脸的，你可以正视我，冲我笑一下，然后才自然地转过脸。小西这个角色是有些前卫大胆的，不是那种藏着掖着的角色，她很敢，什么都敢做的那种角色。"

许嘉倾若有所思地点了点头："嗯，你说得有道理，等一下我这样试试。"

霍羽奚是一个很敬业的演员，看到许嘉倾也这么敬业，心中自然是欣赏的。

但是一旁看着的杨连粤心中很不是滋味，眼看着高冷的霍羽奚和许嘉倾也逐渐友好，心中更不是滋味，对许嘉倾的嫉恨更是让她想现在就去找她的碴儿。

杨连粤端着一杯滚烫的咖啡从他们面前走过，然后假装不在意地歪了歪手，高温的咖啡直接洒了下来。霍羽奚正在帮许嘉倾拈掉飘落到头发上的树叶，那咖啡眼看就要直接洒到霍羽奚的手臂上。幸亏许嘉倾眼疾手快，连忙抓住霍羽奚的胳膊往面前扯过来。

但是不可避免的，一部分咖啡还是洒到许嘉倾的手背上，而霍羽奚被扯过来的手正好碰到许嘉倾的胸口。

第008章　回击&求饶

三人都是一愣，霍羽奚最先回过神，看到自己手掌的位置，连忙抽回，同时看见许嘉倾被烫红的手背，眉头微微皱起，赶紧问了旁边的助理要来冰水。

霍羽奚细心地拿冰水冲洗许嘉倾被烫红的手背。

杨连粤眼看自己这一招反倒助攻了他们，心中更是气，立即愤怒地指着许嘉倾骂道："许嘉倾你怎么这么不要脸？凭借着狐狸精一样的脸到处勾搭男人。"

霍羽奚闻言，几乎是立即站起来，想让杨连粤收敛一点的，却被紧接着站起来的许嘉倾拦住。她说："女人的战争，你不要掺和进来。"说罢用胳膊将霍羽奚护到身后，这个动作就像是要保护他一样。霍羽奚愣愣地看着她。

许嘉倾站起身，小跨一步走到杨连粤身边，一句废话都没有，抬手就是一巴掌，杨连粤当场蒙了。

许嘉倾厉声道："杨连粤，举世皆你妈还是怎么着？人人都要惯着你？娱乐圈是你家游乐场吗？干了这份工作，不想着怎么提高自己的业务能力，而是在这里找同行的碴儿，有没有意思？"

杨连粤当场就哭了，哭得那叫一个我见犹怜。她颤抖地指着许嘉倾的脸："你这个狐狸精，有什么资格说我？"

许嘉倾终于笑了笑："我有没有资格？凭我这张让你嫉恨的狐狸精脸啊！"说完直接拉着霍羽奚的手走开了。

眼看着走出一段距离了，霍羽奚小声道："那个……能不能松开……"

许嘉倾这才看见自己还拉着霍羽奚的手，连忙松开道："一时忘记了。"顿了顿，又不好意思地笑了笑，"实在不好意思，让你见笑了，不该把你牵扯进这些糟心事的。"

"和你没关系，是她先找碴儿的。"霍羽奚公正地说道。

许嘉倾也有些尴尬："我刚才是不是太凶了，吓到你了？"许嘉倾看着霍羽奚的神色，估计是被吓到了。

霍羽奚笑了笑："没有，只是觉得很好。"顿了顿，"我刚入行的时候，也因为长相被别人欺负过，但我只是忍，没像你这样回击。"

许嘉倾像是想到什么，立即道："所以你才不喜欢别人说你长相好是吗？"

霍羽奚没说话，过了很久才"嗯"了一声。

许嘉倾笑了笑："我一个人独当惯了，所以别人欺负我，我总要学会自保，不然总是被别人欺负。"

"这样挺好。"霍羽奚笑着说道，他深深地看着许嘉倾，良久才说道，"我现在想抱一抱你，可以吗？"

许嘉倾一愣，随即伸开胳膊笑道："这有什么不可以？来妈妈怀里，小可爱。"

许嘉倾环抱住他精瘦的腰身，霍羽奚却是紧紧地抱住她，仿佛她是一个暖炉，自己是快冻僵的人，需要紧紧抱住对方才能汲取一些温暖。

许嘉倾感觉到他的动作，心中一顿，拍了拍他的脊背，笑着说道："这要被拍着，真要传绯闻了。"顿了顿，"你入行这么多年，都没拍到你的绯闻，都有娱乐记者猜测你是不是取向特殊了。"

霍羽奚放开她："拍到就拍到，这么多年没传过，偶尔传一下也挺好。"

许嘉倾笑了笑，刚想说他还真是咖大不怕事，脸色却突然顿住。

她看见不远处站着顾若琛，脸色冰寒地看着这边，身后的小张因为自家老板冰寒的气场都有些胆怯了。

许嘉倾想走过去，顾若琛却转身走开了。他身后的李灵导演和制片人看了这个方向，虽然一头雾水，但是凭借多年混迹于名利场那点察言观色，总觉得似乎不对劲，也探询似的朝许嘉倾看了一眼。

霍羽奚看着许嘉倾的神色，问道："你认识他？"

许嘉倾摇头："我要是认识他，就不用像现在这样苦哈哈地被杨连粤欺负了。"

霍羽奚"嗯"了一声就没再说话。

接下来一整天拍戏过程如常，顾若琛也没打电话来，一切都很平静，很正常。

晚上收工的时候，许嘉倾实在忍受不了顾若琛这种风雨前的平静，于是主动给他打了电话。

电话刚接通，却是一个温柔平静的女声在说话："喂？"

许嘉倾怀疑自己打错电话了，拿下手机看了一下手机号码，没有错，于是又将手机放在耳边说道："这不是顾若琛的电话吗？"

那边的女生笑了笑："这是若琛哥的电话，刚才我说想吃葡萄，他去洗葡萄了，你等一下好吗？"

许嘉倾胸口完全顿住，如果能看见自己的脸色，一定苍白得像鬼一样。总是一副高高在上，甚至紧紧扼住她所有命脉的顾若琛亲自动手去洗葡萄了，只是因为这个人想吃。这个人是谁，简直不言而喻，除了崔雪儿，还有谁值得顾若琛动手。她今天这个电话简直像个笑话一样，以为他会气自己和别的男人抱在一起，本想解释，可是对方浑然不在意。她从没有哪一刻觉得自己像现在这样愚蠢至极。

许嘉倾说不出话。

听筒里继续传来崔雪儿的声音："若琛哥回来了，我让他听电话。"

过了一会儿，传来电话被接过去的声响，顾若琛没说话，似乎是在等许嘉倾说话，但是她什么也说不出来。

"再不说话，我就挂了。"顾若琛等了半晌，终于冷冷地吐出一句话。

"若琛哥，这个葡萄挺甜的，你要吃一个吗？"听筒里继续传来崔雪儿似有若无的声音。

许嘉倾克制自己因为握紧拳头而颤抖的手。

然后她听见顾若琛的声音，不是对许嘉倾说的，而是对崔雪儿说的："雪儿自己吃吧，我出去接个电话。"那是一种温柔诱哄的语气。

许嘉倾觉得这是老天给的警告，在她对顾若琛越陷越深时给她的警告，让她迷途知返，认清自己的身份。

顾若琛出来了，走到医院走廊的尽头，说："许嘉倾，你打电话做什么？说！"冷冽的声音甚至带着愤怒。

许嘉倾拢了拢耳边的鬓发，终于冷静下来："就是今天在片场看见你了，但是你没打招呼就走了，想打电话问问你。"

"问什么？"顾若琛的语气越来越冷。她打电话只是为了说这些吗？

"想问你有没有看到我。"许嘉倾笑了笑，不以为意地说道。

"许嘉倾！你当我是傻子吗！"顾若琛生气了。

许嘉倾顿了顿，问道："你现在哪里？"

"和你无关。"他的语气越来越不善，耐心也快用尽了。

又是这四个字。

许嘉倾被噎了一下，停顿很久才开口说道："那没事了，我先挂了。"

顾若琛没说话，直接率先挂了电话。

许嘉倾听着电话里面传来的嘟嘟声，笑了笑，收回手机，又一次觉得自己自取其辱。

接下来许嘉倾再没接到顾若琛的电话或者任何通知。她依旧在剧组拍戏，日子过得忙碌而平常。

只是李灵导演像是突然看她很不顺眼一样，总在拍戏的时候故意刁难她。

一会儿让她跳进泥泞的泥潭，眼睛也不许闭，一会儿说为了避免接不上戏，中午放饭的时候让她躺着不能动，然后下午继续高强度的戏份加高难度的动作。

许嘉倾隐隐觉得是不是有人在中间做了手脚，因为杨连粤的待遇比之前更好了。

这天中午，许嘉倾继续躺在原地，被勒令不能挪地方，否则戏接不上。杨连粤走过来了，一旁的助理给她撑着伞。

杨连粤蹲下来，倨傲地看着她："躺着的滋味怎么样？"

许嘉倾懒得理她，只是闭目养神。

杨连粤因为她的忽视而恼羞成怒，伸手抓住她的头发，恶狠狠地说道："怎么，现在还不学乖一点？知道自己为什么落得这个地步吗？"

许嘉倾眯眼看着她："再不松手，我就要还手了。"

杨连粤哪里肯受她的威胁，笑道："自己得罪了高层，娱乐圈混不混得下去都难说，现在还敢在我的面前大放厥词。"

许嘉倾完全不将她放在眼里，反手抓住杨连粤揪着她头发的手指，使劲儿一掰。趁着杨连粤吃痛，许嘉倾直接坐起来将她推倒在地，然后用膝盖抵住她的脊背，冷冽地说道："我说了我会还手的！"

杨连粤被弄疼了，哭出来："我会去告诉李总的，让他封杀你！他告诉我还有更大的大佬要封杀你。许嘉倾，你就等死吧。"

许嘉倾不屑地笑了笑："我当是谁呢？你的金主原来是那个贼眉鼠眼的李总。"这个李总觊觎许嘉倾许久，但是她一直装不懂，上次在投资人的饭局上，李总确实也在，那杨连粤口中那位更大的大佬就是顾若琛无疑了。

"许嘉倾，你放开我！不然我会整死你的。"杨连粤一边哭喊一边威胁她。

"你的命现在可都在我手上，谁整死谁还不一定呢！"顿了顿，"回去告诉你的李总，他再敢弄我，他害怕的事就真的会发生。"

许嘉倾觉得自己再次利用顾若琛狐假虎威了。但是那又怎样，或许正是顾若琛授意李总这么做的，让李灵在片场给她穿小鞋。可是男女感情嘛，总不能做得很绝的，李总肯定明白，保不齐哪一日许嘉倾和顾若琛再次好了，到时候许嘉倾给李总记一笔，他可是吃不了兜着走。

许嘉倾抓起杨连粤的头发，将她的头扯起来，靠近她耳边，笑道："只要我还在娱乐圈一天，你就永远不能称王。"

杨连粤连连吃痛，大哭出声，早就引起了导演和其他人员的注意，都赶着往这边跑过来。

霍羽奚一声不吭地先走到许嘉倾身边，不动声色地扶起她。

制片人则赶忙扶起地上哭叫连连的杨连粤，一边安抚一边对着许嘉倾责骂道："许嘉倾，剧组是你可以任性妄为的地方吗？打狗还要看主人……"制片人突然意识到自己的比喻不太对。

连正在气头上的杨连粤也"啥"了一声，看着制片人。

制片人连忙改口："剧组有导演有场记有制片人，有什么矛盾非要用打架的方式？"

"不打一架，她就不知道我文武双全！"许嘉倾轻描淡写地回击道。

一旁的霍羽奚微微抿了一下嘴唇，但很快就用高冷的皮相替换了那个好像没存在过的笑容。

杨连粤更加愤怒地看着许嘉倾："王哥，你看这个许嘉倾，一点也不知道天高地厚，根本没把你放在眼里。"她口中的王哥正是制片人王威。

王威连忙安抚杨连粤道："好了，不哭了，不跟她一般见识。气坏了身子，遭罪的还是自己。"

王威看了一眼导演李灵，交换了一下眼色，二人瞬间就通了气。这下许嘉倾恐怕在剧组没有好日子过了。

霍羽奚将一切都看在眼里，在王威和杨连粤都还没走远的时候，声音温和地问许嘉倾："如果你觉得辛苦，可以不拍，我跟着你的决定做决定。"他的声音还是原本冷冷的语调，却透着无比的镇静和坚定。

在场的所有人一惊，尤其导演李灵。以霍羽奚的咖位、流量、口碑和演技，演这部电影，他想冲奖可以说是轻而易举。如果霍羽奚不演了，前期的宣传白费了不说，到时候票房不能保证，质量同样不能保证。

"霍羽奚，你知道你在说什么吗？违约可是要付违约金的，我们签了合同的。"李灵神色凝重地说道，就连已经转身的王威也转回来看着霍羽奚，神色有些慌张。

"违约金我会照付，如果许嘉倾辞演，她的违约金我也可以帮忙付。"霍羽奚依旧神色冷静，甚至有些淡漠，不将这些事放在心上，他低头问许嘉倾："饿吗？我的房车上还有些吃的，我拿给你。"说完就扶着许嘉倾走了，没有看在场任何人。

刚到房车，许嘉倾就得意地抿唇笑了笑："刚才都不想打断你要帅，简直太帅了。"

"你觉得帅？"霍羽奚不以为意地问道。

"当然帅了，被别人这样偏爱地保护着，简直帅得炸裂。"许嘉倾笑嘻嘻地说道，抓过眼前沙拉盘中的小番茄往嘴里塞，继续道，"虽然觉得你的决定有些冲动，但是帅就够了。要帅要帅，就是要要了别人，自己才能帅。"

霍羽奚轻微地笑了笑："我不太爱管别人的闲事，也不在意要帅，只是想帮助你而已。"

"这样啊。"许嘉倾心中快高兴坏了，被偏爱永远是这世上最让人兴奋的事情，尤其被这种高冷得仿佛对万事万物都不甚在乎的人偏爱。"今天可能要被载入史册了，简直是我人生里程碑式的胜利。"

霍羽奚被她夸张的描述逗笑了："有这么夸张吗？"

"你自己可能不觉得，但是就在刚才，我被制片人和导演一起怼的时候，其实还是有点怂的，只是我的面子支撑我不能认怂。幸好这个时候你站在我这边，让我不至于孤军奋战。"

"嗯，知道了，以后我都会站在你这边的。"霍羽奚轻声说道，语气似乎没有以前那么冷了。

许嘉倾笑了笑："我要开心死了。"抱着旁边的小狗抱枕，高兴地躺在座位上。

剧组里的事情很快就传到顾若琛的耳朵里。

顾若琛正在审批助理小张送进来的文件，突然将文件扔了出去："财务给的财务报表做成这个样子，怎么敢交上来！重做！"

小张不明白总裁最近怎么脾气这么大，慌忙捡起地上的报表出去了。

顾若琛站起身，走到身后的落地窗前，从二十楼看出去，看着S市的心脏地带，能看见将S市分为东西两部分的江面。

顾若琛拿出手机，看了看：没有她的电话，她甚至连一个电话都没有，一句解释也没有。

收工的时候，许嘉倾去医院探望许成栋，他已经睡着了，毕竟都凌晨一点了。

许嘉倾看了看手机，没有顾若琛的电话。看来他并不需要自己去解释，一切都是她想多了。

但是即便他不需要解释，许嘉倾也打算去找他，毕竟在剧组总是被李灵穿小鞋，心里也很不是滋味。

她打电话给顾若琛，过了很久才接通，那种嘲讽的语气立即就传过来："哦？许嘉倾？想起来你还有个金主了？"周围的声音很是嘈杂。

"你在哪里？"许嘉倾直接冷了脸色问道。

"来，露娜，告诉她这是哪里。"顾若琛嘲讽的声音更甚。

电话那端立即传来一个娇媚的声音："顾总裁真讨厌，明知道这是哪里还要人家说。"

"有人想听嘛。"顾若琛勾着嘲讽的语气。

"××高级会所喽。"露娜娇俏地说道，"总裁，我答了，这下可以喝酒了吗？"

"不，等会儿我给你叫来一个更能喝的陪你喝。"顾若琛笑道，然后对着听筒说，"知道是哪里了吧？现在过来。"

许嘉倾觉得气血就快涌上来，但是还在忍："有人陪你，我就不过去打扰总裁的雅兴了。"

顾若琛的脸色几乎一下子冷了下来："过来！看看别人是怎么伺候金主的，学着点！"说完直接挂断了电话。

许嘉倾看着黑屏的电话，握紧了拳头，顾若琛摆明是想羞辱她的。

许嘉倾被服务员引进包房的时候，正好看见顾若琛身边依偎着三四个打扮或妖娆或假装清纯的女人，她们都已经喝得醉醺醺的。在看到许嘉倾进门的瞬间，顾若琛不怀好意的眼神也跟着投射过来。

"你们真该跟她学学怎么喝酒。"顾若琛指着许嘉倾对身边的女人说道，"面前这一打她能面不改色地喝完。对吧，许嘉倾？"

"这不是那个女明星嘛！看来也不过是别人的玩物而已。"一个女人不屑地说道。

许嘉倾握紧拳头看着顾若琛："我喝完这些，你就让这些女人滚蛋！"

顾若琛看着面前神色冷峻的许嘉倾，抿唇笑了笑："你能喝完，我肯定让她们滚蛋。"

许嘉倾眯眼看着他认真的神色，扔下手中的包包，直接端起面前的酒杯开始往嘴里灌。第一杯灌完，直接杯底朝上扣在桌子上，接着是第二杯，继续将杯子扣在桌子上。每次都发出一声清脆的撞击声，仿佛心脏都跟着颤了颤，接着是第三杯。

许嘉倾去拿第四杯的时候，已经有些不行了。喝得太猛，加上她今天拍了一天戏，被李灵虐得不轻，又没吃什么东西。许嘉倾勉强喝下第四杯，将杯子扣在茶几上，又发出那清脆的撞击声。

顾若琛眯眼看着她的动作，倔强却没有求饶的意思。

许嘉倾去拿第五杯的时候，手被顾若琛按住。他冷着脸看着许嘉倾，却对旁边的那些女人说道："都滚出去。"

那个露娜还有些不甘心，娇媚地说："顾总，人家……"

"我说了，滚。"轻不可闻的语气，却让人不容置喙。

屋子里的女人都出去了。

许嘉倾这才放任自己往旁边倒下去。顾若琛眼疾手快地接住她。

他冷冽的眼神看着她："你是来示弱的吗？"

许嘉倾伸手扯过他的领带，让他靠近自己，歪头笑了笑："是呀，我是来求饶的。"

顾若琛心里舒坦了，靠在沙发背上坐好，将她安置在自己腿上，圈住她的腰，不让她栽倒下去，然后才道："好了，现在你可以讨好我了。"

许嘉倾捧过他的脸，凑上去亲了亲，闻了闻，然后点了点头："嗯，还没有别的女人的味道，真好。"

顾若琛被她的举动逗笑了，顺着她的话问道："这么在意我和别的女人在一起？"

许嘉倾摇头："嗯？不。"

顾若琛眯了眯眼。

"我的定位是你的情人，怎么能想着独占你呢？这会让你厌烦的。如果你厌烦我了，不给我资源了，那我只能去喝西北风了。"

顾若琛的脸色冷了下来："既然知道自己的定位，为什么还去和别的男人勾搭？"

许嘉倾抱着头，摇了摇："有点头晕。"顿了顿，看着顾若琛，用手捧住他的脸，嘟囔道，"顾若琛，你别动，你的脸老是在晃，晃得我有点想吐。"

顾若琛这才注意到许嘉倾的神色，抿唇道："你醉了？"

"没有，我还很清醒。"说完直接扑进顾若琛的怀里，小声呜咽道，"顾若琛，你真的是太坏了，有钱真的好了不起啊！随意地玩弄别人的感情，稍微有一点不顺意，就变着法儿地惩罚别人，不给别人活路，你怎么这么坏呀！"

顾若琛听着许嘉倾状似撒娇又似哭诉的声音，心中顿时一点火气也发不出来了，只是想哄着她，让她不要哭了，于是放软了语气，但是似乎还带着一点赌气地说道："许嘉倾，是你先违背游戏规则，我才惩罚你的。"

窝在顾若琛怀里的许嘉倾，听见他那让步的语气，勾出一个狡黠的笑意，但是很快这笑意又被委屈替代，接着哭道："你如果不让李灵给我穿小鞋，我至于和霍羽奚抱团对抗吗？再说了，霍羽奚能和你比吗？我会放着你不要，去找霍羽奚吗？我又不傻！"

一番"酒后真言"说得顾若琛别提多开心了。

顾若琛听着许嘉倾醉酒后讨好的话，心中自然是非常舒坦的。她许久没有撒娇了，但是此刻的姿势让人看不到那张脸。

顾若琛掐住她的下巴，迫使她仰起脸。此刻脸色绯红、眼神迷离妩媚的许嘉倾简直可口得让人恨不得生拆入腹，自己私藏起来，不让任何人再看见她的美，也禁止她到处地招摇，招惹一些不三不四的烂桃花。

这么想着，顾若琛便真的这么做了，直接掐着她的下巴，低头吻下去。他的桃花眼微微上挑，带着欣赏和沉醉的好看，甚至带着微弱的光，只是他自己没发觉而已。

顾若琛紧紧地凝视她，注意着她每一个细小的动作。许嘉倾也看着他，然后往后仰了一下头，远离一点，迷离地说道："顾若琛，你喝酒了？好重的酒味呀。"说着就凑上去闻了闻。

她迷茫又醉醺醺的样子真的是太可口了。

顾若琛哪里还能放过她，勾出一个邪魅的笑意，解释道："不是我，是你。"

许嘉倾继续迷茫地低头闻了闻自己，皱了皱眉头看着顾若琛："顾若琛，你离我远一点，你身上的酒味都染在我身上了。"

顾若琛终于忍不住仰头大笑了一声，然后抱着许嘉倾朝里面的卧室走过去，笑着说道："许嘉倾，今天可是你来惹我的。"

第二天许嘉倾醒来的时候，顾若琛还在，但是没醒。她转过脑袋看了看周围，竟然是九亭的别墅。他们什么时候回来的？脑袋有点疼，她昨天喝了酒，但是四杯啤酒而已，对她来说真的是小意思，她只是装醉而已。

想跟一个男人求饶，没有什么比一个醉醺醺的女人更诱人了。

她昨晚累得不轻，大概是顾若琛抱她回来的吧。

　　许嘉倾转过脸看着顾若琛，恶狠狠地说道："坏蛋！变态！人渣！让李灵给我穿小鞋。"

　　"我上次不是跟你说过，不要在早上吵醒一个男人吗？他会变得更坏蛋，更变态，更人渣！"顾若琛在她醒来的时候就已经醒了，只是一直在闭目养神，看看她会有什么反应，没想到一开口就是骂他。这个女人简直不知好歹！

　　许嘉倾往外挪了挪，有些胆怯地说道："大佬，我错了，我才是坏蛋，变态，人渣。"

　　"晚了。"顾若琛抿唇笑了笑，说着就直接扑了过来。

　　许嘉倾觉得顾若琛以前也不是这么难搞的人呀！两人还是夫妻的时候，基本每天早上，在许嘉倾醒来之前，他早就滚蛋了。

　　许嘉倾从浴室出来的时候，还是感觉很累，准备直接躺床上。

　　顾若琛眯眼看她："你不准备做饭吗？我饿了。"

　　许嘉倾一下子就来气了："你给我折腾成这样，还好意思让我去做早饭，你是不是人？"

　　"我是人渣呀！"顾若琛正好用她的原话激了她一下。

　　许嘉倾顿时被噎得说不出话来，起身准备去做早饭，顾若琛却笑着跟在她身后一起进了厨房。

　　许嘉倾煎蛋的时候，顾若琛就在身后抱着她的腰，下巴搁在她的肩膀上，指挥道："快翻面，要煳了。"

　　许嘉倾一个白眼就要翻出来，忍不住气道："你行你来呀，不行就别哔哔。"

　　顾若琛笑了笑："大早上不要说脏话。"顿了顿，很坦然地说道，"我不会。"末了还补充道，"我的时间怎么能用来学这些呢？给你打个比方吧，就是地上有五百万，我都不会弯腰去捡它，因为有这个捡起来的时间，我都赚几千万了。"

　　许嘉倾继续翻白眼："那请问顾总裁，你现在站在我身后抱着我，少赚多少个几千万呀？"

顾若琛又有说辞了："又不需要我亲自去赚，我只要铺开我的商业版图，指挥别人给我赚。"

许嘉倾白眼又翻起来，白也是他，黑也是他！以前怎么没发现顾若琛这么会狡辩呢！

顾若琛亲了亲她的耳垂，有些泄气地说道："到底还有多久才能好？我真的饿了。"

许嘉倾这下终于忍无可忍了，指着旁边的面包机说道："面包机会用吗？会用的话，就烤四片面包。"

"不会用。"顾若琛无比坦然地说道。

"旁边有说明书，照着说明书操作。"

"不想学。"顾若琛将不要脸和无赖发挥得淋漓尽致。

"不学就别吃。"许嘉倾不想看他了，开始煎培根。

顾若琛看着许嘉倾气鼓鼓的脸颊，觉得已经逗得差不多了，若老是惹怒生气的小狗，搞不好会咬人。这样想了想，顾若琛很自觉地走到旁边的面包机旁边，拿起说明书看了一眼，然后开始烤面包。

许嘉倾看了他一眼，白眼道："你这不是学得很快吗？"

顾若琛也笑："我说的是不想学，不是学不会。弱智。"

许嘉倾一时又被噎住。

许嘉倾将煎蛋、培根和番茄片端到桌子上，招呼顾若琛将面包也拿上来。许嘉倾夹了自己喜欢的东西开始吃，却发现顾若琛并没有动手，便狐疑地看向他。

顾若琛也正好看着许嘉倾，笑了笑道："不想动手。"

"你怎么不懒死？我嚼碎了喂你好了。"许嘉倾白了他一眼。

"好啊。"

许嘉倾又被噎住，她本来说的是反话，没想到他能如此坦然地不要脸。

　　见他依然一动不动，许嘉倾伸手给他弄三明治，他却还在旁边指挥："多放点生菜，培根就不要了，酱要少一点，我不太喜欢甜腻腻的东西。"

　　许嘉倾将夹好的三明治递给他："光会指挥，不干活。"

　　"我擅长指挥。"顾若琛笑了笑，然后开始吃许嘉倾递过来的三明治。

　　"你要喝牛奶吗？"许嘉倾问他。

　　"你要给我倒吗？"顾若琛问。

　　"美的你。"

　　"那我就喝你杯子里的好了，反正你也喝不完一杯。"顾若琛说着就直接拿过许嘉倾面前的杯子，喝了一口牛奶。

　　许嘉倾完全无语地看着他："顾若琛，你现在几岁呀？"

　　"四岁吧，已经不是个三岁小孩子了。"顾若琛坦然地说道。

　　许嘉倾完全被打败，真是让人无语的早晨，但是总觉得顾若琛和平时很不一样，可是也说不出哪里不一样。

　　吃过饭，许嘉倾准备出门去剧组的时候，却被顾若琛叫住。

　　"你过来帮我打领带，这里我弄不太好。"顾若琛说道。

　　许嘉倾狐疑道："你不是最擅长弄这些的吗？平时看你也是斯文得一丝不苟的样子。"

　　顾若琛只是笑着看着她："现在我就是要等着你来弄，怎么的呢？"

　　许嘉倾走过去帮他打领带。以前顾若琛从来不让她帮忙的，但是她觉得或许用得上，特意去网上看视频学了学，可是怎么也打不好，嘴里还嘟囔："我记得是这样啊？"

　　顾若琛抿唇笑着看着她，终于在两分钟后，领带还是松松垮垮地挂在他脖子上的时候，他自己出手了。

　　他握住许嘉倾的手，说道："看好了，我只教你这一次。"

　　许嘉倾看着顾若琛握着她的手，轻松地穿过来，很容易就打好了领带。

　　"学会了吗？明天我来验收。"顾若琛松开她的手，自己将领带的结往上推了推。

　　许嘉倾突然抬起头看着顾若琛，好半天才说道："顾若琛，你觉不觉得我们现在这样很危险？"

　　"嗯？"

　　"我们这样像不像一对恩爱的夫妻，可是我们并不是。"许嘉倾终于意识到一整个早上的不对劲出自哪里了。他们这样的相处方式真像恩爱的甜蜜夫妻，可是明明不是。再这样下去，她会深陷其中的。

　　顾若琛不以为意地笑道："情人嘛，就是来取悦我的。我希望你这样子，我们就是这样子，玩一次过家家也挺好。"

　　过家家？！

　　好精准的描述。

　　他只是想感受一下这样过家家的感觉，可是她差点就信以为真了。

　　许嘉倾笑道："顾若琛，你这样我会当真的，以后你还怎么甩掉我？"

　　"当真？"顾若琛似乎有了兴趣，"你会当真？"

　　许嘉倾抬起头看着他："你是低估了自己的魅力还是高估了我的定力？我会当真这不是很正常吗？"

　　顾若琛仰头笑了笑，是真的很开心地笑。他掐住许嘉倾的下巴亲了一下，笑道："谁都有可能甩不掉，只有你许嘉倾不会甩不掉，因为你是一个目标明确的人，你心中什么最重要，我们心里都清楚。"

　　许嘉倾顿住，苦笑一下，随即跑过去抱住他，撒娇道："你别让李灵给我穿小鞋了，我想多留一些体力，还要照顾爸爸。"

　　"哦？那你怎么回报我？"

"那我晚上在家等你？"

不知道是哪个字取悦了顾若琛，他笑了笑，刮了一下许嘉倾的鼻子，说道："乖乖等我。"顿了一下，"再让我看见你和别的男人勾三搭四，就别怪我不客气了。"

"你怎么不客气？"许嘉倾故意问道。

"我有一百种方法让你身败名裂！光是你以前结过婚这一条就能让你在娱乐圈混不下去，何况我封杀你！"顾若琛不以为意地说道。

许嘉倾一愣，他说得对，他能轻而易举地让自己在娱乐圈混不下去。

许嘉倾抱住他，在他怀里蹭了蹭："我会听话的。"

顾若琛满意地笑了，许嘉倾的眼神却变得狡黠。

第009章　杀青&下厨

　　许嘉倾重新回到剧组。今天去得有些晚，平常许嘉倾都是第一个到片场的。今天虽然比平时晚到，但是也没有很晚，可要命的是李灵导演今天竟然来很早，于是他看见许嘉倾就不爽了，非要说教一番。

　　许嘉倾也不反驳，只是低眉顺眼地任他说教。

　　过了一会儿制片人王威跑过来，慌忙将李灵导演拉到一边，两人悄咪咪说了什么，其间李灵导演的眼神还往许嘉倾这边飘过来。许嘉倾继续温和地笑笑，仿佛什么都不知道一样。

　　没一会儿制片人觍着笑脸过来说道："嘉倾啊，今天辛苦了。你先去用化妆间吧，等会儿杨连粤过来我会另行安排的。她占着你的化妆间确实不对，我会给你一个交代的。"

　　许嘉倾心中明白，顾若琛肯定说了什么，但是面上还是平常惯用的普通温和笑容，只是说道："没关系，没关系，我继续和霍羽奥用同一个化妆间挺好的，我不希望因为一个化妆间惹得大家都不开心，耽误拍戏进度。"其实许嘉倾话里的"大家"只不过就是杨连粤而已，谁都听得出来。不得不说许嘉倾这句话说得妙极了，不含一个告状的字眼影射了杨连粤，同时在这件事上对比出她和杨连粤的差距。杨连粤因为李总那个金主，尾巴都快翘到天上了，但是许嘉倾有顾若琛这么大一个金主，却依然保持初心，两相对比，谁高谁低，高下立判！

想了想，许嘉倾说道："其实我希望维持原状，是因为我不想有些不好的事情传出来，会影响整个剧组的情绪。"许嘉倾这句话说得很委婉了，她有金主顾若琛的事情不要说出来，影响不太好。

李灵微微蹙眉看着许嘉倾，他原本就是很有实力的导演，许嘉倾演技也还可以，再加上现在看来她不仅知轻重，懂进退，还不作妖，是个好苗子，对此心中自然有了一番打算。

接下来就像许嘉倾预想的那样，大家依然继续拍戏，杨连粤依旧尾巴快翘到天上去，她拍的戏份也少之又少。等到大家都杀青的时候，她手中剧本还没拍到四分之一，但是导演通知她也杀青了，这个时候她才意识到不对劲，去找了制片人和导演问："为什么我的戏份只拍了四分之一就杀青了？"

李灵不太想说话，只顾着安排剪辑师和特效师接下来的工作。只有制片人王威好言好语地劝道："放心好了，这不是有后期嘛！你的戏份都让替身给你拍完了，等后期让特效把你的脸P上去就好了，你担心什么？"

杨连粤这下高兴了，心想不用拍戏还能上含金量这么大的电影，还有丰厚片酬拿，简直没有比这更幸运的事情了，也就不再追究，连走到许嘉倾面前都神气了不少。

许嘉倾连看都懒得看她一眼，只是歪头笑了笑，然后去找霍羽奚。

霍羽奚正坐在房车里发呆，等着助理收拾完他的东西就离开。许嘉倾走过去敲了敲车窗，霍羽奚这才回过神，摇下玻璃，低头看着站在车窗下面的许嘉倾，也不说话，似乎是在等她有什么问题找他。

许嘉倾看着他，心知他话少，也没想到这么少，于是抿唇问道："以后可以约你出来吃饭吗？"

"嗯。"霍羽奕只应了一声。

"以后还会合作吗？"

"嗯。"

"以后会想我吗？"

"嗯。"霍羽奕愣了一下，"嗯？"

许嘉倾笑了笑，然后才道："全世界都以为你是高冷，只有我知道你是不爱说话而已。"

霍羽奕只是安静地看着她，点了点头："我只是不喜欢做一些无意义的虚伪社交。"

"未必是无意义，说不定你今天认识的这个人，他日就会回报你呢？"许嘉倾歪头笑了笑，"比如我能认识你。"

霍羽奕抬头看她，末了终于抿出一个淡淡的笑意："但愿你也是我的社交。"第一个想结交的人。

许嘉倾挥手告别，这个时候霍羽奕的助理收拾完东西过来了。

车窗缓缓关上，直到后视镜中的许嘉倾慢慢变小，霍羽奕才收回视线。他重新躺靠在座椅上，透过车玻璃看着窗外的天空，万里无云，是个晴朗的天气。

当晚顾若琛竟然叫了许嘉倾去别墅，并且给她开了一瓶红酒庆祝，给的理由是：终于远离《大地震》剧组。

许嘉倾狡黠地看着顾若琛问道："究竟是庆祝我远离剧组，还是庆祝我远离霍羽奕？"她笑了笑，"顾若琛，你该不会吃醋了吧？"

顾若琛倒酒的动作一顿，随即放下手中的红酒，端起酒杯递给许嘉倾一杯，碰了碰杯，笑道："你是我目前最喜欢的情人，但是情人也只是情人而已。"

许嘉倾拢了拢耳边的头发，也拢起心中的酸涩，笑道："这么说我现在最大的敌人就是崔雪儿了？只要我弄掉她，我就可以上位了？"

顾若琛眯了眯眼睛，露出凶狠的光，上次离婚时她用崔雪儿的照片威胁自己的事情还历历在目。顾若琛掐住她的下巴，冷冽地说道："你最好不要乱动什么心思。"

许嘉倾努力冷静地欣赏他此刻冷冽凶狠的表情，一遍一遍地告诫自己：许嘉倾，记住此刻他的表情吧，他是会为了另一个女人对你露出这种表情的危险男人啊！你们之间不会有未来的！就算你是他最喜欢的一个情人，但是诚如他所说，情人就只是情人而已啊。

许嘉倾歪头笑了笑，露出她惯用的不在意的笑容："我还没那么傻，对于上位我也不感兴趣，只要给我足够的报酬，你让我和崔雪儿拜把子都没问题。"

顾若琛看着她的表情，那几分轻松几分不在意的无所谓笑容看着觉得很碍眼。他不希望这女人耍手段是一回事，可是她本就无心想要争取这件事也让人烦躁。

顾若琛仰头喝掉手中的红酒，将杯子放在桌上，然后低头直接吻住许嘉倾，将口中的红酒尽数灌进她的口中。

许嘉倾想推开他，却被他禁锢，红酒来不及吞进去，有的从嘴边溢出，甚至都有些呛到了。

顾若琛吻住她，以一种粗暴的方式，阻止她再说出任何话。

他几乎是咬牙切齿地说道："许嘉倾，你为什么这么肤浅？"

"唔……"许嘉倾还是说不出一句话，顾若琛也根本不想听她的回答。

第二天许嘉倾醒来的时候，顾若琛已经不在别墅了。

许嘉倾刚拿起手机，就接到文森的电话："小祖宗，你快看娱乐头条。"

许嘉倾打开手机娱乐新闻版块，标题赫然写着：霍羽奚剧组耍大牌！骂哭新人杨连粤。

还有标题写着：霍羽奚为讨新欢开心，欺负同剧组的另一女演员。

新闻中的新欢照片显然是许嘉倾的背影。

很快地，文森给许嘉倾发来一个视频，是杨连粤昨天杀青后的记者采访。因为顾若琛的电话召唤，许嘉倾早早离开了，没有接受之后的采访。霍羽奚更不用说了，他本就话少慢热，从来不在意这些记者，几乎是能躲着就躲着。

视频中杨连粤依旧楚楚可怜的模样，针对记者的问题回答也是楚楚可怜。

记者：觉得《大地震》剧组怎么样？有全民的“人间妄想”霍羽奚，他真的像传说中那么高冷吗？

杨连粤：既然大家说他是“人间妄想”，那我也是人间的人呀！我想接近他不也是妄想嘛！

记者：你对影片中另一位女演员许嘉倾如何评价呢？

杨连粤：她可能不能算人间人吧，毕竟我们对戏时，我是被骂哭的那种，她是被保护的那种。

记者心中窃喜，这个杨连粤真的是自己在引战搞事情，明天的头条有的写了。

一时之间，网上大面积水军开始营销霍羽奚和许嘉倾在剧组搞暧昧，而且许嘉倾仗着霍羽奚咖位大，欺负同剧组的女演员。不明真相的路人也开始被带节奏，也有网友留言说：怪不得霍羽奚那么不好接近，在剧组这么耍大牌的吗？

还有更以讹传讹的留言：许嘉倾就是那种狐狸精的长相啊，连霍羽奚那么禁欲系的男人也不能幸免。

许嘉倾看着网上一边倒骂她的留言，心中快气死了，更重要的是连霍羽奘的粉丝也开始针对她。因为霍羽奘以前拍戏从来都没遇见这样的事情，怎么和许嘉倾拍了一部戏就引出这么难听的话题？

许嘉倾拨通霍羽奘的电话号码。

电话很久才接通，但是电话里传来鸽子的叫声。

许嘉倾有些疑惑地问道："你在哪里？"

"伦敦。有事吗？"语气平静，是他平常冷静话少的腔调。

"啊？你去伦敦做什么？"许嘉倾一时忘记自己打电话的目的，昨天才杀青，今天他就去了伦敦，这也太不可思议了吧。

"特拉法加广场，喂鸽子。"

"你不会专门飞去伦敦，就只是为了喂鸽子吧？"许嘉倾有些不可思议地问道。

"嗯。"简洁的回答，但是许嘉倾觉得他没有骗人，果然是不喜欢社交的人会做出来的事情啊。

电话那端沉默了，却没有挂线，许嘉倾这才想起自己打电话的目的，连忙道："国内娱乐圈头条你看了吗？我们好像被黑了。"

"我们？"霍羽奘疑惑地问道。

"是呀，他们说你为了维护我骂哭了杨连粤，现在网上到处都是谴责你和我的声音。"

"嗯。"

"'嗯'是什么意思？我打电话给你是想问你怎么解决。如果要行动，我们一起做会比较好。"

"你想怎么处理，直接联系我的经纪人，我会让他都配合你的。我自己倒是不在意。"

许嘉倾没想到霍羽奘这么好说话，咳了一下说道："那我让你亲自出来澄清呢？"

"可以。"简洁的回答。

许嘉倾一愣，随即笑了笑道："我就是随口一说，你要是亲自澄清，恐怕'霍羽奚第一次澄清绯闻'这个话题又要上热搜了，到时候我们的关系就真的说不清楚了。"

霍羽奚再次沉默了。过了一会儿，许嘉倾说道："那要是没什么事情，我先挂了，有进展我会再告诉你。"

"我其实不是很在意别人怎么说。"他顿了顿，"嗯，好。"

许嘉倾觉得霍羽奚真的不是高冷，他只是不知道怎么去社交，所以直接懒得社交，但其实他是一个温柔至极的人啊！他的温柔和顾若白的温柔不一样。

顾若白笑得阳光，像春天温暖的太阳，让你觉得温和无害。

霍羽奚的温柔是秋天落满黄色枫叶街道上的阵阵微风，又轻又凉却不冷。

许嘉倾一时也不知道说什么好，只好挂了电话。

她从手机里找出之前在片场录下来的，杨连粤口中说被骂哭的那段视频。那件事的起因是杨连粤的专业素养太低，而且霍羽奚当时根本不屑于动口骂人，他只是冷着脸离开而已。

许嘉倾把视频发给了文森，让他现在立即发出去，并且也买了一批水军，开始引导舆论方向：杨连粤不仅专业素养不行，还到处搬弄是非，人品也不行。

舆论很快被控制，风向立即来了一个一百八十度大转弯，所有矛头都指向杨连粤。毕竟有现场视频为证，杨连粤确实搬弄是非了。

过了几天，许嘉倾觉得舆论导向已经完全偏向自己这边，于是恢复了开工。在接受采访的时候，记者问道："对于霍羽奚和杨连粤的事情怎么看？"

许嘉倾歪了歪头，露出她惯用的笑容说道："网上有那么多人说霍羽奚不好，可见他出来说别人一句？"

许嘉倾这句话简直一下子拉到了霍羽奚粉丝的好感，就连之前骂她带坏霍羽奚的粉丝也觉得她说的这句话甚是符合霍羽奚的性格。在这个风口浪尖，许嘉倾还愿意挺身而出，为不愿意搭理娱乐圈这些乱七八糟的霍羽奚发声，真的是人美心善了。

记者哪里肯轻易放过许嘉倾，继续问道："那对于网上传你和霍羽奚的绯闻呢？"

许嘉倾笑了笑道："都说了他是'人间妄想'了，我也是人间的啊！"调侃完之后，她继续说道，"霍羽奚是一位非常敬业，演技也非常精湛的演员，他愿意接近的人肯定也是和他一样的人吧。可能我也稍微有点演技实力，所以才能得到他的青睐。这是我的荣幸。"

一番话说得滴水不漏，既夸了霍羽奚，也暗戳戳地夸了自己，更是巧妙地暗讽了杨连粤的演技太烂，所以霍羽奚才不喜欢她。

事情处理得圆满无比，网友们抨击杨连粤的声音越来越大，都跑去她的微博下面骂了。

许嘉倾看着网上新闻导向全是利于自己，看着杨连粤被骂，心中舒坦了不少。

别人损她一分，她必十分地讨回来！

这就是许嘉倾的行事准则。

她给霍羽奚发了微信："事情圆满解决了。"

信息很快就得到回复，但是只有一个字："嗯。"

许嘉倾看着这个字，不自觉抿了抿嘴角，多说一个字，算他输！

就在许嘉倾放下手机准备去洗澡的时候，电话响了，是顾若琛打来的。

电话接通后，顾若琛的声音很冷："过来。"

眼看着顾若琛又要挂电话，许嘉倾立即叫住他："顾若琛，我等会儿要去医院，今天可以不过去吗？"

"不管你要去哪里，半个小时后我要见到你。"顾若琛的声音更冷了。

许嘉倾不想出言顶撞，毕竟得罪他，自己的娱乐圈事业可以说尽毁。

在路上开车的时候，许嘉倾用车子自带的蓝牙电话给许成栋打了个电话。因为是晚上，路上看不太清楚，一辆电瓶车一下子冲了出来，许嘉倾慌忙连续减速。然后打了一下方向盘，车子撞到一旁的大树。所幸速度不是很快，许嘉倾也只磕到了头而已。

那个骑电瓶车的罪魁祸首自己没事，早就溜得不见人影了。许嘉倾甩了甩头，甩掉那种眩晕感，打电话报了警，顺便给车子报了保险。

许嘉倾觉得自己的脑袋真的经得住撞，加上那次面试的车祸和澳门台风天开车去救顾若琛撞的那次，一共撞了三次了！她竟然没有像言情剧中失忆，也是一个奇迹了！

交警处理完事故，正在叫拖车的时候，顾若琛的电话又响了。

刚接通，许嘉倾还没来得及说话，那个拖车师傅大声喊道："许小姐，这边要付一下款。"

顾若琛皱眉："你在哪里？"

许嘉倾只说了一句："我撞车了。"就匆匆跑过去付款了，完全没听见电话里顾若琛有些气急的声音。向来斯文儒雅的顾若琛从来没有那么大声地说过话，如果不是气急了的话。

等许嘉倾处理完事情就转过头来给顾若琛打电话，电话还没通就看见他那辆拉风的布加迪开过来了。

车子迅速在许嘉倾面前停好，顾若琛寒着一张脸出来了，大步走到她面前，一句话没说，只是上下打量，在看到她额头上的红包的时候，眼睛眯了眯："许嘉倾，你是笨蛋吗？"

许嘉倾开始从愣怔中回过神，连忙道："我以为晚上没什么车，就在车上给爸爸打了个电话，谁知道一辆电瓶车蹿了出来，我打了一下方向，就撞树上了。"

顾若琛真的觉得自己生气了，他好久没这么生气了，寒着声音怒道："你是白痴吗？谁让你开车的时候打电话的？你是笨蛋吗？"

许嘉倾被他左一个白痴右一个笨蛋骂得脾气也上来了，皱着眉头道："还不是因为你不让我去看我爸爸，我才不得不在车上给他打电话。"

顾若琛抿紧了唇，不再说话，只是转过身朝自己的车走过去，打开车门的瞬间冷冷道："上车。"

许嘉倾小跑过去坐进去，顾若琛刚发动车子，看了一眼许嘉倾，声音更冷了："安全带。"

许嘉倾像是才反应过来一样，整个人都慢了半拍。顾若琛实在看不下去了，倾过身去帮她拉过安全带。

许嘉倾有些不好意思地小声道："我自己可以的。"

"闭嘴！"顾若琛从出现到现在，一点好脸色都没给她，许嘉倾乖乖地闭嘴了。过了半晌还是问道："顾若琛你生气了？不好意思了，下次我会准时到的。"

顾若琛扣安全带的手一顿，这女人以为他生气是因为她迟到了？

顾若琛扣好安全带，抬起头，掐住她的下巴，低头惩罚似的吻下去。

许嘉倾心知反抗无效，反而会让他变本加厉，索性直接仰起脸，大方接受。

顾若琛睁开眼睛看着她，好看的桃花眼露出深沉得令人难以捉摸的精光。

许嘉倾这才注意到他没戴平常那副金丝边眼镜。

许嘉倾问他："你的眼镜呢？"

顾若琛深深地看着她，没有说话，只是加深了这个吻。

顾若琛大概永远也不会告诉她，今晚没戴眼镜是因为听说她撞车后，几乎是立即抓起车钥匙就出门了，哪里还有时间记起戴那副本就是用来防蓝光的眼镜。

顾若琛开车带她回他们常去的别墅。

刚进门，许嘉倾就先服软地跑过去，从背后抱住正在换鞋子的顾若琛。感觉她的拥抱，顾若琛的心莫名变得柔软了。

"若琛，你别气了。我错了。"她勾人一般的撒娇语气。

"错哪里了？"顾若琛心中软了下来，但是出口的语气还是冷冷的。

"不该撞车，还迟到了，害得你跑出来一趟接我。"

顾若琛闭上眼睛，这女人还是以为他气的是……

顾若琛转过身，伸手掐住她的下巴，修长的手指仔细地描摹着她姣好的容颜，说："许嘉倾在你的眼里，怎么看我？"

许嘉倾一顿，随即扑进他的怀里，撒娇道："干吗突然问这个？"

每次许嘉倾不想回答他的问题时，都是扑进他的怀里，用来躲避他的视线逼问。

顾若琛将她从怀中拉出来："究竟在你的心里，我是个怎样的角色？"顾若琛又问了一遍，像是一定要知道真相一样。

"你是我的金主。"许嘉倾望着他的眼睛，压住心中的酸涩，努力让自己平静地说出来，她知道这才是顾若琛想听到的答案。

顾若琛之所以会再次找到她做情人，不仅因为她长得漂亮，而且拿得起放得下，只要给钱，就可以断得干干净净，他不会惹得一身麻烦。如果自己连这点好处都没有了，怕是顾若琛马上就能甩了她去找别的女人。

顾若琛看着说出刚才那句话的许嘉倾，突然笑了笑，猛地将她打横抱起朝卧室走去。

她问道："你要做什么？"

"行使金主的权利！"顾若琛几乎是恶狠狠地说出来。

顾若琛看着许嘉倾睡着的脸，还有额头那块红肿，不由得想起在澳门的时候，她开车穿越暴风雨来到自己身边，满身伤痕地来到经历漫长疼痛等待的他身边，给他包扎，给他喂食，那全心全意的样子让顾若琛觉得自己在她心中有很重要的位置一样，所以才会在伤好后，用话敲打了她，让她不要有别的妄想。

许嘉倾多聪明又薄情啊！永远清醒地知道自己要什么的许嘉倾，目标明确的许嘉倾，这是他当初找她的原因，现在变成碍眼的原因。

这女人想要的是他手中的金钱和资源，真的对他没有别的妄想，这让他多想的事情显得那样可笑。

目标明确的许嘉倾从来没将他顾若琛放在心上！

早上许嘉倾醒来的时候，顾若琛不在床边，却隐隐闻到一些烧焦的味道。

许嘉倾披上睡衣，起身下楼往厨房走去。

眼前的景象让许嘉倾大吃一惊。

头发没有用发胶固定，而是松软地趴在额头上，眼镜也没戴，穿着居家睡衣和拖鞋的顾若琛在煎荷包蛋，他旁边的盘子里面已经放了一个黑黢黢的、隐约可以看出是荷包蛋的东西。

许嘉倾好笑地走过去。

顾若琛听见脚步声转过脸，看着许嘉倾微微一笑说道："情人睡到日上三竿，金主起来做饭，许嘉倾你还是挺厉害的。"

忽略那些刺耳难听的话，这个打扮的顾若琛回头一笑，真的很有少年感，少了他平日斯文儒雅精明的模样，此刻就像年轻了好几岁。

这个时候许嘉倾才相信，顾若琛是那个温暖爱笑的顾若白的弟弟而不是哥哥。

许嘉倾走过去从背后抱住他，蹭了蹭道："顾若琛，请停止散发你这该死的魅力。"

顾若琛笑了笑道："你动心了？"

"我不敢。"许嘉倾笑着说道。

"如果我说我允许呢？"顾若琛继续说道，话里竟然带了一些试探。

"你允许我动心，然后我真动心了，你怕是立马就甩掉我去找别的女人了。"许嘉倾没好气地说道。

"你知道最好。"顾若琛冷了语气。

许嘉倾却没因为他冷了语气而松手，还是从背后抱住他，因为这样的顾若琛实在太难得了，所以当下发誓等会儿无论多么难吃的荷包蛋都要吃下去。

许嘉倾看着黑黢黢的荷包蛋和焦得有些过分的培根，看着顾若琛说道："这是你第一次下厨吗？"

"废话，我像是那种有闲心下厨做饭的人吗？"顾若琛没好气地回答，用来掩饰他这份早餐做得很糟糕的尴尬。

许嘉倾夹了一个荷包蛋和培根放在面包里，咬了一口，直接想吐出来，在看到顾若琛看过来的冰冷眼神时，还是忍着吞进去了。

许嘉倾连忙喝了一口牛奶，缓了好半天才道："顾若琛，荷包蛋煳了我可以理解，但是为什么是甜的？"

"我觉得煎的荷包蛋没有味道，就想放点盐的，可能放错了吧。"顾若琛回忆了一下说道，然后默默地放下了自己刚夹起来的荷包蛋。

许嘉倾抿了抿唇，看着手中的面包，皱着眉头，忍着又吃了一口，然后喝一口牛奶，连续吃了三口，被顾若琛拦住："觉得难吃就不要吃了。"

"还好，食物只是用来充饥而已，哪里有难吃和好吃一说。"许嘉倾笑着说道。

顾若琛看着她，抿唇没有说话。目标明确的许嘉倾能忍受任何事情，包括待在他身边，只要能得到她自己想要的东西。

　　顾若琛喝了一口牛奶，突然问道："假如找到合适的肾源，你爸爸的手术也很成功，以后你不需要那么多钱为他治病，你还会留在……"顿了顿，换了个说法，"你还会继续现在这个交易吗？"

　　许嘉倾一顿，没想到他会这么问。

　　许嘉倾听见他的问题，抬头看他一眼，发现他也在看自己，随后立即低下头，说："应该不会了吧，那时候你有你的崔雪儿了，我的存在就是多余，我相信你给的钱足够我和我的家人过下半生。如果我还在娱乐圈，不需要你的资源，只要我不被你封杀，以我的长相和现在的人气，也还能养活我自己和爸爸妈妈吧。"顿了一下，"或许我还会找到爱我的人，他愿意养着我，那我也不用这么辛苦了。"

　　"过来。"冷如寒冰一般的声音。

　　许嘉倾一愣，但还是听话地走过去。人刚站到身边，顾若琛就使劲握住她的手腕，将她拉到自己的大腿上坐下，伸手掐住她的下巴，冷冽地说道："离开我？爱别的人？许嘉倾你觉得可能吗？我告诉你想都别想。哪怕我结婚了，只要我还没腻了你，我还是要你留在我的身边，我不会放了你的。"

　　许嘉倾一惊，随即开口道："顾若琛，你想得美。凭什么你婚姻美满了，还要我活在阴沟中？"

　　"就凭我掌握着你活下去的所有金钱命脉。"他的语气更寒了，"你说的其他爱你的人是不是霍羽奚？你为了帮他澄清耍大牌的丑闻，爆出视频，又雇水军控评，你以为我不知道？怎么？现在还没离开我，就为以后的自己铺路了吗？"

　　许嘉倾一愣，随即释然，自己的小动作怎么可能逃得过顾若琛的眼睛。

　　她说道："我和霍羽奚没有任何关系，只是我和他同时牵涉了丑闻，我为他开脱也是在为自己洗刷莫须有的污名，你不要污蔑他和我。"

顾若琛却没因为她的解释而开心，只是道："怎么，怕我对付他？"

许嘉倾蹙眉："顾若琛，你能不能讲点道理？不要曲解我的意思。"

"道理？我最爱的玩具总是被别人觊觎，难道我不该出手吗？究竟是谁不讲道理？嗯？"顾若琛的手开始不安分起来，低头咬住她的唇瓣，冷声道，"许嘉倾，你要记清楚你的身份，在我说游戏结束之前，你还是我的，明白吗？"

最爱的玩具？许嘉倾冷静地看着顾若琛的表情，在确定他是认真的之后，歪头笑了笑。她伸出胳膊抱住顾若琛的脖子，说道："一言为定，反正你那里有我想得到的好处，况且等你真的和崔雪儿结婚，她自然会管住你，不让你在外面乱来的，我倒是一点也不担心。"

顾若琛看着她，总觉得心口憋着一股闷气，却找不到宣泄的出口。

他说："与你无关。"

果然啊，和崔雪儿有关的事情永远都是这四个字。

顾若琛的坦诚向来最伤人，他总是把话说得清清楚楚，让你无法抽身，却也不能任由自己深陷其中，每天都在这种煎熬中一遍一遍地告诫自己：看清楚了许嘉倾，就是这个男人，他很危险！不是你可以爱上的男人。

许嘉倾窝进他的怀里，眼眶酸涩，可是她努力地眨了眨眼睛，抱住顾若琛，说道："顾若琛，不知道为什么，我越靠近你，就越觉得自己像是要走进一个不能回头的深渊。"

顾若琛一顿，歪头笑了笑——这个动作和许嘉倾那么像，他自己都没发现——他说："那我们一起跳下去啊。"

许嘉倾的心口一滞，在他怀中歪头笑了笑："和你一起跳下去？听起来像相爱的人要一起殉情一样。不过我会那么傻吗？"

"是呀，你不会这么傻。"顾若琛笑着伸出手指揪起她一缕长发，卷在手指上把玩。两人这样亲密地聊天是很难得的，因为顾若琛并没有放许嘉倾走的意思。

"顾若琛，我们现在这样只是你主导的一个游戏而已，我被你操控在局中无法自拔，你明白吗？所以就算是被你强行推下深渊，我也会努力爬起来，哪怕垂在我面前的是蜘蛛丝，我也会牢牢地抓住！任何一线生机，对于我来说都是老天爷的恩赐，我不在意那是怎么来的，我只会拼尽全力抓住它。就像身处深渊的人，看到光明，一定会立即奔过去，哪里会管它是星星还是鬼火呢？"

"那你的意思是，现在的我就是你的鬼火？"顾若琛掐住她的下巴，歪头笑着问道。

"你不要对号入座，我只是想说，你最近的所作所为太让人迷惑了，可是我们都应该清醒不是吗？游戏始终是游戏，总有结束的时候，我们能好聚好散才是当初我们共同的期待。"

顾若琛眯着眼，语气冷冽："许嘉倾，我其实有时候真的挺欣赏你的聪明，伶牙俐齿地悄悄给别人洗脑，不过是因为我的一句不会放了你。"他猛地揪了一下许嘉倾的头发，语气寒冷道，"可是怎么办呢？我不吃你这一套，游戏继续。什么时候停，只有我说了算。"

许嘉倾也眯起了眼睛。她看着顾若琛，这个人冷冽地笑着的时候，像极了地狱里归来的红衣修罗，可明明是那么儒雅斯文的模样。

发现自己的小心机被顾若琛拆穿，许嘉倾笑了笑："我重新做一点吃的吧？"

"好。"

许嘉倾重新煎了荷包蛋和培根，顾若琛则一直倚靠在厨房的门框上，抱着胳膊看着她熟练做饭的样子，笑着说道："你真是这世上最完美的情人，你说我如何能把你让给别人呢？一想到假如我放了你，你就会被别的男人拥有，我就觉得很不舒服，仿佛是一笔很亏的买卖。"

"再完美的情人也只是个情人罢了。"许嘉倾连头都没抬，继续煎荷包蛋。

顾若琛走过来将下巴搁在许嘉倾的肩膀上，抿唇笑了笑："怎么？你想再次做我的妻子吗？你想复婚吗？"

许嘉倾叹口气，听出他语气中的试探，冷静道："不想，完全不想，从来没想过！这样你满意了吗？"

顾若琛顿住，抿紧了唇不再说话，只是站起身，往厨房外面走去，末了气鼓鼓地加了一句："我好饿。"

"好了，马上就好了。"许嘉倾盛出荷包蛋放进盘子，递给他端出去。

两人安静地吃完新做的早餐。

顾若琛重新将头发梳成平日里一丝不苟的儒雅模样，准备出门的时候问她："需要我送你去采访现场吗？"

"不用，会被媒体乱写。"许嘉倾说完一顿，他怎么知道她今天早上有个采访？"你调查我？"

许嘉倾拧紧了眉头，一步一步走到顾若琛面前，冷眼看着他问道："你为什么调查我？"

顾若琛歪头笑了笑，坦然地看着她："我可不会要一个不干净的女人。"

许嘉倾抬手就想给他一个巴掌，却被顾若琛握住手腕："只要你不做出格的事情，何必害怕我调查呢？"

"顾若琛，说白了我们只是一个交易，我并不是你的私有物，你这样做是不是过分了？"许嘉倾心中很是不舒服。

"交易？"顾若琛一步一步逼近她，直到她退到角落，无路可退。顾若琛伸出胳膊将她困在墙壁和自己的胸膛之间，抿唇笑了一下，另一只手掐住她的下巴，迫使她抬起头看着自己，说："许嘉倾，这就是你明目张胆勾引其他男人的理由？"

"勾引？你把话说清楚！"

"许嘉倾是什么样的人，我太清楚了，目标明确，为钱而活，从不肯吃亏，无论是感情上还是金钱上！心中想着我这个取款机总有失效的一天，所以现在就开始发展下家了是吗？霍羽奚就是你目前最好的选择不是吗？"顾若琛掐住她的下巴越来越收紧。如此肤浅的许嘉倾，让他很是生气，他想不出别的方法来阻止许嘉倾的妩媚和心机，除了牢牢地控制她。

"顾若琛，就算如你所说，我这么做有什么错？每个人都是趋利避害的，我也同样，我要为我的未来考虑。"

"未来？"顾若琛的语气突然变得有些冷冽，"所以我从来都不曾出现在你的未来计划中是吗？"

许嘉倾的眉头紧紧地拧在一起，仰起脸坦然地看着顾若琛："不要说胡话了，顾若琛，我们的未来本就不会有任何交集，你我都心知肚明。现在的我是你最爱的玩具，但是也只是一个玩具罢了。"

顾若琛没想到她会如此坦然直白地说出两人的关系，而她口中的关系，就真的像两个交易的人，总有一天交易结束，两人便老死不相往来！他突然觉得烦躁，那种想完全控制许嘉倾的愿望越来越强烈，于是低下头，狠厉地咬住她的嘴唇，语气冷冽："许嘉倾，你以为你还有什么未来？你以为你能逃出我的手掌心？你休想。"

许嘉倾皱着眉头，照着他的嘴唇就咬下去："顾若琛，你到底想怎样？"

"我要你全心全意、心甘情愿地待在我的身边，哪里也不想去，谁也不准想。"

"现在我可以做到，我确实是心甘情愿待在你身边的，除了你我也不能想别人，除了我爸爸妈妈。"

顾若琛眯了眯眼："我说的是现在到未来。"

"顾若琛，你准备养我一辈子是吗？好啊，只要你肯满足我的所有金钱要求，我愿意啊。"

顾若琛看着她，突然歪头笑了笑："好，一言为定。你要多少钱，我都满足你。"

许嘉倾深呼一口气，扑进他的怀里："顾若琛，你这样真的像是爱上我一样。"

顾若琛听见她这句"顾若琛，你这样真的像是爱上我一样"，身子微微一顿，连带着脊背都有些僵硬。那一瞬间的言语冲击让他有些不适应。

顾若琛将她从怀抱里拉出来，抿唇笑了笑问道："你信吗？"

许嘉倾歪头笑了笑："我信了你的邪！"

两人很有默契地相视一笑。顾若琛低头亲了亲她，说道："我们就一直保持这种关系挺好，只要你不想着离开我，我可以给你想要的任何东西，嗯？"

顾若琛看着她，等着她的回答。

许嘉倾是最识时务的，她最想要的自然也是顾若琛手中人人艳羡的资本和资源，既然金主这么说了，她当然欣然接受。

许嘉倾环住他的肩膀，妩媚一笑："这当然是再好不过了。"

像是终于得到她的亲口许诺，顾若琛竟然有些放下心来，心情愉快地亲了亲她的额头，然后警告道："以后离霍羽奚远点。"

"我们是合作关系。"

"只要我想，我可以给你任何资源，都是避开霍羽奚的，你何必惹我不开心？"

许嘉倾觉得也是，便点头答应了，想了想，又撒娇道："那你能不能不要再监视调查我了？"

"乖，他们不会打扰到你的，只要你不做出格的事情，我不会怎么样的。"

"你不觉得这样很变态吗？"

"嗯，是有点。"顾若琛认可地点点头。

"那……"许嘉倾仿佛看到希望般，准备继续劝他停止监视。

却听见他说："等一下要嘱咐下去，不能说是我派出去的。"

"……"许嘉倾翻了个白眼，"这样跟掩耳盗铃有什么区别？"

"没什么区别。"他顿了顿，"你的语文学得还是不错的，成语用得很精准。"

"你图什么？"

"当然是图开心了。"然后他歪头笑着看着许嘉倾，"还有图你啊，我可不想我的女人天天被别的男人觊觎。"

"你又不爱我，还在乎这个？"许嘉倾不以为然地说道。

"哪怕我不爱，别人也不能觊觎。"顾若琛的语气变得冷冽。他掐住许嘉倾的下巴，迫使她抬起脸看着自己，问道："如果注定你逃不掉我的手掌心，是不是应该把我规划进你的未来？"对于许嘉倾完全没把他放进未来考虑这件事，他很是生气。

许嘉倾没好气地说道："如果真逃不出，我还有什么未来可言，还需要规划什么？"

顾若琛皱着眉头，低头咬住她的唇瓣，恶狠狠道："你不用气我，你从不肯吃亏，连这样的口头上也要将我一军，惹得我不开心究竟对你有什么好处？"

"如你所说，图个开心。你不让我好过，我怎么能让你舒坦呢？"

顾若琛终于笑了："你其实最像我，这可能也是我选中你的原因。"顿了顿，"不管你怎么伶牙俐齿，你都逃不出我的手掌心。只要你对金钱利益还有渴望。"

"但愿吧。"许嘉倾抱住顾若琛，眼中露出狡黠的光。

许嘉倾接下来依然是工作连轴转，医院每天跑，许成栋还是要每天透析，依然没有匹配到合适的肾源。因为拍戏要进组几个月，这样就没办法每天去看爸爸了，所以许嘉倾决定暂时停下拍戏的日程，让文森去接了一些综艺。

但是当文森拿回来一个综艺通稿时，她差点儿一个白眼翻过去。

是一个恋爱综艺，名字叫作《你爱的另一个他》。

许嘉倾瞪着文森："谁让你给我接恋爱综艺？"

"钱给得到位，而且最重要的是CP炒作都是很圈粉的呀！"

"要被你害死了。"许嘉倾叹口气，要是让顾若琛知道，非弄死她不可。

"怎么就害你了？"文森非常委屈，"我听说和你组CP的是霍羽奚，我赶紧给签下来了，生怕一犹豫，对方就后悔了，这是个多好的机会呀！"

许嘉倾晕倒，这下顾若琛肯定会弄死她了。

第010章　设定&阴影

因为这档综艺钱给得可观，当然违约金也很可观了，所以许嘉倾是没办法违约的。

只能硬着头皮去录制了第一期。

第一期先出现的是女嘉宾，男方是作为神秘嘉宾出现的。

先是女嘉宾说出自己的理想型，再请出男嘉宾，然后看两人的气场是不是合适，有专门制造矛盾的情侣档，有专门互怼的小情侣，但是许嘉倾这边是迷妹设定，因为她本来是流量，到时候通稿更好吹了：追星就应该追成许嘉倾这样，可以明目张胆和偶像在节目中公费恋爱。

许嘉倾觉得这个设定要是让顾若琛知道，她会死得更难看！

当主持人问到理想型时，许嘉倾想了想，没有按照台本说："有钱，好看，温柔。"

主持人一阵尴尬，但随即反应过来，继续追问："是有钱重要还是好看重要呢？"

"都重要吧。缺一样都感觉不能容忍。"

主持人再次出击："那你心中有理想人选吗？"似乎在将节奏往正题上引，希望她说出的名字是"霍羽奚"。

许嘉倾看了看主持人有些焦急的神色，还有台下文森使过来的眼色，于是清了清嗓子说道："就像霍羽奚那样的吧。"

主持人随即说道："让我们欢迎许嘉倾的另一个他，会是谁呢？"

果不其然走出来的是霍羽奚。他依旧那副没有表情的冷淡样子，话也很少，只有在看到许嘉倾的时候，微微扯了一下嘴角，算是笑过了。

许嘉倾要表演出看到偶像的激动表情，然后有些紧张和羞怯地走过去和霍羽奚打招呼。

等许嘉倾走到霍羽奚面前，伸出手想问好的时候，霍羽奚竟然先开口了："戏有点过了。"他说这句话时绝对是认真的，不是在开玩笑。

许嘉倾伸出的小手，那叫一个尴尬呀！

就在许嘉倾准备悄咪咪地收回自己那只尴尬的手时，霍羽奚却伸手握住，说："许嘉倾，我没参加过综艺节目，请多指教。"

许嘉倾有些茫然地站在那里：指教什么啊！突然，她像是醍醐灌顶一样醒悟了——

霍羽奚说自己没参加过综艺，让许嘉倾多指教，这一切会不会都是霍羽奚安排的？他见女嘉宾是许嘉倾，所以才来参加综艺的；或者是节目组找到他，他点名要女嘉宾是许嘉倾！

无论是哪种情形，都让人觉得挺暧昧的！

许嘉倾看着霍羽奚，笑了笑："以后我罩着你。"

"好。"

虽然两人是小声私语，但是现场的收音很好，肯定都收进去了，后期用字幕打出来，别提多暧昧了。

第一期是所有小情侣搬进同一栋楼的不同房间。

许嘉倾和霍羽奚在顶层十五楼，进房间第一件任务就是收拾房子，摄像组故意把房子弄得很脏，需要情侣入住的时候收拾干净。

霍羽奚皱眉看着满地狼藉，握紧了手中的行李箱拉杆，青筋都快蹦出来了。他本来长得就是像少女漫画中的美男子，此刻露出这个皱眉的表情更是美到突破次元壁了。

许嘉倾看着他的样子问道："你有洁癖？"

霍羽奚紧紧地皱着眉头，抿紧了嘴唇，没有回答许嘉倾的话。

许嘉倾看他的样子，心中知道他是真的洁癖了，但是这种话在一个女孩子面前说出来又显得有些矫情了，所以索性就闭嘴不说了。

许嘉倾用桌上的报纸折了两个纸帽子，然后拿着纸帽子走到霍羽奚面前。

许嘉倾眨巴了一下眼睛，本来想踮起脚给他戴上，但发现还是有点够不着，于是说道："你的头低一点儿。"

霍羽奚听话地低下头，任由许嘉倾把纸帽子戴在他的头上。

旁边跟着霍羽奚的工作人员和摄影师都惊得不知道该怎么反应了。霍羽奚平常别说和别人互动了，就是和别人多说一个字他都嫌麻烦，此时却愿意听许嘉倾的话，乖乖低下头，任由她戴上这么难看的纸帽子。

而且霍羽奚有很严重的洁癖。平常身边工作人员都是用心将他用的每一样东西仔细用湿纸巾擦干净才给他的。

旁边的经纪人Jumping眯了眯眼，看了一眼他身边的助理小李，询问是怎么回事，但小李也一脸茫然。

经纪人Jumping在圈里还是很有地位的，手握一票商业资源，手上人脉很广，为人也严肃认真。当初带霍羽奚，也是看中他皮囊好看，为人又低调不作妖，最重要的是还很拼。在Jumping的包装和霍羽奚自己的努力下，才有了如今的娱乐圈地位。

旁边节目组的摄像师也一直不间断地拍摄，心中快高兴坏了，本来还想着霍羽奚这种冷得结冰的性格会很难剪辑出粉红的场景，没想到他们自己现在这些日常相片就挺粉红的。

许嘉倾仰脸看着他说道："你戴着帽子，去把书房收拾一下就好了，其余的地方我来弄。"

霍羽奚看着她，问道："女孩子不都是娇惯的吗？"言外之意，女孩子不都是想把脏活累活丢给男孩子吗？

许嘉倾翻了个白眼："我也想呀，你看你这脑门上皱起的眉头都快夹死蟑螂了，我哪还能让你收拾客厅和厨房？"

霍羽奚不说话了，只是默默地去拿了拖把，准备去客厅拖地。

许嘉倾先是一愣，意识到他要去收拾客厅时，随即笑道："地上这么脏，要先用扫帚扫了才能用拖把拖，你这样是永远拖不干净的。"

"哦。"霍羽奚应了一声，随即准备去拿扫帚，却被许嘉倾拦住。

许嘉倾笑着说道："你在客厅有些碍手碍脚的，去收拾书房，把书桌和书柜都擦一擦，用掸子把书都掸一掸。"

霍羽奚听话地进了书房，虽然皱着眉头，但还是继续打扫了。

过了半晌，许嘉倾出现在书房门口，露出一个小脑袋，笑着说道："喏，给你一个口罩，别吸了灰尘。"

霍羽奚乖乖地接过口罩，戴上。

霍羽奚的经纪人Jumping皱着眉头，想上前去问这是个什么情况，自家艺人和这个许嘉倾又是怎么回事。他本来是担心霍羽奚不适应综艺节目的拍摄才跟过来看看的，没想到竟然看到这一幕。以霍羽奚的性格，从来都不肯和别人这么亲近，他当初答应接下这个综艺，就挺奇怪的。

当初《你爱的另一个他》这个综艺找过来的时候，经纪人Jumping想一口回绝的，但是霍羽奚看到拟邀名单上有许嘉倾，就问了一句："许嘉倾也接这个综艺吗？"

当时导演组一愣，搞不清楚是什么状况，试探地说道："在我们的拟邀嘉宾中。"

对于霍羽奚突然过问工作事宜，经纪人Jumping就有点疑虑，但是想到他这几年工作这么拼，偶尔接个综艺接接地气也是好的。

霍羽奚的表情和语气依然都是淡淡的："这个综艺我接了。"说完就起身离开了。

留下的导演组和制作人面面相觑，看了看Jumping。Jumping笑道："我们家羽奚还是第一次这么热情地想接工作呢，而且是个综艺节目！也不知道贵节目组给我们羽奚吃了什么迷魂药呢！"一句话恭维得导演组不知道如何是好了。

导演组心里明白了，霍羽奚是冲着许嘉倾去的，所以在邀请许嘉倾的成本上，比以前开出更优越的条件，生怕许嘉倾不答应。

Jumping的中文名字是黄平，圈里人都叫他Jumping哥，只有霍羽奚一个人叫他平哥。黄平本想上前问一下霍羽奚是怎么回事，但是看了一眼旁边一直在拍摄的摄制组，就作罢了，将这件事记在心里。

等到霍羽奚收拾完书房出来时，客厅已经收拾得整整齐齐。他环视了一圈，发现许嘉倾正在厨房，走过去就看见许嘉倾正围着围裙煮面，她尝了一口汤的咸淡，似乎是觉得有些淡了，又加了一点盐进去。

霍羽奚面上依旧没什么表情，只是靠在门框上直直地看着她。

许嘉倾本就长得妩媚艳丽，她的长相在娱乐圈都能排进前三名，此刻洗手做羹汤的样子却别有一番温婉居家的样子，这种强烈的反差让她整个人看起来愈发美丽温柔。

许嘉倾感觉有人在看她，转过脸，就见霍羽奚正在直直地盯着自己，于是关了火走过来，仰头看着他道："脸上脏脏的，快去洗把脸，然后我们准备吃饭了。"

霍羽奚这才反应过来，点点头去了洗手间。他捧水洗了脸，抬起头看着镜子中的自己，然后伸手将自己的嘴角戳了戳，做出上扬的模样，勉强扯出一个笑意，或许是觉得难看，于是作罢。似乎离开了演戏的环境，他连怎么笑出来都觉得很难。

等到霍羽奚出去的时候，许嘉倾已经盛了两碗面放到餐桌上，看见他出来，笑道："今天时间太仓促了，中午只能吃面条了。等会儿我们一起去超市，采购一些日常用品，晚饭再做得丰盛一点。"

霍羽奚看着她平常又自然地询问自己，仿佛就像是在家里，有个人问你吃什么，然后一起去超市准备食材。那种感觉让他觉得心里似乎有些想涌出来的温暖。那感觉很奇妙也很少见，让他一瞬间有些不自在，只是"嗯"了一声。

许嘉倾看着他的样子，心知他是很吃这一套的，便笑了笑，将筷子摆放在他的碗上。

因为大家都是演员，饮食都是需要控制的，所以许嘉倾给霍羽奚和自己都盛得不多。可是霍羽奚吃完之后，竟然问了一句："还有吗？"

许嘉倾一愣，随即道："还有一点。"忍了忍，还是问道，"你不需要控制饮食吗？你看起来好瘦。"

霍羽奚笑了笑："我一直都吃不胖。"

许嘉倾翻了个白眼，摆了摆手："行了行了。"

霍羽奚扯出一个笑意，自己走进去厨房，将锅底清干净了。

许嘉倾抬头朝厨房喊道："你盛完，给锅里放点水泡着，不然等会儿干了不好洗。"

"嗯，好。"霍羽奚听话地给锅里盛上水。

吃完饭霍羽奚主动要求去刷碗，许嘉倾看着他有些笨拙的刷碗模样，也没说什么，只是笑道："做得挺好的。"然后接过他刷好递过来的碗，用干净的抹布再擦一遍，整齐地放在碗架上。

吃过饭，许嘉倾找出购物袋，说要去超市，然后拿上节目组配的车钥匙就要出门。

许嘉倾自然地将车钥匙递给霍羽奚，霍羽奚顿了一下，轻声说道："我不会开车。"

许嘉倾笑了笑，走近一步，仰头看着他："你害怕呀？"

霍羽奚不自然地转过头，但还是点了点头。

许嘉倾拍了拍他的肩膀说道："跟着姐姐，姐姐带你。"

霍羽奚坐在副驾驶上，面上依旧平静，看不出喜怒，也看不出其他神色。他坐在车里常做的事情就是看着窗外的天空发呆而已，可是此刻看见许嘉倾坐到驾驶席，自然地发动车子，熟练地开车，目光不自觉被这个女人吸引过去。

他问："你什么时候学的车？"

"高中毕业暑假的时候。"

"还挺早的。"霍羽奚难得地想聊天。

许嘉倾只是笑了笑："家中需要。"然后便不再多说。她并不想在公共场所说过多家里的事情，一来是不想把负能量传给别人，二来别人知道她的困境，多半不是心生怜悯，而是看笑话的居多。她既不需要不在意的人给的怜悯，也不想让别人看了她的笑话。

霍羽奚看着她姣好的侧脸，突然说道："以后如果有什么需要帮助，可以告诉我。"

许嘉倾难以置信地看着霍羽奚，像他这样冷清的性格，能说出主动帮助的话，已经是他热情的极限了。

她问："我看起来很需要帮助的样子吗？"

霍羽奚转过脸看着前方，只是道："不是，你很好。"

许嘉倾扯了扯嘴角："得，好人卡get!"

"我不是那个意思。"

"那你是什么意思？"许嘉倾继续逗他。她总觉得霍羽奚的性格真的是太冷清，好像和谁都不会亲近一样，像一个焐不热的少年。

霍羽奚不说话了。

许嘉倾狡黠一笑，想继续逗他，在确认后视镜没有车的前提下，猛地打了一下方向盘。

霍羽奚吓得立即抓住旁边的扶手，脸色几乎是瞬间惨白，手背上的青筋都冒了出来。他转过脸冷洌地看着许嘉倾："停车！"

许嘉倾一愣，霍羽奚虽然为人冷清，却从不会用这么冷洌的语气，于是她连忙在一旁路边停车。

霍羽奚几乎是没有犹豫地打开车门下车，许嘉倾赶紧熄火，下车追过去。后面的摄影师也跟了过来，却被霍羽奚吼了一顿："离我远点！滚！"

许嘉倾看着此刻脸色惨白又暴怒的霍羽奚，有些悻悻，连忙让摄影师不要拍了，自己则跑过去扯住霍羽奚的衣角问道："你怎么了？"

霍羽奚转过身，眼神冷洌，却能清楚地看见他眼中的恐惧。

许嘉倾被他的眼神吓一跳，试探地说道："你对车祸有阴影吗？"

霍羽奚不说话，只是看着她，脸色却越来越惨白。他甚至有些喃喃地说道："那辆车上，我的家人都在上面，除了我。"语气都在颤抖，"那辆被烧成灰烬的车。"

许嘉倾眉头紧紧地拧在一起。失去至亲的痛一日一日地煎熬，她又何尝不是？一日一日地恐惧那一天会到来，仅仅是想一想都觉得心脏疼得难以呼吸，他却每一天都承受着这种痛。

除了我，除了我——这三个字像魔咒一样一日又一日地禁锢着他。

活下来的人才是最痛苦的。

许嘉倾上前一步，抱住他，用额头蹭了蹭他的胸膛，像呢喃一样地安慰道："不怕了，他们一定活在另一个世界，耐心地等着你百年后相聚。"

许嘉倾说完，自己都笑了一下："说这些话我自己怕是都不信，可是还是想说出来给你听。我知道你很痛，也知道我说什么也抵消不了那种深入骨髓的痛楚，可是怎么办呢？无论是快乐的还是痛苦的，无论我们活着有没有意义，今天都开始了，我们还在呼吸着，还在活着，除了这样骗自己，让自己不要那么痛，我们还能怎么办呢？我们一点办法都没有，在命运这种怪兽面前，人类就像蝼蚁一样渺小又卑微，它赐你一场海啸和洪流，可能仅仅是因为它无聊的挠痒痒而已。"

许嘉倾更紧地抱住他："我们除了自欺，骗过自己的心，没有别的办法。擅长自欺的人才会活得更好更久吧。此时此刻我希望你是那样的人。"

霍羽奚依旧僵硬地站着，任由许嘉倾抱着自己。他好像陷在某种痛苦的回忆中无法自拔，那种仿佛瞬间世间所有景色都凋零的衰败感，让他看起来更加瘦弱孤独，就像深秋铺满枯黄枫叶的街道上，只有他一个人站在那里，没有去路，也没有归途。

可是有个温暖的怀抱抱着他，还说："欺骗自己吧，只要骗过自己就好了。"她说的都是歪理呀，可是没有办法反驳。命运的可怕之处就在于你毫无还击之力。

霍羽奚轻声说道："怎么欺骗呢？仿佛每一次快乐都是对他们的背叛。他们都死了，只有我好好地活着。"

许嘉倾放开他，看着他衰败的神色，眉头紧紧地锁着，他活在这种痛苦的囹圄中一日又一日，始终不能放过自己。眼泪不自觉地流下来，许嘉倾说："活下来不是你的错。死去也不是他们的错，他们来到人间，生下你，带着你四处转了转，觉得人间不怎么样，所以他们回去了，但是他们觉得或许你还没看够这人间，所以留下了你，懂吗？"

许嘉倾是在安慰自己，其实是在给自己做心理建设：迟早有一天，迟早！她也要面对！

霍羽奚看着许嘉倾的眼泪，想伸手去擦掉，却又觉得矫情，便放下要伸出的手，只是道："你能陪我去一个地方吗？"

霍羽奚回头看了一眼远处的摄影师，走过去微微颔首算是道歉，说道："今天录制可以暂停吗？明天我们会接着今天一起录的，不多收钱，希望你们不要跟过来。"

摄影师见霍羽奚脸色衰败惨白的样子，也不敢强迫，跟他们这组导演点了点头。

霍羽奚轻声说了声"谢谢"，然后牵起许嘉倾的手朝车里走过去。

许嘉倾将车停好后，走到已经下车的霍羽奚身边。

霍羽奚脸色依旧惨白，但是表情已经控制得很好。他说："走吧。"

许嘉倾跟在他身后上了几阶楼梯，才发现被带到了一处墓园。许嘉倾看了一眼霍羽奚，他也正好低头看过来，轻声地，似乎带了一点苦笑："会怕吗？"

"你在就不怕。"许嘉倾很真诚地说道。

霍羽奚深深地看了她一眼，然后跟着她步伐的大小走在她身边。

两人终于在一个墓碑处停住，墓碑上的照片是两个青年男女，他们的眉眼或多或少和霍羽奚有一些相似的地方。这里面长眠着谁，一想就能明白。

霍羽奚蹲下来，从口袋地拿出帕子擦掉墓碑上的灰尘，轻声低喃："妈，对不起，这次来得仓促，没有给你带你喜欢的百合花。"顿了顿，"但是这次我带了一个朋友给你看，她很勇敢。"霍羽奚说完，仰起头看向此刻低头站着的许嘉倾。

许嘉倾看到他的眼神，也跟着蹲下来，礼貌微笑道："阿姨，你好，我叫许嘉倾，是霍羽奚的朋友。他现在长得很好，是个迷倒万千少女的大明星，你在另一个世界不必挂怀，他正朝着你期望的样子成长。"

霍羽奚也扯出一个微笑："妈妈，我很好，除了想你以外，别的什么都很好。"那声音似乎染上一丝哽咽。

许嘉倾转过脸看着他，心中酸涩，却不知道能再说什么。她慢慢地挪过去，拍了拍他的肩膀，谁知他突然像是一个失去心爱玩具的小孩一样，趴在许嘉倾的肩膀上失声痛哭。

那是强忍了许久的委屈和痛苦，无处诉说的孤独和思念，统统在一瞬间涌了出来。

许嘉倾抿紧了唇，眼泪也在眼眶中打转。医生的话再次在她的脑海盘旋："你的父亲已经透析很多年，现在身体也越来越虚弱。如果再找不到合适的肾源进行手术，他只会这样一天一天地耗损下去，病人也会更加痛苦。生理上和心理上的双重痛苦，所以想问你，是不是选择停止透析？"

许嘉倾觉得心脏揪紧一般地闷痛。这么多年她似乎就只为了挣钱给父亲看病这一个目标活着，如果现在让她放弃，她不知道自己还能做什么。那种丧失让她无论如何都不能放手，就当她自私好了，她要用任何方法留住爸爸。

许嘉倾抱紧了霍羽奚的肩膀。

他们就像两个溺水相遇的人，抱着彼此，当作生命中的浮木，相互依偎。

许嘉倾伸手抹掉眼角的泪水，拍了拍霍羽奚的肩膀，轻声说道："看过叔叔阿姨了，我们回吧。"

霍羽奚抬起头看着她，像一个迷路的小孩，迷茫地看着她。

许嘉倾先站起来，朝霍羽奚伸出手，笑了一下："霍羽奚，我们回家吧。"

霍羽奚，我们回家吧！

这句话清脆而明亮，声音不大，却像是敲击在霍羽奚的心上一样。他带着某种渴望和向往伸出手握住许嘉倾的手，然后站起来。

霍羽奚低头看着她，直接将她拉进怀里，像是冬天里抱着火炉取暖的人那样，紧紧地抱住她，一点一点地汲取她身上的温暖。

没有人注意跟在不远处的人拿着相机连续拍下这一幕一幕。

许嘉倾将霍羽奚送回他的住所，准备回去的时候，却被霍羽奚叫住："以后如果你有空，可以来我家坐坐。"顿了顿，似乎觉得这样的邀请不太合适，立即补充道，"你是我唯一的朋友。"

许嘉倾歪头笑了笑，是很开心的那种笑容。她背着手一步一步地踱到霍羽奚面前，仰头看着他："好呀，我亲爱的朋友。"

霍羽奚深深地看了她一眼，然后说道："今天谢谢你了。"

许嘉倾笑了，继续盯着他，然后道："那我的朋友，你会给我打电话吗？"

霍羽奚看着她，脸上是疑惑。

许嘉倾笑得一脸开心，霍羽奚褪掉高冷的外衣，整个人就像一个呆萌的小孩子，一只乖巧又可爱的小奶狗。她说："既然我是你唯一的朋友，你有事情想倾诉想商量的话，都应该给我打电话呀。"

霍羽奚深深地看了她一眼，然后"嗯"了一声。

许嘉倾笑得更开心了，霍羽奚这么呆萌的样子真是可爱极了，真是让人保护欲爆棚了。

许嘉倾继续得寸进尺地试探："那你能低下头，让我摸摸脑袋吗？"

霍羽奚一愣，但还是乖巧地低下头。

许嘉倾也一愣，随即伸手揉了揉他的头发，把他的头发都揉乱。哈哈哈，他真的太萌了！

霍羽奚盯着许嘉倾，说："你这样笑的样子很好看。"笑起来眼睛弯弯的，像两弯月牙。

许嘉倾愣住，好半天没说话。

霍羽奚笑了笑道："我们都是有演技的演员，但凡表演都是有痕迹的，我看得出来，在片场的时候你伪装得很好，伪装成很和善又带着锋芒的样子，笑容带着虚伪，可是刚才你笑得很开心。"顿了顿，"你这么开心是因为我吗？"

许嘉倾完全愣住，霍羽奚伸出胳膊："在你回去之前，我想抱你可以吗？"

许嘉倾抽了抽嘴角，刚想拒绝，但是霍羽奚的胳膊已经环绕了过来，将她紧紧地圈在怀里。

他抱住她，对着角落偷拍者的镜头得意地笑，那是宣誓主权的笑容。

他是天生的演员，当然天生对镜头敏感，有人跟踪、偷拍，他早就知道了。

许嘉倾背后的金主是谁，他不可能不知道。他混到娱乐圈如今的地位，如果只是一只任人宰割的羔羊，恐怕也活不到现在。

但是现在他想得到许嘉倾，那就战斗吧。

霍羽奚在许嘉倾的耳边说道："今天回去好好休息，明天我们还要继续录制节目。"

许嘉倾开车没有回家，而是去了医院，在路上接到顾若琛的助理小张的电话。

"许小姐，总裁今天会从国外回来，他指名让你去接机。"

"他出国了？"怪不得最近顾若琛都没找她。

"是的，总裁去谈一个项目合作，本来预计三天后才回来的，但是今天突然改变了行程，提前三天回来了。"小张有些疑惑地说道。上次在澳门，许嘉倾也算是救了他，所以小张对许嘉倾还是很尊敬的。

"好的，我知道了，你把他的航班信息发到我的手机里。"

第011章　底线&综艺

　　许嘉倾去医院看了许成栋，出来的时候正好看到顾若白查房回来。

　　许嘉倾过去打招呼，顾若白朝她露出八颗牙的温暖笑容，两人还没说上一句话，一个气势汹汹的女声就打断了他们的谈话。

　　"喂，狐狸精！"

　　两人同时转过脸，就看见凶萌凶萌的王若熙往他们这边走过来。

　　许嘉倾看了一眼顾若白，抿唇笑了笑，然后转过身看着王若熙朝她走过来。

　　王若熙直接挽住顾若白的胳膊，怒气冲冲道："狐狸精，我警告你了，不准再接近若白。"

　　"我就接近了，你要怎么的？"许嘉倾笑着反问。

　　"我就把你爸爸的照片和医院都曝光在网上。"王若熙仰着下巴说道。

　　"你敢！"许嘉倾的表情几乎是瞬间变得凶狠，上前一步抓住王若熙的手腕，凶狠道，"你敢曝光，我就真把顾若白抢过来！"

　　"若白只喜欢我，你抢不走的！"王若熙被她凶狠的表情吓一愣，随即反应过来气势不能输，立即顺着她的话回击道。

许嘉倾的脸色依旧不豫，冷笑道："我总能找到机会，下药用强，什么手段不行？生米做成熟饭，他会不负责？"许嘉倾松开王若熙的手腕，语气冷冽，"你最好不要把主意打到我爸爸的头上，他是我唯一想守护的疆土，谁敢动他，我就动谁！"

王若熙被她冷冽的语气吓得抿紧了唇。

一旁的顾若白也微微愣住，他从来没见过这样语气冷冽的许嘉倾。她从来都将自己伪装得很好，或和善或坚强。

顾若白开口道："若熙不懂事，她只是说着玩玩的，嘉倾你别往心中去。"

王若熙听见这话一下子瞪住顾若白："我哪里不懂事了？"

顾若白揉了揉额头："小熙……"

王若熙听见他的语气，立即耷拉下脑袋，说道："我这么可爱，为什么需要懂事？"

顾若白一下子被逗笑了，揉了揉她的头发："她爸爸是我的病人，你如果曝光信息，我是有责任的，以后不准胡说了，知道吗？"

"哦。"王若熙听话地答应了，然后望向许嘉倾，"便宜你了，狐狸精。"

许嘉倾从刚才的愤怒中回过神，慢慢又戴上自己的伪装，歪头笑了笑："只要你乖，随便你怎么称呼我吧。"

"你说谁乖？"王若熙一下子暴走。

许嘉倾摊了摊手："我还有事，先走了。"然后直接绕过他们走了。

许嘉倾笑着摇了摇头，明明王若熙根本不足忌惮，小孩心性，说说而已，也不见得真的会做什么。可是她刚才还是没控制好自己的情绪，仿佛许成栋是她身上一个按钮，只要别人一碰，她能立即装起全身的铠甲，随时准备战斗。

因为太害怕失去，才会如此紧张！

许嘉倾到机场的时候，离飞机降落还有一个小时。她直接坐在停车场的车里，懒得下去，免得被别人认出来，引起不必要的麻烦。

许嘉倾给顾若琛发了一条微信："我的车在B2停车场B234位置。"

和以前发的微信一样，石沉大海。

当顾若琛敲了敲车子的玻璃窗，许嘉倾立即按开车子的锁门键，他便优雅地坐进副驾驶。

许嘉倾还没来得及问行李怎么没带，就被顾若琛掐住后脑勺往前按，然后带着冷冽气息的唇便吻了上来。

顾若琛先放开她，却没离开她，而是微微低头，鼻尖蹭到她的脸颊，似乎还能听到微微的喘息声。

许嘉倾好半天才调整好呼吸，还没有开口就听见顾若琛说："你怎么又不听话了呢？"那语气带着狠厉却藏着微微的伤心和委屈。

许嘉倾不明所以，转过脸想看他，但是顾若琛的手还按住她的后脑勺，两人正好鼻尖碰到鼻尖。四目相对，顾若琛深深的眼神像是一潭幽深的古井。

许嘉倾调整了一下语气，问道："你在说什么？"

顾若琛从西装口袋里拿出一张照片，那上面是霍羽奚抱着许嘉倾，而霍羽奚正看着镜头，得意地笑，就是在霍羽奚楼下拍到的那张。

"我有没有警告过你，不要再和霍羽奚扯上关系了？为什么不听话？"顾若琛伸出拇指摩挲着她姣好的下巴线条，语气又冷冽了几分，"我不过离开几天，你就把我的话当作耳旁风了，看来以后不能让你离开我的视线范围，这样你才不敢放肆。"他真的没办法阻止许嘉倾自身的妩媚风流以及趋利避害的心机。

顾若琛低下头，鼻尖在她脖颈间蹭了蹭，语气竟然带了几分缥缈。他抿唇笑了笑，像是撒旦抓住猎物要享用时的开心。他张嘴咬下去，听见许嘉倾的吃痛声，说："对的，就是这样，真该让霍羽奚看看，你在我身边是什么样子，看他还会不会不知轻重想抢走你。"照片上那个笑容分明就是得意和挑衅，那种想要把许嘉倾占为己有的眼神，在顾若琛看来充满了敌意。

许嘉倾皱眉："和霍羽奚是因为文森私自接了综艺节目，我也是事后才知道的，而且违约金很多，我不想违约，所以就接下这个节目。"

"节目？节目包括跟着他去他父母的墓园？节目包括让他那样抱着你？"顾若琛的语气像冰碴子一样。

"你听我解释。"许嘉倾皱眉。

"好，我听你解释，你说。"顾若琛继续在她脖颈显眼的地方咬下去。他真该让霍羽奚看看。

许嘉倾想推开他却换来更紧的钳制，索性就放弃了，说："顾若琛，我不知道你明不明白那种丧失的感觉，就是好像你一直为之努力的一件事，有一天突然失去或者即将失去，那种灭顶的绝望会让人茫然无措甚至心如死灰。霍羽奚的丧失，让我能产生和他一样的共情，两个同样脆弱的人，在那时候除了相互安慰，没有别的出路。"

顾若琛听完脸色更加难看："共情？和他？两个脆弱的人？"他猛地直起身子，伸手掐住她的脖颈，"你凭什么和他共情？现在养着你的人是我，出钱给你资源给你钱去给你爸爸看病的也是我，你凭什么觉得脆弱的是他？你凭什么去拥抱他？"他的眼睛因为剧烈的愤怒而拉满血丝，猩红地盯着她，仿佛下一秒就要真的扭断她的脖子。

许嘉倾挣扎着想推开他却无果，脸上真的慢慢褪去血色。当她逐渐减弱挣扎的时候，顾若琛像是突然醒悟过来一样猛地松开，浑身僵硬地看着她，等她开始呼吸顺畅，才像是突然松了一口气。

那一瞬间的害怕那么清晰，就是她口中说的那种丧失感。

顾若琛皱眉，他很厌恶这种感觉，于是收拾了衣襟，坐正，然后吩咐道："开车，回家。"顿了顿，"我有一千种方法应付他的挑衅。"

许嘉倾将车开到九亭的别墅下，她知道今晚会遭遇什么，于是只剩下冷静。

顾若琛直接将她扛在肩膀上，修长的双腿稳健地向屋子里走去。

顾若琛毫不怜惜地将人扔在King size大床上，不等许嘉倾撑起身子，顾若琛直接靠过去，将她困在床和自己的胸膛之间，看着她说道："真想让霍羽奚看看，你现在在我床上的样子。"

许嘉倾眯了眯眼："我和霍羽奚是清白的，什么都没有。"

"清白，都抱在一起你跟我说清白？许嘉倾，我不是傻子，你也不是傻子，说出这句话你自己不心虚吗？"

许嘉倾被他一语中的，于是改变套路，问道："顾若琛，你究竟为什么这么在意霍羽奚啊？你在害怕吗？怕我爱上他吧？"

顾若琛的脸色一点一点地变得难看，眼神也越来越危险。

许嘉倾看着他的反应，立即笑了笑，双手环住他的脖颈，在他唇上亲了亲，说道："你放心好了，你也说了，我不是傻子，爱情这种东西是在生活无忧之后的消遣，可是你看现在的我？"她偏过头直直地看着顾若琛，"现在的我无权无势，一直需要大量的金钱，可是我挣钱门路的命脉掌握在你的手里，你说这样的我怎么敢去谈爱情？所以你大可以放心，如此贫贱的我，既不会去爱霍羽奚，给你戴绿帽子，当然也不会去爱你，你不要担心我将来纠缠你。"

顾若琛听着这些话，脸色变得更加冷冽，盯着她每一丝表情，她依旧笑得风情万种，但是她说的每一句话都是出自真心，他感觉得到！

她说，她不会去爱霍羽奚，他信！

她说，她不会去爱他顾若琛，他也信！

许嘉倾确实是这样的人。

身家利益永远摆在一切的前头，这就是许嘉倾，如此肤浅的许嘉倾啊。

顾若琛伸手掐住她的下巴，额头抵住她的额头："怎么办呢？听说你也不会爱上我，让我觉得很挫败。"用鼻尖蹭了蹭她的鼻尖，轻声说道，"那样就看不到你被我抛弃时痛哭流涕的样子了。"

许嘉倾扑哧一下笑出来："你不是最讨厌女人痛哭流涕地纠缠你吗？所以当初才选了我呀。"

"也对。"顾若琛像是反应过来，他说，"假如我真有抛弃你的那一天，说明我已经厌倦你了，那时候你的痛哭流涕对我来说还真是麻烦。"说完直接亲上去，"但是现在你还不是麻烦，是美味，我要享用你了。"

许嘉倾往后仰了仰，避开顾若琛的吻，问道："既然你信了我的话，那我和霍羽奚的综艺还可以继续录下去吗？违约金好贵的。"

"违约金我替你赔，不准再见霍羽奚。"说罢直接掐住她的后脖颈，霸道地吻下去。

"有那违约金你不如直接给我，我想继续拍那个综艺。顾若琛，如你所说，有一天你抛弃我了，我希望我还有一份能挣钱糊口的工作。"

"你难道看不出来吗？霍羽奚对你的企图那么明显。"顾若琛的脸色越来越难看。

"他哪里对我有什么企图？我怎么没感觉到？他是给我钱了还是给我资源了？如果他连我最想要的这些都没给我，哪里算得上对我有企图呢？论企图的话，他还不如你，至少你想得到我的身体，还会给我钱和资源。"

"如果他给你这些，你也会跟他走吗？许嘉倾你为什么这么肤浅下贱？"顾若琛几乎是痛恨地捏紧她的下巴。

这男人说她肤浅下贱？

许嘉倾抿紧了唇，凄然道："你从未吃过缺钱的苦，怎么会了解我爱钱如命的原因？"她看着眼前人，一字一顿，"顾若琛，我不爱他也不爱你，我和你保持这样的交易，只是图你的钱，我希望你能认清这一点，所以我绝不会给你戴绿帽子。"

顾若琛听到她的话，一下子将她扑倒在床上："你再说一遍！"

许嘉倾毫不退缩，今天她就要把所有事情扳回正轨，她和顾若琛没有未来，这是她早就心知肚明的事情，所以她不能因为顾若琛一些暧昧不明的行为让自己沦陷，只能看着他说道："我和你在一起只是图你的钱，你心里也明白。"

就是因为顾若琛心里太明白她说的是真的，所以才如此生气！

他没有一点怜惜，撕开她的裙子，此时此刻他除了残忍地掠夺，找不到别的方法来困住许嘉倾。

顾若琛狠厉地问道："许嘉倾，为了钱的你现在在我身边做着这样的事情，开心吗？"

"只要出了钱的你开心就好。"

顾若琛大概真的被她气疯了。从来冷静、儒雅、斯文、伪装成各种样子的顾若琛快要气疯了。

不知道从什么时候开始，许嘉倾已经能这么左右他的情绪了。

直到许嘉倾累得睡着，顾若琛就撑在她旁边，看着她睡着的样子，安静又乖巧，这样的许嘉倾不会说出让他生气的话，更不会出去勾引别的男人。真好，如果能这样将她一直困在身边，也挺好。顾若琛有些危险的想法。

他伸手描摹着许嘉倾姣好的面容，轻声道："许嘉倾，怎么办？我有点不想放手了，一想到我放了你，你就会毫不犹豫地远离我，投入其他男人的怀抱，我就会想把你一直这样困在身边，藏起来。"他亲了亲她，"你说为什么？"

许嘉倾不知道是因为太累了，还是因为接顾若琛之前去了医院看了许成栋，让她一时分不清自己是在做梦还是真实的，她看见许成栋朝她笑着挥手说再见，然后转身朝茫茫的虚无中走去。他一边走一边回头摆手："倩儿，回去吧，爸爸要走了，好好照顾妈妈。"

许嘉倩想追过去拉住他，却怎么也动不了。她转头，发现有个人抱住了自己的腰，阻止自己前进，这个人正是一脸邪恶笑意的顾若琛。他说："你别想跑，你这一辈子都要困在我手里。"

许嘉倩拼命挣扎，却被越抱越紧，眼看着爸爸越走越远，她却依然无法挣脱顾若琛的桎梏。她几乎是崩溃地大哭，大喊地叫出爸爸，然后转头对顾若琛说："顾若琛，求你放了我。"

她刚说完这句话，梦里顾若琛的脸色变得更加邪魅："你休想！"

许嘉倩一下子惊醒。

她睁开眼的瞬间就看见顾若琛正坐在床头，冷冽的眼神正看着她。

许嘉倩擦掉眼泪艰难地坐起身，看着他问道："为什么不睡？"

顾若琛没有回答，只是问道："你梦见了什么？"

"没什么？"许嘉倩想下床去倒水喝，却被顾若琛一把扯住手腕，将她拉回床上，固定在床和自己胸怀之间，看着她继续问道："连在梦中都想着离开我是吗？"

"没有。你放我下去，我想喝水。"

"没有？许嘉倩你的眼泪骗不了人的。"顾若琛伸手揩拭她眼角残留的泪水，放进嘴里细细品尝，"是苦的。"

许嘉倩说不出话，她不想留在顾若琛的身边是怕自己深陷其中，而他迟早会潇洒转身；可是她又想留在顾若琛身边，因为顾若琛能给她想要的金钱和资源。

顾若琛突然灵光一闪："假如，你有了我的孩子，是不是就再也不会想着离开我了？"

许嘉倾立即瞪大眼睛看着他，不敢置信！

顾若琛这么说着，嘴角带着邪魅的笑意，仿佛是觉得这个方法真的不错，低头就要吻她。

许嘉倾睁大眼睛看着顾若琛近在咫尺的眉眼，不知道哪里生出来的力气，一下子将顾若琛推下去，气息有些不稳地问道："顾若琛，你疯了吗？"

顾若琛一愣。

"你当初为什么招惹我？不就是看上我好甩掉吗？有孩子还怎么两清？你是想毁掉我吗？"许嘉倾皱着眉头冷冷地质问。

顾若琛突然笑出声，吃吃地笑出声，那笑声有些阴冷，像是从上颚和鼻腔里发出来的笑声。他说："我怕是真的疯了。"

顾若琛坐起身来，没有看许嘉倾，而是直接下床走了。

他开车去了崔雪儿的医院。

现在已经是深夜了，她已经睡了。顾若琛轻手轻脚地走进病房，这是S市顶级的私人医院，不是财政圈的人根本进不来。许嘉倾的父亲不过是在S市最好的公立医院。当初许嘉倾来求过，让她父亲也进这家私立医院，但顾若琛说："不方便。"最后给许嘉倾找了最好的公立医院的VIP病房。结婚那一年是顾若琛出钱，离婚后就是许嘉倾自己出钱，为了昂贵的医药费，她不得不没日没夜地接通告，但是一点也不觉得累。她觉得这是自己奋斗的目标，只要爸爸还活着，这点辛苦真的不算什么。为这个她一直努力了这么多年。

顾若琛说的不方便，大概就是指崔雪儿在这家医院吧，这是后来离婚时，许嘉倾请私家侦探调查顾若琛时发现的。那时候她是什么感觉？女人向来容易动心，但是在得知这个消息的时候，许嘉倾几乎是一下子将对顾若琛的爱意全部扼杀！

目标明确的许嘉倾向来知道如何做出利益最大化的断舍离！

她明白，在顾若琛的心中，自己永远比不上崔雪儿！

这也是为什么许嘉倾能冷静地看待顾若琛所有让人误会的行为，那不过是荷尔蒙一时的误导而已。只要崔雪儿一开口，她许嘉倾必定会一败涂地！所以真正的胜利就是保住自己的疆土，不和他重归于好。

顾若琛看着熟睡的崔雪儿，轻声说道："雪儿，你说这是为什么？她让我越来越迷惑了。"

崔雪儿依旧保持熟睡时均匀的呼吸。

顾若琛愣了愣，随即笑道："看我，来打扰你做什么？这样烦扰的事情何必说给你听？"说完站起身出门，轻轻将病房门关上。

房门关上的瞬间，床上的崔雪儿睁开了眼睛，她转过脸看向病房门的方向，手指揪着床单握成拳头，瘦弱的手背呈现病态的苍白。

第二天许嘉倾准备继续去录制和霍羽奚的综艺《你爱的另一个他》，可是脖子上顾若琛留下的印记特别显眼，她不得不拿遮瑕霜厚厚地盖了三层，这才看不出来。顾若琛一定是故意的！

许嘉倾和霍羽奚接着昨天录制的内容——去超市买菜。

取购物车的时候，霍羽奚想直接抽出来，却发现不行，许嘉倾笑着问道："你没自己来过超市吗？超市购物车要放一个硬币进去的。"

霍羽奚抿唇道："我的东西都是助理准备的。"

许嘉倾笑了笑道："感觉不是在录制综艺，而是我从头教你如何生活。"

霍羽奚不置可否，只是主动接过许嘉倾拉出来的一个购物车，然后慢步地走在许嘉倾旁边。

因为要录制综艺节目，现场都已经清过场了，超市里的人也都是一些群众演员，所以两人都可以在超市自由行走。但是大部分时候都是许嘉倾在说话，霍羽奚在一旁安静地听着。

许嘉倾问他："你有什么特别想吃的菜吗？或者特别爱吃的菜。"

"没有，食物只是用来充饥的，我吃不胖也不需要控制体重，所以也没什么特别喜欢吃的，能填饱肚子就好了。"霍羽奚静静地回答，还是一副无欲无求的样子。

许嘉倾笑了笑："你每年都挣这么多钱，却这么好养活，要那么多钱干吗？"

霍羽奚看了看她，抿唇没有说话。许嘉倾也立即用手指放在嘴唇边，示意自己说错话了，怎么能在摄像机镜头下说这个呢？

许嘉倾眨了眨眼睛道："那我就选自己喜欢吃的了。"顿了顿，"既然你吃不胖，那我就可以把我喜欢吃的菜都做一点，然后每一样都尝一口，剩下的都给你，反正你吃不胖。"

许嘉倾觉得简直完美极了。

"嗯，好。"霍羽奚点了点头表示认可她的话。

许嘉倾拿出两个茄子，举在霍羽奚面前，敲了敲说道："我给你做铁板茄夹吧，超好吃的，但是热量特别高，我只能吃一口。"

"好。"霍羽奚安静地点头。

许嘉倾将茄子放进购物车，又放进了一些鸡胸肉，还有一棵西兰花、一盒牛肉，又拿了一些果汁和酸奶还有许多水果，以及一些炒菜用的白醋、冰糖、料酒以及酱油等调料品。

霍羽奚看见许嘉倾蹦蹦跳跳地往购物车一样又一样放东西，莫名觉得有些满足。

等到两人采购得差不多，准备回去的时候，许嘉倾突然看到旁边有个榴梿打折促销，几乎是一下子跳起来跑过去指着榴梿，有些可爱地望着霍羽奚问道："我想吃榴梿，买个榴梿可以吗？现在打折。"

霍羽奚皱了皱眉头说道："你喜欢？"

"嗯，我非常喜欢。"许嘉倾眨巴眼睛，点了点头。

"好，你可以买。"霍羽奚点头道。

许嘉倾开心地挑了一个大的榴梿，然后开心地放进购物车。

结账的时候，许嘉倾将东西放到结账台上，霍羽奚拿出钱包准备结账，许嘉倾看着他问道："你现在还用现金呀？这么原始呀？你不用手机付款吗？"

"不太喜欢弄这些，平时也用不到。"霍羽奚说着就掏出现金付款，然后提着购物袋往外走。许嘉倾则推着空车去还车，拿走那一枚硬币。

许嘉倾将硬币放进他的口袋，笑道："这个硬币给你留作纪念，纪念你第一次上超市。"

霍羽奚点了点头。

回去还是许嘉倾开车。

许嘉倾将买回来的东西一样一样地归置在厨房和冰箱。

这个时候摄制组送来任务卡，中午的午饭要自己做。

许嘉倾看了看任务卡，笑道："完全难不倒我，我最喜欢做饭了。"

霍羽奚难以置信地看着她："看起来不像。"

"哈哈哈，是因为我太漂亮了不像是爱做饭的样子吗？"

霍羽奚愣了一下，然后点头道："嗯。"

许嘉倾一边归置厨房的东西，一边准备配菜，霍羽奚就站在一边帮忙，听许嘉倾的指挥打下手。

许嘉倾将蒜苗择好，递给霍羽奚道："你把蒜苗洗干净放好，把那边柜子里的蒜头剥了，再拿一块生姜一起洗好，我等会儿要用。"

"好。"霍羽奚听话地照着她的话去准备，他实在太依恋这种有家的感觉了，有个人在为家忙碌，有个人需要他，需要他帮忙打下手，然后一起为一件事努力，哪怕只是为了一顿饭。

许嘉倾将在超市清理好的鲫鱼洗干净，往它肚子里塞上生姜末和干辣椒，然后放进煎锅煎到两面金黄，倒进矿泉水，等到煮沸了之后，倒进一旁煨汤的陶瓷锅里，转小火一直炖着。

霍羽奚看着她熟练的动作，难得地笑了笑："原来你真的会做饭。"

"你还以为我骗你吗？"顿了顿，"小时候爸爸身体不好，妈妈要操持家里家外，很少有时间做饭，都是我在做。"

"嗯。"霍羽奚抿了抿唇，觉得似乎戳到她的痛点，有点不好意思。

许嘉倾眨了眨眼睛看着他笑道："这没什么。我在努力让一切慢慢变好，这才是我现在要做的事情，而不是一直去想过去的苦日子，日子是过好的，不是想好的。"

霍羽奚静静地看着她，不说话，她就站在那里，歪头带着微微的笑意，脊梁挺直，熟练地做着厨房里的琐事，却让人觉得她更加美艳不可方物。她是个不折不扣的美人，不仅仅是皮囊美。霍羽奚说道："你已经做得很好。"

许嘉倾靠近一步："你做得也很好，以后也会更好。"

许嘉倾最后做了自己想吃很久的铁板茄夹，还做了清炒西兰花，红烧排骨炖土豆，鲫鱼豆腐汤，外加一盘白灼的大虾。许嘉倾还自己做了大虾的酱汁：将蒜头、生姜和干辣椒都切末放进碗里，将油烧热淋上去，再倒进蚝油、醋和味极鲜搅拌就成功了。

霍羽奚看着满桌子的菜，有些目瞪口呆地问道："我们能吃完吗？"

许嘉倾委屈道："是你说自己吃不胖的。"

"我是吃不胖，但是不代表吃了不撑呀。"霍羽奚轻声说道。

许嘉倾一时语塞，然后眨巴眼睛看着摄像师大哥道："大家都辛苦了，一起来吃吧。"

摄像大哥有些害羞地道："不行不行，我还要扛机器。你们先吃，吃完剩下的打包放在一边，我们吃。"

许嘉倾笑了笑道："要不我先每样都匀一点出来打包放在一边，等拍完我们吃饭，你们就可以吃了。"

"可以。"

打包完，许嘉倾和霍羽奚才坐下来吃饭。她吃了一口铁板茄夹，满足地点头："就是这个味道。"但是也只吃了一口就放下了，因为茄子实在太吸油了，吃多了会长胖。

霍羽奚看着她的样子，抿唇笑了笑，笑容依然轻飘飘的，不浓烈不热情，但也算是一个开心的笑意，还说道："女明星可真可怜。"

"是呀，你这种长不胖的男明星就没这个烦恼了是吗？"

霍羽奚也开始夹菜吃起来。

许嘉倾有些紧张，还有一些期待地看着霍羽奚。

霍羽奚首先也尝了一口那个铁板茄夹，他想知道为什么许嘉倾那么喜欢吃这个菜。

霍羽奚吃完，抬头看着许嘉倾期待的眼神说道："确实很好吃。"

许嘉倾开心地歪头笑了笑，将整盘菜推到他面前说道："喏，都是你的，都是你的。"

许嘉倾拿来霍羽奚身边的汤碗，给他盛了一碗鲫鱼汤，然后给自己也盛了一碗。

许嘉倾小口地喝着鱼汤，准备以此结束自己今天的午饭，就看着霍羽奚吃饭。

对于许嘉倾来说，就是做饭两小时，吃饭两分钟，所以平时工作忙，她一点也不喜欢做饭，但是现在有个吃不胖的大饭量，她觉得看别人吃饭也是一种满足。

做饭的人最喜欢看到的就是自己做的饭被别人全部吃完。

而霍羽奚真的如许嘉倾期待的那样，将桌上的饭菜全部清理干净了。

吃完饭，许嘉倾要站起身去洗碗，霍羽奚站起身要去洗，被她拦住说道："我正好吃完饭要站着消化一下，如果怕坐着会长肚子，你去沙发那儿歇着吧。"

霍羽奚点头"嗯"了一声。

等许嘉倾进了厨房，霍羽奚皱着眉头快步走进洗手间，将水龙头的水量开到最大，然后开始呕吐。吃到最后他实在吃不下了，但是不知道为什么就是不想去拒绝许嘉倾，不想做任何一点让她不开心的事情。

霍羽奚吐完，顺便用水洗了洗脸，拍了拍自己的脸颊，让脸色红润一点，他不想让许嘉倾看出自己刚才吐过。

许嘉倾刷完碗，清理好厨房出来没看见霍羽奚，准备去找人。一旁的场记拉住她，小声说："霍羽奚刚才吐了，吃得有点多。"

"啊？"许嘉倾有些震惊，她没说一定要全部吃完呀，吃不下可以说啊，完全不懂这人的脑回路。

许嘉倾点了点头说道："我知道了。"

许嘉倾放弃去洗手间找他，而是拿出手机开始打游戏。

过了一会儿霍羽奚出来了，许嘉倾回头看了他一眼，确认没事后立即又转回头看手机屏幕。一局结束，她摇着手中的手机问道："你会玩游戏吗？"

霍羽奚摇了摇头。

许嘉倾做出敏思的模样："你的生活技能为零，游戏技能为零，那你平时的生活状态就是个NPC呀！"

"什么是NPC？"霍羽奚走到她旁边，坐在沙发扶手上看着她手中的游戏屏幕。

"NPC就是在游戏中什么都不用做，站在那里给主角发发任务就好了。"

霍羽奚不置可否。

"我带你玩吧。"许嘉倾笑着说道。

"好。"霍羽奚拿出自己的手机递给她。

"是我带着你玩，不是我替你玩。"许嘉倾有些哭笑不得。

许嘉倾还是接了他的手机，打开软件商店帮他把游戏下载下来，并且帮他注册，还顺手给他取了个ID：高冷小王子。接着，许嘉倾靠近一点霍羽奚，给他指导游戏界面上的各个操作。

她身上的淡淡香水味道随着霍羽奚的呼吸几乎一下子将他整个人包裹起来，带着温馨和温暖的味道，就像她依偎过来的体温。

霍羽奚向来最讨厌别人的亲近，也不喜欢去亲近别人，平时别说粉丝想跟他握一下手了，就连让他笑一下都有些奢侈。可是他不排斥许嘉倾的靠近，甚至觉得有些温暖，那种平淡的温暖让他忍不住想更加靠近许嘉倾，仿佛只要抓住这个人，就能将自己从无边的孤独中解救出来。

许嘉倾将手机递给他问道："操作都记住了吗？好了，你现在去过新手期吧。"

霍羽奚接过手机按照许嘉倾教的方法开始玩。许嘉倾在一旁看，令她吃惊的是，他玩得挺好，除了有些地方不懂，需要许嘉倾给他指点以外，其余时候都打得挺好，很快就过了新手期。

霍羽奚的游戏好友只有许嘉倾一个，名字叫作：美得被人妒。霍羽奚抿唇笑了笑，他不是觉得名字好笑，只是觉得名字和自己的挺配。

组队的时候，霍羽奚疑惑地问道："为什么你的游戏人物这么花哨？"

许嘉倾看了看霍羽奚的默认皮肤道："这是因为我打得好，带他们走上游戏巅峰，他们送我的。"

"你自己不买的吗？"

"我这么抠，才不会把钱花在游戏上。"许嘉倾不以为然地说道。

霍羽奚笑了笑，然后给助理发了个微信："我的××游戏账号：高冷小王子，给我充一万块。"

微信那头的助理看到霍羽奚的微信时手一抖，因为平时霍羽奚有什么事都是口头吩咐，人不在旁边就等他来了再口头吩咐，绝不会发微信给他！最重要的是他怎么会玩游戏？还取了这么一个沙雕ID？带着这些疑惑，他请教了霍羽奚的经纪人Jumping，Jumping听完一阵皱眉，然后默默地给他账号充值了十万块。

霍羽奚买下所有游戏的皮肤，然后全部点了许嘉倾的头像，送给她。

许嘉倾看着不断跳出来的消息提示，点开看了，然后抬起头看着霍羽奚问道："你干吗送我这么多皮肤？"

"我试试怎么给好友送东西。"霍羽奚平静地说道。

"哦。"许嘉倾点了点头，然后像想起来问道，"你试完了，我还要把这些还给你吗？"

霍羽奚一愣，随即笑道："不用，就是送给你的，以后不需要打得好就可以得到。"其实他想说你不需要做得很好才会有奖励，你只要平淡地做个小女生就很好。

许嘉倾开心地换上霍羽奚送来的拉风游戏皮肤，然后认真地带上他组队玩游戏。

现场许嘉倾的一举一动都被顾若琛请的私家侦探传了回去。

顾若琛看着许嘉倾和霍羽奚的亲密互动，拿着手机的手指慢慢握紧。正好小张进来送文件，刚说了一句："总裁，这是……"顾若琛连看都没看，直接吼了一句："滚出去！"

小张吓得一哆嗦，一句话都不敢说，连忙出去了。

许嘉倾的话在他耳边响起："我需要工作，我希望我们两清的时候，我还有一份可以糊口的工作，所以这个综艺我一定要接的。"她说是为了工作才接下这个综艺，可是在顾若琛看来，她对霍羽奚的笑容真的是刺眼啊。他该怎么阻止许嘉倾的妩媚风流？要怎么做才能将她牢牢地困在自己身边？

　　顾若琛皱了皱眉头，是该做点别的事情敲打一下许嘉倾了。

第012章　交涉&绯闻

文森给许嘉倾打电话时，她正在医院和爸爸许成栋聊天。

许嘉倾拿着手机去了走廊："什么事情？"

"今天早上收到好几份代言的退约电话，小祖宗，你怎么得罪广告商了？怎么扎堆一起退？"文森百思不得其解。

"一起退的？"

"嗯。"文森犹豫了一下，"还有个事情，我说了你别不高兴哈。"

"你说。"

"被退的那几个代言都到了杨连粤手中。"

"什么?!"许嘉倾不自觉提高一声语调，让屋子里的陈凤娇也惊了一下，抬头透过门窗上的玻璃朝这边看过来。

许嘉倾朝陈凤娇笑了笑以示安抚，然后走远一点，低声道："知道是谁做的吗？"

"早上收到一份莫名其妙的匿名邮件，上面写着：我的玩具一直不听话呢。"

许嘉倾几乎一下子站不稳了，她闭了闭眼睛，然后说道："此事不要声张，我知道了。"

许嘉倾挂掉文森的电话，然后直接打给顾若琛。

电话很久才通，许嘉倾刚想说话，里面却传来女人的声音："顾总裁你说的好玩的事情就是让人家接电话呀？"

"乖，接电话的可是一个上好的玩具，只是有点不听话呢。"顾若琛嘲讽的声音透过电话筒似有若无地传过来。

许嘉倾捏紧电话，冷声道："让顾若琛接电话。"

那边的女人听见是许嘉倾的声音，立即变得趾高气扬起来，她以为许嘉倾和自己一样是顾若琛在外面的一个小情人，现在是来争风吃醋的，立即道："我现在就在若琛的怀里，你想说什么尽管说，他可都听得见。"顿了顿，"女人争风吃醋起来真是难看呀。"

许嘉倾觉得恶心得不行，冷声道："你转告顾若琛，再不接电话，我就把她的存在公之于众。"

顾若琛听得清清楚楚，微微眯了眯眼睛，大手掐着怀中嫩模的腰，笑道："看到了吗？是个带刺的。"

那嫩模看着顾若琛的脸色，将电话放在他耳边。顾若琛说道："找我做什么？"

"是你停了我的代言？"

"那些代言都有我的投资，我只说了一句最近这个杨连粤不错，哪里知道他们就把代言全换成了杨连粤。"顾若琛不以为意地说道。

"顾若琛，你卑鄙。"

"是吗？我不仅卑鄙，还无耻，人渣，混蛋！这些你都骂过了。许嘉倾，你能不能换个新词？"顾若琛嘲讽地说道。

"你想怎样？"许嘉倾冷冷道。

"我想怎样你很清楚啊！我想你老实地待在我的身边，不要出去勾三搭四，惹得我不开心。"

"我说了，那是我的工作，那个综艺节目给了很高的酬劳，违约也要赔很多钱，而且我真的需要这份工作，我不可能一辈子都靠着你的。"许嘉倾认真地说道。

顾若琛眼神一下子变冷,他抓住了重点字眼,不可能一辈子!

他说:"好呀,你大可以继续去录这个综艺,找我干什么呢?"说完直接挂掉了电话。

许嘉倾皱眉听着嘟嘟忙音的电话,握紧了拳头。

顾若琛还是不能得罪的,她现在必须马上去找这男人。

许嘉倾记得上次去找顾若琛是在××会所,找的是那个露娜。刚才电话里说话的声音挺像上次那个露娜,因为要记台词,许嘉倾记忆力惊人,直接打车去了上次找顾若琛的会所。

结果却在门口的时候被拦住了,许嘉倾冷冷地说道:"我找顾若琛,你去通知他一声就知道了。"

门口看门人听说是找顾若琛,心想不能怠慢,立即进去通知了大堂经理。大堂经理一边差人去询问顾若琛,一边出来看看,见是大明星许嘉倾,立即笑脸相迎道:"原来是许大明星,如有怠慢还请海涵,看门的不懂事。"

进去通知的人很快就回来了,在大堂经理耳边耳语了一句:"顾总裁说把她赶出去。"

大堂经理有些为难,但依旧笑着道:"顾总裁今日未光临本会所呢,许小姐还是去别处寻吧。"

许嘉倾眯了眯眼,心知是顾若琛下了命令,也就不再为难,立即转身出去了。

秋天夜晚还是很冷的,她裹着大衣,戴着帽子,再围上围巾,走出会所后基本没什么人认出她,再加上这里是S市繁华地带,出没这里的人非富即贵,也没人在意她是不是明星。

许嘉倾就在会所旁边一个柱子后面的台阶上坐下来,前面有个柱子还能挡挡风,不那么冷了。

许嘉倾抱紧了自己,尽量减少自己和夜晚秋风的接触面积,地面实在太凉，她索性将肩膀上背着的LV包包垫在屁股下坐着。

这一坐就是一个小时。许嘉倾知道顾若琛一定知道她在外面等着，里面的人肯定会将自己的情况告知他的，他之所以现在没出来，是因为他不想见。

许嘉倾是那种认准一条道就一定要挺直脊梁走下去的人，就像她这么多年来只有一个目标，挣许多钱给父亲治病，给父母更好的生活。她从来不觉得苦，一直提着一口气不敢松懈，怕自己一松懈，就完全垮掉。

又是一小时过去，路上的行人慢慢减少，顾若琛还是没出来。

当老天爷决定考验你的时候，一定会将事情变得更加糟糕才肯罢休，于是这个深秋的夜晚下起了雨。

一场秋雨一场凉，许嘉倾本就只穿了一件大衣，此刻下雨，她往屋檐下躲了一下，刚上一个台阶，就看见顾若琛那辆玛莎拉蒂开出来。许嘉倾几乎是没有丝毫犹豫就冲了过去，站在了车头前。

因为下雨，司机开得慢，但是也因为下雨看不清，刹车不及时，许嘉倾还是被撞倒，膝盖蹭到柏油路上，一下子火辣辣地疼，雨水不断地落下，让她睁不开眼睛。

许嘉倾抹了一把脸上的水，顾不得腿上的疼痛，直接站了起来。正准备去敲车窗的时候，车门打开了。

司机先下来，打开车门，撑着伞，用手挡住车顶，然后看见顾若琛那锃亮的皮鞋和一丝不苟的西装裤管。

顾若琛冷着脸站在那里看着她："除非你今天撞死在这里，否则你继续去录那个综艺的话，我就一直取消你的代言，你说什么都没用。"

许嘉倾靠近一步，本来想抱他，手都伸出去了，可是看着自己湿漉漉的手掌和袖管，又收回了手，她抹了一把脸上的雨水，然后仰头看着顾若琛，歪着头笑道："顾若琛，你看看现在的我，除了这条命我还有什么？如此苟延残喘，仰赖你的鼻息活着的我还有什么？如果我再没了这份工作，你以为我还能活多久？顾若琛，你从未为我考虑半分吧？我作为一个玩具不配吧？"

许嘉倾继续笑着，挺直了瘦弱的后背，再走近一步，仰头看着顾若琛，继续说道："你还不如直接毁了我。"她终于低下头，因为眼眶实在酸涩，她不想让任何人看见那种想哭出来的表情，喃喃自语道，"毁掉我，我就不需要背负这沉重的生活继续苟延残喘了，多好。"

顾若琛眯眼看着她的质问，看她慢慢变得自弃，握紧了拳头。他不能理解许嘉倾究竟在坚持什么，她想要的工作，只要自己一句话就能完全毁掉，她的一切都全部掌握在他顾若琛手中。只要她听话地不去录那个综艺，不去和霍羽奚接触，老实地待在自己身边，她想要的一切，他顾若琛都会给她。除非……

除非许嘉倾已经不想待在他身边了。她想自立门户，她想总有一天脱离他顾若琛的掌控，所以她才如此迫切地需要这份工作。

这个认知让顾若琛心中的怒火腾地蹿了起来。

顾若琛上前一步，抓住许嘉倾的手腕，冷声道："告诉我，你如此想录这个综艺，究竟是想保住你的工作还是想勾引霍羽奚，为自己找下家？"

许嘉倾从鼻腔中喷出一个笑意，用手抹掉脸上的雨水和泪水，重新仰起头看着他道："我说我只是想保住工作你会信吗？"顿了顿，"勾引？他未婚，我未嫁，何来的勾引？我早就和你说过，这么贫贱的我有什么资格去谈爱情？"

顾若琛记得她说过的话，她不会爱霍羽奚，当然也不会爱他。

顾若琛眯了眯眼，勾出一个冷笑："既然你如此贫贱又一无所有，那就把你全部给我，我给你所有你想要的东西，这不是很好吗？"

"全部？"许嘉倾低头喃喃自语，嘴角勾出一个苦笑，但是她今天的目的已经达到了。

她说："那么期限呢？"

顾若琛深深地望了她一眼，然后冷笑道："一辈子也是可以的，毕竟养一个你对于我来说实在是微不足道。"

一辈子？听起来像极了誓言，可是在场的谁都知道这是一场游戏，一场耗尽所有心力，所有人都得不偿失的游戏而已。

许嘉倾歪着头笑了出来，那个笑容在大雨中有些惨白。她说："顾若琛你知道一辈子是什么意思吗？"

顾若琛抿唇没有说话，顿了顿："只要你不过界，不要求得更多，老老实实地待在我的身边，一辈子就是一辈子。"

许嘉倾明白了，他口中的一辈子，就是一辈子做他见不得光的情人，哪怕有一天他和崔雪儿结婚了，自己还是他见不得光的情人。只要乖乖地安于做一个情人，顾若琛就给她这个位置，给她资源。

许嘉倾靠近一步，走到他的伞下，像是报复一样，给了他一个湿漉漉的拥抱，说："顾若琛，我们回去再说吧，我有点冷了。"

顾若琛心中明白她开始逃避这个问题了，每次说到让许嘉倾老老实实一直安分地待在他身边的时候，她就开始逃避话题。只是感觉到怀中的人还在瑟瑟发抖，他就不再多说什么，只是冷冷地道："上车。"

车外的寒冷和车里的温暖一对比，让许嘉倾立即打出一个喷嚏。顾若琛看了她一眼，然后转头对司机说："把暖气开大点。"

"谢谢。"许嘉倾说着歪头就要睡，"到家叫我。"

"不准睡。"顾若琛冷冷地说道。

"嗯？"许嘉倾疑惑地看着他。

"免得感冒后传染给我。"

许嘉倾听他这么说，自觉地坐得离他远一点。

顾若琛看见她的动作，眯了眯眼："过来。"

"你不是说我感冒会传染给你吗？"许嘉倾没好气地说道。

顾若琛抿唇一哂，心想真小气，遂放柔了声音道："过来。"

许嘉倾慢腾腾地挪过去，刚靠近，就被顾若琛掐住腰肢，迫使她整个上身都后仰了，同时也远离他，这样就不会弄脏他的衣服了。

顾若琛嘲讽地说道："许嘉倾，我该说你有骨气还是没骨气呢？要说有骨气吧，我一整你，你就来求饶了；要说没骨气吧，这也不能放弃，那也不能放弃。"顾若琛靠近她一寸，但还是没碰着她的湿衣服，"你说，你自己是什么样的人？"

许嘉倾歪头笑了笑："一个爱钱如命的人，我求你是为了钱，我不能放弃的也是我的钱。"

顾若琛一愣，但也觉得她说得很在理，又道："我这里有的是你想要的钱，你为什么不完全听我的话呢？你想要的，我都可以给你。"

"顾若琛，这么跟你比喻吧，毒苹果很诱人，也能解决一时的饥饿，却是致命的。青苹果虽然酸涩，但是不仅能充饥，而且从长远来看，它还有机会变成甜苹果。这样说你明白吗？"

顾若琛眯了眯眼："所以我是你的毒苹果，那么谁是你的青苹果呢？霍羽奚吗？"

"男人永远不能是青苹果，我手中的工作才是，所以这就是我不能放弃工作的原因。"许嘉倾直直地看着顾若琛，"你这样的豪门，对玩物向来没有多少耐心，迟早有一天我会被你抛弃。如果我那时候没有工作，就只能带着我的爸妈饿死在街头，而你可以继续抱着你的美人享受生活。"

顾若琛听了这些话，没来由地心中憋了一口气，伸手掐住她的下巴："这就是你一直以来对我的看法吗？你从来不信我们会有一辈子是吗？"

"谁信？你自己也不信吧？你把崔雪儿放在哪里？所以在你这里，如果不能时刻保持清醒，随时都有可能陷进沼泽，坠入深渊。"

顾若琛突然笑了，他说："只要你肯在深渊中往前走，未必不是康庄大道，许嘉倾，你为什么不试一试？"

许嘉倾沉默了。他说的试一试是一种冒险，这么一个精于算计的人，走一步算十步，动身前连落脚点都算得精准才肯抬脚的人竟然让她去冒险，这不是搞笑吗？跟在顾若琛身边久了，他那种算计，许嘉倾也学到一些，但是也只是一些皮毛而已，仅能自保。

许嘉倾说："顾若琛，我不愿意。"

这句话几乎是瞬间挑起顾若琛的怒气，他猛地松开掐住许嘉倾腰肢的手，冷冷道："不管你愿不愿意，如果你还想在娱乐圈混下去，这个综艺你必须辞录。"

许嘉倾抿紧了嘴唇没有说话，好半晌才从后座椅上爬起来，问："那你会给我更好的资源吗？更好的代言？更好的影视资源吗？"

"看心情。"顾若琛冷冷地说道。

"如果是崔雪儿想在娱乐圈立足，你一定会用尽你的资源捧她吧？也不需要受我这样的委屈。"许嘉倾低下头说道，就是明白这样的差距，她才不敢去试一试的。她的每一步都必须谨慎，因为她没有后路呀！

"与你无关。"又是这句话。

许嘉倾往后仰了仰，靠在后座上，用手捂住眼睛，吃吃地笑了出来："顾若琛，我们就这样保持情人关系真的挺好，不用前进一步，后退一步也能各自美丽，挺好。"

顾若琛看不见她的眼睛，只看得见她笑得弯弯的嘴角，那个笑容让人觉得有些刺眼。目标明确的许嘉倾将话说得明明白白，可是这样也没有什么不好，只要她还在身边，怎样都好，她不会爱顾若琛没关系，反正她也不会爱别人。

想通这些，顾若琛笑道："一言为定。"

司机将车停在九亭的别墅外面。

刚进屋，许嘉倾还在换鞋，顾若琛就赶她去洗澡了，说是不要冻感冒了，以免传染给他。

许嘉倾也不跟他客气，直接去了浴室，她放好浴室的水，刚脱掉湿衣服，准备踏进浴缸时，听见身后浴室的门被拉开的声音。许嘉倾本能地捂住自己转身，见是顾若琛，松了一口气，笑道："你进来做什么？"

"分开洗没有效率，一起吧。"顾若琛这么说着开始去扯自己的领带。

许嘉倾翻了一个白眼："我不想。"

顾若琛抿唇笑了笑："许嘉倾，你又在拒绝我了。"说着上前抱着她，低头吻住她。

等到被顾若琛抱出来的时候，许嘉倾觉得自己累得只剩下半条命了。

"顾若琛，你是禽兽吗？"许嘉倾有些虚弱地骂道。

"我说过，最喜欢听你叫我禽兽了，说明我又享用了你一次。"顾若琛不以为意地说道。

许嘉倾也笑了笑，勉强伸出手抱住他，说道："那杨连粤手中那些我原先的代言可以还给我吗？"

"你的目光实在短浅，给杨连粤的不过都是支线的宣传大使，我会把亚太区全线代言人的头衔给你，这样你完胜她，不是更让她生气吗？"

"哇，顾若琛，原来你留了这一手。宫斗起来简直比女人更厉害。"

"你们那些手段实在不够我看的，之所以给她大使头衔，还不是为了你能乖一点。只要你乖，她连汤都喝不着。"

许嘉倾觉得顾若琛真的将她各个软肋都抓得死死的。

顾若琛将她放在床上，许嘉倾就伸出胳膊圈住他的脖颈，眨了眨眼睛，看着他媚眼如丝。

顾若琛看着她的眼神，抿唇一笑："你不是说很累吗？"

许嘉倾笑得妩媚："回报你，一点儿也不累。"

"许嘉倾，这可是你自己送上门的。"说着直接扑了过去。

第二天早上，许嘉倾给顾若琛打领带。

顾若琛拿出手机道："现在就打电话推掉那个综艺吧。"

许嘉倾看了看他，听话地接过手机给文森打电话，说道："文森，就说我出了车祸，把那个恋爱综艺推掉吧。"

"小祖宗你出车祸了？严不严重？怎么回事？"文森焦急地问道。

"没事没事，你就这样跟节目组说吧，违约金我们照付吧。"

"我的小祖宗，你知道违约金有多少吗？"

"知道，先这样做吧。"许嘉倾说完直接挂掉了电话。

顾若琛低头在她脸颊上啄了一下笑道："乖。"

等顾若琛收拾完刚想出门的时候，许嘉倾的电话却响了，是霍羽奚打来的。

顾若琛看着许嘉倾，准备出门的动作也停了下来，转回去倚着门框看向许嘉倾，歪头笑道："当着我的面接吧。"

许嘉倾看了一眼抱着胳膊倚靠在门框上的顾若琛，他脸上的笑容已经完全冷掉。许嘉倾抿了抿嘴唇，按下接听键。

她没开口说话，对面的霍羽奚也没开口说话。

本就话少的霍羽奚或许根本不知道该如何开口，怎么问都过于暧昧。

结果还是许嘉倾先开口："你是听说我辞掉了和你的那个综艺节目的事情才打来的吗？"

"嗯。"霍羽奚仅仅是简单地应了一声，再没有下文，或许是在等许嘉倾向他解释，可是恍惚想起来许嘉倾完全没这个义务，于是竟然破天荒地接着问了一句，"为什么？"

许嘉倾抬眼看了一眼一旁的顾若琛，轻声说道："我自己出了一点问题，不适合再去录那个综艺了。"

电话那头的霍羽奚沉默了。许嘉倾这个回答看起来就像是敷衍，可是他觉得自己听懂了，便说道："许嘉倾，你的难处，或许我可以帮助你。"

他在争取。

争取一个把许嘉倾从她金主那里夺过来的机会。

客厅很安静，霍羽奚说的每一句话许嘉倾都听得清清楚楚，当然一旁的顾若琛也听得清清楚楚。

顾若琛带着冷冽的气息走过去，修长的手指直接掐住她姣好的下巴，低头吻下去。许嘉倾握紧手机，一点声音都不敢发出。

许嘉倾使出全身的力气推开顾若琛，快速挂掉电话，冷着脸看着顾若琛："这样很好玩？你满意了吗？"

顾若琛因为许嘉倾的推开而脸色更冷了，他走近一步，掐着她的下巴："你为什么这么生气？和他打电话的时候却被听到你在和别的男人接吻，觉得很难堪是吗？"

"对，我觉得很难堪。他是我的朋友。"

"朋友？"顾若琛邪魅一笑，"许嘉倾，你会有朋友吗？利益为重的许嘉倾如果不是因为利益，会需要朋友吗？如果不是想着从霍羽奚那里得到什么，你会去和他做朋友？"顾若琛简直对许嘉倾了如指掌。

许嘉倾抿唇不说话。

"怎么不说话了？被我猜对了，无言以对吧？"

许嘉倾眯了眯眼睛，眼神也变得冷漠："你说得没错，我确实想从他那里得到一些东西。朋友之所以是朋友，要么能相互得到钱，要么能相互得到慰藉，不然靠什么连接两个毫无血缘关系的陌生人呢？"

"是吗？那你想从霍羽奚那里得到的是什么？想从我这里得到的又是什么？"

许嘉倾抿紧了唇。

顾若琛的眼神变得更加冰冷，语气也变得更加冷冽："让我来说吧。霍羽奚拥有能和你共情的丧失感和绝望，所以你想从他那里得到的是慰藉吧？我是你的金主，你想从我这里得到的仅仅是金钱，是吗？我说得对吗？"

掐住许嘉倾下巴的手指不断收紧，因为疼痛，她的唇瓣都有些错位，紧紧地拧着眉头。

顾若琛像是气急了一样，加重了语气："说话！"

"顾若琛，你让我说什么？我们不是说好就这样保持情人关系吗？无法前进一步，后退一步，我们也能各自安好。我们不是说好的吗？"

顾若琛勾了勾嘴角："怎么办？许嘉倾，我后悔了，我不能想象你在我身边的时候，心里还想着别的男人，或者被别的男人惦记，这让我觉得很不开心。"

"只许州官放火，不许百姓点灯吗？你自己心里想着崔雪儿，却还想限制我？"

"那不一样。"

"怎么不一样？是崔雪儿不一样吧？"许嘉倾想了想，"顾若琛，你这是纯粹的占有欲在作祟，我是你的情人，所以你希望我心里眼里都是你。可是你不觉得这是不对的吗？我是情人不是爱人，你不能用爱人的标准要求我，这对我来说不公平。"

顾若琛抿唇不说话，只是歪头笑了笑，然后才道："在金钱面前，还有什么公平可言？为了钱可以什么都放弃的许嘉倾连骨气都可以不要，竟然跟我说公平？"他靠近许嘉倾的耳边，轻声说道，"就是这么不公平啊，你是我的情人，是我的玩具，我享有你完全的使用权，所以你想什么做什么都要经过我的允许，这样描述你能接受吗？"

许嘉倾握紧了拳头，想伸手去打他，却被他控制了手腕，狠劲地推搡到墙壁上，双手也被禁锢，然后听到他冷冽地说道："还有，以后不允许你再拿自己和崔雪儿比较！"

许嘉倾的心像是被猛地扎进细长的银针，瞬间的疼痛让她的心脏有些抽搐。她看着顾若琛说道："是呀，贫贱的我如何能和你心中的白月光崔雪儿相比呢？是我不知道天高地厚了。"

许嘉倾冷冷地看着顾若琛，眼神坚定且决绝，她说："我会做好一个合格的情人。"

顾若琛深深地看着她，心中闷着一股气，可是他不明白是为什么，只是看着她笑道："这样很好，如果再让我知道你和别的男人有染，就不会是现在这样截断代言的简单惩罚了。"

"好，那我可以去开工了吗？"

顾若琛看着她，笑了笑，放开她，又恢复平日里儒雅斯文的模样，用大拇指和无名指夹着金框眼镜一边的镜框，将眼镜往上推了推，笑道："需要我送你吗？"

"不需要，我们不同路。"

"你不知道我去哪里，怎么又知道我们不同路呢？你只是不想和我一起走吧？"顿了顿，"怎么办呢？我偏偏想和你一起走呢。"

"随便你。"

许嘉倾今天有一个杂志拍摄，是很久之前就约好的，本来今天要录制综艺，时间会很赶，但是现在综艺推掉了，她的时间就变得很充裕了。

路上堵车也完全不在意，许嘉倾只是歪头靠着车窗，望着窗外的天空发呆。顾若琛转过脸看着许嘉倾发呆的侧脸，微微皱了皱眉头。

到了拍摄地点，许嘉倾刚想下车却被顾若琛叫住："一个合格的情人就这样走掉吗？"

许嘉倾转过脸茫然地看着他，却看见顾若琛直接倾身过来，低头吻住自己。顾若琛睁眼看着许嘉倾的变化，嘲讽地笑了笑："退步了，我希望你尽快调整好你自己的状态，我需要的是一个会撒娇又妩媚的情人，不是一个只会发呆的木偶。你走吧。"

许嘉倾皱了皱眉头，突然笑了笑："贫贱的我，为了钱什么都可以调整的。"说着坐过去搂住他的肩膀，仰头吻过去，然后放开他，微微喘气地说道，"道别之吻，顾总裁请签收。"

顾若琛先是一愣，随即笑道："继续保持。"

许嘉倾下车了。

顾若琛看着她快速的脚步，以及没有回头看一眼的意思，微微有些失落地问司机老张："她大概是不开心的吧？"

老张没想到顾若琛会突然跟他说话，一下子受宠若惊，然后有些结巴，半天只说道："许小姐已经很尽力了。"老张说完觉得自己说得不对，连忙改口，"顾总裁，我不是那个意思，我是想说……"

"开车吧。"老张连忙闭嘴不再说话了，毕竟现在说多错多。

许嘉倾刚走进杂志摄影棚，杂志主编就笑脸迎过来了，弄得她一愣，虽然是个小杂志，但是她可还没到那个咖位吧。

文森也跑过来，笑着说道："小祖宗你可是遇见贵人了，你知道和你搭档封面的是谁吗？"

许嘉倾迷茫："不是说是一个普通的男模吗？不是说男模只是个道具而已吗？"

"可不敢乱说，让人家霍羽奚听见，你还想不想在娱乐圈混了？"

"什么？"许嘉倾完全愣住。

正在这个时候，霍羽奘从里面走出来，微微带着笑意看向许嘉倾说道："既然你不录综艺了，那我也没事情可做了。听说你这本杂志封面缺个男模，我过来凑个数。"

霍羽奘很少说这么多话的，但是现在整个事情明朗了，是霍羽奘打听了她的行程，执意跟过来的。以霍羽奘的咖位，这个小杂志简直要开心死了。

以霍羽奘在娱乐圈的地位，能让他上的杂志封面可都是时尚大刊！

许嘉倾抿紧了唇说道："这对你的地位有影响吧？"她在劝退霍羽奘！一旁的主编脸都快绿了。

文森连忙打圆场："嘉倾你是不是还没睡醒，以为现在是做梦呢？哈哈哈。"

霍羽奘走到她身边，低头看着她："不重要，对我来说，都只是工作而已。"

接下来开始化妆准备。本来杂志给霍羽奘腾出最好的化妆间，但是霍羽奘说都给许嘉倾吧，说她才是今天的主角，自己只是来作配的。

此话一出，所有人都在心中对霍羽奘和许嘉倾的关系打上了问号。

向来冷漠的霍羽奘竟然对许嘉倾如此周到体贴。

一旁的文案策划小姐姐眼里仿佛冒着红心，直呼："霍羽奘护着别人的时候好甜呀，他和许嘉倾之间的粉红好甜呀！高冷俊美男主角实力独宠呆萌美艳少女。"

霍羽奘听见一旁的文案小姐姐这么说，竟然破天荒地抬起头看了她一眼，还微微颔首表示打招呼。

那个文案小姐姐先是一愣，随即抓住旁边的工作人员问道："霍羽奚刚才是朝我点头了吗？是吗？是吗？"

旁边的工作人员也愣住了，好半天才点头道："好像是的。"

于是那个文案小姐姐捂着红扑扑的脸跑出去了。

等到拍摄的时候，霍羽奚坐在一个人造荷花池旁边，一个膝盖曲起来，手腕随意地搭在膝盖上，随意得就像一幅画。许嘉倾趴在他的膝盖上，看向镜头，霍羽奚则是看向她。

摄像师看着这个镜头，满意得不得了，心中赞叹，霍羽奚不愧是出色的演员，那个看着许嘉倾的眼神真是甜到溺死人，看来杂志销量有保障了。

拍完杂志，许嘉倾一刻也不敢逗留，直接灰溜溜地溜走了。她真的不敢和霍羽奚再有什么交集。

可是老天爷总是不遂人愿的。

下午的时候，网上出了爆料，原文是这样写的：流量小花×实力大咖的粉红现场简直太甜宠，坐等他们修成正果。

本来网上都没把这事情往许嘉倾和霍羽奚身上扯，但是恰好这时综艺节目《你爱的另一个他》放出了招商预告片花，节目组把许嘉倾和霍羽奚能剪辑的高甜片段全剪进去了，简直就是预告片既正片的既视感。

一时之间，两家的粉丝开始互撕，但是同时也衍生了一批"CP粉"，还给他们取了CP名称：Maybe夫妇（霍许=或许=maybe）。

眼看两人的热度大增，《大地震》剧组也放出预告片花。

于是网上各种同人文，粉丝混剪了两人影视作品的视频在网站上开始传播。

连续一周的发酵，可以说霍羽奚和许嘉倾这对由粉丝臆想出来的CP在网上掀起了不小的浪花。

杂志社也放出二人的拍摄花絮。

网上闹这么大，自然传到了顾若琛的耳朵里。

顾若琛什么都没做，等着许嘉倾来和他解释。

许嘉倾自然是要给顾若琛打电话解释这个事情的：为什么前脚跟顾若琛保证不再和霍羽奚有瓜葛，转眼就和他传这么大的绯闻。

许嘉倾给顾若琛打电话的时候，他正在开会，直接挂掉了电话。

许嘉倾听着电话里的嘟嘟声，直接拿起包包准备去他的公司堵人。

当顾若琛的秘书说外面有位许嘉倾小姐找他的时候，顾若琛冷冷地说道："让她等，不要管她，也不用理她，不准给她水喝。"

于是一整个下午，许嘉倾就干坐在那里，想问问别人厕所在哪里，也没人理她。

一直等到下午下班，公司所有人都走完了，也没见着顾若琛。

许嘉倾又不能走，只能一直等着。十点钟的时候，顾若琛终于从办公室出来。许嘉倾连忙跑过去，堆满笑脸道："看来你挣钱也不容易呀，都十点了才下班。"

顾若琛没有理她，只是绕过她，却被抓住了袖角。

顾若琛转过头，看着金属袖扣上细白的手指，慢慢抬起头看着许嘉倾堆满诌媚笑容的脸时，直接将袖扣从她手中抽出，然后冷冷地往前走。

许嘉倾哪里肯放弃，立即又追过去，强行挽住顾若琛的胳膊，笑嘻嘻道："顾总裁，你生气了吗？"

顾若琛想把胳膊从她的怀抱中抽出来，却被她抱得更紧，甚至嘴唇因为用力都嘟了起来。

顾若琛看她的样子，索性放弃，于是站定，说道："好了，你先解释吧。"

许嘉倾见他妥协，立即换个舒服的姿势抱紧他的胳膊，不让他跑掉，然后才开始说道："你那天送我去拍摄杂志的时候，他恰好也在。而杂志正好需要一个男模，他就自告奋勇当了这个男模，然后被有心人看到了，就传播到了网上。之后各个媒体和片方看到我们这个'CP'炒作得火热，纷纷放出片花，让我们这个'CP'更加火热，但其实我们什么也没做，这么解释你能接受吗？"

"你把我当傻子？"

"敢把顾若琛当傻子的人还没出生吧？"许嘉倾弱弱地说道，然后眨了眨眼睛看着他，"我错了，都怪我长得貌美如花，什么也不做，都引得别的男人往上扑，还招来这么多绯闻，是我的错。"

顾若琛眯着眼睛看着强行狡辩的许嘉倾，抿唇不说话。

许嘉倾见他的表情还是没有松动，立即握着他的手指，摇了摇，继续撒娇道："我错了，你想怎么惩罚都行，但是这真不是我的错，属于不可抗力因素。"

顾若琛看着她妩媚撒娇的模样，突然转身，伸手掐住她的后脑勺，低头狠厉地吻下去。

许嘉倾看着他生气的模样，心知要求饶，必须受着，于是抱住他精瘦的腰身，回应他这个吻。

就在许嘉倾觉得快喘不过来气，整个人往下滑的时候，顾若琛大手捞住她的腰身，将她稳住，然后松开她，额头抵住她的额头。

顾若琛看着气喘吁吁的许嘉倾说道："我早就说过让你乖乖地待在我的身边，何必去做那吃力不讨好的工作？我养着你绰绰有余，你为什么不听话？"

许嘉倾好半天才缓过来，她抱着顾若琛，柔声道："我知道你养得起我，可是总让你养着，我会变成一个废物的。慢慢地我就没有吸引力了，等你把我抛弃了，我岂不是很可怜？让我工作好不好嘛，小琛琛？"

"你叫我什么？"顾若琛冷洌地质问。

"哦，顾总裁。"许嘉倾立即努了努嘴改口道，"但是这次你要相信我，我和霍羽奚绝对没有来往，这些都是媒体和厂商为了利益放出来的，我是无辜的。"

"回家，看你表现。"顾若琛冷冷地转身往外走。

他当然知道许嘉倾和霍羽奥什么事都没有，毕竟许嘉倾的一举一动都在他的监视之下，但是他就是喜欢看许嘉倾来找他求饶撒娇的模样。

许嘉倾还是紧紧挽住顾若琛的胳膊往外走，却在电梯口看到一个人。

这个人不是别人，正是顾若琛心中的白月光——崔雪儿。

她真人看起来更加羸弱苍白，果然是一个像百合花一样的女孩，脆弱得惹人怜爱。

顾若琛几乎是立即抽出被许嘉倾抱住的胳膊，快步走到崔雪儿面前，将自己的西装脱下来披在她身上，声音带着责问，却有化不开的关心："怎么这么晚跑来公司？而且穿这么少，现在已经是深秋了，医生说你不能感冒的。"

"若琛哥，你说今晚会来医院看我的，可是现在已经十点多了，我见你还没来，就知道你肯定在公司里加班，特意带着你爱吃的饭菜来看你呀。"说着举起手中的饭盒，笑脸盈盈地看着顾若琛。

顾若琛接过饭盒温柔地说道："我饿了自己会去吃饭的，你何必跑来，万一感冒了怎么办？"

许嘉倾看着顾若琛那么紧张的模样，仿佛崔雪儿是一个易碎的玻璃娃娃，小心翼翼地呵护，关怀备至地嘘寒问暖，那样温柔的神态和语气，是许嘉倾从未见过的。

原来顾若琛不是不会温柔，只是不对她温柔而已！

许嘉倾看得明明白白，心中更是明明白白。顾若琛前些天还在问她，为什么不试试一心一意待在他身边？那时候她动摇过，但是她无法放下现在的工作和父母，还介意崔雪儿，可是现在她没有丝毫动摇了。

她清楚地明白她和崔雪儿之间的差距，她做的一切甚至比不上崔雪儿一个饭盒。诚如顾若琛说过的：许嘉倾只是他等人途中一个消遣罢了。如果她当真了，就真的万劫不复了。

许嘉倾想偷偷地从旁边走掉，她留在这里实在多余可笑。正主来了，她这个情人显得如此不堪入目。

刚走出一步，崔雪儿却叫住了她："嘉倾姐姐。"

许嘉倾脚步一顿，心中一万个"我去，你叫谁姐姐呢"。

只见崔雪儿走过来，拉住许嘉倾的手，笑道："我身体不好，谢谢姐姐一直陪在若琛哥身边照顾他。"

她有什么资格代替顾若琛来谢她许嘉倾？跟她崔雪儿有半毛钱关系吗？这不明摆着来宣示主权的吗？

许嘉倾可是从来不肯吃亏的主，本来不想和崔雪儿起正面冲突的，但是她现在自己找上门了。

只见许嘉倾拢了拢耳边的鬓发，那一瞬间的妩媚让人看得神迷，她歪头嫣然一笑："说哪儿的话？颜值有多大，责任就有多大嘛！"

崔雪儿一下子语塞。论美貌，她这种清汤寡水确实不是许嘉倾这种艳丽的对手，但是奈何顾若琛就好崔雪儿那一挂的。

许嘉倾继续道："放心好了，我和顾若琛都是交易上的来往，等你好了，我自然就消失了。拿人钱财，替人办事，你不必介意，我也不想和你有过多接触，免得说我欺负一个病人。你要是想让顾若琛终止这个交易呢，你就自己去找顾若琛，找我没用，记住了吗？还有，谢我？用不着。"说完，她直接就要走。

结果被顾若琛拉住手腕。

顾若琛周身笼罩着冷冽的气息，他寒冰一样的眼神看着许嘉倾："向雪儿道歉。"

"凭什么？"

"就凭你拿了我的钱，为我办事，我说什么就是什么。"顾若琛的语气更加不善，用许嘉倾刚才的话堵她。

许嘉倾眯眼看着顾若琛，冷言道："你别欺人太甚！"

"就是欺负你！"顾若琛的语气更加冷冽。

两人之间氛围变得更加紧张，崔雪儿赶紧走过去，拉住顾若琛道："若琛哥，没事的，嘉倾姐姐说得对。让她走吧，我累了，你送我回去吧。"

顾若琛转过头拍了拍崔雪儿的手背，状似安抚，然后转眼冷冽地看着许嘉倾："立即滚。"

许嘉倾眯了眯眼，几乎是一刻也没逗留，直接转身离开了。

顾若琛看着她的背影，心口闷闷地疼，许嘉倾那种决绝，让他随时都在害怕，仿佛有种只要一放手，这女人绝对会消失得无影无踪的错觉。

崔雪儿看着许嘉倾的背影，微微抿唇笑了笑，目光里却透着毒辣，和她苍白羸弱的脸完全不相配。

其实崔雪儿早就来到顾若琛的公司了，她本来想给顾若琛一个惊喜的，结果她却看见顾若琛正在和许嘉倾拥吻。她调查过许嘉倾，知道这个女人的存在，当她看到顾若琛那种狠厉到恨不得完全占有许嘉倾的拥吻时，她心中的害怕就像是洪水猛兽一样驱使她。但她告诉自己：先不要进去，要忍耐，慢慢将许嘉倾击垮，可是许嘉倾比她想象的更难对付。

顾若琛送崔雪儿回去之后就离开医院，然后直接给许嘉倾打电话了。

许嘉倾已经睡下了，迷糊地接听电话："喂？哪位？"

"你在哪里？"

"我在家，能在哪里？"许嘉倾也有几处房产，顾若琛都知道，其中也有自己送给她的。今天去的是顾若琛买给她平日自己独居的一个二居室，偶尔父母不住院回家的时候，她也会跟着回父母那里住，平常都自己住这个地方。

许嘉倾刚说完话，电话就挂断了。

她也没在意，翻个身继续睡了。

过了半个小时，听见门铃声，响了好几遍之后许嘉倾才迷迷糊糊地站起来去开门。

透过猫眼看见是顾若琛，刚打开门就被他拦腰抱住，低头就吻。

"顾若琛你干吗？"

"你说呢？不是交易吗？当然来行使交易的权利了。"顾若琛几乎是恶狠狠地质问道，"许嘉倾，为什么你还能安稳地睡着？"

"我为什么不能安稳睡着？我应该为你和崔雪儿哭泣到天明才对吗？"

顾若琛看着许嘉倾一脸不屑的表情，心中更是气不打一处来，继续刚才被她打断的吻："你不需要哭泣到天明，你只要伺候我到天明就好了。"

"顾若琛，你王八蛋！"许嘉倾直接破口大骂，刚骂出来就被顾若琛封住嘴唇。

"还有更王八蛋的事情。"说着直接扯掉她本就松垮的睡衣。

第013章　封杀&解封

许嘉倾几乎是被顾若琛推搡进卧室的，还不等她反应过来，人就已经被摔在床上了。

许嘉倾想推开他。似乎是感受到许嘉倾的抗拒，顾若琛变得更加生气，直接伸手禁锢住她的双手，微微离开她一点，没有戴眼镜的桃花眼深深地看着她，问道："究竟要怎样你才能一心一意地待在我的身边？"

许嘉倾回看着他："你怎么回事？你不是送崔雪儿回去了吗？怎么会出现在我这里？"许嘉倾是疑惑地问出来的，没有任何不愉快的神色，只是一个淡淡的疑问。

顾若琛仔细地观察着她的神色，突然笑了笑："原来你真的一点也不在意！"顿了顿，"我为什么要在意你的想法呢？"

许嘉倾疑惑地看着他："顾若琛你怎么回事？"

顾若琛深深地看着她，没有回答，也没有说话，只是低下头温柔地吻着她，温柔缱绻，同时仔细地观察着她细微的变化，那模样像是在讨好诱惑她。

顾若琛说："许嘉倾，把你完全交给我吧，我会对你好的。"

许嘉倾被他撩拨得有些迷茫，听他这么说，就主动去抱住他的肩膀。

感受她的主动，顾若琛一下子笑了："我说的不是这个。"

许嘉倾此时脑子有些迷茫，还不待反应过来，就听见顾若琛说道："现在什么都不重要了。"说着，他低头继续刚才的吻。

不知道顾若琛今天是怎么回事，反正挺卖力的，那模样像是恨不得将许嘉倾的每一寸都占为己有。

许嘉倾实在太累了，直接睡着了，但是顾若琛没有。

他借着床头微弱的壁灯仔细地打量这个女人。许嘉倾长得好看，比他见过的任何一个女人都好看，也比他见过的任何一个女人都薄情，更比他见过的任何一个女人都要目标明确。她永远清晰地知道自己要什么，并且会为了得到自己想要的东西用尽一切方法，无论怎么伤害自己都在所不惜。

她不善良，但也不恶。

别人动她一分，她必要一分一分地讨回来才甘心。

顾若琛惊觉，自己竟然已经这么了解许嘉倾。

为什么呢？因为他们实在太像了，看她就像是看自己，可他和许嘉倾还是不同，他比许嘉倾狠。他想得到的，无论什么手段都敢使，但都不是以伤害自己为代价的。

顾若琛看不透自己对许嘉倾的心，他一遍又一遍地告诉自己心里已经有了雪儿了，别的女人都不该也不能放在心上，不过都是露水姻缘而已，天一亮，就一拍两散了。

可是为什么？究竟是什么原因，让他不想放了许嘉倾？他不是没想过用最极端的方法将许嘉倾困在自己身边，让她没办法离开自己身边半步。可是他也会问自己，真的到那一步了吗？真的已经到了完全不能放手的地步了吗？

可是网上那些不断发酵的关于许嘉倾和霍羽奘的绯闻让他生气，第一想法就是：许嘉倾不是我的吗？为什么会和别的男人传出这么热烈的绯闻？

他早就当许嘉倾是自己的私有物，他想完全占有，他给出的解释是：这女人是自己现在最称手的一个玩具而已，玩具自然要牢牢地握在自己的手中。他是这样想的，也是这样告诉了许嘉倾。

而她也当真了，因为在她心中，她怕是也这样认为的。

他们就像世界上两个最熟悉的陌生人，熟悉彼此身体的任何一个地方，却永远都无法触及对方的心。

他们离得最近的一次，就是在澳门那时，许嘉倾穿越暴风雨赶到顾若琛身边，他们在那个正在施工的大楼中紧紧相依地拥抱。

顾若琛深深地看着她，在她额头落下一个吻，轻轻地开口："许嘉倾，我不能放了你。无论你心中怎么想，我都不能放你了。哪怕有一天我和雪儿结婚，我也不能放手。"顾若琛的眼神深得像一口古井，那些浓得化不开的情绪让他困扰，他不想去探究，但是他知道要怎么做。

顾若琛坐起身，走出卧室，拿出手机打了个电话："封杀霍羽奚吧。我不想在公共场合再看见他。"

资本家就是资本家，一通电话而已，第二天关于霍羽奚的各种新闻热搜全部被压下，哪怕是他已经拍过的电视剧也都纷纷在各大视频网站下架，他的综艺也不能播出，那些已经招商的电视台也不得不吃下这个哑巴亏，愣是有资源不敢播出。在S市又有哪个人敢惹顾若琛？先不说他那个跺一跺脚就让S市震一震的大哥，就说他自己的商业圈铺遍全世界，凡是能捞钱的地方，都有顾若琛伸过去的手。

霍羽奚被封杀的事情自然也传到许嘉倾的耳朵里。

许嘉倾心中明白是顾若琛动了手脚，她尝试联系霍羽奚，电话很快就接通了。

她有些愧疚，轻声问道："羽奚，你还好吗？"

"嗯。"霍羽奚本就是话不多的人，但是似乎觉得自己这个回答显得太冷清，于是又补充道，"我没事。"

许嘉倾听见他还肯和自己说话，不知道他是不知道此事源于她还是真的不在意，心中没谱，但还是问道："你打算怎么办？"

"正好有更多的时间飞去喂鸽子了。"他淡淡地说道，"我没有父母亲人，好怕有一天我从这个世界消失了也不会有人知道，更不会有人记得有一个我曾经来过这个世界，所以我要待在娱乐圈，每天在人前走一遭，在世界面前露一个脸，告诉世界，我曾经来过，这些就是我在娱乐圈的全部意义了。"顿了顿，"但是现在不一样了。"

"现在有什么不一样呢？"许嘉倾心中一片凄凉，无亲无故的霍羽奚总能戳中她心中最绝望柔软的一点。

"我有了你这个朋友，别人记不记得我已经不重要了，只要你记住我曾经来过这个世界就够了。"霍羽奚的声音里似乎带了点满足的轻笑。

许嘉倾心中一顿，但随即笑道："不，不会的，我会想办法帮你重新回到娱乐圈的。"

"不，不用。"霍羽奚几乎是立即拒绝。他心中比谁都明白自己被封杀的原因，许嘉倾能怎么帮他？除了回到那个男人身边去讨好，她能怎么帮他霍羽奚呢？如果是这样，他宁愿永不踏足娱乐圈。

霍羽奚轻声说道："我这些年投资了许多副业，即便不在娱乐圈，一样活得下去，你不需要介怀。"

"哦。"许嘉倾点了点头。

许嘉倾刚想说要挂断电话，霍羽奚突然说道："我可以去看望叔叔吗？"

"嗯？"许嘉倾疑惑。

"现在我有许多的时间，我可以替你去医院看着叔叔，你认真在娱乐圈打拼。"

许嘉倾一愣，随即笑道："我妈妈在医院照顾，还请了保姆阿姨，医院里也有护工。你那么不爱说话，怕你去了会尴尬。"

"不会，那是你的父母。"霍羽奚轻轻地说道。

许嘉倾顿住，好半天说道："也好，但是你等等吧。等不会有狗仔追你的时候再去吧。我可不想父母的医院被曝光出来。"

"嗯，我知道。"

许嘉倾跟他说了医院的名字，便挂断电话。

刚挂掉电话，顾若琛的电话就进来了："怎么？已经开始见父母了吗？他怎么还不死心？"

许嘉倾一愣，好半天才反应过来："顾若琛，你监听我的电话？！"

"有什么问题吗？我以为你早就知道。"顾若琛坦然地说道。

"顾若琛，你凭什么？"

"我早就说过，我的玩具应该完全属于我，有人觊觎，我自然要将我的玩具保护起来。"

许嘉倾闭了闭眼睛，重重地吐出一口气才道："顾若琛，你不觉得你这样有些过分了吗？"

"我过分？霍羽奚都要跑到你爸爸床前尽孝了，他对你的企图还不明显吗？你还允许他在你身边活动？如果我不出手，我就不是顾若琛。"

许嘉倾冷冷道："你在哪里？我要见你。"

许嘉倾刚问完，就听见崔雪儿的声音："若琛哥，你在外面好半天了，快进来吃蛋糕。"

原来是在崔雪儿那里。

"今天是雪儿生日，我不会找你，等你处理好你和霍羽奚的关系，我自然会找你。"顿了顿，"许嘉倾，你要乖知道吗？霍羽奚的咖位在娱乐圈说一句话都要抖一抖，可我说封杀就封杀了，你这样的小角色，你以为呢？我劝你不要再惹怒我了。"电话外面依旧传来崔雪儿催促的声音："若琛哥，快点来吃雪儿的生日蛋糕了。"

顾若琛捂住电话，朝里面说了一句："就来了。"

但是许嘉倾依旧听得清清楚楚。

许嘉倾说不出心中是什么滋味，那种密密麻麻的刺痛不断地往心中钻。

顾若琛说得对，她这样一个小角色！不仅仅是娱乐圈里的小角色，同样是顾若琛身边的小角色！

可是许嘉倾最擅长伪装，她的演技向来好，她不能像霍羽奚那样失去工作，她还有卧病在床的父亲，她要挺过去！

许嘉倾攒出一个笑意："好的，我知道了。顾若琛，祝你玩得愉快。"

顾若琛也笑了笑："许嘉倾，你还真是拿得起放得下啊。霍羽奚也真是可怜。"

"如果顾总裁同情他，就别封杀他了吧。"许嘉倾顺着他的话，小心地求情。

"你再提一次他的名字，我让他那些副业也做不起来。"顾若琛勾着嘴角说道。

许嘉倾抿紧了嘴唇，然后说道："我可没觉得他可怜，不是你说他可怜吗？我只是顺着你的话说的而已。"顿了顿，"顾若琛，我想你了，今晚想见你可以吗？"

顾若琛一愣，随即勾出一个笑容，那种自心底的开心连他自己都没发现，过了一会儿才强忍住那份开心说道："看情况，等我通知。"说着就挂掉电话。

顾若琛挂掉电话，过了好一会儿还在呆呆地看着手机傻笑，连崔雪儿走到身边都没发现。

"若琛哥，你在笑什么？"崔雪儿看着他问道。

顾若琛这才反应过来，低头看着崔雪儿说道："怎么出来了？外面冷，你还穿着病号服。"

"大家都在等着你去吃蛋糕呢。"

"好，知道了，我们一起进去吧。"

吃蛋糕的时候，顾若琛竟然主动切了一块蛋糕递给一个小男孩。因为姓王，大家都叫他小王子。这个小男孩是隔壁病房的小孩，才十一岁，十分喜欢找崔雪儿玩，所以崔雪儿过生日也叫了他过来。

小王子有些狐疑地看着顾若琛，好半天才鼓起勇气道："哥哥，今天心情特别好吗？"他用力地想了想才道："一定是因为今天是雪儿姐姐的生日。"

崔雪儿听完他的话，笑了笑，然后摸了摸小王子的头。

顾若琛也笑了笑，儒雅斯文的模样更是让人如沐春风："对，我们的小王子多吃点。"

挂掉电话后，许嘉倾仿佛脱力一般跌坐在地上。

她痛苦地伸手捂住眼睛，那种无助的绝望就像灭顶之灾降临一样。

怎么会走到这个境地，她怎么会让自己走到这个境地？完全被顾若琛控制，无法前进，也无法后退。

她必须伪装自己去讨好顾若琛，为了活下去，她甚至不得不看着自己的朋友失去自己的事业。

她的电话已经被顾若琛监听，就是说她的一举一动全在顾若琛的眼里。

像是终于下定决心一样，许嘉倾站起身，擦掉眼角的泪水，她已经有了决定。

晚上许嘉倾回九亭的别墅时，顾若琛还没回来。

她把买回来的玫瑰花撕成一片一片的，再摆成心形，然后顺着形状点了心形的装饰蜡烛。

她又在餐桌上点上烛光晚餐的蜡烛，把红酒打开醒酒，拿出两个高脚杯放在红酒旁边，然后去调试音乐播放器。等一切都收拾好之后，许嘉倾去衣橱挑了那件顾若琛最喜欢看她穿的黑色吊带睡衣。

　　许嘉倾准备好一切之后，看了看手机，没有顾若琛所说的"通知"。她心知顾若琛现在应该还在崔雪儿那里，所以也不便打扰，只是刷着手机等着。

　　等了一会儿，还是没有消息。许嘉倾站起来走了走，走到门边透过猫眼看了看，还是没人，又走到窗边拨开百叶窗看了看，依旧没人。

　　刷手机也有些无聊了，于是许嘉倾只好靠在沙发上小憩，本来是半眯着眼的，心想这样一听见顾若琛的开门声她一定会醒来的，可还是高估自己了。平时工作强度那么大，一沾床怎么可能有睡不着的情况呢？因此许嘉倾很快就睡着了，直到顾若琛开门进来了也没醒。

　　顾若琛刚推开门就看见门口的心形玫瑰花瓣和蜡烛，先是一愣，随即微微一笑。

　　一路上跟着许嘉倾摆下的玫瑰花箭头标志，一直走到她准备好的烛光晚餐那里，但是人并不在那里。顾若琛四处看了看，在沙发上看到了已经睡着的她。

　　许嘉倾穿着那件顾若琛最爱看她穿的黑色吊带睡衣，细白的皮肤即使暴露在空气中还是温热的。顾若琛忍不住伸手触碰，修长的手指滑过她的额头、鼻尖，最后停留在她涂了淡淡口红的嘴唇上。

　　顾若琛看着她，忍不住倾身去亲她。

　　他刚碰到她的嘴唇，就见许嘉倾妩媚一笑，然后睁开眼睛，趁着顾若琛愣怔的时候，一下子把他扑倒在铺了地毯的地板上。

　　许嘉倾坐在他大腿上，防止他站起来，然后学着他平时的样子，控制他的双手，拉到头顶，用一只手压住。其实许嘉倾根本压不住男人的手，但是顾若琛想看看她到底要做什么，索性任她为所欲为。

　　许嘉倾压制着他的双手，所以不得不倾身，这样就离他很近了。

鼻尖碰到鼻尖，许嘉倾妩媚一笑："谁让你回来得这么晚？看今晚小爷我不办了你？"

顾若琛扑哧一笑，微微偏了偏头："你准备办我？"

许嘉倾看了看自己的睡衣，又看了看顾若琛的西装，若有所思道："小样儿，还穿着正装，没看着小爷已经穿上睡衣了吗？"

顾若琛继续笑："那是小爷你给我脱？还是我自己来？"

许嘉倾笑了笑道："当然是小爷动手了，看小爷我撕碎你。"说着做了一个狮子张口咬人的动作。

顾若琛眼中的笑意更深，但是依旧任由许嘉倾为所欲为。

等到给顾若琛换好衣服，许嘉倾已经累出一身汗了，忍不住趴在他的胸口喘气，喃喃自语道："还挺累的，换个衣服都这么累，真不知道你们男人对这种事乐此不疲究竟是为什么？"

顾若琛这下终于开怀地笑出声，扣住她的后脑勺，迫使她仰起脸看自己。许嘉倾不得不把下巴放在他的胸口，和他四目相对。顾若琛笑道："我会让你知道男人为什么乐此不疲。"顿了顿，"你不是还准备了别的节目吗，还不开始？"他一副我完全了然的表情。

许嘉倾这才想起自己今天的正事，连忙将顾若琛拉起来。

许嘉倾打开已经准备好的音乐，然后倒了两杯红酒，递给他一杯，然后碰了碰杯沿，妩媚一笑："今天小爷要把你灌醉，到时候你还不任我为所欲为？"

顾若琛笑道："那我还真是有点期待早点醉了。"

连着几杯酒下肚，顾若琛倒还真的觉得有点晕乎乎了，但是看着许嘉倾还在笑着，便也笑了。许嘉倾拉着他，伴着音乐，轻轻舞动着。

许嘉倾赤脚踩在顾若琛的脚背上，跟着他的步子，随着他一步一步起舞。她靠着男人的胸膛，恍惚真有半刻的安宁。

许嘉倾轻声呢喃："顾若琛，我有时候真想就这样赖着你一辈子，真的。"顿了顿，"可是我不敢经常这样想。"

"为什么不敢？"顾若琛顿了顿，"谁不允许你这么想，我就杀了谁。"他似乎已经有些上头了。

许嘉倾扑哧一笑："你看，在这种时候，我就想跟着你一辈子挺好的，可是当你回到崔雪儿身边时，我就不敢想了。"

顾若琛抱了抱她说道："雪儿的存在不会影响我们的，不要怕。"口气像是在诱导她一样。

许嘉倾仰起头笑道："我才不信。"

"怎样才信呢？"顾若琛问道。

"除非你喝酒？"许嘉倾妩媚地踮起脚，亲了亲他的喉结，笑道，"不是只有男人喜欢看女人喝酒的，女人同样爱看男人喝酒。"

"好，都依你。"顾若琛笑道。

许嘉倾又倒了一杯酒递给他。

顾若琛仰头一饮而尽，忽然皱了皱眉头："总感觉今天的红酒味道怪怪的。"

"有吗？"许嘉倾嘟嘴皱眉，然后往顾若琛的酒杯中又倒了半杯，自己就着他的酒杯喝了一口，然后仰起头看着他，迷茫说道，"是有点怪怪的。"她故意停顿一下，"这个酒杯里都是你的味道。"

顾若琛深深地看着她，喉结滚动，好半天他才道："许嘉倾，你是故意的？"

"嗯？"许嘉倾迷茫地抬起头看他。

在许嘉倾还没反应过来的时候，顾若琛直接将她扑倒在地毯上，捏住她的下巴，呢喃道："你在诱惑我。"

许嘉倾扑哧一笑："被你发现了，怎么办？"

顾若琛深深地看着她的眼睛："许嘉倾，我……"有些话就要脱口而出，可是酒精的作用在不停发酵，他觉得脑子很晕，他控制不住自己，最终还是慢慢闭上眼睛。

许嘉倾见顾若琛倒下了，推了推他，没有推动，又将他推开，拍了拍他的脸，喊他的名字，但是依旧没有反应。

许嘉倾知道顾若琛的酒量到哪儿，他怎么可能会是千杯不醉的许嘉倾的对手？她在红酒里兑上了最烈的威士忌，这样诱惑顾若琛，这才让他无暇顾及酒的怪异，被诱导着喝下许多酒。

这种混合的酒更容易醉。

许嘉倾爬起来，从顾若琛的西装口袋里拿出他的手机，按了开锁键后，双手撑起顾若琛的眼睛，用他的面部解锁了手机。

许嘉倾翻了翻通信录，这个手机里存的手机号总共没几个，他的家人，还有崔雪儿，并没有她。

许嘉倾说不出心中是什么滋味，这个手机只存了他的家人和崔雪儿，但是拨打了几个没保存的手机号，其中有许嘉倾的电话号码，还有几个是她不认识的。

有个号码看着有些眼熟，是他的公司首席律师万律师，两年前给他们办离婚的就是这个最厉害的万律师。他叫万默，是顾若琛最信任的左膀右臂。

这个电话的拨打时间和霍羽奚被封杀的时间也很吻合。

许嘉倾猜测那事儿顾若琛就是找他去办的。

许嘉倾给他打了个电话。

电话刚接通，许嘉倾刚“喂”了一句，万默就疑惑了一声：“许小姐？”

许嘉倾一愣，这个万默果然厉害，两年前只见过一面，竟然还记得。

“劳烦万律师挂念，”许嘉倾笑了笑，“您知道我和顾若琛的关系挺敏感，我希望这事您能守口如瓶。”顿了顿，“若琛和我说霍羽奚的事情是让您去办的，我已经求过他，放霍羽奚一马了。”

"总裁为什么不亲自跟我讲呢？"

"他把手机给我，不就说明了问题？他去洗澡了，没有他的默许，我也不能解锁他的手机，对吧？"

"嗯，我知道了。"

"那再见。"许嘉倾挂断电话，然后删掉刚才的通话记录。

她和顾若琛的事情是很敏感的私事，牵涉两年前的婚姻，所以万默一定不会问起这么隐私的问题，这个电话他也一定不会再在顾若琛面前提起。

只要她不再和霍羽奚接触，那么顾若琛也不会再关注霍羽奚是否已经复出。

许嘉倾看了看顾若琛睡着的样子，鬼使神差地打开了他的微信。

看到微信的一瞬间，许嘉倾心中像是被重锤击中，钝痛得血淋淋。

顾若琛的微信置顶第一个是崔雪儿的微信。聊天记录也保留着，虽然大部分都是崔雪儿在给他发消息，是一些日常琐事和一些医院照片及自拍，还有美食照，配文是"我有好好吃饭哟"。下面顾若琛好几条才回复一条，虽然少，但是他回复了。

顾若琛回复了崔雪儿的微信，而且她是微信列表置顶的那一个。

而她许嘉倾什么也不是，不配存在于通信录，而她的微信也从未被回复。

在顾若琛心中两人的位置孰轻孰重，一下子就看得清清楚楚了，无须再问。

那一刻的心死，让许嘉倾觉得，连老天爷都在帮她，警告她要时刻保持清醒，不能被顾若琛时而模糊的暧昧迷惑了。

许嘉倾趴在顾若琛的胸口，眼泪不自觉地流出来了，只有她自己清楚这泪水代表什么，代表着她和顾若琛之间的楚河汉界。她再也不会允许自己的心跨过去一步了。

　　第二天早上顾若琛醒来，伸手发现身边空空的，皱了皱眉头，立即从床上坐起来，揉了揉还有些眩晕的额头。刚想下床，就听见脚步声，抬起头，看见端着一个玻璃杯走进来的许嘉倾。

　　许嘉倾笑着将手中的蜂蜜水递给他："顾总裁的酒量真是差。"

　　顾若琛接过蜂蜜水，喝下半杯才觉得舒服一些，这时候又反应过来许嘉倾说了什么，一把拉住她的手腕，将她安置在自己的大腿上，掐住她的下巴，眯着眼问道："你昨晚精心准备的就是把我灌醉？"

　　许嘉倾哼了一声，将睡袍解开，露出胸口还有胳膊上的痕迹，气呼呼道："你自己做的好事，难道要用一句喝醉就否认吗？"

　　顾若琛眯了眯眼，自己一点印象也没有。

　　"你以为你想不起来就要赖账吗？"

　　许嘉倾刚说完，就被顾若琛扑倒。

　　许嘉倾惊呼："你干什么？"

　　"不想赖账，把昨晚丢失的记忆找回来。"顾若琛含笑说完直接低头吻住她。

第014章　截和&丧失

许嘉倾接了新戏，是一部在S市的都市戏，不用去横店也不用跑其他地方，这样方便她照顾许成栋。

许嘉倾在片场的时候，用文森的手机给霍羽奕打了一个电话。

电话很久才接通，许嘉倾先叫了一声"霍羽奕"。对面就沉默了。

过了好半天，竟然是霍羽奕先开口："嘉倾，我……想你。"顿了顿，"以前我不知道什么是孤独，甚至觉得没有人来打扰挺好，可是现在我觉得很孤独。我想自己去超市，但我站在超市门口不知所措。我想去做饭，但是站在厨房脑海中总是想起你做饭的样子。我总是在想，假如你在我身边就好了。"

这次换许嘉倾沉默了。

不明白为什么，她就是能完全共情霍羽奕所有的脆弱和孤独。她能明白也能感受霍羽奕说的那种感觉，可是她什么都不能做。

许嘉倾握了握拳头，又松开，轻声说道："有一天你会变回原来的自己的。"顿了顿，"我们以后不要再联系了。"

霍羽奕沉默了。

许嘉倾没再等他说话便直接挂掉了电话，这是对所有人都好的选择。

许嘉倾觉得心中一片凄凉，有种失去至交好友的丧失感。就在这个时候她自己的手机却响了起来，是顾若白打来的。许嘉倾赶紧接起了。

"嘉倾，告诉你一个好消息，找到了和叔叔匹配度很高的肾源了。只要对方同意，我们可以给叔叔做换肾手术了。"顾若白有些高兴地说道。

许嘉倾先是一蒙，随即一下子站起来，有些不敢相信地问道："真的吗？"三年了，终于等到合适的肾源，许嘉倾应该是高兴的，却哭了出来，喃喃地说道，"太好了，太好了，我们需要准备什么？钱要多少？我现在立即交上去，对方要开价吗？要多少，我也能立即给他。"

"嘉倾，你冷静一下，病人家属是不能接触肾源亲属的，医院会安排所有事情的，你只要静静地等安排就好了。"顾若白笑着说道。

"好好好。"许嘉倾连忙说了三个好字，生怕因为自己的不配合而错失这个绝好的机会。

许嘉倾立即叫来文森说道："你给剧组打声招呼，说我要请一周假，耽误的进度我之后会按天补上，不多收钱。"

说完便直接开着车去了医院。

许嘉倾在医院找到顾若白的时候，他正在查房。他微微笑了一下，示意许嘉倾等一下。

许嘉倾听话地在一旁等着。

等到顾若白查完房过来时，许嘉倾立刻问道："最快什么时候能手术，我们需要准备什么？这几天我会一直在医院，有什么需要请你一定要及时跟我讲，无论什么条件我们都会答应的。"

顾若白深深地看了一眼许嘉倾，然后露出八颗牙的笑容说道："嘉倾，你太紧张了，你们什么都不需要做，只要静静地等着就行了。"

"静静地等着，真的没问题吗？如果他们不答应怎么办呢？"

"不会的，医院和捐献肾脏的家属已经签订协议了，不会有问题的。"顾若白轻声安抚地说道。

"哦，好的，那我爸爸需要注意什么？有什么最近要停的药或者不能吃什么东西吗？"许嘉倾继续问道。

"到时候手术前医生会让护士跟你们说的，你要放松，你现在这么紧张，很容易造成很大压力的。"

"哦，我知道了，我爸爸知道这个事情吗？"

"还没有和病人说，这件事我想让你亲自和叔叔说，这样他会更开心的。"顾若白笑着说道，"你这么多年的坚持算是没有辜负。"

"嗯……"说着，许嘉倾又想哭了。这么多年的坚持没有被辜负，真好呀，终于等到了。

回到病房的时候，陈凤娇正在喂许成栋喝汤。

许嘉倾笑着走进去，陈凤娇一愣，问道："倾儿今天不是要拍戏吗？怎么会来医院？"顿了顿，陈凤娇脸色一变，"是不是你爸爸的病情有变？"

许嘉倾笑道："对呀，我出现在医院当然是因为爸爸的病情，"她故意停顿一下，才继续说道，"爸爸的病情有转机了，我们找到肾源了。"

"真的？"陈凤娇一下子哭出来，"终于等到了，终于等到了。"

许嘉倾连忙跑过去，先是接过她手中的汤碗，然后才说道："妈妈，这是好事，怎么还哭了呢？"

许成栋表现得倒是很淡定，说道："倾儿说得对，这是好事，哭什么？"

许嘉倾将汤碗放到桌上，过去抱住许成栋，说道："爸爸，你一定会好起来的。"

许成栋摸了摸许嘉倾的头发，慈爱道："我的乖女儿，爸爸会好起来的，我们都会好起来的。"

许嘉倾连续在医院等了五天，却还没有做手术的动静。前两天顾若白出差了，她找了院长，院长说没问题，一切都在准备中了。

等到顾若白出差回来的时候，许嘉倾去问他：为什么会等这么久？

顾若白也是疑惑："怎么会等这么久？"

顾若白去查了原因，但是资源库那边说还在准备，具体什么情况是不能往外透露的。

就这样许嘉倾又等了两天，一共是七天。

说来也奇怪，这期间顾若琛一次也没找过她。

七天后，许嘉倾实在忍无可忍，又去问顾若白，但是他不在医生办公室。于是许嘉倾去了院长办公室，发现顾若白正在和院长吵架。

顾若白那么好脾气的人竟然会发怒，许嘉倾觉得怪稀奇，刚想走进去劝一劝，却听见他的质问："那个肾源已经和许成栋做过配型了，各方面条件都很适合，为什么最后会给了别人？"

给了别人？！

这几个字像是惊雷一样砸到许嘉倾头上，让她整个人木讷地站在那里，浑身僵硬麻木！

那院长心知顾若白的背景，讨好地说道："那位病人和这个肾源的匹配度更高。从医院角度上来说，那位病人优先使用肾源是更合适的。若白，你是医生，应该明白就算勉强给许成栋换上肾，如果后期出现严重排异反应，他的情况会变得更糟。"

顾若白还要说什么，却听见身后有声音，转过身就看见因为站不住而跌坐在地上的许嘉倾。

顾若白连忙跑过去扶住她。

许嘉倾迷茫地看着他问道："没有了是吗？没有了吗？"

顾若白没有说话，而是低下头。

许嘉倾伸出细白的手指揪住他的白大褂，再次质问："爸爸的肾源没有了是吗？"

"嘉倾，还会有的。"

"骗子，都是骗子，大骗子。"许嘉倾脸色惨白得甚至有些恐怖了，她伸手推开顾若白，摇摇晃晃地站起来往许成栋的病房走，但是她甚至连站都站不稳，随时都要倒下来。顾若白去扶住她，却被她一把推开。

许嘉倾知道不该迁怒顾若白，可是现在的她带着满腔的憎恨。

顾若白眼看着许嘉倾走远，他转身看着院长问道："那个病人是谁？"

那个院长犹豫了一下说道："若白，你是医生，应该知道这些不能泄露的。"

"是吗？不能泄露？那又是谁泄露了原本给许成栋的肾源信息呢？还要我继续深查吗？"

院长心里一惊，但是想想似乎和顾若白说了也没有关系，于是站起来走到门边关上院长办公室的门，然后才道："是你的弟弟顾若琛。"

"你说什么？"顾若白大惊。

"是一个叫崔雪儿的病人，她的病情发展没有许成栋那么快，但是如果现在不换肾，时间再久一点也会像许成栋这样每天都需要透析的。"

顾若白一下子有些站不住，往后退了退。

竟然是顾若琛。

院长接着说道："整个S市又有谁敢忤逆了顾若琛的意思呢？"顿了顿，"现在那颗肾恐怕已经在崔雪儿体内了。"

许嘉倾像丢了魂儿一样，连走到许成栋的病房门口都没有反应过来。等反应过来时，就听见屋子里面陈凤娇掩饰不住喜悦的声音："我们总算是盼到啦，好人有好报。老天爷一定是看到我们家倾儿这股子拼命劲儿，给感动了。终于让我们等到这个肾源了。倾儿她爸，你说是不是？"

许成栋拿下眼睛上的老花镜，一脸慈爱和着心疼道："我们家倾儿受苦了，都怪我拖累她了。"

陈凤娇见许成栋又往这上面想，赶紧转移了话题："也不知道倾儿去找顾医生问好了没有？怎么还不回来？"

许成栋这才转了心思，疑惑道："是呀。"顿了顿，"兴许是有什么事情和顾医生说呢。我看啊，这个顾医生不错，对我们倾儿也挺好。说不定呀，他们还能走到一起呢，到那时候我这病才算没白生。"许成栋想着这个才开心起来。

陈凤娇也笑了："咦？我怎么没想到呢？顾医生确实是一表人才的。"

许嘉倾已经不敢再听了，再这么聊下去，她的爸爸妈妈或许连以后她和顾若白的孩子叫什么名字都想好了，可是事实是，他们没有肾源了呀！

该如何告诉他们这件事，这会让他们从狂喜中跌落泥潭！这样的打击连她自己都受不了，更何况她那一双上了年纪的爸妈。

许嘉倾慌忙转身，逃也似的跑到旁边的楼梯道，慌张地往顶楼跑。

现在已经是深秋，哪怕现在是上午，但是顶楼的风依旧很大，吹在身上还是很冷。可是许嘉倾一点儿也感觉不到冷，她只是觉得浑身没有力气，像是多年的努力，就差临门一脚的时候，被别人一下子全盘端走了。那种从云端跌落的丧失感让她几乎站不住，一阵风吹过来，许嘉倾直接跌坐在地上。

开始还只是眼眶湿润，她想看着天空，不想哭出来的。可是盯着天空久了，眼睛更加酸涩，眼泪还是不受控制地流了下来，真的忍不住了！

她也不想忍了！她已经忍了那么久了！那样委曲求全了那么久了！

许嘉倾哇的一声哭出来，号啕大哭！

她跌坐在那里，毫无形象地大哭，就像小时候跌倒了，没有人来扶她，她只能在那里号啕大哭。

没有人能帮她！究竟谁可以帮她呀！谁可以救她？谁可以把那个丢了的肾脏找回来？她愿意付出一切！哪怕一辈子向顾若琛低头。

顾若琛，对，顾若琛！许嘉倾想起了在S市没人敢惹的顾若琛，他一定可以帮她。

许嘉倾慌忙拿出手机，手指颤抖地解锁，然后拨通顾若琛的电话。

电话响了很久才接听。

电话刚接通，许嘉倾就焦急地说道："顾若琛，你有空吗？我想现在见你。"

"没空。"说完直接挂断了电话。

他确实没空，崔雪儿刚做完换肾手术，他要在医院守着。

许嘉倾听着嘟嘟的声音，愣怔了很久，像是机械一样再次拨打了，她一定要见到顾若琛，顾若琛现在是她唯一的救命稻草，她要牢牢抓住！

这次电话响了更久，等到顾若琛再次接通的时候，许嘉倾没有给他说话的机会，连忙道："顾若琛，你先听我说完好吗？我有件事求你，如果你肯帮我，你希望我怎样我都答应你。我可以不要工作，不再进娱乐圈，你让我待在哪里都可以，我什么都听你的。"

电话那端沉默了一下，许嘉倾都能想象到顾若琛抿唇思索的样子。

"顾若琛，我求你。"

"什么事情？"顾若琛冷静地问道。他不知道自己心中是开心多一点，还是生气多一点，她又把他们之间当作一场交易了！究竟是什么事情这么重要？重要到她可以如此放弃！为什么在许嘉倾心中永远有比他更重要的事情？

"你能调查到原本属于我爸爸的那颗肾在哪里吗？如果能找回来，我什么都可以给你。"顿了顿，"我把我全部都给你，我未来的时间，我未来的所有都给你。"

顾若琛皱了皱眉头："你爸爸的肾源？"

"对，原本我爸爸的肾源已经匹配成功了，却被别人截和了，我不知道是谁。但是你财大势大，你一定可以找回来的，对不对？"

"许嘉倾你是真心的吗？"顾若琛的语气依旧冷静。

许嘉倾连忙"嗯嗯"点头，但是想起来他看不见，连忙说道："完全真心，我可以跟你签协议。"

顾若琛沉默了。不管是不是真心，这或许是老天爷给的一次机会，顾若琛这样想。老天爷要把许嘉倾送到他身边了，他的东西必须还是他的。

他对这女人势在必得。

"等我消息。"顾若琛挂断了电话。

顾若琛刚想打电话给万默，让他去查一下是怎么回事，又一个电话进来了，竟然是顾若白，这让他很惊讶。

顾若白在院长办公室听到顾若琛的名字时，就觉得脑袋嗡嗡地响。许嘉倾刚才苍白的脸再次浮现在他脑海中，他在医院见过太多这种绝望的表情，可是许嘉倾的那种绝望尤其凄厉。

接近四年的等待和坚持，终于等来一个机会，最后却在眼前丧失了！那种绝望比从来都没有得到更加绝望。

　　如果让她知道截下这个肾源的人是顾若琛，是他的弟弟，她会怎么看自己？或者永远不让她知道是谁截和的更好，这样或许有一天找到新的肾源，这件事就会过去，她也不会带着对某一个具体的人的恨生活下去。

　　顾若白这样想着，就给顾若琛打了电话。虽然这样看来他像一个帮凶，可是他必须这么做，有时候无知也是一种保护。

　　顾若琛刚接通电话，就听见顾若白说道："你认识许嘉倾吗？"

　　顾若琛听见许嘉倾的名字从别的男人口中说出来，心中很是不愉快，尤其是曾经和许嘉倾传过绯闻的男人。

　　顾若琛声音都冷了："二哥，这不是你该关心的事情。"

　　顾若白皱眉："我并不想关心你的私生活，我只是想问一问你，为什么要截下她爸爸的肾源呢？雪儿的病还没有到不换肾就不行的地步，但是你不明白这颗肾对许嘉倾意味着什么！"

　　"你说什么？"顾若琛皱眉，什么截和？他不明白！刚才许嘉倾给他打电话，让他查谁截和了肾源的事情，现在顾若白却打电话跟他说，是他抢了原本属于许嘉倾爸爸的肾源！这究竟是怎么回事？

　　顾若白冷笑一下："若琛，我知道你在S市的影响，可是这样欺压一个为父亲奔走许多年的女儿，真的有失格调。"顿了顿，"她曾经问过我和你是什么关系，想来她是认识你的，所以我希望你不要让她知道这件事，不要让她带着对这个世界的恨以及对你的恨生活下去。"

　　顾若琛冷冷地皱眉，他仔细地想了想事情的经过，是雪儿先拿来了肾脏配型检查报告给他的，但是肾源在另外一个医院。于是雪儿求他给那个医院的院长打电话，把肾要过来，他当然希望雪儿快点好起来，自然就答应了。

　　他万万没想到，这个肾源原本是要给许嘉倾父亲的！

　　许嘉倾刚才的话还在耳边："如果你找回那颗肾源，我把我全部都给你，我未来的时间，我未来的所有都给你。"可是现在肯定找不回来了呀！

因为那颗肾脏已经换到雪儿的体内了。

为了那颗肾源，许嘉倾已经放弃了她所有的底线，如果让她知道其实是自己截和了那颗肾，她会怎样？顾若琛光是想想都觉得有点害怕。

顾若琛克制自己，冷静地说道："我知道了，挂了。"

晚上，万默给顾若琛报告了整个事情的经过。

是崔雪儿自己去了××医院，托人给她和许成栋的肾源做了各项指标的配型，拿到结果后，配型很成功，然后就是崔雪儿亲自来找顾若琛。

顾若琛抿紧了唇问道："她知道那肾源是许成栋的吗？"

"应该不知道，因为她不光和许成栋的肾源做了配型，也和资源库其他新来的肾源都做了配型。"万默解释道。

顾若琛点了点头道："我知道了，不要向任何人提起这件事。"

"好的，总裁。"

电话挂断后，顾若琛给许嘉倾打了个电话，对面几乎是立即接通的。

"顾若琛，有结果了是不是？"

顾若琛说不出口，沉默了半天，只问道："找到那个人，你想怎样？"

"让他把爸爸的肾源还回来。"许嘉倾终于可以冷静下来，她还没有告诉陈凤娇和许成栋这件事，因为她在等顾若琛的电话。

"如果还不回来了呢？你找到那个人会怎样？"顾若琛接着问。

"我会报复他，让他接下来的一辈子都不得安宁！让他一辈子过得不舒心。"许嘉倾苦笑道，"你不是最明白我吗？别人让我不舒服了，我怎么可能让别人舒服？"

"是呀。"顾若琛长叹一声，"你是那种睚眦必报的人。"

"所以那个人是谁？"许嘉倾继续追问道。

"没有找到那个人，许嘉倾，没有找到那个人。"顾若琛几乎是不假思索地说道，他一点也不想让许嘉倾知道这件事，他甚至有些邪恶地庆幸她爸爸没有找到肾源，令她不得不继续留在他身边，继续做他的情人，来赚取她最想要的金钱去给许成栋治病。

许嘉倾像是脱力一样，拿着手机的手跌落在膝盖上。电话里面还传来顾若琛的声音，他说："许嘉倾，现在你又不得不留在我身边赚钱了。你知道吗？其实我甚至有些开心。"

可是许嘉倾根本没有听见他在说什么。

只是绝望地掩面哭泣，从开始的无声啜泣慢慢变成放声大哭。她不敢面对许成栋和陈凤娇，她跑回自己的家，连哭都要躲着所有人，她多累呀！可是没人能帮她，也没人能救她。

顾若琛听着电话里传来的大哭，心脏揪着一般地生疼。许嘉倾因为不得不继续留在他身边，哭得多伤心啊！可是怎么办呢？他不可能放手的。

顾若琛去病房看了看已经睡着的崔雪儿，然后驱车去了许嘉倾家。

他想现在立刻见到许嘉倾，想待在她身边，让她可以靠在自己的怀里哭，不想她的泪水落到冰冷的地板上。

顾若琛来到许嘉倾的家，用她给的钥匙开了门，屋子里面没有开灯，月光透过落地窗照进来，显得整间房子更加冰凉。

顾若琛打开灯，几乎是瞬间看见趴在沙发边的许嘉倾。她的肩头在耸动，像是哭累的人在抽泣。

顾若琛皱眉跑过去，扶起她。

他看着她红肿的眼睛和苍白的脸，干得脱皮的嘴唇，冷冷地问道："许嘉倾，你是不是一天都没吃没喝？"

许嘉倾掀开一点儿眼缝，好半天才分辨出来是顾若琛。她看见顾若琛的第一反应竟然是笑。她笑看着顾若琛："顾若琛，你来了？你来了有什么用？我想要的东西你不能给我找回来，你来了有什么用？你不是无所不能吗？你为什么不能找回来？如果是崔雪儿需要，你就算把整个S市都翻个底朝天也要找出来捧到她面前吧？"

顾若琛抿紧了唇，看她神志不清的样子，将她抱起来放在沙发上，倒了一杯水递到她嘴边，想让她喝一点，却被许嘉倾伸手打掉了。

许嘉倾带着满眼的憎恨看着顾若琛，恶狠狠地说道："顾若琛，我诅咒你和崔雪儿永远都不能在一起，永远永远。"

顾若琛皱眉，伸手摸了摸她的额头，几乎是立即缩回手。她的额头烫得吓人。她发烧了，怪不得开始说胡话。

顾若琛抱起人就要往外走，却听见许嘉倾窝在他的怀里开始嘤嘤哭泣："我该怎么办呀？我的爸爸该怎么办呀？我没有爸爸了怎么办呀？妈妈怎么办呀？"她慌张无措得像个无助的小女孩。

顾若琛低头在她额头亲了亲，说道："许嘉倾，我会补偿你。但是你不能离开我。"

顾若琛直接带着许嘉倾去找了顾若白。顾若白看着她被顾若琛抱着进来时微微一愣，随即抿唇不再说话，只是安排许嘉倾住进一个VIP病房。毕竟她是一个公众人物，在普通病房会引发骚乱。

顾若白检查了她的身体，开了单子，让护士给她挂点滴。

顾若琛从头到尾一句话都不说，只是沉默地看着病床上已经昏迷的许嘉倾。在顾若琛的印象中，许嘉倾像这样发烧到昏迷的经历还是上次在澳门的时候，她穿过暴风雨来救自己，身上受了伤加上淋了雨，第二天也是这样高烧。那时候他看着病床上的许嘉倾，心想："许嘉倾，这次是你自己跑来我身边的，所以我不会再放手了。我不可能再让你离开我，不论以何种方式，都要你留在我的身边。"

顾若琛不明白那时候感情的变化，即便是现在也依然不明白，可是那种想抓住她的心情越来越强烈，强烈到哪怕她有一点想离开自己的心情，他都忍受不了了。

护士给许嘉倾挂好点滴，顾若白给顾若琛使了一个眼色。顾若琛立即明白，深深地看了一眼病床上的许嘉倾，然后跟着顾若白转身出去了。

顾若白把顾若琛带到他的办公室，向来温和、带着露八颗牙笑容的顾若白冷冷地问道："你和许嘉倾什么关系？"

顾若琛一愣，随即也冷冷地回："她是我的前妻。"

顾若白也愣住，随即一把揪住他的衣领，怒视他道："那你怎么能这样伤她？你知道那个肾源对她来说是什么吗？是盼了四年的希望，是她一家人的希望。"

顾若琛抿唇不说话，隔了好久才回答："我会补偿她，你别插手。"

顾若白冷笑："补偿？你要怎么补偿？把你的肾挖给她爸爸吗？"

顾若琛眯了眯眼，也伸手揪住顾若白的衣领："什么时候许嘉倾的事轮到你来出头？"顿了顿，顾若琛恶狠狠地说道，"你最好认清你的身份，许嘉倾是我的，你想都别想。"

顾若白皱眉，直接一拳打在顾若琛的脸上。到了这时候，顾若琛在意的还是这个。顾若琛伸手用大拇指擦掉嘴角的血迹，冷冷地转过脸，照着顾若白脸上也是一拳。两人就这样扭打在一起。

顾若白想为许嘉倾出头，顾若琛却痛恨顾若白竟然和许嘉倾走这么近。

直到护士来敲门说许嘉倾自己拔了盐水的针头，人也不见了。

顾若琛几乎是立即松开顾若白往病房走去，床头上什么都没拿走，她的手机估计还在她家里。她身上什么都没有，她会去哪里？

那一刻的慌张让顾若琛深深地意识到自己在失去她那一刻的害怕！那种心脏被一只无形的手狠狠揪住的感觉，疼得他快喘不过来气。他一边跑出病房，一边打电话找人一起来找。

突然有医院的保安过来说人找到了，在医院的器官移植科那里，她就坐在门边不肯离去。

顾若琛几乎是立即跑过去，这个医院他跟着许嘉倾来过几次，还算熟悉。

顾若琛到的时候就看见许嘉倾坐在地上，因为头疼得厉害，她就靠在墙上，闭着眼睛，脸色因发烧而通红，嘴唇却干得脱皮，白色的干皮看起来触目惊心。

顾若琛慌忙走过去，抱住许嘉倾，用那种失而复得的心情温柔地问道："你身体不舒服，干吗跑到这里来？"

"我想找医生再给我和爸爸做一次配型，万一上次医生做错了呢？其实我和爸爸能配上呢？"许嘉倾喃喃地说道。

跟在后面的顾若白皱着眉头，也蹲下来说道："嘉倾，配型一次成功就是成功，失败就是失败，不存在错漏的。"

许嘉倾听见他的话，露出茫然的表情，然后抬起头看着顾若琛道："那这样的话，我该怎么办呢？如果再等四年，我可以等，可是爸爸已经不能等了。我该怎么办呀？"许嘉倾说着说着，就开始哭泣。

顾若琛看着许嘉倾的样子，冷静地说道："我会帮你找的，你相信我。"

许嘉倾茫然地看着他，然后点头道："顾若琛，你不能反悔。"

"我不反悔，但是现在你要去输液。"

"好。"许嘉倾听话地要站起来去病房，却被顾若琛抱起来。她没有力气地靠在顾若琛怀里，喃喃地说道："顾若琛，如果你反悔了，我就再也不相信你了。"

顾若琛身体一顿，连带着身后的顾若白也一顿，抿紧了唇。

许嘉倾继续输液，所有人都出去了，只有顾若琛留下来了。他脱了鞋子钻进许嘉倾的被窝，就像那时候在澳门一样。抱着她，看着她干裂的嘴唇，低头吻住她，舔了舔她干裂的嘴唇，看到她呼吸困难地皱眉才放开她。

顾若琛看着她说道："许嘉倾，我究竟该拿你怎么办？我不能娶你却也不能放了你。我需要你在我的身边，我一想到如果放了你，你就会在别的男人怀里笑，在别的男人面前撒娇，我就感觉自己能疯，你说这是为什么？"

顾若琛看着她紧闭的眼睛，轻声道："雪儿已经做了手术，她很快就会好起来，我会娶她，这是我答应她的。那时候你会怎么做？"顿了顿，"现在我甚至有些庆幸，你没有了那颗肾，你不得不在我身边委曲求全。许嘉倾，你会的吧？"

许嘉倾慢慢睁开眼睛，开始有些迷茫，好半天才缓过来。她转过头看见一旁的顾若琛，梦中模糊地听到顾若琛说他要娶崔雪儿了，一面觉得心痛，一面又觉得像是解脱一样。

许嘉倾看着他道："你果然是会娶崔雪儿。"

顾若琛深深地看着她："我说过就算我结婚，也不会影响我们。"

许嘉倾笑了笑："我们？谁给我钱，谁能救我的爸爸，谁就和我是'我们'。"她几乎是自暴自弃地说。

顾若琛脸色冷到极致，翻身压制住她，说道："你看清楚了，能给你钱，能救你爸爸的也只有我，你最好不要有别的想法。"

"这样啊。"许嘉倾歪头笑了笑，那个笑容虚弱得像是没有心一样。

许嘉倾将输液的手伸过来，当着顾若琛的面，冷静狠绝地扯掉再次扎上去的针头，扔在一边。

顾若琛一惊。

却见许嘉倾用浸出血珠的手，环住顾若琛的脖颈，抬起头吻他，笑道："做吧，只要你能找回那颗肾或者找到新的肾源。"

看着这样凄厉又带着绝望的许嘉倾，他的心脏也跟着揪起。抱着她，感受着她的体温，却感受不到她的心，那种抓不住她的绝望让顾若琛现在想完完全全地占有她，将她的现在、余生都完全占为己有，可是她现在虚弱得就像一个琉璃娃娃。

许嘉倾还在吻着，顾若琛却握紧了拳头。他在克制。

顾若琛猛地推开她，看着她道："我们以后有的是时间，你现在这个样子让我一点胃口都没有。"

许嘉倾歪头笑了笑："是呀，这样的我，你是厌弃的吧。"她像是丧失了一切活下去的生机，对一切都自暴自弃，对未来和自己都自暴自弃了。

顾若琛眉头拧在一起，说："许嘉倾，你振作起来，就当这个肾源从来都没出现过，好吗？"

"我早就说过，失去一样东西后，就回不到从前没有它时的状态。"许嘉倾喃喃地说道。

顾若琛看着她这种油盐不进的样子，简直觉得手足无措，最后也不得不放柔了声音耐心道："你振作起来，我给你量身定做一部大制作，捧你当影后，让你赚更多的钱，等下次再有肾源的时候，不至于被截和。"

许嘉倾眨了眨眼睛，勾起嘴角，仰起脸望着顾若琛道："一言为定。"

"许嘉倾，你装的？"顾若琛拧眉。

"开始是真的伤心，后来想通了，伤心也没用。然后看你如此着急，就将计就计，问你要点承诺。"许嘉倾笑着说道，虽然是笑着，但是脸色依旧苍白，嘴唇依旧有皲裂惨白的脱皮。

顾若琛看着这个笑容苍白的女孩，竟然一时无法责怪，甚至有些高兴，她还能如此开心地笑出来，真是太好了。

顾若琛抱住她，叹了一口气："许嘉倾，以后不许这样了，我一点也不喜欢这样毫无生气的许嘉倾。我喜欢的许嘉倾目标明确，无论多大的风雨都能挺直脊梁走过去。"

"喜欢？"许嘉倾喃喃地重复，"顾若琛，你用错词了吧？"

顾若琛一愣，随即说道："就当我用错了吧。"

顾若琛坐起身按了病房的呼叫铃，叫来了护士，重新给她的点滴挂上。护士虽然心里抱怨这瓶液体不知道重新扎了几次，但是碍于他们的身份也不敢多说什么。

护士重新给她换好注射液后就离开了。许嘉倾这次倒是很乖地坐在那里输液。

许嘉倾看着顾若琛，突然道："顾若琛，你说假如你和崔雪儿结婚了，她就是顾太太。她像当年我帮你清理嫩模一样清理我，我该怎么办？"

顾若琛笑了笑："你该怎么办？反正你又不会吃亏，该担心的人怕是雪儿吧。"

许嘉倾往后靠了靠，笑了："你看，你已经先入为主了，认定我是强势的一方，所以以后无论崔雪儿对我做出如何人神共愤的事情，你都会觉得是我欺负了她吧？这样想想我真是可怜啦。"许嘉倾开始为未来谋划打预防针了，既然这次肾源没有了，那么只能等下次，她不能倒下去。

顾若琛一顿，随即道："不会，雪儿不是那样的人。"

许嘉倾不再说话，白月光就是白月光，怎么会做坏事呢？所以以后她还是避着点崔雪儿比较好。

顾若琛看着闭目养神的许嘉倾，突然问道："许嘉倾，除了钱和肾源，你心中排在第三位的是什么？"

　　许嘉倾睁开眼睛看了看顾若琛，确认这是顾若琛本人问出来的问题后，笑了笑道："第三位呀，让我想想。"顿了顿，许嘉倾像是想到什么，眼神也变得温柔，带着盈盈笑意，"有一个家吧，长得好看又有钱还很爱我的丈夫，再有一个帅气的儿子和一个可爱的女儿。"

　　顾若琛看着许嘉倾温柔的样子，她这种艳丽的长相突然带上这么温柔的笑容，更是一种风情。可是一想到这种风情不是为了自己，顾若琛心里就不舒服了。他冷笑："这辈子你恐怕不能实现了。你以为你逃得出我的手掌心？孩子或许会有或许没有，看我的心情吧。"

　　许嘉倾闭上眼睛："逃离你手掌心的日子什么时候才能到来呀？"

　　顾若琛眯着眼睛，站起来靠近她一步，俯身撑在她两侧，鼻尖抵着她的鼻尖："你死的那天吧。"

　　许嘉倾笑了笑："顾若琛，一面说爱着崔雪儿，一面又在外面养着我，你就是这么爱崔雪儿的吗？"

　　"与你无关。"

　　许嘉倾像是听惯了一样，笑道："顾若琛，你为什么这么爱崔雪儿，可以告诉我吗？我想听。"

　　顾若琛看着她道："与你无关。"

　　许嘉倾笑了笑道："不想说就算了，我也不是很想知道，反正也和我没关系。我坚信总有一天你会玩腻我的，那时候我和那些嫩模也没什么差别，不过唯一的区别是我会拿着钱乖乖走的，不会让顾太太亲自动手。"

　　顾若琛看着云淡风轻说出这些话的许嘉倾，心脏一阵一阵地闷痛。他不明白为什么，对于许嘉倾如此潇洒地放手，他心痛得无法忍受。他掐住她的下巴，低头吻住许嘉倾："如果你再表现得爱我不能自拔的样子，说不定我会给你更多的资源。"顾若琛放开她，"许嘉倾，你的演技不是很好，为什么连骗我都不屑，你就真的连想讨我欢心的力气都不屑于付出吗？"

许嘉倾看着他，仔细辨认他的神情，那种似乎受伤的痛苦表情怎么会出现在顾若琛的脸上，许嘉倾突然笑道："我要是骗你，你一眼就能看穿，我干吗骗你？更何况我们之间是大家都心知肚明的交易，有什么好欺骗的？再说，根据我帮你处理小情人的经验，你不是最讨厌外面的小情人像牛皮糖一样吗？我这也是为了自保。"

顾若琛握紧了拳头，低头狠狠地咬在她的嘴唇上，像是报复一样。许嘉倾吃痛地想推开他，却被禁锢得更紧。

顾若琛痛恨地说道："不薄情的许嘉倾就不是许嘉倾。"

许嘉倾索性放弃抵抗。她说："顾若琛，你真是奇怪，不让纠缠的是你，现在说我薄情的也是你。你们男人的占有欲真是可怕，想要你的时候，你就得为他要死要活才能满意，不想要你的时候，你最好一声不吭立即消失。可是世界哪有这样的好事？女人就是很执着的动物呀，要么为你要死要活，要么为你一声不吭，不存在又爱又不爱的中间地带。"

顾若琛用额头抵着她的额头，勾着笑意道："那么你呢？你是哪种？"

许嘉倾想了想，道："反正不会是要死要活吧。"

"你真是坦诚得让人生气。"顾若琛冷笑道。

许嘉倾抱住他说道："如果你能保护我，我肯定会为你要死要活的，真心的那种。"

"哦？"顾若琛有了一点兴趣。

"我想要的东西，再不会无端被截和，让我知道你存在于我生命中的意义。就像这次，如果有人想截我的肾源，但是因为知道我是你的人，所以就不敢动了，那么你觉得那时候我会怎么对你？我一定会用那种崇拜的眼神看着你，心想，这是我选中的男人，他多厉害啊，我的眼光真好。"

顾若琛听见她这么说，明明应该是开心的，却一点也笑不出来。如果让许嘉倾知道，她如此不能释怀的肾源被截和一事就是因为他的一个电话，才把给许成栋的肾源转给了雪儿，那时候她又会怎样？

以许嘉倾的性格，她会怎么做？睚眦必报的许嘉倾一定会恨他入骨吧。

顾若琛在许嘉倾旁边躺下，从背后将她抱在怀里，避开她正在输液的那只手。顾若琛说道："许嘉倾，不管以后发生什么事情，我都不会放了你，更不会把你让给别人，你明白我这句话的意思吗？"

许嘉倾偏头看着输液袋里面的液体一点一点地顺着输液管流下来，慢慢流进自己的身体，突然笑了笑，说道："我知道。"

"你不知道。"顾若琛更加抱紧了一点，叹息着回答。她知道什么？她不过以为是男人的占有欲在作祟罢了。

许嘉倾笑了笑，指了指输液袋道："注射液快没了，叫护士来吧。"

"嗯。"顾若琛爬起来按了呼叫铃。

很快护士就过来了，帮许嘉倾拔掉了针，然后给了她一个酒精棉，让她自己按着。

等护士走后，顾若琛走到门边关上房门，并且上锁。

然后他重新钻到被窝，侧着身子抱住许嘉倾，准备入眠。

许嘉倾推了推他说道："床太小了，这样睡着不舒服，你不怕我把感冒传染给你吗？"

"没事，和你生一样的病不好吗？你们女人心心念念的不就这点所谓的浪漫吗？"顾若琛笑道。

许嘉倾扑哧一声笑了出来："你倒是了解女人。但是你这个'你们'，顾总裁经手多少女人呀？"

顾若琛闻言，伸手抬起她的下巴，仔细看了看她的神情，然后叹息道："一点吃醋的样子都没有，真是让人失望。"

"吃醋？为顾总裁吃醋，怕是会把自己酸死。"许嘉倾不以为然地说道。

顾若琛笑了笑，然后抱紧她道："许嘉倾，虽然你不会吃醋，但是我希望你以后只对我笑，对我撒娇，还有……只对我伸手要钱。"

"只要顾总裁肯给，我是完全没问题。"许嘉倾浅笑地说道，只是那眼底没有一点笑意。

顾若琛看着她的眼睛，紧紧抿着唇不说话，只是抱紧她，是完全占有的姿态。

两人就这样平静地拥抱着入眠，彼此呼吸都均匀而靠近，感受彼此的心跳和体温，可是他们中间总像是隔着悬崖峭壁，相望不相亲。

第015章　抢角&痛楚

第二日醒来的时候，许嘉倾的烧还没退，脸色依旧不太好，但是她不得不打起精神了。那年迈的父母还不知道没有肾源的事情，但是想瞒也瞒不住，毕竟一直不做手术，他们或许更慌张。

许嘉倾在洗手间拍了拍脸，让脸色红润一点，然后转身准备出去，却看见倚靠着门框的顾若琛。

许嘉倾笑着走过去，抱着他精瘦的腰身，撒娇道："今天不开心。"

"那怎么办呢？"顾若琛看着她撒娇的样子问道，仿佛最喜欢看她这副模样。

"包治百病啊。"

"这样啊。"顾若琛笑了笑，从西装口袋拿出钱包，抽出一张金卡给她。许嘉倾立即伸手去拿，顾若琛却故意抬高了手臂。

许嘉倾跳起来去够他手中的金卡，但顾若琛举得更高。他含着笑意看着许嘉倾跳起来的模样，笑道："亲我一下，就给你。"

许嘉倾眨眨眼睛，立即捧着他的脸，踮起脚亲了一下他的嘴唇，然后道："可以给我了吗？"

顾若琛看着她亮晶晶的眼睛，伸手捧住她的后脑勺，低头深深地吻下去，直到许嘉倾快不能呼吸才放开她，然后伸手揉了揉她苍白的脸，直到那脸颊有了一点红润才停止蹂躏，笑道："这样的许嘉倾才好看。"说完把卡递给她，并说道，"想买什么就买什么，随便刷，不用看价格。"

许嘉倾一下子扑进他怀里："顾若琛，你再这样，我就真的舍不得离开你了。"

顾若琛笑了笑："这样简单就能让你舍不得离开，那可是太好了。"

还不等顾若琛来抱，许嘉倾立即就从他怀里起来了，挥了挥手中的卡往门边走，笑道："卡里的钱够在S市买房子吗？"

顾若琛歪头看着她道："你想买房子就让万默带你去，你自己看不好。"

许嘉倾听见他的话，又折返回来，跑着跳到顾若琛的身上挂着，抱着他的脖颈，再次重重地亲上去："顾若琛，爱死你了。"顾若琛一顿，在听到那个字的时候，身体瞬间僵住。他深深地看着许嘉倾，说："记住你这句话。"

许嘉倾去找许成栋的时候，走到门口心里还是犹豫了，还是陈凤娇出来看见她才问道："倾儿？你怎么站在外面？昨天去哪儿了？怎么去找顾医生就没回来了？"顿了顿，像是想到什么，笑道，"你和顾医生不会是在谈恋爱吧？"

许嘉倾见妈妈想多了，立即笑道："没有的事，妈妈你想多了，顾医生有女朋友了。"顿了顿，"妈妈你准备去哪儿？"

"你爸爸说你一直没回来，打电话也不接，让我去看看顾医生来了没有，顺便问问你在哪里。"

显然许成栋和陈凤娇误会了她和顾若白的关系。许嘉倾扶着陈凤娇进了病房。

许嘉倾看着病床上瘦弱的许成栋，她实在无法说出肾源被截和的事情，心口的痛恨让她觉得自己很没用。

许成栋先看出她的异常，问道："倾儿，你怎么了？"

许嘉倾看着许成栋关心的目光，努力不让自己哭出来，努力地强迫自己冷静下来，扯出一个笑容说道："爸爸，那个肾源出了一点问题，暂时不能做移植手术了，得再等一等。"最终许嘉倾还是撒了谎，她不能让父母知道肾源被截和的事情，那等于扼杀他们的希望，他们已经年迈，不像她这样还扛得住。

许成栋先是一愣，随即笑道："等等就等等呗，反正这么多年都等过来了，不在乎多等一段时间。"

陈凤娇则立即焦急地拉着许嘉倾的手道："倾儿，怎么回事？怎么会有问题呢？是不是我哪里没做好，什么指数没达标？"

"妈妈，不是爸爸的原因，是肾源的问题，医生说要等等，肯定是有原因的，我们就等等好了。再说了还有顾若白这个熟人在，我们总不至于吃亏的。"

陈凤娇这才安静下来，只是低着头，开始抹眼泪。

许成栋则冷静得多，他看着陈凤娇道："倾儿说得对，没什么大事。你还哭上了，不知道的人还以为我怎么了呢。"

陈凤娇听见许成栋这么说，赶紧擦掉眼泪笑了笑："好了好了，不哭了，一切都听倾儿的，倾儿自然会安排好一切。"

许嘉倾点了点头，笑道："对呀，女儿会安排好一切的。"

于是许嘉倾一家又开始了新一轮的肾源等待。

许嘉倾继续去拍她那个都市戏，偶尔顾若琛会叫她去九亭的别墅，和他一起住上几天，就像一对恩爱夫妻。许嘉倾觉得他就是想过家家，索性也就乐得陪他一起演这恩爱夫妻的戏码。

这天早上，顾若琛问："嘉倾，我那条棕色的领带在哪里？"

许嘉倾从厨房探出头来，说道："在衣帽间左手边第三层的格子中。"

顾若琛按照她说的，果然找到了领带并迅速打好了。许嘉倾也把早饭端上饭桌。

顾若琛看着眼前的三明治和牛奶，抱怨道："明天可不可以喝粥吃饼或者包子，不想吃这些了。"

许嘉倾笑道："顾总裁吃得这么接地气，太不总裁了。"

顾若琛不以为意道："只想和你过接地气的日子。"

"可我想过有钱的富太太生活，不想过接地气的穷日子。"许嘉倾笑道。

顾若琛也笑："许嘉倾你可太势利了。"顿了顿，"还记得我答应给你一个大制作吗？"

许嘉倾立即放下牛奶问道："筹备好了？"

"嗯，已经筹备好了，但是有个事情我想和你说一下。"顾若琛紧紧地盯着许嘉倾的神色，看着她脸色的变化，继续说道，"雪儿已经养好身体出院了，她说她也想往娱乐圈发展，所以我想让她也参与这部戏。"

许嘉倾看着他，心中有不好的预感，但是只是道："你投资的戏，我说的也不算，演就演呗。"

"但是雪儿说她喜欢你那个角色。"顾若琛继续看着许嘉倾的脸说道。

"所以呢？"许嘉倾明白了，他是想让她给崔雪儿作配吧。

"我会让编剧改成双女主的形式，这样你们的戏份都差不多，也不存在压番的问题。"

不存在压番？她一个刚来娱乐圈的新人就和许嘉倾同番位，这就是在打许嘉倾的脸呀。可是许嘉倾什么都没说，只是拿起杯子继续喝牛奶，直到将牛奶全部喝完，玻璃杯放到桌子上发出"咔嗒"的声音，她笑了笑说："没问题，全看你的安排。"

顾若琛仔细地看着她的表情，皱了皱眉头道："你没有什么要说的吗？"

"没有什么要说的，这次的配置本来就是顶级的，我有戏份可演就行。"

顾若琛冷哼一声，没再说什么，站起身说："我吃好了。"然后准备出门。

许嘉倾拿起一旁的外套递给他，准备目送他出门，却被他拦腰抱住。

顾若琛深深地看着许嘉倾，皱着眉头道："我们这样像极了夫妻，可是我总觉得缺少了什么。"

许嘉倾笑道："可能因为我们曾经就是夫妻，所以你才会产生像夫妻的错觉吧。"

顾若琛低头去吻，许嘉倾也不闪躲。顾若琛没有闭眼，就那样看着她近在咫尺的脸，心中闷着一股气，重重地咬了咬她的嘴唇算是惩罚。

许嘉倾吃痛地皱眉，瞪着他，想推开他，却被他抱得更紧。

顾若琛说道："从不吃亏的许嘉倾怎么突然愿意吃亏了？你不是应该去争取吗？"

"我去争取的是原本就属于我的东西，但是无论是你还是这个角色原本都不是我的，我完全没有立场去争。"许嘉倾冷静地说道。

顾若琛皱着眉头："我不是你的，那么我是什么？"

"你是我的金主顾若琛，是我不能提出要求的人。"许嘉倾说道。

"未必不能，你为什么不试一试？"顾若琛盯着她问道。

"徒劳无功而已。"许嘉倾笑道，"你放心好了，我永远不会和崔雪儿争任何东西，让你为难。"

"包括我吗？"顾若琛的语气已经变得冷冽。

许嘉倾看着他，不明白他的意思，好半天才点了点头道："嗯。我本来就是见不得光的嘛。"

顾若琛直接松开她，冷冷道："你对自己的位置倒是认得很清。"

许嘉倾笑道："吃过生活的苦的人，就这点好处了。永远识时务。"

顾若琛被她的清醒弄得仿佛一下子脾气蹿上天，可是又完全没有办法。他放了手，只是笑道："许嘉倾，你太聪明，又太自以为聪明了。"许嘉倾总是以为他希望他们有一天断得干干净净，却不明白他已经不那么想了。

许嘉倾拧眉看着他，不明白他的意思，只是扑进他的怀里，用额头蹭他的胸口撒娇道："若琛，若琛，我太笨了，又惹你生气了。我觉得你最近脾气好古怪，都让我有点胆战心惊了。"

顾若琛听着她撒娇的好听声音说着抱怨的话，突然没了脾气，只是道："吓到你了？"

"嗯。"许嘉倾点了点头，"你希望我怎么做，你可以直接告诉我嘛，干吗要生气呢？这样我很茫然，你也不舒服呀。"

顾若琛苦笑一下："我希望你怎么做？我希望你眼中心中全是我，你做得到吗？"

"可是这要怎么做到呢？"许嘉倾有些疑惑地喃喃自语。

顾若琛苦笑一下："你看，就是这样我才生气的。明知道你做不到，就算勉强做到也不过是为了讨我欢心而已。"

许嘉倾抬起头看着顾若琛的表情，笑着道："奇怪的占有欲。"顿了顿，"顾若琛，像我这样没有安全感的人如果真的黏上你会很可怕的。我恨不得你时时刻刻只能在我的眼皮子底下活动，一旦你逃离我的视线，我就该着急你是不是和别的女人鬼混去了，这样的黏法你也想要？"许嘉倾笑了笑，踮起脚吻了吻他的唇，笑道，"我们这样不是很好吗？你想要的家庭温馨的感觉都有，却没有家的束缚。"

顾若琛深深地看着她，又低头吻住她，末了放开她道："我真是傻，期望一个没有心的女人能把我装进心里。你说得对，这样挺好，你心里没我，却也逃不开我的身边，挺好。以后我再也不会这么要求了。"

许嘉倾乖巧地点头："若琛，你可不要再设陷阱让我往里面跳了呀。我可不会上当的。"

顾若琛冷哼一声，许嘉倾就是自以为是的精明，将他放在一个坏人的位置，所以不接受他的任何示好。

等到顾若琛出门后，许嘉倾脸上的笑容几乎是立即冷了下来。她是一个女人，如何不能感觉顾若琛对她暧昧的态度，可是她必须冷静，必须克制自己。在顾若琛心中崔雪儿的位置是没人能撼动的，一旦她任由自己动心，深陷其中，最后一拍两散的时候，受伤的还是她。

赔本的买卖许嘉倾从来不做，尤其是面对顾若琛这样精明的人，她应该谨慎再谨慎。

许嘉倾那部都市戏拍了一个月就杀青了，她最近的行程就是拍点代言物料之类的，然后等着顾若琛承诺的大制作。

但是她迟迟没等到开机。

这天许嘉倾正在拍一个代言广告，却接到了顾若琛的电话。

刚接通电话，就听见顾若琛冷冷的声音："来我公司。"说完还不待许嘉倾回话，电话就挂了。

许嘉倾觉得莫名其妙，但还是听话地开车去了他的公司。

小张见到许嘉倾时，有些担心地对她说道："总裁好像很生气，还对万默律师发了好大一通脾气。许小姐，你等一下要小心点说话。"

万默？许嘉倾或许知道是什么原因了，肯定是她偷拿顾若琛的电话通知万默解封霍羽奚的事情被他知道了。

许嘉倾敲了敲门，门里传来冷得像冰碴子的声音："进来。"

许嘉倾揉了揉脸，换上甜甜的笑容走进去，然后就看见站在落地窗前背对着门的顾若琛。

许嘉倾笑着跑过去，从背后抱住他，然后问道："大白天找我干什么？还是在公司。"

"松开。"顾若琛声音更冷了。

"不松。"许嘉倾执着道。

"看来是知道我为什么生气了？"顾若琛转过身看着许嘉倾道，"许嘉倾，你好大的胆子，那天那样诱惑我，只是为了帮助霍羽奚吗？如果不是因为我重新投资娱乐圈的制作，根本就不会知道霍羽奚又回到娱乐圈了。"

许嘉倾抿了抿唇道："他现在主要资源都挪到国外了，活动也大多在国外，这样不是很好吗？我和他也不会再有交集，大家都不会损失什么，这不是很好吗？"

"很好？这就是你骗我的理由？利益为重的许嘉倾竟然为了霍羽奚不惜得罪金主。许嘉倾你告诉我，我要如何惩罚你，才能让你收心，不要再对外面的男人动心思。"

"若琛，你在曲解我的意思，我只是不想他因为我断送了自己的事业。"

"因为你？你也知道是因为你了？那么你也知道他对你的企图了？"怎么霍羽奚对她的企图，她就看得清清楚楚？

许嘉倾皱眉，顾若琛有点无理取闹了，但是这件事确实是她有错在先。现在并不是狡辩的时候，而是怎么哄好顾若琛。

许嘉倾伸手抱住顾若琛，说道："我一点也不喜欢霍羽奚，之所以帮他，确实是因为你误会我和他有什么，所以封杀了他，所以我就想着帮帮他，然后就可以和他两清了，再也不联系了，一心一意地待在你身边。那时候骗你确实是我的不对。"顿了顿，"你想怎么惩罚我，我都接受，要是反抗一下我就不叫许嘉倾。"

顾若琛眯眼看着她："和他两清？"

"是的，自从上次的电话后，我再也没有和他联系过。你也一直监听着我的电话，我有没有骗你，你心里知道。"

顾若琛知道她说的是真的，但是心中依旧不舒服。因为许嘉倾为了霍羽奚骗他，利益为重的许嘉倾从来不会将别人的利益和生死放在心上，现在即便是想两清，但其实许嘉倾也是把霍羽奚放在心上了吧。

顾若琛拦腰抱起她，将她放在办公桌上坐下。即便是坐在办公桌上，顾若琛站在她面前的时候，还是高她许多。顾若琛掐住她的下巴，冷冽地看着她："那就在这里取悦我吧。让我知道你心里除了我，谁也容不下。"

许嘉倾妩媚一笑，指了指落地窗："不怕被拍？"

顾若琛不以为意："这里是S市CBD最高的写字楼，我的办公室在顶层，哪里会有人能拍到？是你不敢还是不想？"

许嘉倾歪头笑了笑，伸手抱住他的脖颈："许嘉倾从来不怕。"说完直接吻住他的唇。

突然办公室外响起敲门声，是小张的声音："总裁，崔雪儿小姐找您。"

顾若琛几乎是立即松开许嘉倾，冷声道："收拾好你自己。"

许嘉倾一愣，随即反应过来，低头冷笑一声，情人和白月光的差别如此明显。

许嘉倾低头整理好自己的衣服，抬起头正好对上顾若琛看着她的深邃目光。许嘉倾也不躲避，只是歪着头，笑着任由他打量，仿佛这不是什么大不了的事情，然后上前一步，踮起脚，又亲了他一下，然后贼笑道："顾若琛，刺激吗？"

顾若琛深深地看了许嘉倾一眼，才对门外说："进来。"

崔雪儿进门，在看到许嘉倾的时候，微微一愣，再看到她有些微肿的嘴唇，心中自然明白刚才他们在做什么。

崔雪儿什么都没说，神色也没有什么变化，只是无害地笑着走到许嘉倾面前，笑道："嘉倾姐姐，我们又见面了。"

许嘉倾听到她那一声"嘉倾姐姐"，简直头大，连忙笑道："你找他有事吧？你们聊，我先走了。"

"嘉倾姐姐，怎么我来你就走了呢？你是不是不喜欢雪儿呀？"说完望向顾若琛，"若琛哥，今天我是来找你吃中饭的，既然嘉倾姐姐也在，我们一起吃饭吧。"

许嘉倾皱眉，刚开口想拒绝，却听见顾若琛说道："好。"

许嘉倾拧眉看向顾若琛，却被崔雪儿挽住胳膊。这下她不去都不行了。

在车上的时候，崔雪儿一直挽住许嘉倾的胳膊，一直温和地笑着和她说话，仿佛一个单纯无害的好奇宝宝。她问道："嘉倾姐姐，你喜欢吃什么东西？"

"没什么特别喜欢吃的，艺人要控制饮食，食物在我眼里都是卡路里。"许嘉倾微笑地说道。

顾若琛从车子中间的后视镜看过去，许嘉倾一直在抗拒崔雪儿的接触，可是崔雪儿像是完全不在意，继续热情地靠近她，问东问西。顾若琛觉得很有意思，任由崔雪儿继续骚扰她。

崔雪儿嘟囔着说道："那这样好没意思呀。赚钱不能吃美食好可惜。雪儿就是个小吃货。"说完转头看向顾若琛说道，"你说对吗，若琛哥？"

顾若琛"嗯"了一声便没有下文。

许嘉倾想翻白眼，但是控制住了，崔雪儿如此"绿茶"的行径……

崔雪儿继续问道："嘉倾姐姐，我们就要演同一部戏了。你知道吗，我以前身体不好，但是多亏若琛哥给我找到了……"

"雪儿！"顾若琛猛地喊了一下崔雪儿的名字，然后一下急刹车，许嘉倾和崔雪儿都往前一倾。

许嘉倾皱眉："顾若琛，你疯了吗？"

崔雪儿则委屈道："若琛哥，你吓到雪儿了。"

许嘉倾看了一眼顾若琛，又看了一眼崔雪儿，深深地呼出一口气，然后望向窗外。

顾若琛则深深地看了一眼许嘉倾，然后望着崔雪儿道："雪儿，你想吃什么？生病的事情不要再提了，都过去了。"

"嗯，好的。"崔雪儿立即笑道，"若琛哥，我们去吃湘菜吧，我想吃湘菜。"

顾若琛找了S市一家做湘菜很出名的湘记，要了一间包厢。

顾若琛将菜单递给崔雪儿和许嘉倾。许嘉倾没看只是道："你们点吧，我随便吃一点就好。"许嘉倾常年要节食吃沙拉，胃本来就脆弱，根本受不了辣菜或者油腻的炒菜，她说随便吃一点真不是骗人的。

崔雪儿很开心地点了满满一桌子的菜。

顾若琛也加了几道菜，最后看了一个菜都没点的许嘉倾，将菜单给了服务员。

崔雪儿继续看着许嘉倾问道："嘉倾姐姐，你是怎么认识若琛哥的呢？"

许嘉倾疑惑了："你是什么时候知道我的呢？"看来顾若琛没告诉崔雪儿，他们以前领过证结婚。

崔雪儿天真地想了想："在电视上看过你一次，当时我说这个广告中的人好漂亮啊，若琛哥还抬头看了一眼，看到是你，还点了头说是挺漂亮的。后来我对你的关注就多一点了。"

　　许嘉倾笑了笑，看来顾若琛真的什么都没说。也对，顾若琛怎么会告诉心上人自己的前妻叫什么呢？

　　崔雪儿继续追问："嘉倾姐姐告诉我嘛。"

　　"没什么好说的，我是明星，他是资本家。就是你想的那样，没有浪漫桥段也没别的任何情感，单纯的利益关系。"许嘉倾歪头笑着说。

　　崔雪儿一愣，随即看向顾若琛，只见顾若琛的脸色难看极了。恰好这个时候服务员将菜端上来了。

　　崔雪儿立即开始慌不迭地夹菜给许嘉倾，笑道："嘉倾姐姐，你是和若琛哥闹矛盾了吗？才这样故意气若琛哥的吗？"

　　许嘉倾看了看崔雪儿，又看了看脸色难看的顾若琛，觉得世界挺玄幻的，她一个小情人和正宫坐一起吃饭，正宫还在一直关心他们的感情生活。

　　许嘉倾低头夹了一棵青菜吃了一口，立即呛得咳嗽出来。这是放了多少辣椒呀！呛辣呛辣的。

　　顾若琛立即倒了一杯水过来，将水递到她手里，皱眉道："不能吃辣，为什么不早说？"

　　许嘉倾就着水杯喝了一整杯，好半天才缓过来道："我哪知道这么辣？"

　　崔雪儿有些委屈了："都怪我不好，是我让加辣的。"

　　顾若琛看了一眼崔雪儿，放软了声音道："不关你的事，她自己有嘴不知道说，怪谁？"

　　许嘉倾实在受不了如此尴尬的三人行，立即站起来道："我还有工作，先走了，你们慢慢吃。"

　　崔雪儿立即站起来，委屈巴巴地说道："嘉倾姐姐，是雪儿做错了什么吗？"

　　顾若琛看着崔雪儿的模样，立即冷着脸道："许嘉倾，坐下来吃完这顿饭。"

许嘉倾坐下之后，几乎一筷子都没动过，但是顾若琛也没管她，只是给崔雪儿夹了一些她爱吃的菜。

许嘉倾觉得像是在受刑，她像个旁观者一样看着顾若琛和崔雪儿的爱情，让她越来越觉得自己是一个多么见不得光的坏人，破坏了别人的感情，却还如此恬不知耻地坐在这里。

许嘉倾觉得胃里一阵一阵地痉挛，握紧拳头贴着胃的地方，似乎温暖一点就没那么疼了。她就坐在那里，一直煎熬着，看着，等着。

终于等到他们吃完饭，崔雪儿说想让顾若琛陪她逛一下商场，她想买衣服，因为病了太久，衣柜里都没有应季的服装。许嘉倾心知顾若琛最讨厌逛街这类女人爱干的事情，之前结婚的一年间，以及两年后他们重逢这半年，顾若琛都没陪她逛过一次街。不过许嘉倾也不在意，只要顾若琛给钱就行。

但是许嘉倾听见顾若琛说了一声"好"便去打了一个电话，交代一下下午的事情，就叫着崔雪儿往停车场走了。

许嘉倾又以有事忙为理由准备离开，但是崔雪儿再次挽住她的胳膊笑道："嘉倾姐姐，陪我一起去嘛。若琛哥不懂得现在流行什么，我病太久也不懂。你在娱乐圈见识得多，可以给我参考和意见呢。"

许嘉倾刚想说：你要什么时尚，有顾若琛在旁边，你拿最贵的就好了呀。

顾若琛却开口了："一起去。"

许嘉倾刚张开的嘴只得闭上，跟着他们继续去逛街，准确地说是继续受刑。

因为有顾若琛这种VVVIP跟着，所以每到一个店，经理都帮忙清场了，这也免去了许嘉倾这个大明星被认出来的不方便。

许嘉倾帮着崔雪儿挑了几件适合她的衣服。等崔雪儿进去试衣间，许嘉倾就在一旁坐了下来，顾若琛也坐到她旁边。看着她惨白的脸色，以及握成拳头捂住胃部的动作，微微皱了皱眉头，但是也只是冷冷道："你怎么不去挑几件？你们女人不是都喜欢买买买？"

许嘉倾眨了眨眼睛，笑道："我这种美貌，要是和你的崔雪儿一对比，把你的崔雪儿给比下去了，你会怀疑自己眼光不行。"

顾若琛笑了笑道："雪儿靠的不是美貌。"

"不是美貌？怎么？有趣的灵魂？"许嘉倾抿唇笑了一下，"顾总裁的深情还真不是我这种凡人能理解的。"

顾若琛看着她脸色越来越不好，终于忍不住想说她，让她以后不要为了节食不吃饭了。

恰在这个时候崔雪儿出来了，那种小天使型的白裙子，让崔雪儿这种清汤寡水的脸穿出来，确实挺清纯的。许嘉倾赞赏地点点头笑道："挺适合你的。"

顾若琛也点头道："确实。"

崔雪儿红了脸颊，低头有些害羞道："若琛哥喜欢的话，就拿这件吧。"

"其余不要了吗？我不是看见你拿进去好多件吗？"顾若琛温柔地问道，都不敢大声说话，生怕会吓着她一样。

崔雪儿红着脸道："其余几件露肩的我不太喜欢。"

许嘉倾看到红着脸的崔雪儿，和走过去的顾若琛，心中竟然有些微微刺痛，不知道为什么，忽然觉得他们确实很般配。顾若琛虽然内心精明又变态，外表却斯文儒雅，俊挺修长。崔雪儿洁白清纯，看到顾若琛会害羞地红着脸低下头。

他们就像一对璧人。

突然，崔雪儿指了指橱窗中的一双水晶高跟鞋说道："若琛哥，我想试一试那双鞋子，好漂亮呀。"

"好。"

导购早就把鞋子拿过来，顾若琛接过那双鞋，然后牵着崔雪儿坐下，自然地单膝蹲下轻柔地给她换鞋。

许嘉倾看着顾若琛低头的侧脸，虽然戴着金边眼镜，还是能看见卷翘的长睫毛，还有高挺的鼻梁，因为低头而紧抿的嘴唇。这个画面就定格在许嘉倾的脑海中，烙印在心上。

他那么温柔地为崔雪儿换鞋。这样的顾若琛，许嘉倾从来没见过，今天有幸见到，却不是对她。

许嘉倾眨了眨眼睛，努力克制心头的酸涩。许嘉倾告诉自己，要将这些画面牢牢地刻在心上，让自己记住：眼前的男人不是不会温柔，只是不会温柔地对你，所以你一定要管好自己的心，千万不能越雷池一步。

崔雪儿换好后，顾若琛牵着她站起来走到落地镜前面看着，笑了笑："雪儿真好看。"

顾若琛用余光看着镜子里的许嘉倾歪着头微笑地看着他们的样子，觉得刺眼极了。许嘉倾没有伤心没有嫉妒，就那么平淡地笑着，仿佛完全不关自己的事似的，那模样真的刺眼极了。

顾若琛下意识地捏紧拳头，却换来崔雪儿的痛呼："若琛哥，你捏痛我的肩膀了。"

顾若琛这才反应过来，赶紧松开捏着她肩膀的手，笑了笑道："要再看看别的吗？"

崔雪儿摇头道："今天已经有些累了，若琛哥送我回去休息吧。"

"好。"

崔雪儿换回自己的衣服，她原本穿的也是一件白色连衣裙，是想无限地发挥自己小天使的优势吧，愈发衬托许嘉倾太过艳丽俗气了。

导购把衣服和鞋子仔细地包好，顾若琛去刷卡。

三人一起来到停车库。

这次崔雪儿把衣服和鞋子放在车子的后面，自己坐到副驾驶。这就变成许嘉倾坐在后面，旁边放着崔雪儿买的衣服和鞋子，顾若琛在驾驶席，崔雪儿在副驾驶席。谁都知道男人的副驾驶席是什么意思，那是老婆专座。

许嘉倾冷笑了一下，崔雪儿的用意终于在最后显现了出来，今天这一整天都是在向许嘉倾宣示主权，从吃饭到买衣服到现在回家。崔雪儿甚至讽刺她和这些买的衣服鞋子是一个层次，随时想要就随时买，不想要就直接扔掉。

许嘉倾深呼一口气，坐在后座，不动声色，一句话不说，只是望着窗外发呆。当车子驶出停车场的时候，她看着窗外的天空，觉得天空真的好蓝，天上的白云真的好自由啊，不禁让她感慨：怪不得霍羽奚会喜欢坐在车子里看着天空发呆。

当现实如此骨感的时候，还是看着天空最舒服最自由。

也不知道怎么的，许嘉倾看着天空慢慢睡着了，直到感觉有人轻轻地拍她的肩膀，她才迷迷糊糊地想坐起来，却发觉脖子好疼，让她忍不住抱怨道："羽奚你看天空时脖子会疼吗？"

"你在叫谁?！"愤怒的冰冷声音一下子灌进许嘉倾的耳朵。她还没来得及完全睁开眼睛，就感觉下巴被掐住，那力道几乎快把她的下巴捏脱臼了。

顾若琛的声音更冷了："你刚才叫谁？你梦到了谁？"顿了顿，"是那个霍羽奚吧，看来还是应该继续封杀他！"

许嘉倾一惊，随即皱眉道："我脑子不清楚，你和我计较什么？"

"脑子不清楚？那你现在看清楚了吗？在你面前的人是谁？"顾若琛直接伸手扯掉她的衣服，愤怒道，"感受到了吗？在你面前究竟是谁？你的男人究竟是谁？看清楚了吗？"

许嘉倾握紧了拳头，想伸手给一个巴掌却被顾若琛拦住。他咬牙道："怎么？因为一件衣服跟我恼羞成怒了吗？还是说为了霍羽奚和我恼羞成怒了？"顾若琛低头咬住她的耳垂，咬牙切齿道，"许嘉倾，你又不乖了。"

许嘉倾克制着自己，冷静道："顾若琛，你讲不讲道理？是你先带着崔雪儿秀恩爱刺激我的，我只不过说了一句霍羽奚，就要被你抓着不放吗？"

"哦？刺激你？刺激到你了吗？"顾若琛冷笑，"在店里我可是看你笑得毫不在意。"说着直接低头吻住她的唇，用了狠劲的。许嘉倾甚至感受到血腥味在两人嘴里弥漫着。

许嘉倾想推开他，却只是无效的纠缠。

顾若琛看着她的眼睛，冷漠而冰冷："许嘉倾，现在我就让你看着，感受着，究竟谁才是你的男人。"

许嘉倾觉得从来没有一次像今天这样觉得屈辱。

他带着崔雪儿秀恩爱，却全程让她观看，现在送崔雪儿回去了，却开始以霍羽奚为借口来折磨她。

许嘉倾觉得太痛了，心口像是被生生剜出一个大洞，冰冷的风不断地往里灌，她觉得很痛，可是她说不出来，也没有任何人能帮她。除了受着，她没有任何办法。

顾若琛将她从车上抱了下来，用西装包着她，她瘦弱得像是没有重量一样，看着她红肿的眼睛，顾若琛紧紧地抿着唇，说："许嘉倾，你这样像是我在强迫你。"

许嘉倾冷笑："不是吗？"

顾若琛快被愤怒和不理智席卷，也冷笑道："许嘉倾，你不记得自己的身份了吗？"

许嘉倾闭上眼睛不再说话。

顾若琛抱着她上楼，直接将她扔在床上，居高临下地看着她蜷缩成一团，一副没有安全感的样子，冷冷地痛恨道："许嘉倾，你的心里究竟在守着什么？自始至终从来都没有向我打开过。"

许嘉倾闭着眼睛没有说话，只是更紧地蜷缩自己。

顾若琛握紧了拳头，将她拉起来，捏着她的下巴，强迫她看着自己，她的冷嘲热讽也好过现在这样完全无视自己。

许嘉倾被迫看着顾若琛，可是她说不出一个字，平日里用惯的那些讨好的手段，今天一点也不想用了。她只觉得累，只觉得很痛，她在想什么时候才能结束这样痛苦的日子呢？

什么时候才能等到新的肾源啊？什么时候才能不再需要这么多钱了呢？什么时候有个人来救救她呢？什么时候她才能逃离顾若琛呀？

许嘉倾觉得好累，也觉得好委屈。为什么别的女孩子可以被别人放在手心好好地呵护着？为什么崔雪儿那么坏心眼的姑娘也可以被顾若琛好好地保护着？她许嘉倾也是个女孩子呀，为什么她就没有遇到可以保护着她的人呢？为什么她就要自己一个人去战斗呢？

许嘉倾这样想着，竟然真的嘤嘤开始哭泣，慢慢变成啜泣，后来变成委屈的大哭。

顾若琛看见她笑，有一瞬间的不知所措。他看着许嘉倾的眼泪，突然抱住她，带着心痛的语气问道："你在哭什么？你在委屈什么？在我身边让你这样难受是吗？让你觉得这样委屈是吗？"

许嘉倾听不见他在说什么，只是自顾自地哭着。哭她这悲惨的命运，哭她这一眼看不到尽头的绝望。

顾若琛握紧了拳头，他感受到怀中人的委屈，也感受到了她的绝望。在他的身边，竟然已经让许嘉倾这样绝望了吗？

或许是哭累了，许嘉倾竟然慢慢地睡着了，带着逃避现实的痛苦心态睡去了。顾若琛就看着她，眼睛猩红，带着痛恨和愤怒。这场哭泣让他突然意识到，原来许嘉倾的心从来都不属于他。

这个认知让顾若琛的心有一瞬间的闷痛，他想粗暴地叫醒许嘉倾，质问她为什么。可是他知道这些都是无效的，许嘉倾的执着他比谁都了解，许嘉倾想守护的东西，比任何人都坚韧，她永远不会放弃。就算今天哭得这样绝望，到了明天早上太阳升起的时候，许嘉倾又会换上她那一身铠甲，再次投入战斗，守护着她想守护的东西。

许嘉倾的坚强不是不哭，而是哭完之后能再次站起来继续战斗。

许嘉倾从来没将他放在心上，也从来没将他规划进自己的未来，哪怕他一次又一次地恐吓她，这辈子他永远不可能放了她，她也依然坚守自己的心不向他顾若琛打开。

顾若琛突然笑了，他低下头亲了亲许嘉倾的额头，轻声道："我该怎么办？许嘉倾，你告诉我，我该怎么办？怎么做你才能完全属于我？"可是许嘉倾究竟在顾若琛心中是个什么位置，恐怕连他自己都不清楚，他只知道现在自己的眼睛已经不能离开她了，他已经不能放手了，他需要许嘉倾在自己的身边。

他不能将许嘉倾让给任何人了。

第016章　回归&结盟

　　许嘉倾第二天醒来的时候，没有看到顾若琛。她赤脚踩在床榻边的羊毛毯子上，走到窗边，拉开米色的窗帘，阳光一下子冲进来，刺得她睁不开眼，本能地用手去挡。慢慢从眼缝中适应外面的光之后，许嘉倾伸出手对着光看了看自己纤细的手指，觉得深秋的太阳穿过指缝洒下来的样子真的太美好了，让她忍不住一看再看。虽然这样难免显得有些矫情，可是在这个阳光明媚的深秋早上，她刚经历了一个不甚愉快的夜晚，对自己矫情一下又怎样呢？

　　如果有一天一个人连对自己撒娇都不能了，那么这个人的人生也就在这个时候结束了。

　　许嘉倾深呼吸一下，歪头笑了笑，看着玻璃上反射出自己的脸，握了握拳头说道："许嘉倾，你有这长相，肯定要给你配上相当的磨难，总不能什么好事都让你赶上。加油！"

　　刚说完，就听见门口传来掌声，许嘉倾转身就看见倚在门框上的顾若琛。

　　顾若琛带着笑意走过来，也不知道他在那里站了多久，他说："许嘉倾就是许嘉倾，我说过，只要第二天太阳升起的那一刻，许嘉倾又会换上她一身铠甲，继续为生活战斗。你果然没让人失望。"

许嘉倾歪头笑着，隔着大床看他，说："顾若琛，欢迎来到我的战场。"

顾若琛低下头，从鼻腔中哼出一个笑意，然后在那里站定，抬起头，眼角带着笑意，展开双臂，笑道："过来。"

许嘉倾也笑了，直接跳上床，从床上跳进他的怀里，挂着他的脖子道："你今天心情特别好嘛。"

"因为我想通了一些事情。"顾若琛深深地看着她说道。

"什么事情？"许嘉倾问道。

"我……"顾若琛还没说出来，就听见口袋里的电话响了。许嘉倾伸手从他口袋里拿出手机，屏幕上跳着崔雪儿的名字。许嘉倾按下接听键后将手机放在顾若琛的耳边，自己却没有从顾若琛身上下来，只是将脸颊贴着他的肩膀，像是拥抱。其实许嘉倾想听听崔雪儿说了什么，顾若琛又会说什么。

电话里传来崔雪儿温柔的声音："若琛哥，你可以来看我吗？我做噩梦了，心里很害怕。"

顾若琛一顿，低头看了一眼趴在他肩头的许嘉倾，然后抬起头说道："好，在家等我，一会儿过去。"

许嘉倾无趣地从顾若琛身上跳下来，然后道："你怎么没和崔雪儿住在一起呢？"

"你希望我和她住在一起？"顾若琛追问道。

"没什么希望不希望的，这都是你自己的自由。"许嘉倾转身想往床上走，继续睡一个回笼觉，却被顾若琛抓住胳膊。他掐住许嘉倾的下巴问道："我想知道你的答案。"

"我的答案重要吗？"

"不重要。"他顿了顿，又笑道，"但是我想听。"

许嘉倾克制住想翻白眼的冲动，只是道："当然不希望。"

一丝喜悦爬上顾若琛的眼角，他抱住许嘉倾道："我说过，谁都不会影响我们的。"

许嘉倾终于翻出了一个白眼，但是顾若琛看不到。

顾若琛亲了亲许嘉倾，然后嘱咐道："记得吃饭，你实在太瘦了，抱着硌手。"

许嘉倾笑了，微微点头算是应承，看着顾若琛走出房门，她的笑容立即冷掉。这种虚伪的嘱咐，究竟是多傻才会放在心上？

许嘉倾给文森打了一个电话，让他派车过来接，顺便带一点早饭。你看，连文森做到的都比他顾若琛多。

许嘉倾在车上一边吃饭一边刷手机，突然一个新闻让她停住。

标题写着的是：华人演员霍羽奚获提名，冲击奥斯卡最佳男主角。

许嘉倾问道："霍羽奚在国外发展得挺不错的哦？"

文森说道："他那样的实力派又低调肯吃苦的性格在哪里都能发展得好，不过是时间的问题。"顿了顿，"我听说他最近要回国了。"

"回国？"许嘉倾喃喃地重复道，然后就不再说话了。霍羽奚回国和她也没什么关系，不过还是很替他开心的，能在国外闯出一片天，以后顾若琛再不能随随便便就封杀他了，这可能也是他当初选择出国的原因吧。

许嘉倾夹了一个小笼包放进嘴里，一边嚼一边看着窗外的阳光，鼓起的腮帮竟然还能攒出一个笑意，忍不住感叹：今天的天气真好呀。

顾若琛投资的新戏终于开机了。

开机当天顾若琛竟然也来了。按照老规矩，开机头一天都是要拜天酬神，以此保佑拍摄顺利，顾若琛在这里，头香自然是他来。等弄完这些仪式，顾若琛说安排了许多外送的食物，请剧组所有人午饭。

导演和制片人坐在顾若琛左手边，崔雪儿坐在他右手边，身为本剧另一个女主演的许嘉倾却坐在了他对面的一个角落，离他们能多远就多远。

顾若琛看着导演道："雪儿大病初愈，还请导演多多包涵。"

导演忙赔笑道："一定一定。"心中自然知道崔雪儿和顾若琛的关系。

崔雪儿却害羞地低下头说道："若琛哥，我喜欢表演，是来学东西的。你这样说，好像我不能吃苦一样。"

顾若琛笑道："好吧，你量力而行，你按照导演教的做就好了。"

顾若琛说完抬眼瞥了一眼对面角落的许嘉倾，微微眯了眯眼。她面前餐盘里只有一块紫薯，而且只吃了一口，现在忙着打电话。

这女人好像从来都没有认真吃过饭，她那么强悍，为什么连照顾自己都做不好？

许嘉倾正在跟许成栋打电话。她笑着说："爸爸，我今天开新戏了，是个大制作，你就安心养病吧，晚上我去医院看你。"

许成栋笑了笑说道："倾儿真厉害，你要是工作太累就不用过来了，老跑来跑去你也受不了。"

"哪里就受不了了？我是坐车过去，又不是靠两条腿。真靠两条腿，我可跑不动。"

许成栋笑了笑，然后说道："我要输液了，不跟你说了，挂了哈。"

"好的，爸爸。"

许成栋挂掉电话后，立即大声地咳嗽起来，他刚才讲电话的时候忍着咳嗽，憋得满脸通红，这一下咳出来就一发不可收拾。

旁边站着的顾若白拧着眉头道："叔叔，你不打算告诉嘉倾吗？您的身体已经引起了其他并发症。如果再拖下去，就算换了新肾，也无济于事。"

许成栋好不容易缓过来劲儿，然后虚弱地笑了笑道：“和倾儿说了又怎样呢？除了让她更加担心，还能怎样呢？现在已经是她能给我的最好治疗了，她也没有别的办法了。如果再告诉她，我怕她撑不住。”

陈凤娇在一旁听着直抹眼泪。

顾若白抿紧了唇，向来温柔的脸上带着冷凝严肃的表情，让人觉得这件事真的已经很糟糕了。

顾若白从病房出来的时候，恰好看见门口站着的王若熙。她就靠着墙边，低着头，看到顾若白走出来，有些难过地望着顾若白道：“许嘉倾这么可怜啊？”

顾若白没有说话，只是揉了揉王若熙的头发，然后往办公室走去。

王若熙忙跑过去挽住顾若白的胳膊说道：“下次我见到她，不再叫她狐狸精了，也不对她凶了，好不好？”

“嗯，小熙长大了。”顾若白终于露出一个温和的笑意。

王若熙皱了皱眉头：“只要她不来勾引你，我怎么会对她有意见呢！”

“小熙，不要这样说她。她是若琛的前妻，算是我的弟妹了，我帮她也是应该的，更何况我们还算是朋友。”顿了顿，“如果你和她接触过，会发现她是个不错的姑娘。”

王若熙噘了噘嘴道：“你再为她说话，我就生气了。”顿了顿，“她是若琛的前妻，怎么没听她提过？也没听若琛提过？不过若琛不是爱他那个救命恩人崔雪儿，爱得死去活来的吗？怎么还有个前妻呢？”

顾若白也皱了皱眉头，然后道：“我也不是很清楚。”

王若熙道：“那许嘉倾知道若琛已经有崔雪儿了吗？那样许嘉倾不是第三者了吗？”

"看起来不像。"顾若白说道。

"我看就挺像的，她那副长相加上那精明的性格。"王若熙说道。

"小熙，你刚才不是说不再说她了吗？"

"哦，一时没忍住。"王若熙吐了吐舌头。顿了顿，"不过也可能是若琛去招惹的她。毕竟若琛那一副斯文败类的样子，是个十足十的渣男，招惹许嘉倾又甩了她。这么想来，许嘉倾也是怪可怜的。"

顾若白没有说话，只是揉了揉王若熙的头发道："操心别人那么多事情干什么？你今天来找我做什么？"

王若熙这才想起来找顾若白的目的，连忙举起手中的饭盒道："我新学会的煲汤，带来你尝尝。"

"好。"顾若白宠溺地笑了笑。

片场里，场记已经准备好场景，第一场戏就要开拍了。现在天气尚好，导演秉承着照顾崔雪儿的宗旨先拍了她那部分，这样许嘉倾就空闲了，在一边背剧本。

顾若琛走到她身边，在她的长椅边上坐下来，说："准备当作不认识我吗？"

"要是让导演知道戏中两个关系户，岂不是让他为难死。"许嘉倾笑了笑，"我身体好，不需要特殊照顾。"

顾若琛抿了抿唇笑道："一向以自身利益为重的许嘉倾竟然会为别人考虑，真是稀奇。"

"顾若琛你可别往我脸上贴金了，我这是明知争不过，这才退一步说话的。不然真到要二选一的时候，我又是被放弃的那一个，我岂不是更难堪？"许嘉倾调侃地说道。

顾若琛却是心里一顿，深深地看了一眼许嘉倾，然后道："你可真会气人！"他站起身，"这样也好，雪儿身体不好，你是应该让着她。"说完直接走开了。

许嘉倾看着顾若琛的背影，笑了笑，完全不在意，继续背剧本。

连续几天的拍摄，崔雪儿的戏份都是在白天，许嘉倾的戏份都被排成夜戏，这就导致她不得不熬夜。

这里是一个影视基地，很多其他剧组也在这里拍戏。这天许嘉倾正在等场记布一个景，因为实在是太困了，就在一旁撑着脑袋睡着了。

一个修长的身影走到她的身边，居高临下地看着她，然后脱掉自己的外套蹲下来披在她的身上。那人一直静静地凝视着许嘉倾睡着的样子。

他本就是一个话少的人，这样静静地看着她，也觉得再平常不过。

许嘉倾突然惊醒了，但是其实她也没做噩梦，就是惊了一下，然后醒了。看到身上的衣服，抬起头正好看到旁边的人。

许嘉倾先是一愣，随即笑道："霍羽奚，你回来了？"

"嗯。"霍羽奚也回应一个笑意。

"你什么时候回来的？"

"刚刚下飞机，听说你在这里拍戏，就过来看看。"

许嘉倾笑了笑："果然够义气。"

"嘉倾，我想你。"霍羽奚看着她，静静地说道。他说这句话的时候，不热烈，不热情，很安静，像他这个人一样，可是就是让人感觉带着千钧重的分量。

许嘉倾脸上的笑容凝住，她往后仰了仰道："我上次说过，我们不要再联系了，现在也还算数。"说着就要起身，却被霍羽奚抓住手腕。

霍羽奚说："现在的我和以前不一样了。"

"在我看来并没有不同，我和那时候的心情也一样。"

霍羽奚慢慢地低下眼帘，长长的睫毛覆下来，洒下一片淡淡的阴影，看起来寂寞极了。

远处的崔雪儿收工后，正好看见许嘉倾和霍羽奚这边的情况，立即用手机拍下来，用微信发给顾若琛，说道："若琛哥，嘉倾姐姐和这个霍羽奚很熟悉吗？我正好很喜欢霍羽奚的电影，下次可以一起吃饭吗？"

顾若琛收到微信看了一眼，几乎是立即站起来，会议室里的其他股东都是一愣，万默看着顾若琛小声说道："总裁，会议还没结束。"

顾若琛冷冷地看了一眼万默道："这里你继续盯着就行，我有事要出去一趟。"周身寒冷的气场吓得在场所有人不敢多说一个字。

半个小时后，当崔雪儿看到出现在片场的顾若琛时，不禁脸色惨白。她本来是想试探顾若琛的，没想到事实真的像她想的那样，顾若琛对许嘉倾的在意程度已经超过了她的想象。从顾若琛的公司到这里一般情况都是一小时的车程，他这是开得有多快！

顾若琛冷冷地站在离他们五步远的地方。

"许嘉倾，过来。"冷得像冰碴子的声音一下子惊醒了一直没能摆脱霍羽奚的许嘉倾。

许嘉倾没有丝毫犹豫地甩开霍羽奚的手，往顾若琛方向小跑着过去。霍羽奚看着自己空空的手心，那种被黑夜深深包围的孤独感让他浑身的血液都降到冰点。虽然他不想承认，此时此刻他有种被抛弃的感觉。就像溺水的人失去了最后一根稻草，他没有了救赎，只剩下无尽的窒息般的绝望。

顾若琛看着跑到自己身边的许嘉倾，微微勾着嘴角，胳膊轻轻地搭在她的腰上，得意地看着霍羽奚："霍先生，看清楚了吗？希望你以后不要再来招惹许嘉倾，免得给自己惹上不必要的祸事。"

霍羽奚没去看顾若琛，只是看着许嘉倾，看着顾若琛放在她腰上的手，什么都没说。他本就话少，如今这情形，他也说不出别的话，只是转身，瘦削的身影慢慢融入黑夜中，就像慢慢被吞噬一般。

许嘉倾看着他的背影，眉头紧紧地拧在一起。

"你再看他一眼，我不光要封杀他，连你也不能幸免。"寒冽的语气自许嘉倾的头顶灌下来，让她不禁打一个寒战。

许嘉倾仰起脸看着顾若琛道："我本来就是要拒绝他的纠缠。"

"是吗？"顾若琛抬起许嘉倾的下巴，语气寒冽，"你拒绝得不够狠厉，这才让他一而再地对你抱有幻想。"

许嘉倾皱眉："你想我怎样？把身边所有人都赶跑吗？顾若琛，我不是你的私有物。"

"现在是了。"顾若琛眯了眯眼，金丝边眼镜中折射出寒冽的光，像是要将许嘉倾生吞活剥一样。他说："条款随时可以加。"

许嘉倾深呼一口气，挣脱他的钳制，准备往片场去。

"你去哪里？"顾若琛一时间不知所措，只会冷冽地质问。

"不用你管。"许嘉倾头也不回。

顾若琛几步便走到她身边，直接将人扛在肩膀上，然后直接朝自己的车走过去。许嘉倾还在挣扎，却换来顾若琛冷冷的声音："再动一下，就把你所有资源都撤掉。"

许嘉倾果然不动了，只是讥诮道："顾若琛，你只会这些威胁的烂招吗？用了不烦吗？"

顾若琛冷笑："是不是烂招无所谓，管用就行。"

崔雪儿看到顾若琛扛着许嘉倾朝车上走去。在这期间，顾若琛完全没想起要去看一下崔雪儿，甚至她的位置就离顾若琛刚才经过的地方十步远。

崔雪儿握紧了身侧的衣裙，久病之后的手背苍白瘦弱，此刻完全凸显出来的青筋看起来甚至有些恐怖。

她看着顾若琛和许嘉倾消失的方向，朝着另一个更黑暗的方向走去，那是霍羽奚离去的方向。

霍羽奚没有走远，他就坐在台阶上。远处的司机上前来叫过他，却没得到他一句回话。司机只好退回车边，心想等他想回了自然会过来。

崔雪儿走过来，在霍羽奚身边坐下，浅笑道："真是可怜，快乐那么短暂，痛苦却那么绵长。不曾拥有，却完全失去。霍羽奚你甘心吗？"

霍羽奚连转头看她一眼都不曾，只是微微皱眉，觉得身边的人聒噪得很。

崔雪儿也不恼，继续道："或许你还不知道我是谁吧？自我介绍一下，我叫崔雪儿，是顾若琛的救命恩人，是他许诺一定会娶的女人。"

听到这里，霍羽奚才动了动，转过头看着她，她苍白脆弱得仿佛不堪一击，但是她的笑容带着病态的扭曲。她说："我看起来不是很健康对吧？"

崔雪儿低头笑了笑："因为我刚刚换了一个肾呢。"像是想到什么好笑的事情一样道，"你知道这个肾是哪里来的吗？是我的若琛哥，他帮我找来的。"

说完这些，崔雪儿又笑了笑，她偏头看了看霍羽奚，说道："我觉得许嘉倾真是可怜呢！我身体里装着的这个肾啊，原本是给她爸爸许成栋的，配型都配好了，可是因为我也合适，所以若琛哥就从她爸爸的医院调过来给我了。"她说得颇为得意骄傲，"可笑许嘉倾还被蒙在鼓里，为了资源还像狗一样跟在若琛哥身边，受他胁迫，简直像个白痴一样。我都有点看不下去了，我和若琛哥迟早会结婚，她就像个不知廉耻的小三永远活在黑暗中，卑贱如蝼蚁。这些若琛哥都告诉她了，可是她还是像狗一样跟着，真是让人倒尽胃口。你说这样的女人，你还当个宝一样，真是也是白痴。"

霍羽奚掐住她的脖颈，咬牙切齿道："住嘴。不许你这么说她。"

崔雪儿笑了笑，脸上完全没有恐惧的神色，只是从口袋里拿出早就准备好的录音笔，按下关闭的按钮，扔在霍羽奚面前，冷冷道："放开我，我们结盟吧。我的目标是顾若琛，你的目标是许嘉倾，最后我们都会得偿所愿。"

霍羽奚松开她，冷冷道："不可能。"

崔雪儿也不恼，仿佛是预料之中一样，只是笑着站起身走开了。临走之前，她又笑着看了一眼地上的录音笔。

她一点也不担心霍羽奚最后没有拿走录音笔，她太了解霍羽奚这种人了，在黑暗中待了那么久的人，看到光怎么会不扑过去狠命抓住呢？和她一样的人啊。她太了解了。

崔雪儿走后，霍羽奚果然捡起那支录音笔。

他看着手中的录音笔，嘴唇紧紧地抿着，将录音笔紧紧地捏在手中，然后站起身朝司机那边走过去。

他抓着那支录音笔，就像是迫切地想抓住许嘉倾一样，只有许嘉倾能将他从这孤独中救赎出来。

许嘉倾被顾若琛塞进车子里，恶狠狠地说了一句："给我老实待着。"然后砰的一声关上车门。

他坐进驾驶席，发动车子的时候冷冷地来了一句："把安全带系上。"

许嘉倾一边系安全带，一边抱怨道："我今天的戏份还没拍，你把我带走，导演会骂我的。我又不是大病初愈的崔雪儿能得到导演特殊照顾，你说是吧？"

顾若琛眯了眯眼，直接转过脸，撑着她的座椅靠背，冷冷地说道："酸谁呢？"

"酸你那体弱多病的心上人。"许嘉倾直视他的眼睛，态度强硬地回答道。

顾若琛仔细地看着她的神色，分辨了许久，终于笑了出来。他问道："许嘉倾，你吃醋了？"

许嘉倾一顿，随即哼笑一声："吃醋？我脑子有毛病吗？是你顾总裁的资源不好接了还是钱不好花了，我去吃崔雪儿的醋？她不来招惹我，我也不硌硬她，大家井水不犯河水。"顿了顿，"你不也希望这样吗？我们能和平相处，我不去打你的崔雪儿的主意。"末了还强调，"不过，想让我和她做姐妹是不可能的，虽然说每个女人都有点小心机，但是耍心机的方式一样就是朋友，耍心机的方式不一样，那就是敌人。显然我和她不是一类人。"

顾若琛眯了眯眼睛："许嘉倾，你狠起来连自己都骂吗？"低头亲了一下她，"我最近一点也不喜欢听你说话了，说的尽是我不爱听的。"

"那正好，你放我下车，你眼不见为净。"说着许嘉倾就要解安全带下车。

顾若琛一把拉住她，笑了笑道："不想听你说话，不代表不想和你在一起。你今天惹了我，想就这样算了？想得美。"

许嘉倾翻了一个白眼："禽兽。"

"我说过我最喜欢听你叫我禽兽，代表我又要享用你了。"顾若琛在一个红灯路口停下，转头看了一眼她气鼓鼓的脸，笑了笑，"你生起气来可真好看，让我觉得你是在和我耍小脾气。"

许嘉倾哼了一声。

顾若琛又笑了笑，说："真该让霍羽奚好好看看你现在的样子啊，这么美的许嘉倾，他从来没见过吧？"

许嘉倾皱眉，转过脸看着他道："我和霍羽奚真的什么都没有。"

"我知道。"顾若琛笑了一下，"可是我就是很讨厌他来纠缠你。男人最了解男人，他什么想法，我看得清清楚楚，这才是我不想你和霍羽奚接触的原因。"霍羽奚眼中对许嘉倾的渴望和占有欲那么明显，这样的企图许嘉倾不可能感觉不到。可是许嘉倾不拒绝，这一点也让他更加生气。

许嘉倾也笑了："真该让你看看别的男人和崔雪儿纠缠是什么样子，恐怕你得原地疯掉吧？"

顾若琛冷了脸色："雪儿和你不一样。"

许嘉倾脸上的笑容凝住，喃喃地揣摩这句话："不一样？怎么不一样？她在你眼里单纯得像百合花吧？她是那天上的白月光，而我就像那墙上的蚊子血一般俗不可耐，对吗？"

顾若琛眯了眯眼，抿唇没有说话。

回家之后，顾若琛果然如他所说，没有放过许嘉倾，折腾得许嘉倾连抬起胳膊的力气都没有。

顾若琛亲了亲她的鬓边，从身后抱住她，然后说道："许嘉倾，你安分一点，老老实实地待在我的身边，这样就很好。"顿了顿，"还有你以后不要再拿自己和雪儿比了，你们不是一类人，没有可比性。"

许嘉倾一句话都不想说。

顾若琛看着她疲惫的模样，笑了笑，将她耳边的碎发挂到耳后，亲了亲她的脸颊："你想要什么我都会给你。"

许嘉倾早就睡着了，哪里还有精力听他说话。

似乎是察觉到她已经睡着，顾若琛竟然变得话多起来。他看着她说道："从什么时候开始，我变得想满足你所有的愿望，想看你满足的样子。希望你的眼睛一直看着我，希望你只对我笑，只对我撒娇，只问我要钱，也只听我的话，完完全全属于我。"说完这些，顾若琛自己都笑了一下，"今天看见你和霍羽奚的照片，真的是很生气了，说过那么多次，你为什么不听呢？霍羽奚对你的企图那么明显，他想把你从我的身边抢走呢。一想到这，我感觉自己就像个毫无定力又冲动的毛头小子。"

顾若琛哂笑一下："可见，成年人的爱情哪里比小年轻高级呢？还不是一样血气方刚，冲动没有原则。"

"爱情？"顾若琛突然意识到自己说了什么，先是一愣，随即笑了一下，"和这样没有良心又薄情的许嘉倾怎么会有爱情呢？"但是顾若琛也没有因为这个想法生气，只是静静地带着笑意看着熟睡的许嘉倾，修长的手指卷着她的长发，像是欣赏一只被自己完全占有的猎物一样，她这样乖顺地睡在自己旁边的样子，真是让他满意得不得了。

不管许嘉倾心中怎么想他，不管她多么薄情，反正来日方长，她会在自己身边一辈子。他绝不可能放手的，谁抢也不行。

第017章　真相&报复

第二日许嘉倾早早地去了片场，因为她提前走了，导致昨天的戏份根本没拍，所以今天必须补上。但是一想到导演把她的戏往后排，估计今天又是一个大夜戏了。

但是令人意外的是，崔雪儿竟然跟导演要求要把许嘉倾的戏份提前，这样她就不用一直等了。

许嘉倾狐疑地看着崔雪儿，不明白她想干什么。通过上次崔雪儿非要带着她一起吃饭逛街坐车等一系列操作就看出来，崔雪儿绝不是省油的灯。

崔雪儿浅浅地笑着看着许嘉倾道："嘉倾姐姐，这几天一直让你等，实在是不好意思了，所以今天就让你先了。"

许嘉倾眯了眯眼睛，听懂她话里话外的意思了。不管是演戏还是顾若琛，她崔雪儿让你先你才能先，否则你根本没有机会。

许嘉倾笑了笑，也不反驳，只是道："哪里有什么先后之分，就是演戏而已。我也只是混口饭吃，有钱就行，别的我不怎么在意的。"

崔雪儿看了看她，也笑了突然道："嘉倾姐姐，你要钱是为了什么呢？难道不是为了叔叔的身体早日康复吗？可是你真的做到了吗？

叔叔的肾源是怎么没的，你难道一点都不怀疑吗？在S市谁有这个权力把已经板上钉钉的肾源从S市最厉害的公立××医院弄走呢？你难道从来都没有怀疑吗？"

许嘉倾脸色凝住："你什么意思？"

"你可以去问霍羽奚，他知道得更清楚。"崔雪儿笑了笑，"你今天早点拍完，早点收工，就能早点知道真相了。我亲爱的嘉倾姐姐，我很期待你知道真相的那一刻。"

许嘉倾的脸色瞬间变得肃杀冷漠。就在这个时候，崔雪儿突然拉住许嘉倾的手，然后迅速往后仰去，而她后面正是今天下水戏的布景点。

崔雪儿在倒下去的瞬间松开了许嘉倾的手，这一幕像极了许嘉倾把崔雪儿给推下去了。

几乎是瞬间，许嘉倾就感觉有个人从她身边迅速跑过跳下水去。

顾若琛把崔雪儿救上来。所幸及时，崔雪儿只是呛了几口水而已。

应该说是崔雪儿算准了顾若琛来的时间，自己导演了这出戏。

崔雪儿扑进顾若琛的怀里，哭道："若琛哥，我好害怕。"

"不怕了。"顾若琛抱起崔雪儿往房车方向走去，在经过许嘉倾身边的时候，冷冷地说了一句："我需要你的解释。"

许嘉倾笑了一下："不是我推的，爱信不信。"

顾若琛一顿，他心中比谁都明白许嘉倾才不会做这种伤敌一千，自损八百的蠢事。或许是雪儿看见他和许嘉倾的关系，害怕他抛弃她，才出此下策。

他知道真相是一回事，可是许嘉倾不愿意解释又是另外一回事了。许嘉倾根本不在意顾若琛有没有误会她，也不在意自己在顾若琛心中是什么样的人。换句话说就是她根本不在意顾若琛，这才懒得解释。这个念头让顾若琛胸口憋着一股闷气，恨不得现在就掐住她的脖子，威逼她来解释这件事的始末，直到让他听到自己想听到的理由为止。

崔雪儿抓住顾若琛的衣襟，颤抖地说道："若琛哥，我有点冷。"

顾若琛看了一眼怀里冷得脸色惨白的崔雪儿，抿紧了唇，大步往房车那里走去。

许嘉倾一点也不想去管顾若琛和崔雪儿的事情，她现在只想去求证她爸爸肾源的事情。她那时候实在是过度伤心，过度地将心思放在失去肾源这件事上，才忘记去关注究竟是谁截和了肾源。是呀，在S市，有能力从医院截断肾源的人真没几个，如果让她知道是谁，一定会用尽自己所有办法让那个人身败名裂！

许嘉倾向导演请了假，直接给霍羽奠打了电话，她才不管顾若琛有没有监听自己的电话。和真相比起来，其他都不重要。

霍羽奠说在家等她。

许嘉倾直接开车去了霍羽奠的家，他家在一个高档小区的顶层，整层都是他的，电梯直接到了家门口。霍羽奠家果然像他这个人一样，单一的灰色，冷清却也显得高级，毕竟每一样家具都极贵。

霍羽奠正在厨房切榴梿，上次他们一起去超市时，许嘉倾特意点名要买榴梿的，看见榴梿都走不动道的。这可是许嘉倾第一次来他家，总要准备一些她喜欢的东西，虽然这榴梿的味道和他这高级的房子一点也不搭。

霍羽奠把榴梿端出来的时候，看着许嘉倾笑了笑道："特意为你准备，你喜欢的。"

许嘉倾却只是看着他问道："崔雪儿说你知道肾源的真相，虽然我知道崔雪儿的话不能信，但是我相信你。"

许嘉倾直直地看着霍羽奠。

霍羽奠也回望着她，将装着榴梿的果盘放在茶几上，然后从抽屉里拿出那个录音笔，按下了播放键。

崔雪儿的声音从录音笔中传出来。

她听见崔雪儿说："我觉得许嘉倾真是可怜呢！我身体里装着的这个肾啊，原本是给她爸爸许成栋的，配型都配好了，可是因为我也合适，所以若琛哥就从她爸爸的医院调过来给我了。"

"因为我也合适，所以若琛哥就从她爸爸的医院调过来给我了。"

这句话像是魔咒一样反反复复地在许嘉倾脑海中盘旋。崔雪儿说话时的得意语气，以及他们调走肾源是一件多么平凡且普通的事情，完全不会在意没有这个肾源，究竟会不会有人会因此丢掉性命。

许嘉倾握紧了拳头，指甲嵌进肉里的疼痛才让她清醒一点，才能让她站在那里，不至于倒下去。

她多卑贱啊！顾若琛像耍猴一样对她呼之即来挥之即去。他明明知道这个肾源对自己有多么重要，却还是轻而易举地拿去给了崔雪儿！给了他最爱的崔雪儿！

是呀！许嘉倾算个屁呀！许嘉倾算个什么东西！不过是一个靠着他庇佑才能在娱乐圈行走、百无一用的戏子而已。

许嘉倾弯腰抓起茶几上的录音笔，努力冷静克制地说道："这个东西我带走了。"

许嘉倾强迫自己冷静，现在录音里是崔雪儿的声音，她不可能只相信崔雪儿的一面之词。还有谁知道真相？谁可以求证？

突然许嘉倾的脑子里闪过顾若白和院长的对话。他们一定知道这件事的原委。

许嘉倾直接驱车去了医院，其间她的手机一直在响，全是顾若琛打来的，但是她都没有接。

许嘉倾直奔顾若白的办公室，但是他不在，去了病房查房。许嘉倾直接冲进病房，扯过顾若白说道："我有事要问你。"

顾若白从来没见过如此不冷静的许嘉倾，她从来都是克制的，见谁都要伪装一番的样子。顾若白嘱咐了身边的人几句，就跟着许嘉倾出去了。

许嘉倾直接上了天台，深秋的风吹得她的头发几乎贴在脸上，但是她管不上了。她什么都没说，直接打开录音给顾若白听，并仔细观察着顾若白的脸色变化。微表情永远骗不了人，她是一个演员，最了解这些微表情的含义。

许嘉倾仔细地看着顾若白，崔雪儿的声音一出来，他就震惊得抬起头看着许嘉倾。等到崔雪儿说起许成栋的肾源被顾若琛换走的时候，他眼中一瞬间闪过的慌乱被许嘉倾准确地捕捉了。

许嘉倾关掉录音，她确定了，这个肾源确实是被顾若琛换掉了，而且顾若白早就知道了。

顾若白看着许嘉倾努力克制的表情，眉头紧紧地皱在一起，上前一步说道："嘉倾，你冷静点，就配型结果来说，确实是崔雪儿更加适合，这一步其实并不算错。"

许嘉倾冷眼看着他，带着厌恶和憎恨："如果躺在楼下病床上的是你爸爸，你还能说出刚才的话吗？人都是自私的，我也同样，我的东西被别人这样羞辱般抢走，我绝不会善罢甘休。"说完，她直接转身走掉。

顾若白直接追过去，抓住她的手腕，急切道："那你还能怎么做？把崔雪儿体内的肾再挖出来？嘉倾你别傻了，你以为你斗得过若琛吗？"

许嘉倾冷眼看着顾若白道："斗不过又怎样，这世上多的是鱼死网破，玉石俱焚，同归于尽。"

顾若白皱眉："如果你没了，你以为叔叔还能活多久？阿姨又能活多久？你是他们唯一的希望，你要亲手掐灭他们唯一的希望吗？"

许嘉倾冷笑："在黎明前被夺走光明的人，不配再拥有太阳，"

她狠厉地看着顾若白继续说道，"那么就一起下地狱吧。"

许嘉倾狠厉地从顾若白的手中抽出自己的手腕，然后头也不回地走了。

她像是装上所有铠甲，带着满身戾气，双眼猩红地看着前方，握着方向盘的手指因为握紧而青筋贲突，让人不寒而栗。

许嘉倾走进九亭别墅的时候，在二楼的顾若琛已经看到她。

顾若琛眯眼看着许嘉倾，这女人竟然敢不接他的电话，还打电话给霍羽奚，还去了霍羽奚的家！他今天不罚许嘉倾，他就不姓顾。

许嘉倾上楼的时候，就看见顾若琛坐在沙发上，双臂打开搭在沙发背靠上，双腿交叠在一起，像鹰隼一样的眼睛紧紧地盯着刚进门的自己。

"你还知道回来？"顾若琛冷冽地质问。

许嘉倾没说话，只是一步一步地靠近他，直接坐到他的大腿上，歪头笑了笑，媚眼如丝，那模样像是要诱惑他一样。顾若琛心中暗哂，面上却依旧不动声色，只是冷冷地看着她的动作。

许嘉倾环住他的脖颈，什么话都没说，她怕她一开口就是恶毒的诅咒，那会完全暴露自己。

她笑着直接低头吻下去，缱绻缠绵。顾若琛心中的怒气消弭了大半，伸出大掌按住她的后脑勺，另一只手掐住她的腰身，将她整个人更加靠近自己，并加深了这个吻。

就在顾若琛情动不已的时候，许嘉倾突然照着他的舌头最柔软的地方使劲咬下去，在顾若琛猛地睁开眼睛的同时，她掏出口袋中准备好的美工刀朝着他的心脏狠劲儿地扎进去！幸而顾若琛反应够快，避开了要害部位，但还是被刺中了。

气极的许嘉倾推开受了伤的顾若琛，冷冷地看着他："你为什么不去死？"

顾若琛用手背抹掉嘴角溢出的鲜血，捂住伤口，颤颤巍巍地站起来，眼神同样狠厉地看着许嘉倾，但是因为疼痛，额头渗出的细密汗珠还是泄露他此刻的痛苦。他伸手掐住她的下巴，冷冽地说道："怎么？霍羽奚一从国外回来，去一趟他家，你们就暗度陈仓了？"

许嘉倾歪头笑了笑，带着满腔的厌恶和憎恨看着他："没错，你不是一直怕我和霍羽奚有关系吗？今天我就要告诉你，我爱他，我的心装满了他，你在我心中就像一个强盗变态，我和你在一起只是图你的钱，对于你每一次的碰触，我都恶心至极！"

顾若琛的双眼猩红，原本掐住她下巴的手指一下子下移，掐住她的脖子，咬牙切齿道："许嘉倾，我杀了你。"

"好啊，顾若琛，我们一起下地狱。"许嘉倾冷笑。

"许嘉倾你不怕了吗？不怕我封杀你吗？你知道你说这些话，今后你再没有好日子过了吗？"顾若琛痛恨地说道。

许嘉倾冷笑："你封杀啊，用尽你所有卑劣的手段封杀我吧。在我决定和你一起下地狱的时候，我还会在意那些肮脏的资源？"

顾若琛的眼中一闪而过的恐慌让他胸口一紧，那种再也无法控制许嘉倾的恐惧深深地占据他的心。他欺近一步，松开掐住许嘉倾脖子的手，而是将她牢牢地抱在怀里。许嘉倾撞进他怀里，手顺势在他受伤的位置狠抓了一下，顾若琛疼得闷哼一声，却没有松手。

他抱着她，修长的手指掐住她的后脑勺，将她紧紧地禁锢在自己的怀里。

他说："许嘉倾，你是怎么了？我们不是一直好好的吗？为什么突然……突然这么恨我？恨不得……恨不得杀了我？"他的脸色已经惨白，许嘉倾也能感觉他的鲜血染红自己的衣裙。可是她只觉得痛快，感受着这男人的血在汩汩地往外流，让她有一种痛快淋漓的快感！

许嘉倾从口袋里拿出那支录音笔。她要让他听听崔雪儿亲口说出的话，她要摧毁崔雪儿在他心中的样子，她要彻底摧毁顾若琛所有的信仰。

当录音笔中崔雪儿的声音一字一字地传进顾若琛的耳朵里，他几乎是恐慌地睁大眼睛。

那种即将失去许嘉倾的恐惧让他无论如何都不敢松开手。

顾若琛更紧地抱着许嘉倾，说："我看过那个肾源配型报告对比，也咨询过院长，那个肾源的配型和雪儿更合适，给雪儿是更好的选择，而且我当时不知道另一个病人是你的爸爸，嘉倾你信我。"

许嘉倾继续笑，问："知道和不知道有什么差别，假如当时你知道另一个病人是我的爸爸，你恐怕还是会把这个肾源给崔雪儿吧。崔雪儿和我在你心中的分量孰轻孰重根本不需要去猜测。顾若琛，感情上我伤不了你，所以除了杀你，我想不出更好的报复办法。"

顾若琛握紧了拳头，放开她，眼神已经有些涣散地看着她，道："只要你还肯留在我身边，你想要什么我都给你，你想要多少钱，多少资源我都给你。"

许嘉倾冷笑："顾若琛，你不怕吗？我留在你身边，随时会想杀了你。"

顾若琛模仿她的样子，歪头笑了笑："如果是死在你的手里，也未尝不可。"说着就牵起许嘉倾的手，握着那把美工刀，将刀刃对着自己胸口缓缓靠近。

许嘉倾先是一愣，一点反应都没有，之后只是冷眼看着，就像看一条垂死的狗。她说："那你去死吧。我会和霍羽奚结婚生子，幸福一辈子，就当你从来不曾存在过。"

"你敢！"

许嘉倾冷冷地看着他，看着他的脸色变得惨白，看他连站立都快站不稳，嘲讽地说道："顾若琛，我们的交易到此结束吧，恭喜你拥有崔雪儿那样扭曲变态的野百合，正好你们配一对，一起下地狱去死！"

　　许嘉倾说完直接转身离去，手腕却被一股力道握住，那力道不重，但是能感觉那是他所有力气的极限。

　　许嘉倾转身看着顾若琛快涣散的眼神，看到他带着渴望和祈求望着自己，看他动了动嘴唇说道："别走，别离开我。"

　　许嘉倾只是冷笑，伸手狠厉地撇掉他的手。因为撇得太过用力，缺少支撑，许嘉倾刚离手，顾若琛就直直地栽倒在地。

　　许嘉倾抬脚要走，感觉脚腕又被握住。顾若琛像是守护自己的珍宝一样说道："别走。"仿佛她只要走出这个屋子，他就永远地失去这个女人了，他不能放手。

　　许嘉倾蹲下来，冷洌地看着顾若琛已经泛白的嘴唇说道："顾若琛，怎么着，你爱上我了？"

　　顾若琛抬起头渴望地看着她，那眼神像在告诉她，她猜对了。顾若琛张了张嘴，努力地发出声音："嘉倾，别走，我早就喜欢上你了。只是我那时候不知道，我分不清你和崔雪儿的区别在哪里。可是我只想抱你，只想亲你，对崔雪儿只有感激。"

　　许嘉倾歪头笑了笑，狠狠地扒掉他握着自己脚腕的手指，给他致命一击："你爱上我了呀？不巧，我一个字都不信。就算你爱我，可是我一点儿也不爱你，我真心爱上的人只有霍羽奘。"

　　顾若琛听到她的话，感觉喉头一热，一口血吐了出来。

　　许嘉倾的脸色丝毫没变，只是冷冷地站起来转身离开，临走前她还不忘扔下一句话："你死了，我也不会为你流一滴泪，还会开香槟庆祝呢。"说完头也不回地走开。

　　顾若琛脸色惨白地闭上眼睛，许嘉倾那句话比那把美工刀扎得还要疼，还要深！甚至让他对许嘉倾也产生深深的恨意。他就是绑也要把这个女人绑在自己身边，不爱他没关系，就绑在自己身边折磨她也是好的，至少这个女人是在他身边的，可是他的眼皮好重呀，伤口的血汩汩地往外流，心脏也觉得空空的，他是要死了吧？

为什么？当初穿越暴风雨将他从漫长的无边黑暗孤独中解救出来的人是许嘉倾，现在用刀扎进心脏的人也是许嘉倾？救人是她，给予致命一击的也是她！

顾若琛没想到算无遗策的自己竟然栽在她的手中，可是再也没有这样的机会了，以后对她再不会心慈手软了。

许嘉倾出了别墅后，看着天空，突然笑出来，笑着笑着又蹲在地上开始哭，哭她的遭遇，哭她的愚蠢，为什么要相信顾若琛？顾若琛这样精于算计的人会容许自己在他身上捞到一点好处吗？可笑的是这个人截和她的肾源，自己却还像狗一样跟在他身边！崔雪儿说得不错呀，她真的是贱透了。

许嘉倾哭够了，用手背用力地擦掉脸上的泪水，然后站起来，挺直了脊梁往外走。这辈子她再也不会踏足这里！

第018章 考验&约定

许嘉倾来到医院许成栋的病房时，却看见戴着口罩在门口等待的霍羽奚。

因为许成栋这一层都是VIP病房，人很少，而且都是一些显贵。不过在医院的人哪有心情追星，所以也不需要担心有人会认出他。这也是当初许嘉倾选择VIP病房的原因之一。

霍羽奚看见许嘉倾走来，便也迎过去。

他看着许嘉倾红肿憔悴的眼睛，想伸手去摸一摸，却在抬到一半时收回。

许嘉倾看着他道："你走吧，我不想把你牵连进来。到现在还没有找到合适的肾源，怕是以后也不会有了。我放弃了。如果爸爸走了，我也没有什么目标了。顾若琛不会放过我，你没必要蹚进这浑水。"

霍羽奚低头紧紧地凝望她："我认识的许嘉倾不会轻易放弃的。"

"是吗？谁会有那样坚强的意志呢？在明知道没有希望的情况下还继续坚持呢？谁也做不到，凭什么我能做到，我也只是个普通人而已。"许嘉倾说完，想绕开霍羽奚走进病房。

"如果我说我给你希望呢？"霍羽奚轻声说道。

许嘉倾转身看他。

霍羽奚将手中的报告递给她，说道："我今天来医院是为了取报告，也是为了等你。我和叔叔配型成功了。"

许嘉倾又惊又喜地抬起头看着霍羽奚。

霍羽奚笑了笑，终于敢伸手摸她的头道："许嘉倾，你嫁给我吧。我给叔叔换肾，你愿意吗？"

许嘉倾还在震惊中回不过神！她刚才还觉得自己真是卑鄙，刚才那些话，是个男人听了都不会放着她不管，何况是对她有好感的霍羽奚！她嘴上说不想把霍羽奚牵涉进来，却用这样的小心机想把他拉到自己的阵营，一起来抵抗顾若琛。

可是现在他竟然说愿意为爸爸换肾，这样天赐的恩情，许嘉倾竟然刚才还在算计他。

许嘉倾抬起头看着他，眼泪渗出眼角，她说："可是换了肾，你的身体？"

霍羽奚笑了笑："到时候你会嫌弃我拖累你吗？"他低下头遮住自己的难堪继续问道，"我需要你在我的身边，将我从孤独中救赎出来。可是我太卑鄙了，让你有了一个不是很健全的丈夫。"

许嘉倾几乎是一下子扑进霍羽奚的怀里，紧紧地抱住他，哭着说道："不会的，不会的。"接着，从他的怀里抬起头看着他笑道，"我会用我的一生报答你。"

霍羽奚抿唇笑了笑，抱住她，像是抱着这世上最耀眼的温暖。

许成栋原本在病房里走来走去，锻炼身体，却在门口看到许嘉倾和霍羽奚在谈话，内容听得清清楚楚。他听见许嘉倾说没有肾源了；也听见她说如果爸爸活不下去了，自己也不想活了；他还听见顾若琛要对付她；他更听见霍羽奚用换肾要挟女儿和他结婚！

许成栋捂着胸口蹲在地上，疼得直不起腰来。他那可怜的女儿，为了他的病受了怎样的罪呀？他一个半截身子都入土的老头子为什么要这样拖累自己的女儿？

常言道，生孩子有两种，一种是来讨债的，一种是来报恩的。

许嘉倾大概就是来报恩的吧。

可是许成栋上辈子究竟给了她怎样天大的恩惠，才让她今生这样受苦地报这份恩情？

陈凤娇看着蹲下来的许成栋，赶紧慌张地跑过来，焦急地问道："老头子，你怎么了？"

许成栋只是捂住胸口，然后颤颤巍巍地站起来，扶住陈凤娇道："别出声，倾儿在外面。"她听到又该担心了。

陈凤娇含着眼泪扶着许成栋走到床边，然后帮他脱掉鞋子，扶着他躺下，给他掖好被角。

许成栋捂着胸口艰难地说道："倾儿她妈，如果我走了，你一定要拉住我们的倾儿，不要让她做傻事。"

陈凤娇心中一顿，那种害怕和悲伤将她紧紧地笼罩着，头上的白发看起来更加可怜孤苦。她几乎是一下子哭了出来，说："老头子你在胡说什么？你不会有事的，不是已经找到肾源了吗？倾儿说只是还有一些问题而已。一切都会好起来的，我们要相信倾儿。"

"记住我的话。"许成栋几乎是梗着脖子咬牙说出这句话。他太了解自己的女儿了，不是走到绝境，她不会轻言放弃。何况他怎么能让他唯一的女儿用下半生的幸福换他一命呢？

等到许嘉倾推门进来的时候，许成栋和陈凤娇二人已经整理好情绪。许嘉倾拉着霍羽奚进来，笑着走到许成栋的病床前说道："爸爸、妈妈，给你们介绍，这是我的男朋友霍羽奚，是当红的大明星，一个大咖，不知道比我厉害多少呢。被我拐骗来给你们做女婿了，我厉不厉害？"

许成栋几乎是痛心地看着自己女儿的笑容，然后才将怨怼的眼神转向霍羽奚，严肃冷冽地说道：“倾儿答应了，但我还没答应你们可以处对象。”

陈凤娇见许成栋这样，以为他是舍不得女儿，立即笑道：“老头子你瞎说什么？倾儿带回男朋友，怎么这样胡说？”然后笑着看着霍羽奚道，“别放在心上，他是舍不得倾儿了。”

“我知道。”霍羽奚微微笑地点头。

许成栋还想再说什么，却听见许嘉倾说道：“爸爸，我要和羽奚结婚。”

许成栋猛地抬起头看着许嘉倾，似乎是想看穿女儿的勉强。可是许嘉倾是多么出色的演员，她想演，谁又会看出破绽呢？许成栋只是冷冷地说道：“我不同意。”

“爸爸。”

“老头子。”

许嘉倾和陈凤娇几乎是同时喊了他。

许成栋却坚持说：“我不同意你们交往。”

“为什么？”许嘉倾问道。

“没有为什么，就是不同意。”许成栋说完，直接拉上被子准备睡觉了。

许嘉倾看他的样子，开始委屈地嘤嘤哭泣，说：“爸爸，又开始耍小孩子脾气了，又开始为难倾儿了。”

许成栋听见女儿哭，赶紧又坐起来，着急忙慌地拿着床边的手绢去给她擦眼泪，一边擦一边说道：“一个男孩子长得比女孩子还好看，就是个中看不中用的花瓶，以后能给你幸福吗？”

许嘉倾一下子破涕为笑，她说：“他比我还红，演技也很厉害，赚的钱养十个我都没问题，怎么会是中看不中用呢？”

许成栋看着许嘉倾，忍了忍还是没问出来，只是道：“让我答应也不是不可以，今晚你们都回去，让他留下来陪床。”

"爸,这不合适吧。"许嘉倾赶紧拒绝。

"好。我留下来。"霍羽奚静静地说道。

许嘉倾看了一眼霍羽奚,对方只是朝她笑了笑点了点头。

许成栋已经开始赶人了,说陪床从现在就开始,然后嘱咐许嘉倾带着陈凤娇回家好好休息一天。

看着她们都走后,许成栋才问道:"你真心喜欢我的女儿吗?"

"嗯。"霍羽奚点头。答完又觉得自己说得太少了,补充道:"准确地说不只是喜欢,我觉得自己离不开她。我从小一个人长大,没有父母亲人,本来我不觉得孤独,也不觉得哪里不对。可是自从她出现在我的生活中,我突然发现生活还可以有另一种活法。失去她,我感受到了孤独,所以我不能没有她。"

许成栋看着他说道:"你们演员说话谁知道真假。去给我打盆热水,我要喝茶,还要泡脚。"

"嗯,好。"霍羽奚听话地拿起床头的热水瓶出门了。

霍羽奚不熟悉医院,本来想去问护士,但是想起可能会引起骚乱,就作罢了,自己在楼层里转了一圈这才找到开水房。霍羽奚打了两瓶水回去,因为没用过医院这种水箱式烧的热水,在关水龙头的时候还烫到了手,但是他也只是抿唇皱了一下眉。

回去后,他先给许成栋泡茶,又拿出泡脚桶,倒上热水,扶着许成栋坐起来泡脚。许成栋自然也看见他手中的烫伤,但是他不问,看霍羽奚会不会说,一直等到最后霍羽奚给许成栋洗完脚,他也没提一个字。

许成栋看着霍羽奚道:"霍羽奚是吧,以后就叫你羽奚吧。"

"好。"

"羽奚啊,我想吃葡萄,你帮我洗一点吧。"

"好。"

"羽奚啊,我觉得有点冷,你给我拿床被子进来。"

"好。"

"羽奚啊，我又觉得有点热，你给我换个薄一点的被子。"

"好。"

"羽奚啊，我想吃楼下的煎饼了，你去买个上来吧。"

"好。"霍羽奚一直安静地应着，没有任何不悦的神色。

霍羽奚顶着一张随时会被认出来的明星脸下去买煎饼。

虽然鸭舌帽和口罩都围得紧紧的，但还是被粉丝认出来了。霍羽奚将煎饼放进外套怀里，防止被粉丝挤到，然后一一给粉丝签名，最后不得不双手合十表示抱歉："我真的还有急事，再见。"说完直接跑进医院大楼，顺便给医院门口的保安打声招呼，让他们拦住那些粉丝。

霍羽奚快步跑进电梯上到十六楼，到病房时有些不好意思地拿出那个煎饼道："叔叔，实在不好意思，出了点小状况，所以回来晚了。"幸亏煎饼护在衣服里面，才没被挤烂。只是他的衣服不能幸免地被染上油渍。

许成栋看着他的样子，没有说话，只是说："给我倒杯水吧，扶我起来。"

许成栋深深地看着霍羽奚说道："嘉倾是个好孩子，她漂亮也聪明，如果不是我拖累她，她的人生会比现在更好，也更幸福。我没尽到一个父亲的责任，却让她承担所有作为女儿的义务。我一直对她很愧疚，所以我比谁都希望她幸福，你能明白一个父亲的心吗？"

霍羽奚只是静静地看着许成栋，他不想说明白，也不想说能共情。他本就是话少的人，如果对面的人不是许嘉倾的父亲，他可能连看都不会看一眼吧，并不会因为他是个病人就给予过多的关照，毕竟生老病死都是每个人的人生轨迹。

许成栋也没想等他回话，只是接着道："或许你以为我在为难你。可是你知道吗？我刚才听见了你和嘉倾的话，你用你的肾要挟嘉倾，我不可能为了活命拿我女儿的幸福去赌。

　　"我看出来你是一个好孩子，我也相信你是真的喜欢嘉倾，我会把嘉倾交到你的手里，但是我们要做一个约定，一个只属于咱俩的秘密。"

　　霍羽奘牢牢地看着他，等他继续说下去。

　　许成栋说："我不要你的肾。"顿了顿，"不要以为我是为了你，我是为了嘉倾，如果你们在一起会幸福，但你没有健全的身体，怎么能给嘉倾幸福呢。如果你们在一起不幸福，我希望嘉倾有退路可以离开你，而不会因为这个恩情而不敢断。但是我希望你保守这个秘密，直到你们过不下去的时候，自然会有人说出来。"

　　霍羽奘冷静地看着他，拳头渐渐握紧，他说："如果我不答应呢？这样嘉倾随时都有可能离开我。"

　　"如果你不答应，我是不会同意嘉倾嫁给你的，以死相逼。"许成栋歪着头笑了笑，冷静淡漠地说道。他这个动作和神情简直跟许嘉倾一模一样，想来许嘉倾这些小动作都是模仿了她的父亲。

　　第二天，许成栋握着许嘉倾和霍羽奘的手，将女儿的手放到年轻男人手中，笑着说道："倾儿呀，爸爸已经替你考察过了，羽奘是个值得托付的好孩子。如果你是真的喜欢他，爸爸同意你们的婚事，如果你不喜欢，爸爸怀里也永远是你最坚强的后盾。"

　　许嘉倾笑着扑进许成栋的怀里，明明是笑着的，眼泪却滚了出来。她说："倾儿知道了。"

　　许嘉倾带着霍羽奘去找顾若白，说明了来意。

　　顾若白打量着霍羽奘，然后看向许嘉倾道："嘉倾，你们什么关系？"

　　"他是我的未婚夫。"许嘉倾笑着说道，眼睛也笑得弯弯的，一脸幸福的模样。作为一个演员，想要什么样的表情没有呢？

顾若白抿了抿唇，最后看着霍羽奚说道："霍先生，我可以单独和嘉倾说几句话吗？"

霍羽奚看了一眼许嘉倾，许嘉倾朝他点了点头。霍羽奚便走到门外。

顾若白看着许嘉倾说道："若琛被送进医院急诊，现在还在ICU，昏迷不醒。"

许嘉倾冷笑："原来他没死成。"

顾若白皱眉道："如果不是刀子刺偏了一些，若琛或许连被送进医院的机会都没有。"顾若白紧紧地凝视着许嘉倾说道，"你没想过真的让若琛死吧？"

许嘉倾冷笑一声："我只是不想惹上人命，我和他不一样，不像他那么狠。"

"不是因为你不够狠，是因为你心中有他吧？"

许嘉倾抬起头冷静地看着他，一点也不避讳，说："有他或者没他都不重要，在我心中永远明白什么最重要，而且我现在有未婚夫了。"

顾若白没说话，只是深深地看着她。以许嘉倾的性格，如果她心中真的没顾若琛，一定会先笑一笑，然后一句"怎么可能呢"。可是现在她一再强调自己心中什么才是更重要的事情。

顾若白看着她说道："那你找我是为了什么呢？"

"我找到肾源了，希望你们评估并安排手术。"许嘉倾说道。

顾若白皱眉看着她，忽然像是什么都明白了一样，震惊地看着她说道："你说的肾源就是你这个未婚夫？"

"嗯。"许嘉倾点头。

顾若白欺近她，眉头紧紧地锁住："你知道你在做什么吗？"

"知道，我做的是我认为对的事情。"许嘉倾没有一丝表情波动，和她以往做的任何决定一样。只要她做了决定，剩下的就是挺直脊梁，一直朝着这个目标走下去，不后悔，不会回头看，不埋怨任何人。

"若琛总有一天会醒来。你这样伤害他，他不会放过你和霍羽奚。"顾若白皱眉。

"那是以后的事情了，我只解决眼前的困局，这个婚我必须结。"

顾若白看着她，知道再劝也是无效，只是道："我们还要对肾源进行评估。"

"好。"

"你们是准备先做手术还是先结婚？"

"先做手术，婚礼要准备很久，可是我爸爸不能等太久。"许嘉倾说道。

顾若白不再说话，只是紧紧地抿着嘴唇。

ICU中的顾若琛还在靠着呼吸机存活，他的手指似乎动了一下，但是很微弱。

第019章 婚礼&重婚

霍羽奚和许成栋之间的"换肾"手术被安排在一周后。周一那天，顾若白被安排去外地医院交流学习，而许成栋非闹着要在周二做手术。

许嘉倾从来没见过爸爸这么坚持，虽然知道他有些无理取闹，但还是给顾若白打电话说明了情况。由于顾若白无法赶回来，于是只能将这台手术交给另一位留学回来的肾病专家陈医生。

"手术"经历了八个小时，陈医生出来的时候，许嘉倾急忙冲过去："我爸爸怎么样？"

"手术很顺利。"

许嘉倾这才放下心来，然后有些愧疚地问道："羽奚呢？"

"他也很好。"陈医生深深地看了一眼许嘉倾，握了握拳头走开了。

许成栋和霍羽奚都在等待麻醉药效的消退。霍羽奚先醒过来，他转过脸看了看旁边戴着呼吸机的许成栋，紧紧地抿着唇，也不知道此刻是什么心情。他转回脸看着天花板，勾起一个笑容。他好像偷来了一段幸福，世界上怎么会有那么巧的事情呢？肾源这么容易匹配的话，每天就不会有这么多人死去了。

一切都按照他的计划在走啊！那份造假的肾源匹配报告，以及他故意等在许成栋的病房门口，故意说出的那句话，故意让许成栋知道这个交易，以及在许成栋身边的逢迎。他算准了许成栋不会要他的肾，一个对女儿如此愧疚的父亲如何能要女儿未来丈夫的肾呢？

所有事情，包括人心，都在他的算计之内。

所以才有了今天这场"假手术"，他甚至不知道许成栋是用什么方法让那个陈医生答应演这场戏的，可是一切已经不重要了，重要的是不久后，许嘉倾就会属于他，只属于他。

许成栋也慢慢转醒，他看着天花板有一瞬间迷茫，好半天才回过神，转过头看着旁边的霍羽奚说道："我活不了多久了，我希望有个人能照顾她们母女俩。既然这个时候你出现了，就当作是老天爷帮助我选中了你吧。如果你对她们不好，我做鬼都不会放过你的。"

霍羽奚静静地望着这个老人，他的呼吸微弱，仿佛随时都会和这个世界切断联系。他平静地说道："我只怕她离开我，又怎么敢让一丝一毫的不愉快打扰她？"

许成栋虚弱地笑了笑，随即又闭上眼睛道："那就好。"

护士大声地和两人喊话，问两人是否都能听清她的话，霍羽奚微微皱眉，对护士的大嗓门有点不悦，只是点了点头。护士见两人都清醒了，就将他们都推出去了。

许嘉倾、陈凤娇和文森已经等在外面了。

母女俩直接去迎接许成栋的病床，只有文森走到了霍羽奚的病床前。

文森见霍羽奚直勾勾地看着许嘉倾的背影，忍不住替许嘉倾解释道："你体谅一下她吧。为了这一天，她等了那么多年，努力了那么多年，此刻想来是顾不上你的。"

"嗯。"霍羽奚应了一声，但是眼睛依旧看着许嘉倾的方向，仿佛她是那个太阳，而自己就是那簇向阳而生的向日葵，看向她，才能看到光和希望。

或许是麻醉的后劲实在太大，导致根本没有手术的许成栋显得更加虚弱，或许他自己也懒得动弹，就躺在病床上。许嘉倾总是催陈凤娇去休息，自己则不眠不休地照顾许成栋，晚上实在太累了就趴在床边眯一会儿。

连续两天她都没有去看霍羽奚一眼，或许是忘记了吧，又或许她现在开始逃避了。人总是这样，得到自己想要的东西了，就不想再付出自己该付出的了。许嘉倾也是这样的普通人而已。虽然她这么想，但绝不会这么做。

第三天的时候，霍羽奚来到许成栋的病房。

许嘉倾震惊地看着他道："怎么不在病房好好休息？"

"我想看着你。"霍羽奚看着她静静地说道。他说任何话都是这样静静的，不热烈，也不偏执，但就是能给人一种静谧稳重的力量。

许嘉倾说："你回去休息吧，我等会儿去看你。"

霍羽奚摇了摇头："我在一边看着你就好了，我不打扰你。"

许嘉倾静静地看着他，抿了抿唇，没再说话，只是拧了毛巾去给许成栋擦汗。

霍羽奚每一天从早饭开始就会过来许成栋的病房，看着许嘉倾照顾许成栋。许成栋已经醒来了，但是变得嗜睡，呼吸也很微弱。

陈凤娇每天在家里做了饭，由文森接来医院，然后陈凤娇给许成栋喂饭，许嘉倾和霍羽奚就在一边吃饭。

霍羽奚不挑食，而且吃得多，陈凤娇做什么就吃什么。因为许嘉倾节食习惯了，吃饭又慢又少，通常剩下的也都是霍羽奚一个人解决掉。

陈凤娇总是高兴地看着空碗空盆道："家有羽奚，真是捡到宝了，再也不担心有剩饭剩菜了。"

霍羽奚笑了笑道："是因为阿姨做的饭菜好吃。"

许嘉倾也笑他："看起来话挺少的，倒是很会哄人开心。"

霍羽奚深深看了一眼许嘉倾，轻声说道："那是你的母亲。"言外之意就是如果是别人，他就不会搭理了。

许嘉倾像是被击中软肋一样，看着霍羽奚笑了笑，然后将自己碗里的剩饭也递给他道："那把我的也解决了吧。"

霍羽奚"嗯"了一声，就拿过她的碗吃剩下的饭。

许嘉倾觉得呼吸一窒，然后笑了笑，她觉得这样或许也很好。

许成栋看着霍羽奚，又看了一眼陈凤娇，笑了笑，表示很欣慰。

顾若白出差回来后，连住处都没回就直接来医院看许成栋了。当他伸手想检查许成栋的身体情况时，却被许成栋按住。

许成栋望着身后的许嘉倾说道："倾儿，你和你妈去给我买一份北街口的小馄饨呗，我现在特别馋那一口。"

许嘉倾有些狐疑，猜测可能是爸爸不放心自己的身体，怕当着母女俩的面检查出什么毛病，他们会受不了，所以想把人支开。于是她笑了笑："好，我和妈现在就去买。"

病房的门被再次关上后，房间里只剩下许成栋和顾若白。等了几分钟，确认许嘉倾真的走远了，许成栋才望着顾若白，开口道："顾医生，对不起，我骗了你们。我强求了陈医生，没做这个换肾手术。"

顾若白一脸震惊地望着许成栋，不敢相信自己听到的消息，好半天才用近乎呢喃的语气问道："你这样让嘉倾怎么办？她为了你的病，甚至赔上自己后半生的幸福。"

许成栋神色痛苦地闭上眼睛，好半天才再次睁开眼睛，眼神变得坚定又执着："我比任何人都了解倾儿，她认定了这次交易，就一定会坚持。既然最后结果一定是要和羽奚结婚的，那么我为什么不成全她的坚持呢？而且羽奚是个好孩子，我观察过他，他会对倾儿好，可是我不能让我女儿的丈夫是不完整的。你明白我的意思吗？"

顾若白震惊地看着许成栋。虽然他的眼神有了上了年纪的浑浊，却异常地坚定沉着，想来许嘉倾许多优秀的性格都是遗传了她这位父亲吧。

许成栋说道："告诉顾医生这个秘密，是希望顾医生帮助我。如果有一天，你觉得他们不幸福了，而那时候我也不在了，请你告诉倾儿，让她有后路可以退。如果他们幸福，那么就永远保守这个秘密吧。"

顾若白抿了抿唇，看到这个风烛残年的老父亲在人生的最后时刻，还在为自己那可怜的女儿谋划深远的未来，眼眶不由得微微酸涩。他握住许成栋枯瘦的手指，坚定地颔首。那模样是答应他的请求，并且一定会做到的坚毅。

就这样过了两周，中间有陈医生帮忙换纱布、换药、复诊，一切都是他经手。许成栋也不让许嘉倾看伤口，说是会吓到她。

而另一边，顾若琛依旧躺在医院，戴着呼吸机，穿着防菌服的崔雪儿就站在病床边，静静地看着他，道："若琛哥，以后你就会属于我了。"崔雪儿往床边再靠近一步，笑得有些偏执了。

她说："若琛哥，你知道吗？我听王若熙说了，许嘉倾已经答应霍羽奚的求婚了，因为霍羽奚给了许成栋一颗肾，你说你还怎么和霍羽奚比呀？婚礼就定在两周后了，你和许嘉倾这辈子都不可能了。以后你就只能属于我一个人了，你知道吗？以前在医院的时候，你每次来看我，说起的都是我。可是后来你来看我的时候，总是说起'她'。那时候我还不知道她是谁，可是有次见你看着一个广告上的女人出神，我就知道了，你口中的她就是许嘉倾。那时候我就讨厌她，恨她！她明明已经是万众瞩目的明星，为什么还要来和我抢一个你？所以我发誓一定要把你抢回来。你看，我现在做到了，你终于回到我身边了，只属于我一个人了。"

崔雪儿趴在顾若琛的手边，轻笑道："你以后要乖乖的，乖乖地待在我身边。哪里也不能去，不能去看许嘉倾，不能想她。不然我就要生气了，我一生气说不定会伤害她呢，让她永远在这世上消失，这可能才是万全之策。"

崔雪儿又笑了笑："不过我知道你不会的，她就要和霍羽奚结婚了，我猜你也不会对别人的老婆感兴趣。"

顾若琛的手指微弱地动了动。

两周后，许嘉倾和霍羽奚举行婚礼，因为许成栋不能长途劳累，所以婚礼就在S市举行。当天许嘉倾和霍羽奚的婚礼热搜直接引爆微博，因为之前没有任何官宣，直接就举办了婚礼。最重要的是霍羽奚没要任何赞助，婚礼在他能力范围内极尽奢华。

许嘉倾有些埋怨道："干吗乱花钱？"

霍羽奚只是道："这是我能给你最好的，但是我还觉得不够。"

婚礼当天，新郎先去酒店，新娘后面才出发，却在途中被一辆兰博基尼拦住。

车队的领车下去交涉，可是兰博基尼后面的几辆车立即下来几个黑衣保镖将他架到一边，然后兰博基尼上才下来一个人。锃亮的皮鞋，笔挺的裤管，等到他完全下车，才看清这人正是前几天还躺在ICU的顾若琛。

此刻虽然脸上做了一些修饰，但是依然能感觉到他的苍白和虚弱。

仔细看去竟然发现顾若琛盛装打扮了，如果不知道新郎是谁，估计怕是会把他认作要结婚的人吧。

顾若琛直接走到许嘉倾的车身前，打开车门，冷冷地说道："下车。"

许嘉倾看着他，声音也冷得像冰碴子："顾若琛，你知道你在做什么吗？"

"我若不知道自己做什么，就不会从医院出来了。"他眯眼看着她，"在伤了我之后，想就这样嫁给霍羽奠，你怎么想得这么美呢？如果你一定要结婚，也只能是和我顾若琛。"

许嘉倾从车上下来，站到顾若琛面前，仰起头冷静地看着他道："顾若琛，你动了我爸爸的肾源，我扎你一刀，我们两清了，没什么好说。现在我爸爸从鬼门关抢回一条命，我也不想再和你计较，只是我们从此桥归桥路归路，你何必还要揪着不放？"

"呵，两清？"顾若琛冷冽地看着她，"你说两清就两清？在我看来，你那里还有许多我想得到的东西，我没说两清，你就别想全身而退。"

"是吗？可是我们并没有什么协议，我们也没有任何关系。今日我嫁作他人，你也可以去娶你的崔雪儿，去报你的恩，这不是两全其美的事情吗？"

顾若琛握紧了拳头，冷冷地看着她道："只要你和霍羽奠还在娱乐圈，你们不怕我吗？"

"我和羽奠可以带着爸爸妈妈去国外定居，我们彼此不会相互妨碍。"许嘉倾早就想好了以后会遇见的困难。

顾若琛的脸色更冷了，心脏处传来麻痹一般的疼痛让他觉得呼吸都快停止，连站在那里都需要极力克制。可是他不想倒下，他今天来是要带走许嘉倾的。

顾若琛说道："你早就算好了？你真的这么想嫁给霍羽奠？"

"没错，我想嫁给他，现在这么想，且不后悔。"许嘉倾坚定地说道。

顾若琛听见她的话，只觉得心脏像是被一记重锤狠狠地锤中，那种令人窒息的疼痛让他觉得初冬的太阳也这样炽烈！顾若琛觉得快要站不住，眼看就要倒下去，这时候他身后五步远的万默大步走上前接住他。

万默扶着顾若琛往他们自己的车走去。

许嘉倾看了一眼顾若琛，抿了抿唇，重新上了自己的婚车，然后对司机说："绕过前面的车，我们继续去婚礼现场。"

司机愣了愣，然后说道："好的，太太。"

许嘉倾从车窗看出去，顾若琛被万默架着站在一边，人已经醒来，周身的寒气仿佛置身冰窖。他冷冷地看着许嘉倾的车子，那模样像是要将她生拆入腹。

他对着许嘉倾的车子用口型说道："许嘉倾，你跑不掉的。"

许嘉倾只是冷冷地转回视线，完全不将那句话放在心上，毕竟她现在已经无所畏惧，更不怕顾若琛。

许嘉倾的车到达酒店的时候，霍羽奚已经在门口等着了。看见许嘉倾的车过来，他立即小跑着过来，准备去抱新娘。

许嘉倾说："从来没见你这么着急过。"

霍羽奚低头微笑，他不会坦白，刚刚收到消息说许嘉倾的车队被顾若琛拦住时，他已经派了人手出去，现在看到许嘉倾完好无损地来到他身边，他能不开心着急吗？

可是就在霍羽奚抱起许嘉倾的时候，远远地看到一个车队也跟了过来，正是刚才拦住新娘车队的顾若琛的车队。那也是一个婚车车队。

许嘉倾也看了一眼那个婚车车队，然后环住霍羽奚的脖颈，微微歪头笑了笑："再不进去，牧师可就要等急了。"

霍羽奚点头"嗯"了一声，然后抱着许嘉倾往酒店走去。

"你放我下来，你牵着我走进去也是可以的。"许嘉倾觉得霍羽奚刚做完手术，而且他那么瘦，这样公主抱虽然浪漫，但是实在没必要。

霍羽奚笑了笑说："我听别的新娘说，新娘从娘家出来后就不能脚沾地了，不然以后管不住新郎。你们新娘不是都很在意这个吗？"

许嘉倾被他逗乐了："你还去问了别人？"

霍羽奥点了点头。

许嘉倾抱了抱他，表示完全懂他。他没有父母亲人，没有人教他婚礼有哪些风俗习惯，没有人教他要注意什么，但是他想给许嘉倾最好的，不想她被别人指指点点，不想她受委屈。所以事无巨细他都亲身安排，风俗细节也会仔细地去询问别人，只因为他不想有一丝一毫的不愉快打扰许嘉倾。

许嘉倾轻叹一声道："霍羽奥，你这样为我，有一天发现我并不值得，你会后悔吗？"

霍羽奥低头看了看怀里的许嘉倾说道："值得。"

"嗯？"

"你不会不值得。"顿了顿，似乎觉得自己的话太少，霍羽奥继续补充道，"对于我来说，你就是所有价值所在，所有东西的价值只是用来衡量是否匹配你而已，所以不会出现你值不值得的问题，你是我的心之所向。"

许嘉倾扑哧一下笑出来："霍羽奥，你真的只是不想说话而已。只要你想说，没有你撩不到的女孩子吧。"

"可我只钟情于你。"霍羽奥用一如既往的平静语气说出来，不热烈，不热情，不偏执，却带着静谧稳重的力量。

许嘉倾抱紧他，然后将头放在他的肩膀上轻轻蹭了蹭，觉得这样也很好。父母健在，身边的丈夫如此深爱自己，往后的人生好像会平安顺遂，幸福祥和，这不就是许嘉倾期许的未来吗？霍羽奥都能给她，她应该知足。

一个人知道自己想要什么，就能忍受任何一种生活，像许嘉倾这样目标明确，人生每一阶段都清楚地知道自己要什么的人，能永远清醒地做出最利于自己的选择。至于曾经令人心动过的顾若琛，那不过是她人生路上的一段风景，看过领略过，然后把他还回世界，才能继续过自己的生活。

霍羽奚一直将许嘉倾抱到举行仪式的婚礼台上，然后牵着她走向主持人。

他们走得缓慢，一路上有许多礼花洒下来，许嘉倾开心地缩了缩脖子想避开那些五彩缤纷的礼花，霍羽奚也会伸手给许嘉倾挡一挡，但都只是徒劳而已。

所有的媒体工作者都被霍羽奚发了红包，全部在酒店外围待命，没有人会闯进会场，也没有各种航拍机进入打扰他们的婚礼。霍羽奚将一切都安排得很周到。

他不希望任何人打扰许嘉倾，更不希望有人打扰他和许嘉倾的婚礼。

当主持人问他："新郎今天娶到这么美丽的新娘，有什么话想对新娘说的吗？"

霍羽奚接过主持人递过来的话筒，看着许嘉倾说道："我的新娘是许嘉倾，是我这一生最热烈的希望。她美丽，热烈，勇敢，她拥有一切我没有的品质，所以往后余生，她完全拥有我，完全控制我，而我，心甘情愿。"

霍羽奚说出这些话的时候依旧是静谧的，不热烈，不偏执，却是坚定的，对于他而言，这就是誓言了。

许嘉倾笑着看着他，眼泪似乎浸润了眼眶，她本来想笑的，但是又忍不住想哭出来。

主持人又问："那让我们来问问我们美丽的新娘，对于新郎的话，你有什么想说的？"

许嘉倾接过话筒，没有回答主持人的话，反而问了一句："我可以现在就吻他吗？"

主持人一愣，还没说出话，就看见许嘉倾扑过去抱住霍羽奚亲了上去。台下一片起哄拍手叫好的，而大家也终于明白新郎说的新娘有多勇敢了！

新娘确实挺勇的。

许嘉倾松开手，霍羽奚似乎有点害羞了，但是眼睛亮晶晶的，一眨不眨地看着她。

许嘉倾这才拿着话筒回答主持人的话道："他那些话快把我形容成母老虎。其实我是个温柔美丽大方可爱的妻子，希望将来可以照顾他，不再让他孤独。想生两个孩子，一个男孩一个女孩，还有我的父母，我们一家六口要幸福长长久久。鉴于家里人口众多，希望霍先生能够更加努力赚钱，给我们最好的生活。"

台下众人都在起哄欢笑，只有霍羽奚静静地看着她，眼神亮得惊人。她给的确实是这世上最美好的了。

主持人看到两人的对视难舍难分，立即出来说道："新郎新娘的感情真是让人感动，那还等什么？我来问问新郎霍羽奚先生，今天你愿意娶许嘉倾女士为妻，以后无论贫穷富有，无论健康疾病，都不离不弃吗？"

霍羽奚看着许嘉倾，坚定地说道："我愿意！"

许嘉倾歪头笑着看着他。

主持人又问新娘："新娘许嘉倾女士，今天你要嫁给霍羽奚先生为妻，以后无论贫穷富有，无论健康疾病，都不离不弃吗？你愿意吗？"

许嘉倾笑着说："我……"

"她不愿意。"

许嘉倾的话还没说完，就被一个男人的声音打断了！

所有人都把目光转向台下打断婚礼的男人，只见那人身材修长，也是一副盛装打扮的样子，周身的气质寒冽，却因为那一副金丝边眼镜徒增了几分斯文儒雅的气质。来人不是别人，正是刚才在路上拦过婚车的顾若琛。

顾若琛一步一步地走上婚礼台，他的身后紧跟着顾氏集团的首席律师万默。

霍羽奚伸手将许嘉倾拉到自己的身后，然后迎面冷冷地看着顾若琛，说道："顾先生是客，请离……请到台下观礼。"

顾若琛冷冽地看了一眼他身后的许嘉倾，然后才抬起头戏谑地看着霍羽奚道："我不是客，我也不能下去，因为……我才是今天婚礼的主人。"

霍羽奚眯了眯眼，朝旁边的安保人员使了个眼色。那些安保人员刚一动，顾若琛身后的保镖立即也出动，拦住那些安保人员上前。

顾若琛看着许嘉倾，笑道："许嘉倾女士，你不会忘记三年前吧？"

许嘉倾眯了眯眼，从霍羽奚身后走出来，仰头看着顾若琛："不论是三年前还是三年后，我们都没有任何关系，请顾总裁离开这里，这是我和羽奚的婚礼。"许嘉倾特意强调了霍羽奚的地位，这让顾若琛更加不悦。

顾若琛笑了笑道："没有关系？"他转过头看着万默道，"万默，你现在就告诉她，我和她究竟有没有关系？"

万默拿出胳膊下夹着的文件档案夹，从里面拿出一纸合约，上面清清楚楚地写着"离婚协议书"。万默自然地拿过主持人手中的话筒，朗声说道："许嘉倾女士和顾若琛先生三年前已经领证结婚，但是在离婚协议书上，只有许嘉倾女士的签字，顾若琛先生没有签字，也没有到民政局公证离婚，所以离婚协议无效，许嘉倾女士和顾若琛先生现在还是合法的夫妻关系。如果今天霍羽奚先生执意要与许嘉倾女士结婚，那么顾若琛先生有权就重婚罪起诉许嘉倾女士和霍羽奚先生。"

许嘉倾如遭雷击，震惊地看着顾若琛，她甚至不敢去看霍羽奚的脸。

顾若琛看着许嘉倾的神色，笑得开心极了，连脸上的苍白神色都看起来红润了一些。他掐住许嘉倾的下巴说道："怎么样？看清楚谁是新郎了吗？"

"顾若琛，你卑鄙！"许嘉倾握紧了拳头咒骂道。

"哦？我仅仅是卑鄙吗？你不是还说过我无耻，混蛋，禽兽吗？"顾若琛靠近许嘉倾一步，突然脸色变得寒冽而狠厉，"你以为你逃得了？"

霍羽奚上前一步推开顾若琛，紧紧地握住许嘉倾的手，像是紧紧握住自己即将被别人抢走的宝物一样，寒冽地看着顾若琛道："嘉倾会和你离婚，手续我们会尽快去办，请顾先生离开。"

那一推刚好碰到顾若琛的伤口，脸色瞬间苍白了一下，但他还是在万默的扶持下，站直了身体，嘲讽地笑了笑："霍先生这么天真吗？我来这里的目的可不是为了和许嘉倾离婚，我是来带回我的妻子。现在是你抢了我的妻子，我才是那个有冤无处申的受害人啊。"

许嘉倾回握霍羽奚的手指，霍羽奚一愣，随即低头朝许嘉倾安抚一笑。但这个动作同样落在顾若琛的眼里，令他的脸色更加寒冽，说："许嘉倾，我现在给你两条路走。第一，和我离开这个名不正言不顺的鬼地方。第二，如果你继续和霍先生结婚，那么我会立即叫来检察院的人带走霍羽奚这个明知别人已婚，还要和别人结婚的重婚罪犯。两条路你自己选。"

许嘉倾握紧了拳头。

霍羽奚也紧紧地握住许嘉倾的手，对她摇了摇头，示意她不要听信顾若琛的话。

顾若琛看着两人眉目传情，又想起那天许嘉倾的话："没错，你不是一直怕我和霍羽奚有关系吗？今天我就要告诉你，我爱他，我的心装满了他，你在我心中就像一个强盗变态。我和你在一起只是图你的钱，对于你每一次的碰触，我都恶心至极！"顾若琛觉得心脏被强行挤压的那种疼痛感再次袭来，让他痛得毫无招架之力，细密的汗珠开始在他额头渗出来。可是他握紧了拳头，告诫自己不能倒下去，这是他夺回许嘉倾的唯一机会。

顾若琛再靠近一步，在许嘉倾耳边说道："外面的媒体朋友我也买通了，你说这个重婚罪消息一放出去，无论霍羽奚有多高的人气，这样的丑闻也一样能毁了他。到时候，你们如果还要执意在一起，一个如此病娇的美男子不能在娱乐圈混下去，你们还能靠什么活下去？你那年迈多病的父母不需要金钱了吗？爱财如命的许嘉倾不需要金钱吗？"

顾若琛看着许嘉倾的脸色被他成功激化，得意地一笑，然后站直了身体："许嘉倾，跟我走吗？身家利益永远排在前头的许嘉倾永远都会做出最正确的选择，对吧？"

许嘉倾看着得意的顾若琛，冷冷道："这么做对你有什么好处？"

"没有任何好处，只是看你幸福，我不开心，我就要摧毁。"顾若琛的眼神如寒冰般冷冽。

"顾若琛，我并不欠你。"许嘉倾强制自己冷静下来，她不能抛下霍羽奚，不想跟顾若琛走。只要今天跟着顾若琛走了，她确信以后的生活必定生不如死，这男人一定是记恨她扎的那一刀。

顾若琛笑了笑："不欠我？许嘉倾，你可是在我手臂上扎了一个窟窿，我差点死掉，你现在说你不欠我？这也太可笑了。"顿了顿，"你欠我的，何止这一个窟窿，你那里还有许多我的东西，我要统统拿回来。"

"什么？"

"我的心，我付诸你身上的爱。既然这些你统统都不想要，那么从今天起，我要一点一点地折磨你，然后一点一点地拿回属于我的东西。"顾若琛说这些话的时候，带着一种冷静的痛恨。

许嘉倾皱了皱眉："顾若琛，你搞搞清楚，你弄错对象了。偷走你的心，拿走你的爱的人是崔雪儿，和我没有半点关系，你找错人了，求你放过我们吧。你调走了我爸爸的肾源，害他差点活不成，我扎你一刀，害你差点活不成，我们两清了。"

"放过你？许嘉倾，你又何曾放过我？"顾若琛痛恨地看着她，"离开两年，我从未想过去找你，是你自己重新跑回我的视野里，是你豁出性命穿过暴风雨去救我，是你重新来到我的身边，是你让我爱上你，然后再扎我一刀。许嘉倾，你何曾放过我？"顾若琛眼里的悲伤或许更甚于那种被抛弃的痛恨。

许嘉倾抿紧了唇，她第一次不知道该如何抉择。如果没有顾若琛来打乱这一切，她的人生会这样完美顺利地走下去。可是顾若琛来了，他打乱了所有美好，甚至他会摧毁所有美好。

她不想跟顾若琛走，可现实是被这个男人逼迫着跟他走。

顾若琛看出了许嘉倾的犹豫，她不想跟自己走，这个认知让顾若琛的脸色更加苍白了几分，但随之而来的狠厉也更甚几分："许嘉倾，你再耽误下去，媒体朋友的耐心可耗不起了。"眼看许嘉倾还是丝毫不为所动，顾若琛立即冷冽地吩咐道："万默，给外面候着的媒体朋友说一声，'霍羽奚和许嘉倾佳偶非天成，一个重婚，一个出轨'！砸重金宣传出去，谁花钱压下去就再砸钱，把这个丑闻炒得越臭越好。"

"顾若琛！"许嘉倾大叫一声。

顾若琛转过脸看着怒急的许嘉倾，嘲讽道："怎么？转变心意了？你现在还有机会。"

许嘉倾看了一眼霍羽奚，皱眉道："对不起，羽奚，我们不能举行婚礼了。我不能毁了你的身体，再毁了你的事业。"

"嘉倾，那些对我都不重要。"霍羽奚连忙说道，那种快要失去许嘉倾的恐惧让他的手开始微微颤抖。他什么都可以不要，他只要许嘉倾。明明幸福就在眼前，明明已经唾手可得，为什么？

"对我重要！"许嘉倾加重了语调，她哭着说道，"那些对你不重要的东西，对我来说很重要，你对我来说也很重要，所以我不能再毁掉你，就当我是个薄情寡义，忘恩负义的小人吧。"

许嘉倾抹掉霍羽奚紧紧抓住她的手，头也不回地走到了顾若琛身边。

霍羽奚的眼泪流下来，说："你明明刚才还说，以后再不让我孤独，你说我们会生一个儿子一个女儿，你刚才才说的。"说这句话时，他就像一个受尽了委屈的小孩，明明刚刚才说过的话，怎么转眼就放手了呢？

许嘉倾握紧了拳头，她没有回头，只是道："就当我是一个薄情寡义的小人吧，忘了我。若有一天你需要我救你，我愿意为你赴死。"说完便直接走出去。

顾若琛冷冽地看了一眼霍羽奚，便转身跟着许嘉倾出去了。

霍羽奚想抬脚追过去，却被万默伸手拦住。万默说道："霍先生，请你认清楚，许小姐依然是顾太太。"

霍羽奚握紧了拳头，看着许嘉倾消失的地方。他不甘心。

顾若琛几步追上许嘉倾，握住她的手腕，忍受着伤口的疼痛，拖着她上了自己开来的那辆兰博基尼。

许嘉倾用手背抹掉脸上的眼泪，恶狠狠地转过脸来看着顾若琛道，"顾若琛，你满意了？"

顾若琛看着许嘉倾冰冷痛恨的表情，微微一怔，随即哂笑："满意？这才哪儿到哪儿？许嘉倾，我们新一轮的游戏才刚刚开始。"顾若琛忽略伤口的疼痛，掐住她的下巴，轻轻地印下一个吻，然后皱眉道，"都是别人的味道，真是糟糕透了。许嘉倾，我早就警告过你，让你乖乖地待在我的身边，你总是不听，你这次做得太出格了，我要怎么惩罚你，你才能记住这次的教训呢？"

"你大可以也在我身上扎一刀，我绝不反抗。只要能消你心头之恨。"许嘉倾冷静地说道。

　　"你以为你欠我的只是这一刀吗？你太天真了。从今以后，我主宰你所有的生杀大权，区区一刀何以解恨？"顾若琛冷冷地说道，说完直接一脚油门，离开了这个鬼地方。

　　顾若琛的车速有些不对劲儿。许嘉倾忍不住转头，就看见他的脸色越来越惨白，心中一惊，连忙按开车上的双闪灯，然后说道："顾若琛，你不舒服的话，就停下来。"

　　顾若琛冷笑："不行，停下来你会和别人跑掉。"如此幼稚的话，好像只要她下车，离开他的视线，就会离开他的人。如此幼稚的逻辑，让许嘉倾完全相信顾若琛现在脑子不清醒了，清醒的他说不出这样的话。

　　许嘉倾也不敢去抢他的方向盘，怕情况会更乱，只能揪紧自己的安全带，耐心平和地说道："顾若琛，你停下来，我来开，我保证不会跑掉。再这样下去，我们俩都会死在这条路上。"

　　顾若琛努力地让自己清醒，踩下了刹车。许嘉倾见车停了下来，赶紧将挡位挂到P挡，然后打开车门准备下车。可是在抬脚的一刹那，已经趴在方向盘上的顾若琛偏过头，嘴唇苍白却依然伸手抓住她的裙角，电光石火之间，这个情形和那天许嘉倾扎他一刀的时候竟那么一致。

　　顾若琛说："嘉倾，别走。"

　　许嘉倾皱眉道："我不走，你还能动就下车到副驾驶。"

　　顾若琛自嘲地笑了笑："我现在怎么这么怕呢？明明你跑不掉了，有那一纸婚约，你怎么跑得掉呢？"

　　许嘉倾下车将顾若琛弄下来再塞进副驾驶，拉过安全带给他系上。顾若琛看着她近在眼前的脸，感受着她的呼吸，虽然脸色苍白，却还是笑道："伤口还是好疼啊。医生说我不能出院的，可是一听见你要和霍羽奚结婚了，我怎么还能躺在医院呢？"他捧起许嘉倾的脸，倾身吻上去，说，"我要你身上都是我的味道，你再不能惹一些乱七八糟的东西让我生气了。"

许嘉倾皱眉推开他，然后关上副驾驶车门，自己坐到驾驶席，冷静地说道："顾若琛，你这个人还挺矛盾。你还是会和我离婚的，不然你怎么娶你的心上人。我不是回到你身边，我是回来和你离婚，回来和你断干净的。"

顾若琛的脸色变得冷冽："是吗？"

许嘉倾不再理他，只是开车送他去了许成栋所在的医院。

顾若琛被安排在和许成栋同一个楼层，就隔着两个房间。

许嘉倾换掉衣服直接去看了许成栋。

许成栋刚做完透析回来。顾若白告诉她，虽然许成栋已经换了肾，但是现在还处在适应期，还是要通过透析来继续排毒的，她也没有怀疑。看见许嘉倾，许成栋一愣："倾儿怎么回来了？今天不是你的婚礼吗？"

许嘉倾笑道："延期了。"

许成栋皱眉，陈凤娇疑惑道："怎么会延期呢？我看羽奚比谁都着急呢，刚才你爸爸还说透析完有机会赶过去呢。"

许嘉倾说道："出了一点小意外，你们放心好了，我会解决的。我和羽奚会再举行婚礼的。"

许成栋便不再问什么，扯了一下陈凤娇的袖子，让她也不要问了。

第020章　过往&挑衅

之后三天，许嘉倾一直待在许成栋的病房，自从顾若琛醒来，她一次都没去看过他，就两个门之隔。

这天，许嘉倾正在给许成栋喂饭，突然听见房门被砰地踢开，然后就看见顾若琛气势汹汹地走进来，抓住她的手腕就往外拖。

顾若琛直接将许嘉倾往外拖，而明明那么虚弱的许成栋一下子从床上跳下来，抓住许嘉倾的手腕，然后反手给了顾若琛一拳。

许成栋或许根本就没看清男人是谁，只是看见自己的女儿受到了胁迫，出于本能地保护她。他那一拳打出去，在场的所有人都蒙了，然后许成栋就开始急喘，许嘉倾慌忙把他扶到床上，按了急救铃，顾若白很快就跑了过来。

顾若白让许成栋平躺下来，插上呼吸机，帮助他平稳呼吸。

等到情况终于稳定下来，许嘉倾才恶狠狠地转身，拉着顾若琛往门口走，一直走到走廊尽头，然后转身，狠狠一巴掌甩在他的脸上："顾若琛，你发什么疯？"

顾若琛早就冷静下来，用舌头顶了顶被许嘉倾打过的半边脸，突然笑了："对啊，我怕是真的疯了，不过就是没来看我而已吗？有什么可生气的呢？这可一点也不像我顾若琛会做的事情。"

　　许嘉倾微微一愣，随即冷笑："你如果是因为病房这么近我也没去看你而生气，你可以转院。"说完转身就要走。

　　顾若琛拉住她的手腕，将她扯回自己的怀里。他勾着嘴角，用拇指描摹着她姣好的嘴形，说道："我不转院，我要出院。今天回九亭别墅那里，你也要去。"

　　"你休想。"许嘉倾瞪他。

　　"休想？你是想跟我分居吗，我亲爱的老婆？"冷静下来的顾若琛又变回了那个衣冠禽兽。他低头在许嘉倾的唇上轻轻印下一个吻，然后立即离开，嘴角勾着嘲讽的笑容，"很恨我吧？可是怎么办呢？在法律上我们还是合法的夫妻，我能对你做任何事，不管你心中爱的是谁，你的合法配偶依然是我。如果你敢出去乱勾搭，都会被我当作你出轨的证据，你就等着万劫不复好了。"

　　许嘉倾发狠地揪住顾若琛的病服衣领，狠厉地说道："顾若琛，你混蛋！"

　　"哦？"顾若琛无所谓地笑了笑，"不是混蛋怎么能做出我这样强抢的事情呢？确实挺混蛋的，可是你许嘉倾就是我这个混蛋的老婆。不管你是想生一个儿子还是一个女儿，你都只能给我生！"顾若琛说起这些话的时候，脸色几乎是一下子变得冰寒冷冽。

　　"你做梦！"

　　顾若琛忍不住讥笑出声："怎么办？我的老婆只会对我说，休想！做梦！"他掐住许嘉倾的下巴，"我该怎么做才能让你认清现实呢？或许生个孩子真的是最好的办法。"

　　许嘉倾狠狠地甩开顾若琛的衣领，然后转头就走，却被顾若琛从背后抱住。他用鼻子在许嘉倾耳边蹭了蹭，轻声说道："晚上回去九亭，我等你。不来的话，我就把关于霍羽奊和许嘉倾婚礼终止的真正原因放到网上，到时候许嘉倾隐婚加重婚出轨的丑闻一出，你觉得你还能在娱乐圈混到几时？根本就不用我停你的资源，还有哪个广告商敢用你呢？最会审时度势的许嘉倾一定知道该怎么做的。"

顾若琛说完这些，在她耳边吻了吻，然后牵着她到自己的病房，上了锁，将她抵在门板上，笑着说道："或者说就在这里，和你的父母那个房间隔着两个门，我们直接在这里做。"

许嘉倾抬手就想甩出一个巴掌，却被顾若琛接住。他说："不要再惹怒我了，许嘉倾。"

顾若琛看着她狠厉得带着恨意的眼神，说道："恨我吗？巧了，我也恨你。"接着松开她，笑着说，"你走吧，我们晚上见。"

许嘉倾出来之后，直接去找了顾若白。她想知道许成栋现在的身体状况如何，是否可以带着许成栋出国疗养。这样的话，她就可以和顾若琛实现真正意义上的分居，然后顺理成章地离婚，她实在不想再和顾若琛有任何牵扯。先不论顾若琛是否真的爱她，就是顾若琛现在这样恨她，她也不会有好日子过。

顾若白看着许嘉倾，说不出任何话。他不能说出许成栋的身体没有问题，也不能说出霍羽奚根本就没有给许成栋换肾，现在或许还不是真正的好时机。

顾若白沉默了许久才说道："叔叔最好还是在国内观察一段时间吧，现在贸然长途跋涉的话，恐怕会吃不消。"

许嘉倾低下头，认同地点了点头："我知道了，谢谢你。"

"顾若白，你和顾若琛真的是亲兄弟吗？"许嘉倾眉没头没脑地问出这句话。

"嗯，是的，怎么了？"

"呵，一个妈生的，怎么会差别这么大？你温柔又温暖，处事周到，顾若琛却像个衣冠禽兽。"

顾若白失笑："你怎么会对若琛这个评价？"顿了顿，"若琛小时候就比一般的孩子聪明，早慧的人总是不合群的，所以一直独来独往。成年后他第一次做生意，赔了很多钱，被爸爸罚跪在院子里一整夜，身体不舒服也不吭声，第二天硬是被送进医院，高烧不退。从那以后，若琛变得更加善于伪装，千人千面。或许是真的下了苦功夫，也或许他天生就有走这条路的命，他的生意做得越来越大，大到现在已经分不清究竟是若琛的钱辅佐着大哥，还是大哥的权帮他在商圈如鱼得水。"

顾若白看着许嘉倾道："他或者真的不明白该如何跟别人真心相处。"

许嘉倾冷笑："是吗？他和崔雪儿不是相处得很好？"

"雪儿是孤儿院长大的，有一次若琛去雪儿所在的孤儿院谈一个公益项目，因为那个孤儿院刚翻新过，房梁上的一个零件没有固定好，掉了下来。是崔雪儿扑过去把若琛给扑倒，那个房梁就砸在崔雪儿腿上，那时候崔雪儿才十五岁。雪儿也不爱说话，若琛觉得她救了他，就把雪儿带回了自己的家，是若琛当时在外面的房子。不过后来雪儿查出来得了尿毒症，就一直住在医院了。因为雪儿身体不好，长大后更是多愁善感，总觉得自己以后嫁不出去，若琛承诺等她病好了就娶她。"

许嘉倾点了点头："救命之恩，以身相许，情理之中。"

顾若白笑了笑："若琛的私生活怎样，我不置评论，但其实他是个用情很深的人。他小时候养了一只猫，叫作豆丁，后来走失了，他就再也没有养过猫，也没养过别的小动物。如果有人走进他心里，他大概一辈子都不会放手吧。"顾若白说完，深深地看了一眼许嘉倾。

许嘉倾也回望一眼顾若白，笑了笑，然后说了声"我知道了"就告辞了。

她对于顾若琛的过去一点儿兴趣都没有，对于他和崔雪儿的故事也一点儿兴趣都没有，对顾若琛是什么样的人也一点儿兴趣都没有。她只知道就是这个人调走了她爸爸的肾源，给了崔雪儿，现在又亲手摧毁了她本来近在眼前的幸福。

她不能原谅这个人，当然更不可能再爱他。

许嘉倾回到父亲的病房时，许成栋已经缓过来劲儿了。他看到许嘉倾进来，就问道："你怎么和顾若琛还有联系？"

"爸爸，我在娱乐圈，总是会遇见他的。"许嘉倾决定瞒着许成栋。

"他来找你麻烦了？你们不是已经离婚了吗？"

"他没有来找我麻烦，是我推掉了他一个代言，让他抹不开面，所以来找我算账的。现在已经谈妥了，爸爸放心。"

许成栋看着许嘉倾无所谓的神色，立即道："你可不要骗爸爸。"

"爸爸这么睿智，我怎么骗得过呢？"许嘉倾说着就扑进许成栋的怀里，"爸爸刚才可真厉害，把我都吓着了。"

"那是！有人当着我的面欺负我的女儿，没当场弄死他都是因为爸爸的无能。"

许嘉倾扑哧一笑："爸爸又在吹牛。"说着竟然有点想哭，不过很快压下那种酸涩的情绪，笑道，"等爸爸的病好了，我们去国外住几年好不好？我不想待在国内了，你和妈妈能习惯吗？"

许成栋一顿，随即笑道："只要和我的宝贝女儿在一起，哪里都是能习惯的。"

陈凤娇也笑着摸了摸许嘉倾的头发说道："是呀，倾儿在哪儿，我和你爸爸都是能习惯的。我这辈子就靠着你和你爸爸了。"

许成栋说道："倾儿，顾若琛不是善类，你以后还是少和他来往比较好。再说你和他还存在那个关系，如果再来往的话，羽奚会不高兴的，以后你要和羽奚好好过日子知道吗？"

"我知道了，爸爸。"

吃过晚饭后，许嘉倾去医院停车场取车准备去九亭别墅，结果看见在停车场等她的霍羽奚。

他们看见了彼此，两人遥遥相望，就像周围的时间都静止了一样，这个世界只剩下他们。

霍羽奚先走过来，抱住她，声音里带着浓浓的委屈和孤独："我好想你，你不能不要我了。"

许嘉倾想伸手回抱他，却还是放下。她说："羽奚，你不觉得我们真的差了那点缘分吗？"

霍羽奚更紧地抱住她："我不信神，不信佛，不信报应，更不信什么缘分，我只想要你。我不要你有一天为我赴死，我要你每天都在我的身边。嘉倾，回到我身边好不好？其余的事情我们一起面对好不好？"

许嘉倾笑了笑："怎么面对？我和顾若琛确实结过婚，现在没有离婚，我确实不能再结婚。如果我现在给你承诺，那就是在耽误你，你明白吗？"

"我不怕耽误。"

许嘉倾皱眉："如果他执意不肯离婚，至少需要等三四年，你不怕吗？"

"我不怕。"

"我怕！"许嘉倾推开他，"我怕我会耽误你，我会受不了金钱的诱惑，我怕自己变成一个十足的坏人。求你别等我了，我不值得的。"

"不，你值得，我早就说过你就是我的心之所向，你没有不值得。我只钟情于你。"霍羽奚哭了出来，那样话少的人此刻除了拼命说话，除了哭泣，竟然找不到更好的办法了。

许嘉倾握紧了拳头，告诉自己不要心软。她说："别等了，爸爸欠你的一个肾，有一天我会报答。但是现在对不起了，我不能回到你身边，我不能毁了你的身体，再毁了你的事业，更不能毁了你今后的人生。总有一天你会遇见其他人，她会是你一辈子的值得，但是那个人显然已经不是我了。"

许嘉倾直接钻进车子里，几乎是逃也似的发动车子逃跑，她甚至不敢看后视镜中霍羽奚的样子。他是哭了还是释怀了，好像都跟自己没关系了。

许嘉倾去到九亭别墅的时候，刚停好车，准备下去，就被一束灯光照得睁不开眼。待灯光暗下去，才看清楚那是顾若琛的跑车。车里还有另一个人，是那个会所的露娜。顾若琛竟然带这种人回家？

只见顾若琛下车，走到车门边拦住下车的露娜，再走到也下了车的许嘉倾面前，指着她问露娜："还记得她吗？"

"记得呀，不是那个明星吗？上次还追你追到会所，一点眼力见儿都没有。"

"哈哈。她的脑子可比你聪明多了。"说完被露娜羞恼地捶了一下。

顾若琛看着许嘉倾，嘲讽地笑道："我就说嘛，最会审时度势的许嘉倾一定会来的，你总是会做出最利于自己的选择，确实是我认识的许嘉倾。"顿了顿道，"霍羽奚去车库拦你都没有动摇你，看来他在你心里也没那么重要。"

"你还在监视我？"许嘉倾冷冽地问道。

"我的玩具总是不听话，我监视她有问题吗？"顾若琛勾着露娜的下巴问道，"你说是吧，露娜？"

"是的呢，顾总裁做什么都是对的。"露娜立即诌媚地回答道。

许嘉倾看了一眼两人："既然顾总裁有客，我先走了。"说完准备上车。

顾若琛的脸色立即变得寒冽，他握住许嘉倾的手腕："既然知道我已经知道霍羽奚找你的事情了，为什么不解释，甚至连一个借口都没有？许嘉倾，在你的心里，究竟把我顾若琛当什么？"

许嘉倾低头看着自己手腕上的顾若琛的手，就是这只手，刚才还揽着露娜的腰。许嘉倾皱了皱眉头，将自己的手抽出来，然后冷冷地看了一眼顾若琛道："我的心里？顾若琛你未免太看得起自己。"

顾若琛的脸色几乎是瞬间变得狠厉。他上前一步，直接掐住她的脖子，冷冽地说道："许嘉倾，你再说一遍！"

"我说，你从来都没在我心里。"许嘉倾忍受着脖子上的不适，继续说道，"我们之间是什么关系，你不是比我更清楚吗？三年前结婚是交易，两年后再见，我们依然是交易，现在是什么原因让顾总裁不愿放手，说实话我很想知道，并且急于想和你断干净。"

"许嘉倾，我杀了你。"顾若琛完全被激怒。

露娜被吓得不轻，轻声叫了一声顾总裁，顾若琛直接暴戾地吼了一声"滚"，露娜便吓得慌忙跑出去了。

许嘉倾被他掐得完全说不出话，只能伸手去拉他的手掌，却是徒劳，仿佛下一秒顾若琛真的能把她掐死。

许嘉倾用一种近乎轻蔑的痛恨眼神看着他，那是一种挑衅！

失败过一次，又被父亲惩罚之后，顾若琛一直在赢，他忍受不了任何失败和挑衅！但是在许嘉倾这里，他全部都感受到了，现在许嘉倾露出这样的眼神，无疑是触及了顾若琛想征服她的欲望。

顾若琛猛地松开手，许嘉倾这才得到机会喘息，跌坐在地上大口地呼吸。

顾若琛蹲下来，抬起她的下巴，冷笑地说道："许嘉倾，被我逼到如此境地的你，还有什么资格挑衅我？"

许嘉倾也笑着看着他："我挑衅你，你想征服我，可是一败涂地，最后无计可施，只能使用暴力。"

顾若琛也笑了笑："暴力难道不是解决问题最快速的方法吗？可是显然暴力对你来说并不管用。"顾若琛揪着她的衣领，将她从地面上拽起来，扛到肩膀上，并冷笑地说道，"看来得找一下别的软肋了。对于女人来说，孩子才是最致命的软肋吧？不过也不知道薄情的许嘉倾会不会在意？但是总要试一试的。"

"顾若琛，你混蛋，我不可能给你生孩子的，你想要孩子大可以去找你的露娜，找你的崔雪儿，她们一百个愿意。"许嘉倾不停地捶打他，希望能让他放下她。

顾若琛的脸色变得越来越难看："虽然你不配生下我的孩子，但是比起能看到你痛苦，我更愿意这个孩子的出现。"

"顾若琛，你混蛋！变态！人渣！"

顾若琛将她一把扔到床上，随即整个人撑在她耳朵两侧。他勾着邪魅的笑意，修长的手指摘掉那副金丝边眼镜，露出那双好看的桃花眼，却带着深深的痛恨。他掐住她的下巴，低头亲上她的嘴唇，尝了尝味道就离开了："很好，没有其他男人的味道了。"笑了笑，"那么我要开始品尝我的猎物了。"

顾若琛刚低下头，许嘉倾立即偏过头，这个吻就落到她的脸颊。顾若琛很是生气，硬是掰过她的脸颊，狠厉地说道："你今晚是逃不过的，不如听话点，你也能少吃点苦头。"

许嘉倾一点也不怀疑顾若琛的话，可是她实在不能生下两人的孩子，否则她真的一辈子就毁在顾若琛手里了。

许嘉倾直视着顾若琛的眼睛，努力地克制自己冷静一点。她说："顾若琛，你很害怕吧？你害怕不能再牢牢地掌控我，害怕我会是你另一个失败的生意，这会让你想起被自己父亲罚跪在院子里的屈辱经历，对吧？"

"谁告诉你的！"顾若琛的眼神变得更加幽暗。

许嘉倾见他终于被转移注意力，继续说道："可是你不觉得你现在这冲动的样子像极了你年轻时的失败吗？如果我是你，就会把自己想征服的人放在自己身边，一点一点潜移默化地渗透，直到有一天对方被完全征服都不自知，到时候你再一脚踹开，那不是更加有报复的快感吗？总好过你这样用强，只会让我更恨你，你却得不到一点报复的快乐。"

顾若琛眯眼看着她，听着她的话，渐渐平静下来，笑了笑："许嘉倾不愧是许嘉倾，想在心理上攻溃我的防线，让我放了你。该说你天真，还是说你不了解男人呢？"顾若琛笑了笑，继续道，"用强？你是在说我不够温柔吗？那我温柔点好了。"

许嘉倾大惊，顾若琛居然一点也不上当。

他握住许嘉倾的两只手禁锢在头顶，用膝盖压制住她的双腿，但是脸上的笑容和神情真的变得温柔，连解她衣服扣子的手都是不疾不徐的温柔。

顾若琛看着一脸震惊的许嘉倾，笑了笑道："许嘉倾，你以为我会上你的当？"低头笑了笑，"这个孩子我要定了。"

顾若琛这么说着，直接低头吻住她。

许嘉倾想挣扎却只是徒劳。现在她就是砧板上的鱼，只能任这个男人为所欲为。

顾若琛从背后抱住她的时候，许嘉倾握紧了拳头。她说："顾若琛，不可能的。就算真的怀上，我也会打掉的，我不可能给你生孩子。"

顾若琛的脸色一下子变得寒冽，他翻个身将许嘉倾禁锢在床和他的胸膛之间，冷冷地看着她："你想为霍羽奚生儿育女，却不愿为我生孩子？你心里就这么爱他？"

"我爱不爱他不关你的事，但是我可以肯定的是，我肯定不会爱你。现在不会，以后更不会。"

"为什么？"顾若琛觉得心脏像是被无数只手揉搓挤压，那种锥心的疼痛快要让他不能呼吸，他已经发不出脾气，只有伤心。

"你能把给崔雪儿的肾还给我爸爸吗？不能吧？你能放我回到我和霍羽奚的婚礼上吗？不能吧？顾若琛，你自己不觉得吗？你其实不爱我，你一直在摧毁我，摧毁我所有坚持的信仰。你明知道我一辈子所求便是爸爸的病能治好，我挣钱也是为了爸爸的病，可是你轻而易举地拿走了我爸爸需要的肾源。后来我们终于找到新的肾源，原本我可以组建新的幸福家庭，可是你再次摧毁了我对未来的向往。你还说你爱我？谁会信？"

顾若琛说不出话来，只是趴下去抱住她，说道："那就当作不爱吧。反正你现在也逃不出我的手掌心，你还是我的顾太太。"

"那崔雪儿呢？她可是你的救命恩人。"

"既然你都说我不爱你，甚至拿了你爸爸的肾源给雪儿，还怎么配和雪儿比呢？"顾若琛轻声笑出声，"嘉倾，游戏开始了，就不会结束了。你扎我的一刀，还有你爱上别人的背叛，我要一一清算了。"

"顾若琛，别逼我更恨你。"

"是吗？恨吧，用力地恨吧，反正我也恨你。"顾若琛喃喃地说道。

第021章 求助&谋划

许嘉倾几乎是绝望地闭上眼睛，她究竟是怎么让事情变成这样的呢？向来趋利避害的许嘉倾怎么会把事情变得百害而无一利呢？

许嘉倾转过身看着顾若琛。对于她主动转身，顾若琛眼中有一瞬间的惊喜，好看的桃花眼深深地看着她。

许嘉倾看着他，她决定认真跟他谈一次。

"顾若琛，我们来谈谈吧？"

"你说。"顾若琛一副等着她出招的架势。

"你记得你曾经说过的话吗？我只是你在等人路上消遣的玩具而已，即便是最心爱的，也只是个玩具而已。这话你还记得吗？"许嘉倾说这些话的时候很平静，表情没有任何起伏，不伤心也不觉得难堪，仿佛那就是一段经历而已。

顾若琛却眯了眯眼睛，抿唇没有说话，示意许嘉倾继续说下去。

"现在你等的人崔雪儿已经回来了，那么我这个玩具是不是就该退场了？"许嘉倾深深地说道，"当初你再次找上我，不也是因为和我能好聚好散，不会像讨人厌的牛皮糖一样黏着你不放吗？所以现在一切都在推着我们回到正轨上去，为什么我们不能顺应变化往前走呢？"

顾若琛的脸色已经极冷，但还是没有说话。

许嘉倾继续说道："玩具之所以称为玩具，本质上就是一个随时可以以旧换新的东西。我不介意你现在以旧换新，我很希望退出这场游戏，以后大家井水不犯河水，你走你的阳关道，我过我的独木桥。如果你能念着一点往日的情分，给我一点资源，我自然是开心的，如果你不念，也无所谓。在娱乐圈这么久，我总是能捡到一些资源的。"

"你一直都这么想？"可能是许嘉倾太过冷静，所以连带着顾若琛也冷静得不像话，只是脸色极寒罢了。

许嘉倾看着顾若琛的眼睛，点了点头："我自始至终都这么想，这也是你一开始告诉我的，所以我一直都能摆准自己的位置。"

"许嘉倾，你为什么回来？"

"嗯？"许嘉倾一脸茫然。

"离婚后，你为什么还要回到我的身边？你为什么还要在我的生活中出现？"顾若琛说出这句话的时候，那种浓得化不开的悲伤让许嘉倾有些惊讶。

"若琛，不是我回来的，是你主动来招我的。那个电影的饭局是你组的吧，不就是为了引我上钩的吗？我从来没想过回你身边。"许嘉倾如实说道。

顾若琛忽然紧紧地抱住她，那力道大得几乎快把她的腰掐断了。他忽然笑了，说："既然回来了，那就一直待在我的身边吧。你这么爱钱如命，我难道不是你的最好选择吗？"

许嘉倾一顿，随即笑道："你不觉得不现实吗？我只是你一个称手的玩具，玩具总有玩腻的时候，到时候你一脚把我踢开，给我一张离婚协议，就像三年前一样。如果到时候我年老色衰，该怎么办？我不能赌。我要为以后做打算。"

"你为什么以为我一定会一脚踢开你？你为什么不觉得我会一辈

子都需要你？"

"先不说你和崔雪儿的感情，就说她曾经救过你，你肯定不会伤害她。有一天她要你娶她，你会怎么做呢？未知数太多了。不如现在大家就好聚好散。"

顾若琛很久没说话，沉默了半天，更紧地抱住她，然后说道："睡吧，你说的这些，我都不答应。不管以后我会不会踢开你，至少现在我不会，那么你就必须老实地待在我的身边。不管你心里有我也好，没有我也好，恨我也好，我都会抓住你不放的。我说了要清算，就不是说说而已。"

许嘉倾绝望地闭上眼睛。

顾若琛笑了笑："许嘉倾，直到现在，我要留下你还需要千方百计地找理由和借口。"会不会有一天，他们在一起就是理所当然的事情，不需要任何事情的捆绑，就那么自然而然地在一起。

许嘉倾闭上眼睛。她不想说任何话，自从知道顾若琛调走了她爸爸的肾源给崔雪儿之后，她对顾若琛已经完全死心。在没有扎他一刀之前，她或许还有恨，可是现在她只想快点和他两清。她不可能去曲意逢迎一个不在意她任何感受，也不在意她爸爸死活的人。饶是她如此趋利避害，也做不到。

第二天许嘉倾从九亭别墅出来，本来是直接开车去药店想买避孕药的，这时电话却响了，是顾若琛冷若冰霜的声音："许嘉倾，别妄想买药了。如果你现在不出来，我的人就会进去。到时候闹起来，你这个大明星可不好看。"

许嘉倾看了看周围，并没有看到什么可疑的人，可是顾若琛就是这样盯得她死死的。她对着电话说道："你能不能不要这么变态？"

"你老实待在我身边，我就不用这么变态。"顾若琛笑着无所谓道。

许嘉倾皱眉，直接摁断了电话。

许嘉倾皱眉，药还是要尽快买到，她可不想真的生下顾若琛的孩子，她一点也不想和顾若琛再有任何纠葛。谁可以帮她？

顾若白肯定被顾若琛打过招呼，也不会管这个闲事。那么还有谁可以帮她，并且不会引起顾若琛的怀疑。

对了，还有她！许嘉倾笑了笑，开车在高架桥上绕了三四圈，然后用公共电话给顾若白的女朋友王若熙打了个电话。

"喂，小熙，我现在身上有点不舒服，可以去你家吗？"许嘉倾直接自来熟地问道。

"许嘉倾？"许嘉倾会给她打电话，让王若熙有些震惊，但是随即不可一世道，"你想得美，你是脸有多大，不怕我给你轰出去吗？狐狸精。"

许嘉倾不生气，反而笑了："这样啊，如果你不让我去，那我只能给若白打电话了，正好他是医生。"

"枫林路678号26楼，我家的地址，现在就过来，立即马上。"王若熙听见许嘉倾说要找顾若白，几乎是立即报出自己家的地址，末了还不忘催促她快点。

许嘉倾笑了笑，觉得王若熙真是可爱极了，顾若白算是捡到宝了。

许嘉倾驱车去王若熙的家，刚按了门铃，门就开了，仿佛人就在门口等着一样。

许嘉倾笑了笑，很自来熟地脱掉自己的鞋子，然后严肃地拉住王若熙的胳膊，问道："小熙，你家有避孕药吗？"

王若熙一下子红了脸："许嘉倾你不要脸。"

许嘉倾也没心情在意王若熙和顾若白之间是怎么个相处情况，立即严肃道："你可以帮我买吗？我求你了，我现在被顾若琛监视了手机和行踪。我不可能给他生孩子的，那会毁了我的，求你帮我。"

王若熙看了看她严肃的脸，皱了皱眉头道："我让若白送来好不好？"

"你去楼下药店买就好了，快一点。顾若琛的人很快就会找到这里，他们还不知道我认识你，所以我在你家是最安全的，拜托。"

王若熙看着她一脸焦急的模样，咬了咬牙去楼下的药店买了避孕药上来。

许嘉倾立即吃掉一粒，连水都没就着。王若熙有些看不下去了，就给她倒了杯水，白了她一眼道："别噎死在我家，我可担不起这责任。"

许嘉倾笑着接过水杯，仰头喝了一小口，然后抬起头看着王若熙笑道："你可真是个小可爱，真羡慕你和顾若白呀，温馨又甜蜜。"

王若熙立即警觉："不准羡慕，若白是我一个人的。"

许嘉倾笑得更开心了，她伸手捏了捏王若熙的脸，似乎是料到王若熙一定会拍掉她的手，所以捏完立即就松开了，然后得逞地看着她笑道："好的，顾若白是你一个人的。"

看着王若熙气鼓鼓的样子，许嘉倾说道："好了，不逗你了。"顿了顿，"你家里有胃药盒子吗？给我一个吧，我用来装这个药。"

王若熙狐疑地看着许嘉倾道："你和顾若琛是怎么回事？"

"就是你能想到最不堪的那种，女明星和资本家的那种关系。"许嘉倾说这些的时候脸色平静，她并不觉得难堪。那时候他们都单身，就算在一起也无可厚非，更何况现在两人还有一纸婚书牵绊着，就再合理不过。可是就是这种合理牵绊着她，让她不能远离顾若琛。

王若熙看着许嘉倾的表情，出奇地没骂她不要脸，只是道："我知道你都是为了生活。"

许嘉倾扑哧一下笑出来："这么说着特别像那首《舞女泪》，下海伴舞都是为了生活。"她笑了笑道，"不能说得那么美好，我是为了钱。"

"你！"王若熙一时语塞。

　　许嘉倾在沙发上坐下来，一边将避孕药装进胃药的盒子里，一边低着头说道："你这种从小被捧在手心里的公主是不会理解一个普通家庭在面对重大疾病时的无助和痛苦的。真是感谢老天爷给了我这一张好看的脸，让我还能靠着自己的脸赚钱，让我的家还算体面。"

　　"既然是为了钱，顾若琛难道不是你最好的选择吗？"王若熙坐到她身边问道。

　　"以前他或许是最好的选择，但是现在不是了。"许嘉倾突然坐直身体，静静地盯着王若熙问道，"假如你是我，顾若琛调走了你等了很多年的肾源，拿去给了崔雪儿，你会怎样？"

　　王若熙愣住，僵了好半天才道："我不知道应该怎么办？我也斗不过顾若琛，好像无计可施。"

　　"你猜我怎么做的？"许嘉倾眨了眨眼睛说道，"我往他胸口扎了一刀。"

　　王若熙惊讶地张了张口，好半天才道："怪不得顾若琛前段时间突然进了医院，原来是你扎的。他吩咐要封锁消息，这才没有泄露出来。原来是你干的。"

　　许嘉倾微微愣住，竟是他吩咐的吗？也是，若他不封锁消息，许嘉倾现在恐怕要背上故意伤人的罪名了。

　　许嘉倾笑了笑道："你说我和他还怎么在一起？我记恨他动了爸爸的肾源，他记恨我扎了他一刀，幸好爸爸现在已经换了新的肾源，我和他才能两清。如果爸爸没有换到新的肾源，我应该会恨顾若琛一辈子吧。"停顿了一下，"不，不光是恨，如果爸爸有个三长两短，我大概会把他当作仇人，我会报复的。"

　　王若熙看着许嘉倾，心里莫名有些敬佩，对许嘉倾的态度也有点亲切了。像许嘉倾这样明确地知道自己要什么，仿佛在任何困难面前她都能挺直脊梁，并且知道怎么去做，真是太优秀了。王若熙坐近一点，看着许嘉倾道："那你现在这么躲着顾若琛，也不是办法，他很快就会找到的。"

"能躲一时就是一时，所以现在需要你的帮忙。"许嘉倾看着王若熙道。

"我？"王若熙指了指自己的鼻子疑惑道，"我能帮你什么？"

"让顾若琛不再纠缠我的唯一途径就是我和他离婚。"

"什么？你们还没有离婚？我听若白讲他是你的前夫。"

"我也以为他只是我的前夫，但是现在不是，他当初没在离婚协议上签字。"顿了顿，"所以我现在才无法脱身，而现在唯一能让他离婚的人只有一个。"

"谁？"王若熙突然警觉道，"不可以的，我心里只有若白，我可不会为你去勾引顾若琛，若白会伤心死的。"

许嘉倾笑了笑："你瞎说什么呢？你这么可爱，不是顾若琛那个变态喜欢的类型，他喜欢崔雪儿那样清纯的像是百合花一样的女人。"

"你的意思是说崔雪儿？她可以让顾若琛离婚？可是我能帮上什么忙呢？"

"你和若白准备结婚吗？"

王若熙突然有点害羞了起来："我和若白当然准备结婚了。我这辈子非他不嫁的。"

"那就好。你可以和若白一起去试婚纱，然后让顾若白拉上顾若琛，你拉上崔雪儿，在旁边旁敲侧击。女人最受不了的就是婚纱的诱惑，崔雪儿肯定会和顾若琛提起结婚的事情。如果他们要结婚，那么就必须先和我离婚。"

王若熙眯了眯眼远离许嘉倾一点点道："许嘉倾，你心机可真深。"

"这叫心机深？这不是自保吗？"她想了想道，"那是因为你从小被保护得太好了，所有事都不需要你去操心，所以你眼里的世界才是如此美好。真是让人羡慕呀。"

王若熙啧了一声："你这张脸不知道是多少人羡慕的。"

许嘉倾笑了笑："谁羡慕，可以整容复制呀，现在技术这么发达。但是你这样纯净的心灵是没办法复制的，所以说，你真是美好得让人忍不住想去保护呀。"

王若熙觉得一身鸡皮疙瘩，连忙说道："我是直的，你别乱撩。"

许嘉倾一愣，随即笑得前仰后合，好半天才缓过来劲，说道："好好，你帮我这个忙，以后你有需要我的时候，在所不辞。"

王若熙看着她道："好，但是我要和若白商量一下。"

许嘉倾拿过王若熙的手机，搜出自己现在用的手机型号照片，然后将她手机递给她道："你可以再帮我买一个和我现在这个一模一样的手机吗？再借你的身份证帮我办个手机号，我留着和你们联系，我现在的手机被顾若琛监听了。"

王若熙不可置信地看着许嘉倾道："监听手机还要监视跟踪你，顾若琛现在这么变态了吗？"顿了顿，"果然变态的人还是需要你这样硬核的人才能周旋，要是我，估计现在骨头都不剩了。幸好我家若白温纯善良，是个白衣小天使。"想了想又补充道，"这下我真的相信物以类聚这个词了。"

许嘉倾白了她一眼道："你这是夸人吗？再说了，我可不像顾若琛那样不择手段。我用到的都是我自己付出的努力，在不伤害别人的前提下争取自己的利益最大化，我觉得没毛病。你这种温室里的公主是不会明白的。"

"我是不明白，并且不想明白。"王若熙噘着嘴说道，"我只想和我家小白甜甜蜜蜜，幸福长长久久。"

许嘉倾深深地看着她说道："会的，你们一定会的。"

许嘉倾把手机放在车里，车停在离王若熙家三公里的一个停车场，她是打车来王若熙家的。顾若琛既然能监听她的电话，估计也能定位她手机的位置，现在暂时还是不能暴露王若熙，不然婚纱计划就不能实施了。许嘉倾把买手机的事情交给王若熙后就急忙告辞了，再不回去停车的地方，估计很快就会被人找到这里。

许嘉倾打车回到原来的停车场，刚进车里，果然电话就响了，是顾若琛的电话。许嘉倾抿了抿唇按了接听键。

"你去哪里了？"冷得像冰碴子的声音。

许嘉倾现在已经完全适应他的冷冰冰语气，完全不在意，只是道："我出去逛逛。关监狱还允许放风呢，你这样监视我，让我觉得透不过来气。"

"你去买避孕药了？"顾若琛的语气更冷了。

"我手机在车上，钱包也在车上，我用什么买？再说我一个当红流量女明星跑去药店买避孕药，估计明天就能上热搜吧，都不用你监视。"许嘉倾不以为然地说道。

"这样最好。"顾若琛的语气这才平和下来，然后继续说道，"许嘉倾，只要你听话点，我们何必这么麻烦？"

"顾若琛，只要你放了我，我们之间一点也不会这么麻烦。"许嘉倾翻了个白眼说道。

"你休想。"顾若琛几乎是立即否定了。

"我其实真的不明白，你为什么不肯放了我？我们之间早就可以两清了。我不计较肾源的事情了，你那一刀也抵消了，最重要的是崔雪儿现在也痊愈了。连老天爷都在帮你，觉得一切都已经到了水到渠成的时候了，你为什么不肯放了我？"

那边很久没有声音，过了半晌，听见顾若琛的声音："许嘉倾，你说S市江面上的这些波浪还是昨天的那些波浪吗？"此刻的顾若琛一定是站在他那个办公室的巨幅落地窗前，欣赏分开S市东西两部分的江面。

许嘉倾笑了笑："当然不是，昨天的波浪必然会被新的波浪替代。"

"是呀。"顾若琛失笑，"我们的心境也像这波浪一样，那时候我觉得我们该那样，现在我觉得我们该是另外一番样子。和你说这些有什么意思？总有一天你会明白，我这样做是为了什么。"

"顾若琛，我希望那一天永远不要到来，我一点也不想懂。而且我觉得你现在是在限制我的自由，并且妄图一步一步地摧毁我。"

顾若琛笑了一下："就算是摧毁，你也只能毁在我的手里。"说完直接挂掉了电话。

许嘉倾看着已经挂掉的电话发呆，好久才回过神来，趴在方向盘上闭目养神。她默默地告诫自己，一定不能乱，一定要慢慢地、一点点地计算着，逐渐脱离顾若琛的掌控。只要崔雪儿催结婚，他一定会采取别的措施。

王若熙去医院找了顾若白，在走廊碰到许嘉倾的时候，故意将头扭向一边，像是很不待见的样子。许嘉倾低头笑了笑，她心里明白王若熙是做给那些监视自己的人看。她俩现在的关系可不能暴露了。

顾若白并不知道实情，只是摸了摸王若熙的头发说："小熙。"

"可是我就是不喜欢她嘛。长了一张狐狸精一样的脸。"

顾若白无奈地摇了摇头，只能歉然地朝许嘉倾笑了笑。

许嘉倾也笑着摇了摇头，表示不在意。

王若熙说起去拍婚纱照的想法时，顾若白笑了笑道："我都还没求婚，你都想拍婚纱照了吗？"

王若熙哼了一声道："谁说只有结婚才能拍婚纱照，我们就当作写真拍嘛！在你给我求婚之前，我们要每年都拍一组婚纱照，好不好嘛？我好想穿婚纱呀。"

"好。"顾若白揉了揉王若熙额前的碎发，笑道，"但是得等到下周，我调一下班。"

"嗯，可以，反正我随时有时间。不过你挑好哪天告诉我一声，我好去约雪儿。"王若熙一路蹦蹦跳跳、不以为意地说道。

"雪儿？你怎么和雪儿联系在一起了？"

"以前我们没出国的时候，若琛不是带她来和我们玩过几次嘛。再说了，以后若琛和雪儿结婚，我也和你结婚了，我和她算是妯娌了。以后免不了要一起玩耍的，还不如现在就搞好关系。"

"我的小熙现在都长大了，还知道和别人搞好关系了。"顾若白吃惊地说着，脸上还是带着温和的笑容。

"我已经长大了好不好？已经大到可以和你结婚了。"王若熙蹦到顾若白的面前仰着头说道。

"好。"顾若白温和地笑看着她，眼睛亮晶晶的，那就是看着爱人的眼神吧。

"你到时候也叫上若琛，你们两兄弟这几年也没怎么见面，也是要联络感情的。"王若熙说道。

"若琛那么忙，估计不会去吧？"若白担忧地说道。

"也是，不过没关系，反正雪儿去。雪儿要求他去，他还能不去吗？你说是吧？"

果然一切都像是王若熙预料的那样，顾若琛最后还是被崔雪儿软磨硬泡拉来了。

高级的婚纱店都是会看人的，进来的这几位显然是贵人中的贵人，婚纱也都得在适合气质的范围内挑最贵的！毕竟贵的东西，除了贵这一个缺点，其余全是优点！

崔雪儿和王若熙进去换婚纱了，顾若琛和顾若白坐在外面。没想到是顾若琛先开口问道："许嘉倾她爸爸的身体怎么样了？"

顾若白一顿，一时不知道该怎么回答，也猜不透他知不知道霍羽奚根本没有换肾给许成栋。

顾若白沉默了一下，回答道："还好。"

顾若琛听他这么说，似乎是松了一口气，竟然笑了笑道："她爸爸没事真好。"如果她爸爸出事了，他们两人的关系只会变得越来越糟糕，连现在这样勉强的平静都做不到。这一点顾若琛心中清清楚楚。

顾若白突然问道："假如你当时知道这个肾源是给许嘉倾的爸爸，还会调给雪儿吗？"顾若白也不知道是怎么了，突然想知道这件事的答案，但是问完又觉得自己多管闲事了，立即又道，"不想说就算了，我不该问的。"

"我不知道。"顾若琛静默地说道。他的声音平静，像是真的在认真思考，可是思考的结果还是不知道。这让他很迷茫，就像对许嘉倾的态度，究竟是个什么态度，他也很迷茫。他心中究竟将许嘉倾放在什么位置，也依然很迷茫，该怎么办的答案也像是笼罩着一层薄雾让人看不清。只是有一件事他比任何人都清楚，那就是，他不能放许嘉倾走，不能把她让给任何人，尤其是霍羽奚。他说不清那是嫉妒还是什么，反正他真的很讨厌霍羽奚。

顾若白笑了笑，没有说话。

试衣间门口，崔雪儿就静静地站在那里，听着他们的对话，握紧了拳头。她太了解顾若琛了，如果顾若琛心中没有许嘉倾，在顾若白问出那个问题的时候，一定会大笑着拍了拍顾若白的肩膀然后说道："当然是给雪儿了。"不会有丝毫的犹豫，可是现在因为许嘉倾，他变得犹豫了。

王若熙也走到门口，疑惑地说道："雪儿怎么不出去？"顿了顿，"是不是害羞了？"

崔雪儿这才回过神，笑了笑道："对呀，还真是有点害羞，以这个样子见到若琛哥。"

"放心好了，漂亮极了，保证你的若琛哥眼前一亮。"王若熙夸赞地说道。

崔雪儿笑得眼睛弯弯，一副清纯无害的样子，然后和王若熙一起走了出去。

顾若白在看见穿着婚纱走出来的王若熙时，有一瞬间呆愣，随即脸上堆满笑容，大步走过去看着她说道："我的小熙真漂亮。"

王若熙有些害羞地低下头，然后又抬起头说道："那是当然了，谁让你这么有眼光，选了这么漂亮的我。"

顾若白笑得如沐春风，王若熙转了一圈给他看。顾若白笑道："看见你穿婚纱的样子，真想现在就让你嫁给我。"

"不先求婚，我是不会嫁的。"王若熙一边嘴硬，一边开心得脸色绯红。

而一旁的顾若琛在看见崔雪儿出来的时候也微微一愣，雪儿对他笑，他却恍然觉得那个穿婚纱的人是许嘉倾。许嘉倾为他披上婚纱，站在那里对他笑，并且满心欢喜地想嫁给他。

顾若琛抿唇微笑，然后慢慢地走过去。他怕是梦，怕走得太快就打破了这个梦境，直到走近几步，突然听到崔雪儿的声音："若琛哥？若琛哥？"

顾若琛这才回过神，在看清眼前人是崔雪儿时又是一愣。过了半晌才收拾好心情说道："雪儿穿婚纱的样子真好看。"

崔雪儿害羞地低下头，然后小声说道："我只为若琛哥穿的。"

顾若琛又是愣住，如果他夸许嘉倾穿婚纱好看，许嘉倾会怎么说？她一定会仰起头，笑得妩媚，然后带着狡黠的笑容靠近他，勾起他的下巴，假装调戏道："穿婚纱好看，不穿更好看。颜值摆在这里，和衣服有什么关系？"

崔雪儿看着总是走神的顾若琛，担忧地问道："若琛哥是不是没有休息好呀？"

"嗯？没有，想到一些工作上的事情。"顾若琛想了一个借口。

这时候王若熙凑过来，拉住崔雪儿的手说道："雪儿穿这个婚纱可真好看，是要当新娘的样子了。"然后转过来笑看着顾若琛道：

"若琛，你什么时候娶雪儿呀？我和若白等这杯喜酒可是等了好多年呢。"

顾若琛失笑，看着王若熙笑道："怎么也得先喝到你和二哥的喜酒才行。"

王若熙也笑，拉过顾若白的手，爱娇道："你弟弟催我们结婚。我看他呀，自己害羞又拿我们当借口，嘴上这么说，心里巴不得我们俩现在原地结婚，他就没有借口了，就可以马上和雪儿结婚了。你说是不是，小白？"

顾若白笑了笑，点了点她的鼻尖说道："若琛哪里是你说的那个样子？他肯定有自己的规划。"

王若熙努了努嘴道："我只是为你们顾家担心嘛。顾家三个儿子，大哥结婚多年也没要一个孩子，你和若琛都没结婚，顾家的香火可都系在你们身上了。"

王若熙说完觉得这样不对，好像要和若白结婚的是自己，香火这事其实还是系在自己身上的，于是又道："不过我会努力的，若琛你和雪儿也要努力。"

顾若白一愣，随即笑了起来，露出八颗牙齿的笑容，温暖极了。他揉了揉王若熙的头发，说道："又开始胡说了。"

崔雪儿这时候却低下头，没有说话。

王若熙很快注意到崔雪儿的变化，立即拉住她的手问道："雪儿你怎么了？不舒服吗？"

崔雪儿连忙扬起脸摇了摇头，这一抬头大家都看见她红红的眼眶了。王若熙立即问道："雪儿怎么了？"

顾若琛也问道："雪儿怎么了？"

崔雪儿看着顾若琛，轻声说道："若琛哥不能和我结婚。"

"啊？为什么？"王若熙表示完全不知情的样子。

"若琛哥和嘉倾姐姐三年前结婚了，但是后来离婚没离成，所以

若深情嘉许 ◆

若琛哥现在是已婚状态。我……我的存在就像……"崔雪儿像是说不
下去了，转头就往更衣室跑去。

王若熙假装听到不得了的消息一样，一下子就炸毛了："嘉倾姐
姐？雪儿说的嘉倾是不是那个狐狸精许嘉倾？好哇！这个许嘉倾来勾
引若白还不够，还要吊着若琛不放！看我不撕烂她的脸。"说完气愤
地看着顾若琛道，"雪儿和你多少年了，许嘉倾和你多少年了？她就
是长了一张狐狸脸，怎么你还舍不得和她离婚了呀？我可告诉你，我
看不惯你欺负雪儿。"

"小熙……"顾若白连忙拉住王若熙，转过脸看着顾若琛道，
"若琛你别放在心上，小熙就是小孩子性格，说话没轻没重的。"

王若熙看事情的目的已经基本达到，就借着顾若白拉她的这个台
阶下来了。

顾若白拉着她去更衣室换衣服。

回去的时候，顾若白和王若熙一起开车走的。顾若琛则和崔雪儿
一辆车。

顾若白一边开车，仔细地观察着路况，一边说道："小熙，你为
什么要帮着雪儿呢？"

"因为我和她从小一起玩到大呀。"王若熙立即说道。

"小熙，还在骗我。你每次骗我都会先看一下我，然后立即将眼
光瞟到一边，你刚才就是这样做的。"顾若白笑着说道。

"那我和你说了，你别和别人说呀，尤其是顾若琛。"

"嗯？和若琛有什么关系？"

"是许嘉倾向我求助的。她现在不仅被顾若琛监听电话，还被他
跟踪。她想摆脱顾若琛，但是没办法，所以才求助我的。"

顾若白皱了皱眉头，非常不认同顾若琛的做法。他说："所以今
天就是你们策划的？"

"对呀。"王若熙得意地说道，"只要崔雪儿去他那儿哭一哭，

要求顾若琛娶她，顾若琛总不能还不和许嘉倾离婚吧？"

"你不是不喜欢许嘉倾吗？怎么愿意帮她呢？"

"我就觉得她挺可怜的，而且这不仅是成全她，也是撮合雪儿和若琛的好机会呀。只有你和若琛快点结婚，你们顾家才能早点开枝散叶。"

"你呀，净胡闹。"顾若白无奈地叹息。

王若熙从包里拿出一部手机放在顾若白车子的夹层上，说道："这是许嘉倾托我给她买的手机，你去医院的时候带给她吧。一共一万块钱，你到时候别少要钱了哈。"

顾若白扑哧一笑："你还计较这点钱？"

"那当然了，她一个大明星肯定有钱。再说这些年她可没少从若琛身上捞钱，我干吗要亏本。"顿了顿，"不过我是真的挺敬佩许嘉倾的。假如我是她，爸爸病重，又遇上这些事，肯定不知道该怎么办了。"

"好的，知道了。"顾若白点了点头，"你和她不一样，但都是好姑娘。"

另一边，崔雪儿看着顾若琛冷冷的一张脸，小心地开口道："若琛哥，你是不是生气了？"

"没有。"

"你是不是在气小熙刚才说的话，不过她说的问题确实存在的。你和嘉倾姐姐会离婚吗？你不是三年前就想和她离婚吗？"崔雪儿小声地问道。

"雪儿，你管得有点多了。"顾若琛脸色依旧冷冷的。

崔雪儿抿了抿唇道："若琛哥，我想嫁给你。"

顾若琛皱眉道："你刚出院没多久，先养好身体。"

"我已经出院好几个月了。"

"雪儿！"顾若琛加重了语气，然后靠边停车。他看着崔雪儿道："雪儿，你今天的话太多了。"

崔雪儿看顾若琛紧锁的眉头，委屈地坐正，没再说话。

两人一路无话，顾若琛将崔雪儿送到她家楼下就准备离开。崔雪儿拉住顾若琛的袖口道："若琛哥，不上去坐坐吗？"

"公司里还有事，改天再找你，你好好休息。"

"哦。"崔雪儿下车，然后目送顾若琛的车子渐渐走远，紧接着，她的眼神变得毒辣怨恨，苍白的手指握成拳头，喃喃地说道："许嘉倾，你可真该死啊。"

顾若琛漫无目的地开着车，这才想起来自己好几天没见许嘉倾了，于是打电话给她。电话很快就接通了，不等对方说话，顾若琛直接冷冷地说道："回来。"

"我在拍戏。"许嘉倾找借口。

顾若琛听见她的借口，立即挂掉电话，给万默打了电话。

果然过了一会儿，许嘉倾的电话回来了："顾若琛，你干什么？你停了剧组的所有投资，敕令剧组停工是几个意思？"

顾若琛依旧冷冷的语气："好了，你现在不用拍戏了。回来。"

"顾若琛，你发什么疯？"

"我想见你。"顾若琛没有回答她，只是没头没脑的一句话。

"闲的是吧？你找崔雪儿呀？"

"我想见你，现在。不要再考验我的耐心了，许嘉倾，我已经给过你一次机会了。"顾若琛的耐心明显快要用尽。

许嘉倾皱眉，好半天才道："等会儿。"说完就挂掉电话了。

顾若琛直接驱车回到九亭别墅，然后吩咐门口等着停车的司机去超市买些蔬果和日用品回来。

许嘉倾回来的时候，顾若琛正在书房看文件。听见许嘉倾的声音，他说道："进来。"

许嘉倾皱了皱眉头走进去，站定在书桌前。顾若琛抬起头，两只手肘放在书桌上，十指相扣握紧，嘴角勾着儒雅斯文的笑意看着她道："这么怕见到我吗？我可还是你法律上的丈夫。"

"顾若琛，你到底想干什么？"

"想见你。"顾若琛笑了笑，轻声说道，"过来。"

许嘉倾抿唇走来，刚一靠近，顾若琛就伸手抓住她的手腕，将她扯到自己的大腿上坐着。他看着一脸受到惊吓的许嘉倾笑道："这么久没见，你难道一点也不想我吗？"

"想呀。想你什么时候和我办离婚手续。"

顾若琛听到前半句时，还来不及高兴，就被后半句的一盆冷水兜头浇下。

顾若琛掐住她的下巴："以为这样气我，我就会放了你吗？简直太天真了，许嘉倾。你这辈子都别想从我身边走掉，我是不会放手的，你最好早点断了对霍羽奚的念想，不然我迟早弄死他。"

"你敢？"

"没有什么事是我不敢的，许嘉倾。你不要挑战我的耐心。"说完直接将许嘉倾抱起来放在书桌上，低头吻下去。许嘉倾推开他："顾若琛，你干什么？"

"你说呢？当然是为了让你早日生下我们的孩子而努力喽。"顾若琛笑得儒雅斯文，却是一头实打实的禽兽。

许嘉倾听他这么说，立即反抗起来，瞪着他说道："顾若琛，你有钱，要什么样的没有？"

"我就要你这样的。"顾若琛的脸色变得冷冽，然后禁锢住她的双手，继续刚才被她打断的吻。

许嘉倾还是在不断地挣扎，顾若琛却很享受！无论是以前在这方面讨好他的许嘉倾，还是现在这样拼命反抗的许嘉倾，都让他很受用，这样的她似乎更让人得劲！顾若琛没意识到自己是只要她，而不是怎样的她。

即便许嘉倾全程反抗，也依然没能阻止顾若琛。

许嘉倾累得连一个手指都懒得动，浴室里传来的水声让她烦躁极了，拉过被子蒙住自己的脸，可是被窝里也都是他的味道。许嘉倾皱眉，索性坐起身，摸过床头柜自己包里的药瓶，倒出一粒药直接吞了下去，然后准备下床去找水喝。

恰好这个时候顾若琛出来，身上只围了一条浴巾。许嘉倾看见他时一愣，随即转开脸。顾若琛却是微微一笑，慢慢地走到许嘉倾面前，伸手抬起她的下巴："以前我总觉得女人使用美人计太过没品了，可是现在对着你，我已经无计可施，所以也想试一试这最没品的美男计。许嘉倾，你觉得如何？"

"什么如何？"

"现在的我，如何？"顾若琛不给她逃避回答的机会，掐住她的下巴，直直地看着她。

许嘉倾歪头笑了笑："你刚吃完猪肉，还会觉得猪肉好吃吗？"

顾若琛一愣，随即笑了笑，特别无赖地说道："看来刚才我让你餍足了。"

许嘉倾翻了一个白眼，顾若琛能在商圈这样成功，和他如此不要脸肯定是有一定关系的。他简直完美地诠释了什么是人面兽心，衣冠禽兽！

许嘉倾想挣脱钳制，但是顾若琛不肯松手。两人挣扎的间隙，一下子弄掉了许嘉倾放在床头柜上的包，里面的药瓶就滚了出来。

顾若琛的眼神立即变得阴鸷。他松开许嘉倾，一步一步地走过去，弯腰捡起地上的药瓶，修长白皙的手指翻转着药瓶，就像握着一个人的咽喉。

许嘉倾抿紧了唇看着他，等着他说话。

顾若琛皱眉看着她："你在吃胃药？"

许嘉倾松开了紧抿的唇，一步跨过去，一把夺过他手中的药瓶，然后翻了一个白眼道："女明星要节食，也不能按点吃饭。没有胃病的艺人，只能说不红。"

顾若琛紧紧地盯着她的表情，皱着眉头，若有所思地道："你以后可以只拍我投资的戏，时间你自己把控。你可以吃胖点，你太瘦了，抱着不舒服。"

许嘉倾又翻了一个白眼："等我真长胖的时候，你再说这句话试试。"说完直接将药瓶装进自己的包里，又说道，"我还是希望有些我能控制的事情，一定要牢牢地控制，比如体重。如果真的长胖了，上镜肯定是不好看的，最后不用你去阻止，我的娱乐圈事业自然就完蛋了。"

顾若琛抿唇不再说话，只是深深地看着她。他欣赏这样能够自控且目标明确的许嘉倾，可是他也希望许嘉倾可以依赖自己。仔细想一想，许嘉倾的资源确实是依赖他的，这样想着顾若琛觉得心里舒服了一些。

顾若琛笑着说道："许嘉倾，你有没有想过，既然我们能两清，为什么不能重新开始？你父亲的身体已经好了，你不再有那么大的压力，你继续在娱乐圈做你的工作，我给你资源。你还是我的妻子，我们有一个单纯的开始。"

许嘉倾愣了愣，没有说话，她心中明白顾若琛说的那条路是一个选择，可是她不会这么选。诚如顾若琛所说，她已经没有那么大的压力了，所以她想远离顾若琛，过简单的生活。

许嘉倾看着他说道："我们不可能有单纯的开始，我想过简单的生活。"

"为什么你在我身边，就不能过简单的生活？我可以给你最简单的生活，就是富有的生活，你不是最喜欢钱吗？我给你，你想要多少我都给你。你为什么不肯往我面前走一步？只要你肯走一步，我愿意走完剩下的九十九步。"

顾若琛上前一步，抓住她的肩膀，深深地看着她说道："让我走完一百步都没关系，只要你不要再往后退就好。"

顾若琛抱紧许嘉倾，将鼻息埋在她的肩颈，委屈地说道："为什么开始想玩玩的是我，现在深陷其中的也是我，你却可以潇洒地放手？"

许嘉倾没再说话了。就算她说她不信这些话，顾若琛还是会一直这么说，他们之间沟通是无效的。

现在只希望崔雪儿能发力，催促顾若琛和她结婚，那么顾若琛就不得不和许嘉倾离婚了。到那时候她就自由了，她这几年其实攒了很多积蓄，可以带着爸爸妈妈去国外居住。过个两年，或许那时候什么都淡了，他们就都可以回到原来的轨道上了。

顾若琛拥着许嘉倾躺下，静静地抱着她。他不允许许嘉倾挣扎，不允许许嘉倾离开自己的怀抱。

后来许嘉倾也索性放弃挣扎。

等到半夜的时候，顾若琛从她的包里拿出那瓶药，倒出一粒药放在手心观察。白色的药丸上竟然没有刻药名。顾若琛把药丸塞进自己的西装口袋，将药瓶放回原地，继续抱着她睡觉。

顾若琛看着许嘉倾道："许嘉倾，你的演技向来好，可是人的瞬间反应是骗不了人的，我拿起这瓶药，你那惊恐的表情根本骗不了人。最好不要让我知道这是避孕药，不然……不然……"不然又能怎样？顾若琛头疼地皱眉，他发现自己现在已经完全拿许嘉倾没有办法了，究其根本原因，不过是许嘉倾心中根本没有他，无法自拔的只有他一个人而已。

顾若琛更紧地抱住许嘉倾："就这么耗着吧，一辈子耗着吧。许嘉倾，是你自己重新回到我身边的，我不可能放手的，更不可能把你让给任何人。"

第022章　丧亲&绝境

第二天，文森给许嘉倾打电话，说是有个大制作要让她去试镜。许嘉倾快高兴坏了，自从和顾若琛闹掰了之后，她已经许久没有参演大制作了。

文森笑嘻嘻地说道："看来老天爷也知道你快过生日了，给你送生日礼物呢。"

许嘉倾笑了笑："什么老天爷，这都是我的实力。"

许嘉倾嘴上这么说，但还是很用心地准备试镜，还特意节食了两天，想让自己上镜更加好看，也用心揣摩了角色。

当天试镜的时候，现场的导演和制片人都赞许连连，觉得这个角色简直就是为许嘉倾量身打造的。

许嘉倾开车回去时，正好接到陈凤娇的电话："倾儿呀，试镜怎么样了？我和你爸爸在医院的休息室给你准备了蛋糕，要给你过生日的。你什么时候回来呀？"

许嘉倾笑道："试镜很不错，现在正在回医院的路上。"

"嗯嗯，那你专心开车，我先挂了。"

陈凤娇刚挂掉电话，顾若琛的电话就打进来了。许嘉倾皱眉，直接按掉了。

顾若琛看着挂断的电话，脸色更加难看。他站在办公室的落地窗前，看着手中的白色药丸。万默拿着药丸去做了检测，回来告诉他这是避孕药，当时顾若琛说不出心中是什么感觉！那种像是被重锤狠狠锤在胸口的痛楚让他几乎喘不过来气，许嘉倾竟然在他这么严密的监视下也能弄到避孕药，看来这女人是真的真的不想要他的孩子！意识到这一点，顾若琛猛地一下子扫掉桌上所有的文件，怒火瞬间蹿了上来。

打给许嘉倾的电话被挂断的瞬间，顾若琛就笑了出来，那种绝望的笑声让万默一时之间愣住了。向来最会伪装，面上儒雅斯文，背地手段毒辣的顾若琛竟然会露出这样绝望的笑容。

顾若琛看着万默说道："万默，你知道吗？我还准备了一个大制作的电影，就定在她生日的时候让她去试镜，想给她惊喜的。可是她给我的又是什么？又是什么？"

顾若琛的眼神变得阴鸷毒辣："把她今天试镜的电影角色给雪儿吧，看来她也不是很想要。"

刚到医院楼下的许嘉倾收到刚才导演打来的电话，那语气虽然很委婉，但大意是她被换掉了，因为有了更好的人选。

许嘉倾一愣，本能地问出来："是谁？"

"崔雪儿。"

许嘉倾愣愣地挂掉电话，然后笑了笑。许嘉倾你真傻！只要崔雪儿想要的东西，顾若琛怎么会不给？无论你怎么准备，多么适合，结果都是徒劳而已。

许嘉倾连想给顾若琛打电话质问的想法都没有了，斗不过就远离！

可是顾若琛不会放过她，电话又追了过来。

许嘉倾盯着屏幕上的"冤大头1号"备注，笑了笑，笑着笑着竟然哭出来。顾若琛才不是冤大头！于是她又一次挂断电话。

可是许嘉倾刚挂断电话，准备上楼，一辆不太显眼的普通轿车就停在她面前。车上下来几个壮汉，齐刷刷地走到许嘉倾面前说道："许小姐，顾总裁有请。"

许嘉倾本不打算理睬的，但是那几个人像是早就料到一样地说道："许小姐如果继续往楼上走，我们只能去许先生的病房请你了。"

许嘉倾眯了眯眼看着几个面无表情的壮汉，转身在他们的注视下上了车。

许嘉倾被送回了别墅。

顾若琛在二楼等她。许嘉倾推开门的时候，他正站在书房的落地窗前看着外面，听见开门声，转过头看着她，眼神冰冷："过来。"

许嘉倾也冷着脸走过去，仰起头看着顾若琛道："这样做有意思吗？"

"有意思，太有意思了！一个费尽心机也要弄到避孕药，不肯给我生孩子的女人，玩弄她实在太有意思了。"

许嘉倾一愣，随即笑道："你知道了？"

顾若琛看着她毫不在意的眼神，眼神变得阴骘，伸手掐住她的脖颈："许嘉倾，我想杀了你。"

许嘉倾的脸色立即变得涨红，顾若琛像是真的要杀了她一样。

这个时候，医院里的许成栋和陈凤娇左等右等也等不到许嘉倾，正准备打电话，许成栋的电话先响了起来，是一个陌生号码。

许成栋以为是许嘉倾换的别的号码，毕竟她的消息经常被泄露，所以时不时换手机号码。许成栋按下接听键。

可是手机里传来的却是变声过的声音。

那声音说："你的女儿许嘉倾为了给你治病，两年前和顾若琛协议结婚，然后被毫不留情地踢出豪门，受尽豪门太太的嘲笑。两年后，又因为挣钱给你治病，许嘉倾被顾若琛逼迫包养，是个见不得光的情妇。顾若琛为了羞辱许嘉倾，还把本来给你准备的肾源拿去给了他的心上人。可是许嘉倾一点办法都没有，还要继续做顾若琛的见不得光的情妇。都是因为你呀，许成栋！"

许成栋拿手机的手一直在颤抖，呼吸逐渐变得困难，脸色也开始涨红，但是下一瞬间脸色又变得惨白，猛地一口血喷了出来。而对面已经挂掉了电话。

陈凤娇吓得面如土色，慌忙去叫许成栋。可是他的眼神已经在涣散，张着口要说话："倾儿，我的倾儿。"

陈凤娇号啕大哭，这哭声惊动了护士。她赶过来看了看情况，立即呼叫顾若白医生。现场一片混乱，不一会儿许成栋被推进手术室。

陈凤娇抓着电话给许嘉倾打电话。

可是电话一直没接听。

这边别墅，许嘉倾的脸色已经惨白，眼看下一秒就要与世界断了联系，顾若琛像是触电一样，猛地松开她。许嘉倾趴在地上，半天缓不过来劲儿。

顾若琛走过去，蹲下来，揪起她的衣领，恶狠狠地说道："我不会让你死的，我会让你生不如死。"

生不如死！这句话像是诅咒一样在许嘉倾脑海中盘旋。

许嘉倾的手机一直在响，顾若琛拿过来，皱眉看了一眼，说道："你的妈妈打来了电话，不如让她听听你和我究竟在干什么。"说罢他按下接听键，然而衣服撕裂的声音和许嘉倾的反抗声掩盖了电话里陈凤娇的哭声。

手机在许嘉倾的挣扎中掉在床下，挂断了。

许嘉倾越是挣扎越是激怒顾若琛！她的每一次反抗都更加激发顾若琛的占有欲。

最终也不过和以往的任何一次一样，许嘉倾是挣扎不过顾若琛的，就像是命运一样。

顾若琛看着怀中眼睛红肿的许嘉倾，还是有些不忍心地把她抱起来，将她脸颊上濡湿的头发挂到耳后。他说："许嘉倾，我爱你。我真的爱你，你信我一次好不好？给我一次机会，我们重新开始。"

许嘉倾冷冽地看着他道："你的爱就是强迫我吗？"

"我不想的。当我知道你不愿生我们的孩子时，你不知道，我当时快疯了。"

许嘉倾咬牙道："你刚才是强奸。"

"许嘉倾，我们还是夫妻。"顾若琛苦笑地说道。

许嘉倾的手机又响了，这次是顾若白打来的。她赶紧按下接听键，就听见顾若白的声音："嘉倾，你在哪里？"电话那端隐约还能传来陈凤娇的哭声。

许嘉倾心中一愣，赶紧说道："我在外面，怎么了？"她一边问一边爬下床开始穿衣服，心中那种恐惧在不停盘旋，可是心中不停安慰自己：爸爸已经换肾了，没有问题的，一定没有问题的。

"现在来医院吧，到了再跟你讲，小心开车。"顾若白说完就挂掉了。

许嘉倾看着挂掉的电话，一刻也不敢耽误，抓起床头上的提包就往楼下跑，顾若琛想抓住她都来不及。

顾若琛给顾若白打了个电话，问他怎么回事。

顾若白沉默了一下说道："许成栋过世了。"

顾若琛像是被击中一样，脸色瞬间惨白！

怎么会？怎么会这样？那么刚才她妈妈给她打电话也是为了说这个事，可是他都干了什么？他在强迫许嘉倾！害她没有见到父亲最后一面！

不对，许成栋不是已经换了肾吗？怎么会？顾若琛像是抓住救命稻草一样连忙问道："许成栋不是换了肾吗？为什么还会……"

"他没有换肾，许成栋没有要霍羽奚的肾。还有许成栋的死因也不是多器官衰竭，而是因为急火攻心引发的大出血。"

顾若琛几乎是站立不稳。没有换肾！没有换肾！

那么许嘉倾会不会把这笔账算在他头上？因为他调走了许成栋的肾源，所以许成栋没有换肾！所以是他间接害死了许成栋？

顾若琛已经不敢往下想，他立即抓起床边的衣服套上就冲出门。他要去许嘉倾的身边，不管许嘉倾怎么想他，这个时候他要待在许嘉倾的身边。

许嘉倾到医院的时候，刚靠近许成栋的病房就听见陈凤娇崩溃一样的哭声。她的脸一下子褪去全部血色。

她木讷地推开病房的门，床边围着的人都转过脸来看她。

许嘉倾觉得呼吸困难，步子也挪不过去。她嘴角在抽搐，想说话，想问"你们围着我爸爸做什么"，可是她的嘴角就是一直在抽搐，颤抖得说不出来话。

陈凤娇也看见了她，猛地站起来跑到她面前，一巴掌狠狠地扇在她脸上，那是许嘉倾长这么大以来，母亲第一次打她！

陈凤娇号啕大哭："你死哪儿去了！你爸爸最后一刻你去哪儿了？给你打电话为什么不接？"

许嘉倾被打得脸偏到一边，可是她一点也感觉不到疼，整个人似乎都麻木了。她转回头看着陈凤娇道："妈，你说什么？今天是我生日，你们故意吓我的吧？"

许嘉倾像是想到什么好笑的事一样，立即连步跑到床边，猛地揭开许成栋面上的白布。她的嘴角抽搐了几下，想抿出一个笑容，可是怎么也办不到。她说："爸爸，我回来了。别开玩笑了，我都知道的。"

许嘉倾想去推他，说她都猜到了，可是碰到许成栋的脸，发觉已经冰冷了。

许嘉倾像是被雷击中一样，五官开始狰狞地拧在一起，泪水一下子盈满眼眶。她用手抹了一把额头，又无措地抹了一把脸，然后不知所措地转过脸看着旁边的顾若白，抓住他问道："不会的，不会的，不会的对不对？他已经换肾了。"

顾若白皱眉，说不出一句话。

许嘉倾见得不到回答，又转身跪在许成栋的床前，开始号啕大哭。那种哭喊像是从胸腔中发出的绝望挣扎！谁说绝望是无声的，绝望就是这种走到末路都一点办法都没有的哭喊。她没有爸爸了，再也没有爸爸了，她努力这么多年的事情突然崩塌了！她该怎么办？她还能怎么办？

顾若琛赶到的时候，就看见许嘉倾这样绝望地哭倒在许成栋的床前。那种锥心之痛让他一步也挪不过去。今后他们该怎么办？他和许嘉倾已经走到绝境了。

顾若琛走上前，手指有些颤抖地捏住她瘦弱的肩膀，颤声道："嘉倾，你还有我。"

许嘉倾什么都听不见，什么都听不清。她只能号啕大哭，除了哭她没有别的办法。她不要坚强，不要伪装，什么都不要了。她只想哭，她哭这悲惨的命运，哭她过世的父亲，哭她这没用的样子。

许成栋的葬礼是顾若琛一手安排的，办得相当体面。许嘉倾没有阻止他，那几天她一直守在灵堂，一句话也不说，也不愿吃饭不愿喝水，机械地答谢前来吊唁的宾客。谁劝都不行，唯一一个可能劝得动她的陈凤娇除了哭也只有哭，让人拿她们没有丝毫办法。

夜晚许嘉倾坚持守灵。阴冷的灵堂，只有她一个人坐在那里，看着棺材发呆。许嘉倾偏头看着，看着看着眼泪就流了下来。她没有爸爸了，再没有爸爸了，她想转身找人撒个娇都不行了。再也不行了，她也再没有退路了!

顾若琛走到她身边,低头看着她,看着她的眼泪,心脏疼得像是被几只手同时拧着。

顾若琛蹲下来,将她抱在怀里,下巴搁在她的头顶,说道:"许嘉倾,我会是你最坚实的依靠,只要你肯靠过来。"

许嘉倾依旧一句话也不说,只是收紧了手指。

顾若琛得不到回应,只得松开她,看着她的眼睛,擦掉她的眼泪。他说:"许嘉倾,你要振作,你接下来的路还很长。"

许嘉倾依旧木讷地流着泪,什么都没说。

顾若琛的眉头紧紧地锁在一起,他无计可施了。哪怕许嘉倾现在说一句恨他,他心中也是舒服的,好过许嘉倾这样死气沉沉地一句话不说。

直到许成栋的葬礼办完,许嘉倾依旧一句话都没再说。

墓碑前,许嘉倾赶走了所有人,她叫住了顾若白。

许嘉倾的脸色惨白,但已经不是前几天的木讷和毫无生气,而是突然变得坚定——她找到了活下去的新目标了。一直以来,她都是靠着目标活下去的,她薄情冷静,给自己定一个目标,然后挺直脊梁朝着目标走过去。哪怕跋山涉水,路途险峻,她也从不后退半步。

她要给自己找一个新的目标活下去。

许嘉倾看着墓碑上父亲的照片,那个笑容温和慈祥。记得当时他正看着女儿,许嘉倾就给他拍下了。她伸手摸了摸,然后问道:"我的爸爸不是已经换过肾了吗?为什么会突然去世?"

顾若白抿唇没有说话。

"他现在就睡在地下,地底下冰冷阴暗,我们活着的人不给他撕开一个口子透点光,你让他该怎么走那条黄泉路?"许嘉倾说这些话的时候,不激烈也不愤怒,只是冷静。

顾若白看着她瘦弱的背影说道:"你爸爸没有换肾,他知道了你和霍羽奚的交易。他说他不能要他女儿未来丈夫的肾，也希望你以后就算和霍羽奚过不下去了，也不会因为霍羽奚捐了肾，而变得没有退路。"

许嘉倾握紧了拳头，指甲扎进肉里。那种疼痛让她浑身颤抖，眼泪无声地淌下来，但是她没再声嘶力竭地哭喊了。

顾若白说："嘉倾，你已经为叔叔做了你能做的所有事情了，你应该释怀。"

许嘉倾闭上眼睛，沉默很久才睁开眼睛："还有一件事没为他做。"她跪下来，朝着许成栋磕了三个头，再抬起头，眼神已经变得坚毅。她说："爸爸，你耐心地等着。"

许嘉倾站起身就往山下走。顾若白看她的样子，立即抓住她的手腕，皱眉道："你想做什么？"

"做我该做的事情。"许嘉倾想甩开他的手，却因为几天没有进食没有力气，一个踉跄差点摔倒，幸亏顾若白眼疾手快扶住了。

顾若白将她扶直，语重心长地道："你冷静一点，这件事和若琛无关，那个肾源确实和雪儿配型最合适，而且也不保证给叔叔换上肾就会万事无忧。万一出现很严重的排异反应，他连这几个月都活不了。"

许嘉倾冷冷地抬起头："顾若白，如果死去的是你爸爸，你还能说出这句话吗？你现在帮着说话的人是你的亲弟弟，你以为我会听？"许嘉倾狠厉地甩开他的手。

顾若白见劝不住，赶紧说道："叔叔不是死于器官衰竭，而是气血攻心引起的大出血。"

许嘉倾猛地转头，狠厉地盯住顾若白道："你再说一遍？"

"阿姨说叔叔是接到一个电话后就气急吐血的。害你爸爸的另有其人。"顾若白说道。

许嘉倾猛地揪住顾若白的衣领，暴怒地喊道："你说什么？！我爸爸真的是被人害死的？"

顾若白紧紧地盯着许嘉倾的表情，心疼地道："嘉倾，我们找不到那个人了，算了吧。叔叔也不想你一辈子活在仇恨中不是吗？你还有美好的未来。"

许嘉倾的双眼猩红。她猛地松开顾若白的衣领，握紧拳头，转身往山下走。

这个想对付她，甚至向她爸爸下手的人，目的就是离间她和顾若琛！有这种想法的只有两个人！一个是崔雪儿，另一个就是霍羽奚！

一个想得到顾若琛，一个想得到许嘉倾！

许嘉倾怀疑霍羽奚是故意等在她爸爸的病房门口的，好让她爸爸听见他们的交易，这样一来，许成栋无论如何都不会要霍羽奚的肾脏，他便可以毫发无损地娶到许嘉倾。

而从那天逛街的安排，许嘉倾已经看出崔雪儿的心机！她绝不是表面看起来的那么单纯无害。

那打电话的人只可能是其中一个。

而顾若琛，她也绝不会放过。若不是他调走许成栋的肾源，她父亲不会走到今天这一步！如果不是他当时的强迫，许嘉倾也不会没接听母亲的电话，更不会见不到父亲的最后一面。

这三个人都将会是她的复仇对象。

许嘉倾一步一步坚定地走到山脚，顾若琛和文森都在等着。

许嘉倾看都没看顾若琛一眼，直接往文森的车走过去，顾若琛却大步走过来抓住她的胳膊。

顾若琛说："许嘉倾，跟我回家，你现在还是我的老婆。"

许嘉倾抽回自己的胳膊，冷冷地看着他道："顾若琛，我恨你。"

"我知道。"顾若琛平静地看着许嘉倾的眼睛道，"但是你依然要和我回家。"

"除非我死，或者你死！"许嘉倾双眼猩红地看着他。

"许嘉倾，以后我给你依靠，给你想要的任何东西。我会宠你，会爱你，会满足你的一切要求。你再给我一次机会，和我回去好不好？"

许嘉倾冷笑地看着他道："给你机会了啊，除非你死，或者你杀了我。你比较一下究竟是丧妻之痛更痛还是丧父之痛更痛？"许嘉倾握紧了拳头，克制着自己，继续激怒他，"怎么，不敢吗？或者刀扎进自己身体的感觉更痛？顾若琛，你说的爱我在我眼里廉价得还不如超市打折贱卖的青菜。"

"你真的想我死？"顾若琛悲伤地看着她。

"恨不得你现在立即死掉。"许嘉倾说完便上了文森的车。

顾若琛一把扯住许嘉倾的手，扣住自己的脖子，痛恨地看着许嘉倾道："来呀，只要你用力，我现在就能死。"

许嘉倾看着孤注一掷、眼神冷冽绝望的顾若琛，眼神也变得狠厉。她想伸手掐住这个人的脖子，让他立即死在这里，死在爸爸的墓园附近，一辈子为爸爸的死忏悔。可是许嘉倾在克制，她想要的不仅仅是顾若琛死掉，她想要的，更多。

许嘉倾猛地甩开顾若琛的钳制，冷笑道："顾若琛，我不想陪你一起死。"如果掐死了他，自己也难逃一死，她要一点一点击溃顾若琛所有的信仰和感情，就像这个男人做过的那样。

睚眦必报的许嘉倾绝不会这样让仇人痛痛快快地结束。

许嘉倾刚才甩开顾若琛用了些力气，由于几天没怎么吃喝，再加上大悲的情绪，整个人像是虚脱了一般，直直地往后栽倒去。文森连忙伸手去接，却被顾若琛早一步抱住一头栽倒的许嘉倾。

顾若琛冷眼瞥了一下文森，然后抱着许嘉倾朝自己的车走过去。文森讪讪地收回自己刚伸出去的手，心中嘀咕：许嘉倾什么时候搭上顾若琛这尊大佛？有这靠山，哪里还需要她自己费心费力去撕资源？

许嘉倾被顾若琛安置在他们常去的那栋别墅，顾若白已经给她挂上了营养液。

顾若白站在床边，看着坐在床边紧盯着许嘉倾的顾若琛，叹息地开口道："你打算怎么做？嘉倾现在心里对你只有仇恨。"

顾若琛的肩膀颤了颤，苦笑了一下，然后才道："对于她我总是无计可施，可是无论怎样，我都不会让她离开我的身边。其余的，她想怎样都可以。"

顾若白一愣，向来流连花丛的顾若琛竟然会为一人甘心如此？况且还有崔雪儿……"那雪儿呢？"

顾若琛继续看着许嘉倾，笑了笑："二哥，你说我为什么放不下许嘉倾？她虚伪，爱钱，薄情，甚至不够爱我，我为什么放不下她？"

顾若白没有说话，他明白顾若琛只是想倾诉而已。

顾若琛果然继续说道："你知道我们结婚一年，她出手帮我赶走多少桃花吗？她那样云淡风轻，聪明睿智，不费一兵一卒就弄得那些桃花溃不成军。她撒娇要钱的样子真的是可爱极了，别的女人总是扭扭捏捏地不明说，只有她坦诚得都让人有点恨了。我和她说离婚的时候，她开始不答应，还以为她是爱上我，哪里知道仅仅是因为离婚财产给她分少了。"顾若琛竟然笑了一下，那个笑带了点无奈还有一丝宠溺，"两年后再见，我觉得就像是猎物重新进入我的狩猎范围一样，想重新将她拉到我的身边。连我自己都不明白为什么一个弃子值得我如此大费周章。在澳门的时候，在那个施工现场，我的头被砸了，外面是狂风暴雨，一切都陷入黑暗冰冷，我清醒地感受到血一点点往外流，清醒地感受到死亡在向我靠近，直到陷入昏迷。在那样漫长而孤独冰冷的等待中，她来了。她穿过暴风雨来到我的身边，带着满身的狼狈和伤痕来到我的身边。她擦酒精的动作真是粗鲁呀，我觉得很疼，可是又不想在她面前表露出脆弱无能的样子，就一声不吭地忍着。然而靠在她肩膀的那一刻，我觉得再没有比她身上更温暖的地方了。我一直不明白为什么看见她和别的男人靠近，我会如此生气。我一直以为那只是占有欲，可是直到她要和霍羽奚结婚，我才知道那不仅仅是占有欲，那种想把她绑缚在身边的渴望是在任何女人身上都找不到的。我爱她。二哥，你知道吗？我爱她。"

顾若白沉默着不说话，好半天才道："现在明白得会不会太晚？一切都已经走到这个境地。"

"不晚，什么时候都不晚，只要她还在我身边，一切都不晚，我会用余生补偿她。"

顾若白抿唇不再说话，只是走过去拍了拍他的肩膀，然后就转身出去了。伤害已经造成，怎么补偿呢？

等到许嘉倾输完液，顾若琛也脱下鞋子钻进被窝，搂着她，像是搂着自己最心爱的珍宝，还用脸颊蹭着她的额头，轻声说道："阿倾，有一天你会原谅我的，对吗？我们会有重新开始的那一天，对吗？只要你告诉我，让我有一个盼头，这过程无论多艰难，我都能坚持。"

许嘉倾在顾若琛怀里慢慢睁开眼睛，在他看不见的地方，眼神逐渐变得狠厉毒辣！其实她早就醒了，顾若琛说的那些话，她一字不落地听在耳朵里。先不论顾若琛说的是真是假，既然这男人这么说了，她便有了突破口——

她要彻底摧毁顾若琛所有感情的信仰和他的金钱帝国。